Valeria Luiselli

Arquivo das crianças perdidas

TRADUÇÃO
Renato Marques

Copyright © 2019 by Valeria Luiselli

Grafia atualizada segundo o Acordo Ortográfico da Língua Portuguesa de 1990, que entrou em vigor no Brasil em 2009.

Título original
Lost Children Archive

Capa
Celso Longo

Foto de capa
Acima: EUA, Arizona, Monument Valley, 1982. Raymond Depardon/ Magnum Photos/ Fotoarena
Abaixo: Cortesia da autora

Preparação
Fernanda Villa Nova

Revisão
Jane Pessoa
Angela das Neves

Dados Internacionais de Catalogação na Publicação (CIP)
(Câmara Brasileira do Livro, SP, Brasil)

Luiselli, Valeria
    Arquivo das crianças perdidas / Valeria Luiselli ; tradução Renato Marques. – 1ª ed. – Rio de Janeiro : Alfaguara, 2019.

    Título original: Lost Children Archive.
    ISBN: 978-85-5652-083-8

    1. Crianças imigrantes – Estados Unidos – Condições sociais – Ficção 2. Emigração e imigração – Política governamental 3. Família – Ficção 4. Ficção mexicana I. Título.

19-25158	CDD-863

Índice para catálogo sistemático:
1. Ficção : Literatura mexicana   863

Cibele Maria Dias – Bibliotecária – CRB-8/9427

[2019]
Todos os direitos desta edição reservados à
EDITORA SCHWARCZ S.A.
Praça Floriano, 19, sala 3001 — Cinelândia
20031-050 — Rio de Janeiro — RJ
Telefone: (21) 3993-7510
www.companhiadasletras.com.br
www.blogdacompanhia.com.br
facebook.com/alfaguara.br
instagram.com/editora_alfaguara
twitter.com/alfaguara_br

Para Maia e Dylan, que me mostraram de novo a infância.

Sumário

PARTE I: PAISAGEM SONORA FAMILIAR

Realocações	11
CAIXA I	44
Rotas & raízes	46
CAIXA II	83
Sem documentos	85
CAIXA III	125
Desaparecidos	127
CAIXA IV	166
Remoções	169

PARTE II: REENCENAÇÃO

Deportações	209
Mapas & caixas	233
CAIXA V	262
Divisória Continental	279
Perdidos	301

PARTE III: APACHERIA

Vales de poeira	319
Coração de luz	324
Cânion do Eco	339

PARTE IV: ARQUIVO DAS CRIANÇAS PERDIDAS

CAIXA VI	365
Documentando	369
CAIXA VII	375
Agradecimentos	401
Obras citadas	402
Créditos das imagens	407

PARTE I

Paisagem sonora familiar

Realocações

Um arquivo pressupõe um arquivista,
uma mão que compila e classifica.
ARLETTE FARGE

Partir é morrer um pouco.
Chegar é nunca chegar.
ORAÇÃO DO MIGRANTE

PARTIDA

Bocas abertas para o sol, eles dormem. Menino e menina, testas peroladas de suor, bochechas vermelhas e raiadas de branco com saliva seca. Ocupam todo o espaço na parte de trás do carro, espalhados, como oferendas de braços e pernas, pesados e plácidos. Do banco do copiloto, olho de relance para verificar se estão bem, depois me viro e analiso o mapa. Avançamos na lava lenta do tráfego rumo aos limites da cidade, atravessamos a ponte GW e nos fundimos na rodovia interestadual. Acima de nós, um avião passa e deixa uma cicatriz longa e reta no palato do céu sem nuvens. Ao volante, meu marido ajeita o chapéu e seca a testa com as costas da mão.

LÉXICO FAMILIAR

Não sei o que meu marido e eu diremos a cada um de nossos filhos um dia. Não tenho certeza de quais partes da nossa história talvez possamos escolher extirpar e editar para contar a eles, e quais iremos embaralhar e inserir de volta para produzir uma versão final — ainda que extirpar, embaralhar e editar sons provavelmente seja a melhor síntese do que meu marido e eu fazemos para ganhar a vida. Mas as crianças vão perguntar, porque perguntar é o que crianças fazem. E precisaremos contar a elas um começo, um meio e um fim. Precisaremos dar a nossos filhos uma resposta, contar uma história adequada.

O menino fez dez anos ontem, apenas um dia antes de deixarmos Nova York. Demos bons presentes a ele. Que tinha dito especificamente:

Nada de brinquedos.

A menina tem cinco, e há algumas semanas vem perguntando, com insistência:

Quando eu vou fazer seis anos?

Não importa qual seja a nossa resposta, ela a acha insatisfatória. Então costumamos dizer algo ambíguo, como:

Em breve.

Em poucos meses.

Antes que você perceba.

A menina é minha filha e o menino é filho do meu marido. Eu sou a mãe biológica de uma, a madrasta do outro, e de modo geral uma mãe para ambos. Meu marido é pai biológico e padrasto de um e de outra, respectivamente, mas também apenas um pai. A menina e o menino são, portanto: meia-irmã, filho, enteada, filha, meio-irmão, irmã, enteado, irmão. E porque hifenizações e nuances triviais complicam as frases da gramática cotidiana — o nós, o eles, o nosso, o seu —, assim que começamos a viver juntos, quando o menino tinha quase seis anos e a menina ainda era uma criancinha, adotamos o muito mais simples pronome possessivo *nossos* para nos referir aos dois. Tornaram-se: *nossos* filhos. E, às vezes: o menino, a menina. Rapidamente os dois aprenderam as regras de nossa gramática particular e adotaram os nomes genéricos Mamá e Papá, ou de vez em quando simplesmente Má e Pá. E até agora, pelo menos, nosso léxico familiar definia o escopo e os limites do nosso mundo compartilhado.

TRAMA FAMILIAR

Meu marido e eu nos conhecemos quatro anos atrás, gravando uma paisagem sonora da cidade de Nova York. Fazíamos parte de uma grande equipe a serviço do Centro para Ciência e Progresso Urbano da Universidade de Nova York. A paisagem sonora pretendia fornecer amostras e coletar todas as tônicas e marcas sonoras emblemáticas da cidade: o guinchar dos vagões do metrô parando de repente, música nos longos corredores subterrâneos da rua 42, pastores pregando no Harlem, sinos, rumores e murmúrios no interior da Bolsa de Valores de Wall Street. Mas também tentava pesquisar e classificar todos os outros sons que a cidade produzia e que normalmente passavam, como ruídos, despercebidos: caixas registradoras abrindo e fechando em delicatessens, uma peça sendo ensaiada em um teatro vazio da Broadway, correntes submersas no Hudson, gansos-do-canadá aglomerando-se e cagando sobre Van Cortlandt Park, balanços oscilando nos parquinhos de Astoria, idosas coreanas lixando unhas abastadas no Upper West Side, um incêndio atravessando um antigo prédio de apartamentos no Bronx, um transeunte vociferando para outro uma enxurrada de filho da puta. Havia jornalistas, sonoplastas, geógrafos, urbanistas, escritores, historiadores, acustemologistas, antropólogos, músicos e até especialistas em batimetria, com aqueles complicados dispositivos chamados de sondas multibeam, que eram mergulhadas nos espaços aquáticos em volta da cidade, medindo a profundidade e os contornos dos leitos dos rios, e sabe-se lá o que mais. Todos, em pares ou pequenos grupos, pesquisavam e extraíam amostras de comprimentos de onda pela cidade, como se estivéssemos documentando os derradeiros sons de uma enorme besta.

Nós dois formamos um par e recebemos a incumbência de registrar todas as línguas faladas na cidade ao longo de quatro anos. A descrição de nossas tarefas especificava: "pesquisar a metrópole mais diversificada do planeta em aspectos linguísticos e mapear a totalidade das línguas que seus adultos e crianças falam". Éramos bons nisso, ficou claro; talvez até bons demais. Formávamos uma perfeita equipe de dois. Em seguida, depois de trabalharmos juntos por apenas alguns meses, nos apaixonamos — completa, irracional, previsível e imprudentemente, como se uma rocha pudesse se apaixonar por um pássaro, sem saber quem era a rocha e quem era o pássaro —, e quando o verão chegou, decidimos morar juntos.

A menina não se lembra de nada desse período, é claro. O menino diz que se lembra de que eu estava sempre usando um velho cardigã azul que tinha perdido alguns botões e ia até meus joelhos, e que às vezes, quando andávamos de metrô ou ônibus — sempre com o ar gelado jorrando —, eu o tirava e usava como cobertor para cobrir a ele e à menina, e que tinha cheiro de tabaco e pinicava. Morar juntos tinha sido uma decisão precipitada — confusa, caótica, urgente e tão bela e real quanto a vida quando não se está pensando em suas consequências. Nós nos tornamos uma tribo. Em seguida vieram as consequências. Conhecemos os parentes um do outro, nos casamos, começamos a preencher declarações conjuntas de imposto de renda, nos tornamos uma família.

INVENTÁRIO

Nos bancos da frente: ele e eu. No porta-luvas: comprovante do seguro, documento do carro, manual do proprietário do veículo e mapas de estradas. No banco de trás: as duas crianças, suas mochilas, uma caixa de lenços de papel e um cooler azul com garrafas de água e petiscos perecíveis. E no porta-malas: uma pequena bolsa de viagem com meu gravador de voz digital Sony PCM-D50, fones de ouvido, cabos e baterias extras; uma grande bolsa organizadora Porta Brace para a vara dobrável do microfone boom do meu marido, microfone, fones de ouvido, cabos, protetores de vento zeppelin e gato morto, e o dispositivo de som 702T. Também: quatro malas pequenas com nossas roupas e sete caixas de arquivo (38 × 30 × 25 cm) com fundo duplo e tampas sólidas.

COVALÊNCIA

Apesar de nossos esforços para manter tudo de pé, sempre houve uma ansiedade em torno do lugar de cada um na família. Somos como aquelas moléculas problemáticas sobre as quais se aprende nas aulas de química, com ligações covalentes em vez de iônicas — ou talvez seja o contrário. O menino perdeu a mãe biológica no parto, embora esse tópico nunca seja mencionado. Meu marido me comunicou o fato, em uma frase, no início do nosso relacionamento, e imediatamente entendi que não era um tema aberto a mais perguntas. Eu também não gosto de ser indagada sobre o pai biológico da menina, então nós dois sempre mantivemos um respeitoso pacto de silêncio sobre esses elementos do nosso passado e dos nossos filhos.

Talvez em resposta a tudo isso, as crianças sempre quiseram ouvir histórias sobre si mesmas em nosso contexto. Eles querem saber tudo sobre quando os dois se tornaram nossos filhos, e quando nós todos nos tornamos uma família. São como antropólogos estudando narrativas cosmogônicas, mas com um toque mais narcisista. A menina pede para ouvir as mesmas histórias de novo e de novo. O menino pergunta sobre momentos da infância dos dois juntos, como se tivessem acontecido décadas ou mesmo séculos atrás. Então nós contamos a eles. Contamos a eles todas as histórias de que somos capazes de nos lembrar. Sempre, se pulamos uma parte, confundimos um detalhe, ou se eles percebem alguma mínima variação da versão de que se recordam, eles nos interrompem, nos corrigem e exigem que a história seja recontada, dessa vez de forma adequada. Então, rebobinamos a fita em nossa mente e a reproduzimos de novo desde o início.

MITOS DE FUNDAÇÃO

Em nosso começo era um apartamento quase vazio e uma onda de calor. Na primeira noite naquele apartamento — o mesmo que acabamos de deixar para trás —, nós quatro, vestindo roupas de baixo, nos sentamos no chão da sala de estar, suados e exaustos, equilibrando fatias de pizza na palma das mãos.

Tínhamos terminado de desempacotar alguns de nossos pertences e algumas coisas extras que compramos naquele dia: um saca-rolhas, quatro travesseiros novos, limpa-vidros, detergente para lavar louça, dois porta-retratos pequenos, pregos, martelo. Em seguida, medimos a altura das crianças e fizemos as primeiras marcas na parede do corredor: 0,84 metro e 1,07 metro. Depois, martelamos dois pregos na parede da cozinha para pendurar dois cartões-postais que antes estavam pendurados em nossos antigos e respectivos apartamentos: um era um retrato de Malcolm X, tirado pouco antes de seu assassinato, em que ele está com a cabeça apoiada sobre a mão direita e olha atentamente para alguém ou alguma coisa; o outro era de Emiliano Zapata, de pé, muito ereto, segurando um rifle em uma das mãos e um sabre na outra, com uma faixa em volta do ombro, o cinturão duplo de cartuchos atravessado no peito. O vidro que protegia o postal de Zapata ainda estava coberto por uma camada de sujeira — ou é fuligem? — da minha antiga cozinha. Penduramos os dois ao lado da geladeira. Mas mesmo depois disso, o novo apartamento ainda parecia vazio demais, paredes brancas demais, ainda parecia estranho.

O menino olhou ao redor da sala, mastigando pizza, e perguntou:

E agora?

E a menina, que então tinha dois anos, ecoou:

Sim, e agora?

Nenhum de nós encontrou uma resposta para dar a eles, embora eu ache que tenhamos procurado com afinco, talvez porque essa fosse a pergunta da qual ambos também vínhamos nos desviando silenciosamente em meio à sala vazia.

E agora? perguntou de novo o menino.

Finalmente, respondi:

Agora vocês vão escovar os dentes.

Mas ainda não tiramos da mala nossas escovas de dente, disse o menino.

Então vão enxaguar a boca na pia do banheiro e dormir, respondeu meu marido.

Eles voltaram do banheiro dizendo que estavam com medo de dormir sozinhos no quarto novo. Concordamos em deixá-los ficar conosco na sala de estar por algum tempo, se prometessem que iam dormir. Eles rastejaram para dentro de uma caixa vazia e, depois de se engalfinharem como filhotinhos por uma divisão mais justa do espaço de papelão, caíram em um sono profundo e pesado.

Meu marido e eu abrimos uma garrafa de vinho e, junto à janela, fumamos um baseado. Depois nos sentamos no chão, fazendo nada, dizendo nada, apenas observando as crianças que dormiam em sua caixa de papelão. De onde estávamos sentados, podíamos ver apenas um emaranhado de cabeças e bundas: o cabelo dele encharcado de suor, os cachos dela um ninho; ele, a bunda achatada feito uma aspirina, e ela, nádegas redondas feito maçãs. Pareciam um desses casais que ficaram juntos tempo demais, chegaram à meia-idade rápido demais, cansaram-se um do outro mas ainda se sentem confortáveis o suficiente. Eles dormiram em camaradagem total e solitária. E, vez por outra, interrompendo nosso talvez ligeiramente chapado silêncio, o menino roncava como um bêbado, e o corpo da menina soltava longos e sonoros peidos.

Eles tinham dado um concerto semelhante horas antes naquele mesmo dia, enquanto percorríamos de metrô o trajeto de volta do supermercado para o nosso novo apartamento, rodeados por sacolas plásticas brancas abarrotadas de ovos enormes, presunto muito rosado, amêndoas orgânicas, pão de milho e pequenas caixas de leite integral orgânico — os produtos enriquecidos e melhorados da nova e incrementada dieta de uma família com dois salários. Dois ou três minutos de metrô e as crianças pegaram no sono, cabeças pousadas em cada um de nossos colos, cabelo emaranhado e úmido, o agradável cheiro salgado como os gigantescos pretzels mornos que tínhamos comido mais cedo naquele dia em uma esquina. Eles eram angelicais, e nós éramos suficientemente jovens, e juntos éramos uma linda tribo, um bando invejável. Então, de repente, um começou a roncar e a outra começou a peidar. Os poucos passageiros que não estavam conectados a seus telefones perceberam, olharam para ela, para nós, para ele, e sorriram — difícil saber se por compaixão ou cumplicidade com o descaramento de nossos filhos. Meu marido retribuiu o sorriso dos desconhecidos que sorriram. Por um segundo achei que deveria desviar a atenção das pessoas, afastá-la para longe de nós, talvez encarando com olhar acusador o velho que dormia a alguns assentos de distância, ou a jovem paramentada com traje completo de corrida. Não fiz isso, claro. Apenas balancei a cabeça em agradecimento, ou em resignação, e sorri de volta aos estranhos do metrô — um sorriso espremido, de boca fechada. Suponho ter sentido um tipo de medo do palco, que surge em certos sonhos quando percebemos que fomos à escola e nos esquecemos de vestir roupas íntimas; uma vulnerabilidade repentina e profunda diante de todas aquelas pessoas desconhecidas a quem era oferecido um vislumbre do nosso ainda novo mundo.

Mais tarde naquela noite, porém, de volta à intimidade do nosso novo apartamento, enquanto as crianças dormiam e faziam todos aqueles belos ruídos mais uma vez — a beleza real, sempre involuntária —, pude ouvi-los plenamente, sem o fardo do constrangimento. Os sons intestinais da menina eram amplificados contra a parede da caixa de papelão e viajavam, diáfanos, através da sala de estar quase vazia. E pouco depois, de algum lugar nas profundezas de seu sono, o menino os ouviu — ou assim nos pareceu — e respondeu a eles com ruídos e resmungos. Meu marido observou o fato de que estávamos testemunhando uma das línguas da paisagem sonora da cidade, agora posta em uso no ato de conversa em última instância circular:

Uma boca respondendo a um cu.

Por um instante, sufoquei o desejo de rir, mas então percebi que meu marido estava prendendo a respiração e fechando os olhos para não rir. Talvez estivéssemos um pouco mais chapados do que pensávamos. Perdi o controle, minhas cordas vocais explodindo em um som mais porcino que humano. Ele prosseguiu, bufando e arfando sem parar, as asas das narinas vibrando, o rosto enrugando-se, os olhos quase desaparecendo, o corpo inteiro balançando para a frente e para trás como uma piñata ferida. A maioria das pessoas adquire uma aparência pavorosa no meio de uma risada. Sempre temi aqueles que estalam os dentes e sempre considerei bastante preocupantes aqueles que riem sem emitir um único som. Na minha família paterna, temos um defeito genético, creio eu, que se manifesta em roncos e grunhidos bem no final do ciclo da risada — um som que, talvez por sua animalidade, desencadeia outro ciclo de gargalhadas. Até que todos fiquem com lágrimas nos olhos e subjugados por um sentimento de vergonha.

Respirei fundo e enxuguei uma lágrima da bochecha. Percebi então que era a primeira vez que meu marido e eu ouvíamos um ao outro rir. Com nossas gargalhadas mais profundas, quero dizer — uma risada desenfreada, desatada, uma risada inteira e ridícula. Talvez ninguém nos conheça de verdade enquanto não saiba como rimos. Meu marido e eu finalmente recuperamos a compostura.

É maldade rir à custa de nossos filhos adormecidos, não é? perguntei.

Sim, muito errado.

Decidimos que o que tínhamos que fazer, em vez disso, era documentá-los, então pegamos nosso equipamento de gravação. Meu marido perscrutou o espaço com o boom; aproximei do menino e da menina meu gravador de voz portátil. Ela chupava o polegar e ele resmungava palavras e soltava estranhos ruídos do sono; lá fora, carros passavam na rua e eram captados pelo microfone direcional do meu marido. Em cumplicidade infantil, nós dois extraímos amostras dos sons deles. Não sei ao certo que motivos mais profundos nos levaram a gravar as crianças naquela noite. Talvez tenha sido apenas o calor do verão, mais o vinho, menos o baseado, multiplicado pela empolgação do gesto, dividido por toda a reciclagem de papelão que tínhamos pela frente. Ou talvez estivéssemos seguindo um impulso para permitir que o momento, que parecia o começo de algo, deixasse um vestígio. Afinal, tínhamos treinado a nossa mente para aproveitar oportunidades de gravação, treinado nossos ouvidos para escutar nossa vida diária como se eles fossem uma fita bruta. Tudo, nós e eles, aqui e ali, dentro e fora, era registrado, compilado e arquivado. Novas famílias, como jovens nações após violentas guerras de independência ou revoluções sociais, talvez precisem ancorar sua origem em um momento simbólico e fixar esse instante no tempo. Aquela noite foi nossa fundação, foi a noite em que o nosso caos se tornou um cosmos.

Depois, cansados e tendo perdido o ímpeto, carregamos as crianças nos braços para seu novo quarto, seus colchões não muito maiores do que a caixa de papelão onde estavam dormindo. Em seguida, no nosso quarto, deslizamos por sobre o nosso próprio colchão e enroscamos nossas pernas, sem dizer uma palavra, mas com os corpos dizendo algo como talvez mais tarde, talvez amanhã, amanhã vamos fazer amor, fazer planos, amanhã.

Boa noite.

Boa noite.

LÍNGUAS MATERNAS

Logo que fui convidada para trabalhar no projeto de paisagem sonora, achei que parecia algo um tanto cafona, megalomaníaco, possivelmente didático demais. Eu era jovem, embora não muito mais jovem do que sou agora, e ainda me via como uma inveterada jornalista política. Também não gostei do fato de que o projeto, apesar de orquestrado pelo Centro para Ciência e Progresso Urbano da

Universidade de Nova York, e que acabaria incorporado ao arquivo de som da universidade, era em parte financiado por algumas grandes corporações multinacionais. Tentei empreender alguma pesquisa sobre seus CEOS — em busca de escândalos, fraudes, quaisquer alianças fascistas. Mas eu tinha uma menininha. Então, quando me disseram que o contrato incluía plano de saúde, e constatei que eu poderia viver com o salário sem ter que fazer uma miríade de trabalhos jornalísticos que costumava pegar para sobreviver, parei de pesquisar, parei de agir como se eu fosse privilegiada o suficiente para me preocupar com ética corporativa, e assinei o contrato. Não tenho certeza de quais foram as razões dele, mas, na mesma época, meu marido — que até então era apenas um desconhecido especializado em acustemologia, e não meu marido ou pai de nossos filhos — assinou o dele.

Nós dois nos entregamos completamente ao projeto da paisagem sonora. Todos os dias, enquanto as crianças estavam na creche e na escola, respectivamente, rodávamos a cidade sem saber o que aconteceria, mas sempre com a convicção de que encontraríamos algo novo. Entramos e saímos dos cinco distritos, entrevistando desconhecidos, pedindo-lhes que falassem em e sobre sua língua nativa. Ele gostava dos dias que passávamos em espaços de transição, como estações de trem, aeroportos e pontos de ônibus. Eu gostava dos dias que passávamos nas escolas, coletando amostras de crianças. Ele passeava pelos refeitórios e lanchonetes lotados, com a bolsa de áudio Porta Brace pendurada em uma alça sobre o ombro direito, o microfone boom erguido em ângulo, registrando o aglomerado de vozes, talheres, passos. Em corredores e salas de aula, eu segurava meu gravador perto da boca de cada uma das crianças enquanto elas emitiam sons, respondendo às minhas deixas e sugestões. Pedia que se lembrassem de músicas e ditos que tinham ouvido em casa. Os sotaques eram quase sempre anglicizados, domesticados, o idioma de seus pais agora estrangeiro para elas. Lembro-me de suas línguas reais, físicas — cor-de-rosa, determinadas, disciplinadas —, tentando enrolar-se nos sons de seus idiomas maternos cada vez mais e mais distantes: a difícil posição da ponta da língua no erre hispânico, as rápidas batidas de língua contra o palato em todas as palavras polissílabas do quíchua e do garífuna, o leito macio e curvado para baixo da língua no h aspirado do árabe.

Os meses se passaram e gravamos vozes, coletamos sotaques. Acumulamos horas de gravação de pessoas falando, contando histórias, fazendo pausas, contando mentiras, orando, hesitando, confessando, respirando.

TEMPO

Também acumulamos coisas: plantas, pratos, livros, cadeiras. Pegamos objetos deixados junto ao meio-fio das calçadas dos bairros abastados. Com frequência, mais tarde percebíamos que não precisávamos de outra cadeira, de mais uma estante de livros, e então colocávamos as coisas de volta na calçada de nossa vizinhança menos próspera, sentindo que éramos participantes da invisível mão esquerda da redistribuição de riqueza — os anti-Adam Smiths das calçadas e dos meios-fios. Por algum tempo, continuamos a pegar objetos das ruas, até que um dia ouvimos no rádio que havia uma epidemia de percevejos na cidade, então paramos de recolher, cessamos a redistribuição da riqueza, e o inverno chegou, e depois veio a primavera.

Nunca fica claro o que transforma um espaço em um lar, e um projeto de vida em uma vida. Um dia, nossos livros já não cabiam mais nas estantes, e a grande sala vazia tinha se tornado nossa sala de estar. Tornara-se o lugar onde assistíamos a filmes, líamos livros, montávamos quebra-cabeças, tirávamos soneca, ajudávamos as crianças com o dever de casa. Em seguida, o lugar onde recebíamos amigos, tínhamos longas conversas assim que eles iam embora, trepávamos, dizíamos coisas bonitas e horríveis um para o outro, e que depois limpávamos em silêncio.

Quem sabe como, e quem sabe para onde o tempo foi, mas um dia o menino fez oito anos, depois nove, e a menina, cinco. Eles começaram a frequentar a mesma escola pública. Todos os pequenos estranhos que haviam conhecido, agora chamavam de amigos. Havia times de futebol, equipes de ginástica, apresentações de fim de ano, festas do pijama, sempre festas de aniversário demais, e as marcas que tínhamos feito na parede do corredor do nosso apartamento para registrar a altura de nossos filhos subitamente se resumiam a uma história vertical. Eles haviam ficado muito mais altos. Meu marido achava que tinham crescido rápido demais. De forma anormalmente rápida, disse ele, por causa daquele leite orgânico integral que consumiam naquelas caixinhas; achava que o leite era quimicamente alterado para produzir altura prematura em crianças. Talvez, pensei. Mas também era possível que fosse apenas o fato de que o tempo tinha passado.

DENTES

Falta muito ainda?

Mais quanto tempo?

Suponho que seja igual com todas as crianças: se estiverem acordadas em um carro, elas pedem atenção, pedem para parar e ir ao banheiro, pedem petiscos. Mas, principalmente, elas perguntam:

Quando a gente vai chegar lá?

Geralmente dizemos ao menino e à menina que falta só um pouco, estamos quase lá. Ou então dizemos:

Brinquem com seus brinquedos.

Contem todos os carros brancos que passarem.

Tentem dormir.

Agora, quando paramos em uma cabine de pedágio perto da Filadélfia, ambos acordam de repente, como se o sono estivesse sincronizado — tanto entre os dois quanto, de modo mais inexplicável, com as variadas acelerações do carro. Do banco de trás, a menina quer saber:

Quantos quarteirões faltam?

Só mais um pouquinho até fazermos uma parada em Baltimore, digo.

Mas quantos quarteirões faltam pra gente chegar ao fim do caminho todo?

O fim do caminho todo é o Arizona. O plano é ir de carro de Nova York até o canto sudeste do estado. À medida que avançamos, dirigindo na direção sudoeste rumo às regiões fronteiriças, meu marido e eu trabalharemos em nossos novos projetos sonoros, realizando gravações e pesquisas de campo. Eu me concentrarei em entrevistas com pessoas, em captar fragmentos de conversas entre desconhecidos, em gravar o som de notícias no rádio ou vozes em restaurantes baratos. Quando chegarmos ao Arizona, gravarei minhas últimas amostras e começarei a editar tudo. Tenho quatro semanas para concluir o trabalho. Em seguida, provavelmente terei que voar de volta para Nova York com a menina, mas ainda não tenho certeza. Também não sei qual é exatamente o plano do meu marido. Estudo o rosto dele de perfil. Ele está concentrado na estrada à frente. Registrará amostras de coisas como o som do vento soprando através das planícies ou estacionamentos; passos sobre cascalho, cimento ou areia; talvez moedas de um centavo caindo em caixas registradoras, dentes triturando amendoins, a mão de uma criança apalpando um bolso de jaqueta lotado de pedrinhas. Não sei quanto tempo seu novo projeto sonoro vai consumir, ou o que acontecerá em seguida. A menina quebra o nosso silêncio, insistindo:

Eu fiz uma pergunta, Mamã, Papá: quantos quarteirões faltam pra gente chegar ao fim do caminho todo?

Temos que nos lembrar de ser pacientes. Sabemos — creio que até o menino saiba — o quanto deve ser confuso viver no mundo atemporal de uma criança de cinco anos: um mundo não desprovido de tempo, mas com um excedente dele. Meu marido finalmente dá à menina uma resposta que parece satisfazê-la:

Vamos chegar lá quando você perder o segundo dente de baixo.

LÍNGUAS PRESAS

Quando a menina tinha quatro anos e começou a frequentar a escola pública, ela perdeu prematuramente um dente. Logo depois, começou a gaguejar. Nunca soubemos se os eventos tinham, de fato, uma relação de causa e efeito: escola, dente, gagueira. Contudo, pelo menos em nossa narrativa familiar, as três coisas foram amarradas em um nó confuso e emocionalmente carregado.

Certa manhã, em nosso último inverno em Nova York, tive uma conversa com a mãe de um dos coleguinhas de turma da minha filha.

Estávamos no auditório, esperando para votar em novos representantes dos pais. Nós duas ficamos por um tempo na fila, trocando histórias sobre os impasses linguísticos e culturais de nossos filhos. Minha filha gaguejou durante um ano, contei a ela, às vezes a ponto de não conseguir se comunicar. Começava cada frase como se estivesse prestes a espirrar. Mas, recentemente, a menina descobrira que, se cantasse uma frase em vez de falar, as palavras sairiam sem gaguejar. E assim, aos poucos, ela estava superando a gagueira. Seu filho, disse-me ela, tinha passado quase seis meses sem dizer uma única palavra, em nenhum idioma.

Perguntamos uma à outra sobre os nossos lugares de origem e as línguas que falávamos em casa. Eles eram de Tlaxiaco, na região de Mixteca, contou-me ela. Sua primeira língua foi o trique. Eu nunca tinha ouvido a língua trique, e a única coisa que eu sabia era que é uma das mais complexas línguas tonais, com mais de oito tons. Minha avó era hñähñu e falava otomi, um idioma tonal mais simples que o trique, com apenas três tons. Mas minha mãe não aprendeu o otomi, falei, e é claro que eu também não aprendi. Quando perguntei se o filho dela sabia falar trique, a mulher respondeu que não, claro que não, e disse:

Nossas mães nos ensinam a falar, e o mundo nos ensina a calar a boca.

Depois de votarmos, pouco antes de nos despedirmos, eu e ela nos apresentamos, embora devesse ter sido o contrário. Ela se chamava Manuela, o mesmo nome da minha avó. Ela achou a coincidência menos divertida do que eu. Perguntei a ela se poderia me deixar gravá-la algum dia e contei sobre o documentário sonoro em que meu marido e eu estávamos trabalhando, já quase no fim da pesquisa. Ainda não tínhamos coletado uma amostra do trique — era uma língua rara demais para encontrar. Ela concordou, hesitante, e quando nos encontramos no parque ao lado da escola, alguns dias depois, disse que pediria uma coisa em troca. Ela tinha duas filhas mais velhas — oito e dez anos de idade — que haviam acabado de chegar ao país, cruzando a fronteira a pé, e estavam presas em um centro de detenção no Texas. Ela precisava de alguém para traduzir os documentos das meninas do espanhol para o inglês, com pouco ou nenhum custo, de modo que pudesse encontrar um advogado para defendê-las e evitar que fossem deportadas. Concordei, sem saber no que estava me metendo.

PROCEDIMENTOS

Primeiro foi traduzir apenas documentos legais: certidões de nascimento das meninas, carteiras de vacinação, um boletim escolar. Depois houve uma série de cartas escritas por uma vizinha da terra natal delas e endereçadas a Manuela, dando uma descrição detalhada da situação de lá: as incontroláveis ondas de violência, o Exército, as gangues, a polícia, o súbito desaparecimento de pessoas — em sua maioria moças e meninas. Até que um dia Manuela me pediu para ir a uma reunião com uma potencial advogada.

Nós três nos encontramos em uma sala de espera no Tribunal de Imigração de Nova York. A advogada seguiu um breve questionário, fazendo perguntas em inglês que traduzi para o espanhol para Manuela. Ela contou sua história e a história das meninas. Sua família era toda de uma cidadezinha na fronteira de Oaxaca e Guerrero. Cerca de seis anos antes, quando a mais nova das duas meninas completou dois anos e a mais velha tinha quatro anos, Manuela deixou as duas aos cuidados da avó. A comida era escassa; impossível criar as meninas com tão pouco, explicou. Ela atravessou a fronteira, sem documentos, e se estabeleceu no Bronx, onde tinha uma prima. Encontrou um emprego, começou a enviar dinheiro para casa. O plano era guardar dinheiro rapidamente e voltar assim que possível. Mas ela engravidou e a vida se complicou, e os anos começaram a se acelerar. As meninas estavam crescendo, conversando com ela por telefone, ouvindo histórias sobre a neve que caía, sobre avenidas largas, pontes, engarrafamentos e, mais tarde, sobre o irmãozinho delas. Enquanto isso, a situação em sua cidade natal tornou-se cada vez mais complicada, tornou-se insegura, então Manuela pediu um empréstimo ao patrão e pagou a um coiote para trazer as meninas até ela.

A avó das meninas as preparou para a viagem, disse-lhes que seria uma longa jornada, arrumou as mochilas: Bíblia, garrafa de água, nozes, um brinquedo para cada uma, uma calcinha extra. Fez para elas vestidos idênticos e, na véspera da partida, costurou o número de telefone de Manuela na gola dos vestidos. Ela tinha tentado fazer com que memorizassem os dez algarismos, mas as meninas não conseguiram. Então ela costurou o número na gola dos vestidos e, inúmeras vezes, repetiu uma única instrução: elas jamais deveriam tirar os vestidos, nunca, e assim que chegassem aos Estados Unidos, tão logo encontrassem o primeiro americano, fosse um policial ou uma pessoa normal, homem ou mulher, elas tinham que mostrar a parte de dentro da gola. Essa pessoa então ligaria para o número costurado e as deixaria falar com a mãe. O resto aconteceria.

E aconteceu, só que não exatamente conforme o planejado. As meninas chegaram sãs e salvas à fronteira, mas, em vez de atravessar com elas, o coiote as abandonou no deserto na calada da noite. Elas foram encontradas pela Patrulha de Fronteira ao amanhecer, sentadas na beira de uma estrada perto de um posto de controle, e foram levadas para um centro de detenção de menores desacompanhados. Um oficial telefonou para Manuela a fim de lhe dizer que as meninas haviam sido encontradas. A voz dele era gentil e bondosa, disse ela, para um oficial da Patrulha de Fronteira. Ele lhe disse que, normalmente, de acordo com a lei, crianças do México e do Canadá, ao contrário de crianças de outros países, tinham de ser enviadas de volta imediatamente. Ele conseguiu manter as meninas no centro de detenção, mas ela precisaria de um advogado a partir de agora. Antes de desligar, deixou que ela falasse com as meninas. Deu-lhes cinco minutos. Era a primeira vez desde que as meninas iniciaram a jornada que ela ouvia a voz delas. A mais velha falou, disse-lhe que estavam bem. A mais nova apenas respirou ao telefone, não disse nada.

A advogada com quem falamos nesse dia, depois de ouvir a história de Manuela, pediu desculpas, não podia aceitar o seu caso. Disse que o caso não era "forte o suficiente" e não deu explicações adicionais. Manuela e eu fomos escoltadas para fora do tribunal, ao longo de corredores, elevadores abaixo, e prédio afora. Caminhamos até a Broadway, no fim da manhã, e a cidade estava alvoroçada, os prédios altos e sólidos, o céu de um azul imaculado, o sol reluzente — como se nada de catastrófico estivesse acontecendo. Prometi que a ajudaria a resolver o problema, que a ajudaria a arranjar um bom advogado, que a ajudaria de qualquer maneira possível.

DECLARAÇÕES CONJUNTAS

A primavera chegou, meu marido e eu apresentamos nossas declarações de imposto de renda e entregamos nosso material para o projeto de paisagem sonora. Havia mais de oitocentos idiomas na cidade de Nova York e, depois de quatro anos de trabalho, tínhamos coletado amostras de quase todos eles. Enfim poderíamos avançar — para o que viesse em seguida, fosse o que fosse. E foi exatamente o que aconteceu: começamos a seguir em frente. Estávamos avançando, mas não juntos de todo.

Eu me envolvi ainda mais com o processo legal contra as duas filhas de Manuela. Um advogado de uma organização sem fins lucrativos finalmente concordou em assumir o caso e, embora as meninas ainda não estivessem com a mãe, pelo menos tinham sido transferidas de um centro de detenção brutal e semisseguro no Texas para um ambiente supostamente mais humano — uma antiga megaloja do Walmart convertida em centro de detenção de imigrantes menores de idade, perto de Lordsburg, Novo México. Para acompanhar o caso, eu estava estudando um pouco mais sobre a lei de imigração, participando de audiências no tribunal, conversando com advogados. O caso das meninas era um entre dezenas de milhares de semelhantes de uma ponta à outra do país. Mais de oitenta mil crianças sem documentos do México e do Triângulo Norte da América Central, mas principalmente deste último, haviam sido detidas na fronteira sul dos Estados Unidos nos últimos seis ou sete meses. Todas essas crianças estavam fugindo de circunstâncias de indescritíveis maus-tratos e violência sistemática, fugindo de países onde gangues se tornaram Estados paralelos, usurparam o poder e assumiram o império da lei. Tinham vindo para os Estados Unidos em busca de proteção, à procura de mães, pais ou outros parentes que migraram antes e poderiam acolhê-las. Elas não estavam em busca do Sonho Americano, como costuma ser a narrativa. As crianças estavam apenas à procura de uma maneira de escapar de seu pesadelo diário.

À época, o rádio e alguns jornais estavam lentamente começando a apresentar matérias sobre a onda de crianças sem documentos que chegavam ao país, mas nenhum órgão da imprensa parecia cobrir a situação a partir da perspectiva das crianças nela envolvidas. Decidi falar com a diretora do Centro para Ciência e Progresso Urbano da Universidade de Nova York. Apresentei um esboço de ideia de como narrar a história de um ângulo diferente. Depois de algum vaivém, e de algumas concessões de minha parte, ela concordou em me ajudar a financiar um documentário sonoro sobre a crise das crianças na fronteira. Não era uma produção grandiosa: apenas eu, meus instrumentos de gravação e um cronograma apertado.

De início eu não havia notado, mas meu marido também tinha começado a trabalhar em um novo projeto. Primeiro, tratava-se apenas de um punhado de livros sobre a história dos apaches. Empilhavam-se sobre sua escrivaninha e seu criado-mudo. Eu sabia que ele sempre tinha se interessado pelo assunto, e volta e meia contava às crianças histórias sobre apaches, de modo que não era estranho que estivesse lendo todos aqueles livros. Em seguida, mapas do território apache e imagens de chefes indígenas e guerreiros começaram a encher as paredes ao redor de sua mesa de trabalho. Comecei a perceber que o que tinha sido um longevo interesse estava tomando a forma de uma pesquisa formal.

Em que você está trabalhando? perguntei a ele certa tarde.

Apenas algumas histórias.

Sobre?

Apaches.

Por que os apaches? Quais?

Ele disse que estava interessado no chefe Cochise, em Gerônimo e nos chiricahuas, porque tinham sido os últimos líderes apaches — morais, políticos, militares — dos últimos povos livres no continente americano, os últimos a se render. Era, claro, motivo mais do que convincente para realizar qualquer tipo de pesquisa, mas não era exatamente o motivo que eu esperava ouvir.

Mais tarde, ele começou a se referir a essa pesquisa como um novo projeto sonoro. Comprou algumas caixas de arquivo e as encheu de coisas: livros, fichas pautadas repletas de anotações e citações, recortes, fragmentos e mapas, gravações de campo e pesquisas sonoras que encontrou em bibliotecas públicas e arquivos privados, bem como uma série de cadernetas marrons nas quais escrevia diariamente, de forma quase que obsessiva. Eu me perguntava como aquilo tudo acabaria por ser traduzido em uma peça sonora. Quando indaguei a respeito dessas caixas, e das coisas dentro delas, bem como sobre seus planos, e como se encaixavam em nossos planos juntos — ele simplesmente disse que ainda não sabia, mas que logo me avisaria.

E quando ele fez isso, algumas semanas depois, discutimos nossos passos seguintes. Eu disse que queria me concentrar no meu projeto, gravando histórias das crianças e suas audiências no Tribunal de Imigração de Nova York. Disse também que estava pensando em me candidatar a um emprego numa estação de rádio local. Ele disse o que eu suspeitava que dissesse. O que ele queria era trabalhar no próprio projeto documental sobre os apaches. Havia se candidatado a uma bolsa e conseguira. Disse também que o material que teria de coletar para esse projeto estava ligado a locais específicos, mas essa paisagem sonora seria diferente. Ele chamou isso de um "inventário de ecos", disse que seria sobre os fantasmas de Gerônimo e os últimos apaches.

A coisa sobre morar com alguém é que, embora você veja a pessoa todos os dias e consiga prever todos os seus gestos em uma conversa, mesmo quando consegue ler as intenções por trás de suas ações e calcular com bastante precisão suas respostas às circunstâncias, mesmo quando tem certeza de que não existe nela um único vinco inexplorado, mesmo assim, um dia, o outro pode subitamente se tornar um estranho. O que eu não esperava que meu marido dissesse era que, a fim de poder trabalhar em seu novo projeto, ele precisava de tempo, mais tempo do que apenas um único verão. Precisava também de silêncio e solidão. E precisava se mudar de forma mais permanente para o sudoeste do país.

Permanente como? perguntei.

Possivelmente um ou dois anos, talvez mais.

E no sudoeste onde?

Não sei ainda.

E o meu projeto aqui? perguntei.

Um projeto significativo, foi tudo o que ele disse.

SOZINHOS JUNTOS

Suponho que meu marido e eu simplesmente não tínhamos nos preparado para a segunda parte da nossa união, a parte em que apenas vivíamos a vida que estávamos construindo. Sem um futuro projeto profissional juntos, começamos a nos distanciar de outras maneiras. Acho que nós — ou talvez apenas eu — cometemos o erro muito comum de pensar que o casamento era um modo de comunalidade absoluta e a queda de todas as barreiras, em vez de compreendê-lo simplesmente como um pacto entre duas pessoas dispostas a serem guardiãs da solidão uma da outra, conforme Rilke ou alguma outra alma equânime e filosófica havia muito definira. Mas alguém realmente consegue se preparar? Alguém consegue atacar os efeitos antes de detectar as causas?

Um amigo nos contou durante nossa festa de casamento, alguns anos antes, com aquela aura oracular de alguns bêbados logo antes de desfalecerem, que o casamento era um banquete para o qual as pessoas chegavam tarde demais, quando tudo já estava meio devorado, todo mundo já cansado demais e querendo ir embora, mas sem saber como, ou com quem ir embora.

Mas eu, meus amigos, posso dizer como fazer isso durar para sempre! disse ele.

Depois fechou os olhos, afundou a barba no peito e desmaiou na cadeira.

ITEMIZAÇÃO

Passamos muitas noites difíceis, depois de pôr as crianças para dormir, discutindo a logística em torno do plano de meu marido de se mudar de forma mais permanente para o sudoeste. Muitas noites insones negociando, lutando, trepando, renegociando, resolvendo as coisas. Passei horas tentando entender ou, pelo menos, me resignar com seu projeto, e muitas outras horas tentando encontrar maneiras de dissuadi-lo de dar prosseguimento a seu plano. Perdendo a temperança uma noite, cheguei a arremessar contra ele uma lâmpada, um rolo de papel higiênico e uma série de insultos idiotas.

Mas os dias passaram e começaram os preparativos para a viagem. Ele pesquisou on-line e comprou coisas: cooler, saco de dormir, gadgets. Comprei mapas dos Estados Unidos. Um grande, do país inteiro, e vários outros de estados do sul que provavelmente cruzaríamos. Eu os estudava até tarde da noite. E à medida que a viagem se tornava cada vez mais concreta, tentei fazer as pazes com a ideia de que eu não tinha outra escolha a não ser aceitar uma decisão já tomada, e depois lentamente redigi meus próprios termos no acordo, esforçando-me para não arrolar uma detalhada lista de itens de nossa vida juntos como se ela fosse agora passível de deduções-padrão, apta para algum tipo de cálculo moral de prejuízos, créditos e ativos tributáveis. Em outras palavras, tentei não me tornar alguém que eu acabaria por desprezar.

Eu poderia usar essas novas circunstâncias, disse a mim mesma, para me reinventar profissionalmente, para reconstruir minha vida — e outras noções afins que só parecem significativas nas previsões do horóscopo, ou quando alguém está desmoronando e perde todo o senso de humor.

De modo mais razoável, reorganizando um pouco meus pensamentos em dias melhores, me convenci de que nosso distanciamento profissional não precisava implicar uma ruptura mais profunda em nosso relacionamento. Ir ao encalço de nossos projetos pessoais não deveria conduzir à dissolução de nosso mundo juntos. Poderíamos ir de carro até a fronteira assim que terminasse o ano letivo das crianças, e ambos trabalharíamos em nossos respectivos projetos. Eu não tinha certeza de como, mas achava que poderia começar a pesquisar, montar lentamente um arquivo e ampliar meu enfoque sobre a crise de crianças refugiadas, a partir do Tribunal de Imigração em Nova York, no qual eu vinha concentrando toda a minha atenção, para qualquer um de seus pontos geográficos nas regiões fronteiriças do sul. Era um desdobramento óbvio da pesquisa em si, é claro. Mas era também uma maneira de nossos dois projetos, muito diferentes entre si, serem compatíveis. Pelo menos por ora. Compatíveis o suficiente nesse ponto, em todo caso, para partirmos em uma viagem de família rumo ao sudoeste. Depois disso, encontraríamos uma solução.

ARQUIVO

Debrucei-me sobre relatórios e artigos acerca de crianças refugiadas e tentei reunir informações sobre o que estava acontecendo além do Tribunal de Imigração de Nova York, na fronteira, em abrigos e centros de detenção. Entrei em contato com advogados, participei de conferências da Ordem dos Advogados da cidade de Nova York, tive reuniões privadas com funcionários de entidades sem fins lucrativos e organizadores comunitários. Compilei notas soltas, recortes, fragmentos, citações copiadas em cartões, cartas, mapas, fotografias, listas de palavras, recortes de jornal, depoimentos gravados em fita. Quando comecei a me perder no labirinto documental de minha própria criação, entrei em contato com um velho amigo, um professor da Universidade Columbia especializado em estudos arquivísticos, que me escreveu uma longa carta e me enviou uma lista de artigos e livros que poderiam jogar alguma luz em minha confusão. Li e reli, longas noites sem dormir lendo sobre mal de arquivo, sobre reconstruir a memória em narrativas de diáspora, sobre estar perdido nas "cinzas" do arquivo.

Finalmente, depois de encontrar alguma clareza e acumular uma razoável quantidade de material bem filtrado que me ajudaria a entender como documentar a crise das crianças na fronteira, coloquei tudo em uma das caixas de arquivo que meu marido ainda não tinha enchido com as próprias coisas. Eu tinha um punhado de fotografias, alguns documentos legais, questionários usados para triagem na seleção de júris, mapas de mortes de migrantes nos desertos do sul e uma pasta com dezenas de "Relatórios de Mortalidade de Migrantes" impressos de mecanismos de busca on-line que localizam os desaparecidos, que listavam os corpos encontrados naqueles desertos, a possível causa da morte e sua localização exata. Por cima, coloquei alguns livros que eu tinha lido e que achei que poderiam me ajudar a pensar sobre o projeto inteiro a partir de uma certa distância narrativa: *Os portões do paraíso*, de Jerzy Andrzejewski; *A cruzada das crianças*, de Marcel Schwob; *Belladonna*, de Daša Drndić; *O sabor do arquivo*, de Arlette Farge; e um livrinho vermelho que ainda não tinha lido chamado *Elegias para crianças perdidas*, de Ella Camposanto.

Quando meu marido reclamou por eu ter usado uma de suas caixas, reclamei de volta, alegando que ele tinha quatro caixas, ao passo que eu só tinha uma. Ele enfatizou que eu era adulta, por isso não poderia reclamar sobre ele ter mais caixas do que eu. De certo modo ele estava certo, então sorri em sinal de admissão. Ainda assim, usei a sua caixa.

Aí foi a vez de o menino reclamar. Por que ele também não poderia ter uma caixa? Não tínhamos argumentos contra seu pedido, então lhe demos uma caixa.

Naturalmente, a menina também se queixou. Então permitimos que ela tivesse uma caixa. Quando perguntamos a eles o que queriam colocar em suas caixas, o menino disse que queria deixar a dele vazia por enquanto:

Para que eu possa juntar coisas no caminho.

Eu também, disse a menina.

Argumentamos que caixas vazias seriam um desperdício de espaço. Mas nossos argumentos encontraram bons contra-argumentos, ou talvez estivéssemos cansados de encontrar contra-argumentos em geral, então ficou assim. No total, tínhamos sete caixas. Elas viajariam conosco, como um apêndice nosso, no porta-malas do carro que compraríamos. Eu as numerei cuidadosamente com um marcador preto. As Caixas I a IV eram do meu marido, a Caixa VI era da menina, a Caixa VII era do menino. A minha caixa era a Caixa V.

APACHERIA

No início das férias de verão, que começariam dali a pouco mais de um mês, dirigiríamos em direção ao sudoeste. Nesse meio-tempo, durante aquele último mês na cidade, ainda desempenhávamos nossa vida como se nada de fundamental fosse mudar entre nós. Compramos um carro usado barato, uma dessas peruas Volvo, 1996, preta, com um porta-malas enorme. Fomos a duas festas de casamento, e em ambas as ocasiões nos disseram que éramos uma linda família. Esses lindos filhos, de aparência tão diferente, disse uma velha senhora que cheirava a talco perfumado. Cozinhávamos o jantar, assistíamos a filmes e discutíamos planos para a viagem. Em algumas noites, nós quatro estudávamos juntos o grande mapa, escolhendo rotas que percorreríamos, conseguindo ignorar o fato de que possivelmente mostravam o caminho que nos levaria a não estarmos juntos.

Mas para onde exatamente estamos indo? perguntaram as crianças.

Ainda não sabíamos, ou não tínhamos concordado em nada. Eu queria ir para o Texas, o estado com o maior número de centros de detenção de crianças imigrantes. Havia crianças, milhares delas, trancadas em Galveston, Brownsville, Los Fresnos, El Paso, Nixon, Canutillo, Conroe, Harlingen, Houston e Corpus Christi. Meu marido queria que a viagem terminasse no Arizona.

Por que no Arizona? perguntamos todos nós.

E onde no Arizona? eu quis saber.

Por fim, uma noite, meu marido abriu o mapa grande sobre a nossa cama e chamou a mim e as crianças para o nosso quarto. Ele deslizou a ponta do dedo indicador de Nova York até o Arizona, e depois bateu de leve duas vezes em um ponto, um minúsculo ponto no canto sudeste do estado. Ele disse:

Aqui.

Aqui o quê? perguntou o menino.

Aqui ficam as montanhas Chiricahua, disse ele.

E? perguntou o menino.

E esse é o coração da Apacheria, respondeu ele.

É pra onde estamos indo? perguntou a menina.

Isso mesmo, respondeu meu marido.

Por que lá? perguntou-lhe o menino.

Porque é onde os últimos apaches chiricahuas viveram.

E daí? retrucou o menino.

E daí nada, e daí que é para onde estamos indo, para a Apacheria, onde os últimos povos livres em todo o continente americano viveram antes de terem que se render aos olhos-brancos.

O que é um olho-branco? perguntou a menina, possivelmente imaginando alguma coisa aterrorizante.

É assim que os chiricahuas chamavam os europeus brancos e os americanos brancos: olhos-brancos.

Por quê? ela quis saber, e eu também estava curiosa, mas o menino tomou de volta as rédeas da conversa, guiando-a à sua maneira.

Mas por que os apaches, Pá?

Porque sim.

Por que sim o quê?

Porque eles foram os últimos de alguma coisa.

PRONOMES

Estava decidido. Iríamos de carro até o extremo sudeste do Arizona, onde ele ficaria, ou melhor, onde eles ficariam, por tempo indeterminado, mas onde ela e eu provavelmente não ficaríamos. Ela e eu viajaríamos o caminho todo com eles, mas provavelmente retornaríamos à cidade no fim do verão. Eu finalizaria o documentário sobre crianças refugiadas e depois precisaria arranjar um emprego. Ela teria que voltar para a escola. Eu não podia simplesmente me mudar para o Arizona, deixar tudo para trás, a menos que encontrasse um meio e uma razão para seguir meu marido nesse novo empreendimento sem ter que abandonar meus próprios planos e projetos. Embora não estivesse claro para mim se, além dessa viagem de verão juntos, ele quisesse de fato ser seguido.

Eu, ele, nós, eles, ela: os pronomes mudavam constantemente de lugar em nossa sintaxe confusa enquanto negociávamos os termos da mudança. Começamos a falar de modo mais hesitante sobre tudo, até as coisas triviais, e também começamos a falar mais baixinho, como se estivéssemos pisando na ponta dos pés com nossa língua, cautelosos a ponto da paranoia para não escorregar e cair no terreno subitamente instável do nosso espaço familiar. Há um poema de Anne Carson chamado "Soneto reticente" que em nada ajuda a resolver isso. É sobre como os pronomes são "parte de um sistema que discute com sombras", embora talvez ela esteja querendo dizer que nós — as pessoas, não os pronomes — somos "parte de um sistema que discute com sombras". Mas, pensando bem, nós é um pronome, então talvez ela queira dizer ambas as coisas ao mesmo tempo.

Enfim, a questão de como a colocação final de todos os nossos pronomes em última análise reorganizaria a nossa vida se tornou o nosso centro de gravidade. Tornou-se o núcleo escuro e silencioso em torno do qual circulavam todos os nossos pensamentos e questões.

O que faremos depois de chegarmos à Apacheria? perguntava o menino repetidamente nas semanas seguintes.

Sim, e depois? perguntei algumas vezes ao meu marido quando nos arrastávamos para a cama.

Aí vamos ver o que vem depois, dizia ele.

A Apacheria, claro, na verdade não existe mais. Mas existia na mente do meu marido e nos livros de história do século XIX e, cada vez mais, passou a existir na imaginação das crianças:

Haverá cavalos lá?

Haverá flechas?

Teremos camas, brinquedos, comida, inimigos?

Quando vamos partir?

Dissemos a eles que partiríamos um dia após o aniversário de dez anos do menino.

COSMOLOGIAS

Durante nossos últimos dias na cidade, antes de partirmos para a Apacheria, nosso apartamento ficou apinhado de formigas. Imensas formigas pretas em formato de oito, com uma ânsia suicida por açúcar. Se deixássemos um copo de alguma coisa doce sobre o balcão da cozinha, na manhã seguinte veríamos vinte cadáveres boiando dentro dele, afogados no próprio hedonismo. Exploravam balcões de cozinha, armários, a pia — todos refúgios normais para formigas. Mas depois passaram para nossas camas, nossas gavetas e, por fim, nossos cotovelos e pescoços. Certa noite, me convenci de que, se permanecesse em silêncio por tempo suficiente, poderia ouvi-las marchando dentro das paredes, apossando-se das veias invisíveis do apartamento. Tentamos vedar com fita adesiva cada fresta no rodapé entre as paredes e o piso, mas depois de algumas horas ela desgrudava. O menino teve uma ideia muito melhor, usar massinha Play-Doh para selar as rachaduras, e, por algum tempo, isso deu conta do recado, mas logo as formigas voltavam a encontrar um caminho.

Certa manhã, depois de tomar banho, a menina deixou uma calcinha suja no chão do banheiro, e quando a peguei algumas horas depois para jogá-la no cesto de roupa suja, percebi que estava infestada de formigas. Pareceu-me uma espécie de profunda violação, um mau sinal. O menino julgou o fenômeno fascinante; a menina, hilário. Durante o jantar daquela noite, as crianças relataram ao pai o incidente. Eu queria dizer que a meu ver aquelas formigas agourentas prenunciavam alguma coisa. Mas como poderia explicar isso para a família, para qualquer pessoa, sem parecer louca? Então compartilhei apenas metade do meu pensamento:

Uma catástrofe.

Meu marido ouviu o relato das crianças, assentindo, sorrindo, e depois disse que as formigas, na mitologia hopi, são consideradas sagradas. Pessoas-formiga eram deuses que salvavam de catástrofes os habitantes do mundo superior, levando-os para o mundo subterrâneo, onde podiam viver em paz e liberdade até que o perigo tivesse passado e eles tivessem condições de retornar ao mundo superior.

De que catástrofe as formigas estão aqui para nos livrar? perguntou-lhe o menino.

Achei que era uma boa pergunta, involuntariamente venenosa, talvez. Meu marido limpou a garganta, mas não respondeu. Em seguida a menina perguntou:

O que é uma catástrofe?

Algo muito ruim, disse o menino.

Ela ficou em silêncio por um momento, olhando para o prato em profunda concentração e pressionando a parte de trás do garfo contra o arroz para achatá-lo. Depois, olhando para nós de novo, muito séria, emitiu uma estranha aglutinação de conceitos, como se o espírito de algum hermeneuta alemão do século XIX a tivesse possuído:

As formigas, elas vêm marchando, comem minhas calcinhasdomundosuperior, elas levam a gente aonde não existem catástrofes, apenas bons troféus e liberdadedabundinha.

As palavras das crianças, de certa forma, são a rota de fuga dos dramas familiares, levando-nos ao seu submundo estranhamente luminoso, a salvo das nossas catástrofes de classe média. A partir desse dia, creio eu, começamos a permitir que as vozes de nossas crianças encampassem nosso silêncio. Permitimos que sua imaginação alquimizasse todas as nossas preocupações e tristezas sobre o futuro em algum tipo de delírio redentor: liberdadedabundinha!

Conversas, numa família, tornam-se arqueologia linguística. Constroem o mundo que compartilhamos, assentam-no em camadas em um palimpsesto, dão sentido ao nosso presente e futuro. A questão é, quando, no futuro, escavarmos nosso arquivo íntimo, reproduzirmos de novo nossa fita da família, será uma história? Uma paisagem sonora? Ou tudo será entulho, barulho e detrito?

TRANSEUNTES DESCONHECIDOS

Há uma parte em *Folhas de relva*, de Walt Whitman, que costumava ser uma espécie de clássico ou manifesto para meu marido e para mim quando ainda éramos um casal novo, ainda imaginando e elaborando nosso futuro juntos. Começa com os versos:

> *Transeunte desconhecido!, você não sabe quão ansiosamente coloco*
> *[os olhos em você,*
> *Você deve ser aquele a quem eu estava buscando, ou aquela a quem*
> *[eu estava buscando (isso me vem como em um sonho,)*
> *Em algum lugar certamente já vivi com você uma vida de alegrias,*
> *Tudo é relembrado ao passarmos de relance um pelo outro, fluidos,*
> *[afeiçoados, castos, amadurecidos,*
> *Você cresceu comigo, foi um menino comigo ou uma menina comigo,*
> *Comi com você e dormi com você...*

O poema explicava, ou pelo menos achávamos, por que razão havíamos decidido dedicar nossa vida, sozinhos, mas juntos, a gravar os sons de estranhos. Extraindo amostras de suas vozes, suas risadas, sua respiração, apesar da fugacidade dos encontros que tínhamos com cada um deles, ou talvez por conta dessa própria fugacidade, nos era oferecida uma intimidade como nenhuma outra: uma vida inteira vivida em paralelo, em um átimo, com aquele desconhecido.

E gravar o som, pensávamos, em contraste com filmar uma imagem, nos dava acesso a uma camada mais profunda, sempre invisível, da alma humana, da mesma forma que um especialista em batimetria precisa medir a emissão de som de um corpo de água para mapear adequadamente a profundidade de um oceano ou lago.

Esse poema termina com um juramento para o transeunte desconhecido: "Vou dar um jeito de não perder você". É uma promessa de permanência: esse momento fugaz de intimidade compartilhado entre você e mim, dois estranhos, deixará um vestígio, vai reverberar para sempre. E de muitas maneiras, acho que mantivemos essa promessa com alguns dos estranhos que encontramos e gravamos ao longo dos anos — as vozes e histórias deles sempre voltam para nos assombrar. Mas nunca imaginamos que esse poema, e especialmente o último verso, fosse também uma espécie de clara advertência para nós. Empenhados que estávamos em coletar intimidades com estranhos, devotados a ouvir tão atentamente suas vozes, nunca suspeitamos que o silêncio cresceria devagar entre nós dois. Jamais imaginamos que um dia, de alguma forma, teríamos perdido um ao outro em meio à multidão.

AMOSTRAS & SILÊNCIO

Depois de todo aquele tempo recolhendo amostras e gravando, tínhamos um arquivo repleto de fragmentos de vidas de desconhecidos, mas não tínhamos quase nada de nossa própria vida juntos. Agora que estávamos deixando para trás um mundo inteiro, um mundo que havíamos construído, praticamente não havia registro, nenhuma paisagem sonora de nós quatro, mudando no decorrer do tempo: o rádio no início da manhã e as últimas reverberações de nossos sonhos amalgamando-se com as notícias de crises, descobertas, epidemias, intempéries inclementes; o moedor de café, grãos duros tornando-se pó; a faísca do fogão acendendo e explodindo em um anel de fogo; o gorgolejar da cafeteira; os demorados banhos de chuveiro que o menino tomava e os insistentes chamados do pai, "Vamos, apresse-se, vamos chegar atrasados"; as conversas pausadas e quase filosóficas entre nós e as duas crianças a caminho da escola; os passos lentos e cuidadosos com que o menino perfaz os corredores vazios da escola, matando as aulas; o guincho metálico dos metrôs parando de repente, e as viagens quase sempre silenciosas nos vagões de trem durante nossos deslocamentos diários para gravações de campo, na área central da cidade ou pelos distritos; o zumbido de ruas apinhadas onde meu marido procurava captar sons desgarrados com o microfone boom enquanto eu abordava estranhos com meu gravador portátil, e a torrente de todas as suas vozes, seus sotaques e histórias; o riscar do fósforo que acendia o cigarro do meu marido e o longo chiado de sua primeira tragada, puxando a fumaça por entre dentes cerrados, depois o lento alívio da exalação; o estranho ruído branco que grupos numerosos de crianças produzem nos parquinhos — um vórtice de histeria, um fervilhar de gritos — e as vozes perfeitamente distintas de nossos dois filhos no meio; o silêncio sinistro que se instala nos parques após o anoitecer; o crepitar amarfanhado de folhas secas amontoadas em pilhas no parque onde a menina revolve a terra à procura de minhocas, de tesouros, de qualquer coisa que possa ser encontrada, o que é sempre nada, porque tudo o que há por debaixo delas são pontas de cigarro, bosta de cachorro fossilizada e saquinhos ziplock de maconha, felizmente vazios; a fricção dos nossos casacos contra as rajadas do vento norte chegado o inverno; o esforço de nossos pés pedalando bicicletas enferrujadas ao longo da trilha à beira-rio chegada a primavera; o pesado arquejo do nosso peito absorvendo os vapores tóxicos das águas cinzentas do rio, e as silenciosas e desagradáveis vibrações tanto dos excessivamente ávidos praticantes de jogging quanto dos dispersos gansos-do-canadá que sempre prolongam demais suas estadas migratórias; o bombardeio de instruções e reprimendas disparadas pelos ciclistas profissionais, todos equipados, homens e de meia-idade: "Saiam da frente!" e "Olhem à esquerda!"; e em resposta a isso, nossas vozes, murmurando baixinho, "Desculpe, senhor, desculpe, senhor", ou retrucando com insultos veementes — sempre encurtados ou abafados, que pena, pelas ventanias impetuosas; e finalmente, todas as lacunas de som durante nossos momentos passados sozinhos, colecionando pedaços do mundo do melhor jeito que cada um de nós sabe como coletar.

O som de tudo e de todos que um dia nos circundaram, o barulho com que contribuímos e o silêncio que deixamos para trás.

FUTURO

E então o menino completou dez anos. Nós o levamos a um bom restaurante, demos a ele seus presentes (nada de brinquedos). Comprei para ele uma câmera polaroide e várias caixas de filme, tanto preto e branco quanto colorido. Do pai ele ganhou um kit para a viagem: um canivete suíço, um binóculo, uma lanterna e uma pequena bússola. A seu pedido, também concordamos em fazer um desvio do itinerário planejado e passar o dia seguinte, o primeiro de nossa viagem, no Aquário Nacional de Baltimore. Ele havia feito um projeto escolar sobre Calypso, a tartaruga de duzentos e vinte e seis quilos com uma nadadeira faltando que mora lá, e desde então estava obcecado por ela.

Naquela noite, depois do jantar, meu marido arrumou a mala dele, eu arrumei a minha, e deixamos o menino e a menina arrumarem as deles. Assim que as crianças foram dormir, eu as refiz. Tinham escolhido as combinações mais improváveis de coisas. Suas malas eram desastres duchampianos portáteis: roupas em miniatura feitas sob medida para uma família de ursos em miniatura, um sabre de luz quebrado, uma solitária roda de patins, saquinhos ziplock cheios de todo tipo de miniaturas de plástico. Substituí tudo por calças de verdade, saias de verdade, roupas de baixo de verdade, tudo de verdade. Meu marido e eu perfilamos as quatro malas junto à porta, além de nossas sete caixas e nossos equipamentos de gravação.

Quando terminamos, nos sentamos na sala de estar e compartilhamos um cigarro em silêncio. Eu tinha encontrado um jovem casal a quem sublocar o apartamento pelo menos no mês seguinte, e o lugar já parecia mais dele do que nosso. Na minha cabeça cansada, tudo em que eu conseguia pensar era a lista de todas as realocações que haviam precedido àquela: nós quatro indo morar juntos quatro anos atrás; as muitas mudanças do meu marido antes daquela, bem como as minhas; as realocações das centenas de pessoas e famílias que havíamos entrevistado e registrado para o projeto de paisagem sonora da cidade; as das crianças refugiadas cuja história eu agora tentaria documentar; e aquelas dos últimos povos apaches chiricahuas, cujos fantasmas meu marido logo começaria a perseguir. Todos partem, se precisarem, se puderem, ou se tiverem que partir.

E finalmente, no dia seguinte, depois do café da manhã, lavamos os últimos pratos e partimos.

CAIXA I

§ QUATRO CADERNETAS (18,5 × 13 cm)

"Sobre coleta"
"Sobre arquivamento"
"Sobre inventário"
"Sobre catalogação"

§ DEZ LIVROS

O museu da rendição incondicional, Dubravka Ugrešić
Diários (1947-1963), Susan Sontag
Diários II (1964-1980), Susan Sontag
Obras completas de Billy the Kid, Michael Ondaatje
Realocado: Vinte esculturas de Isamu Noguchi do Japão, Isamu
   Noguchi, Thomas Messer e Bonnie Rychlak
A hora das crianças: Narrativas radiofônicas de Walter Benjamin,
   Walter Benjamin
Os moedeiros falsos, André Gide
História abreviada da literatura portátil, Enrique Vila-Matas
Inventário perpétuo, Rosalind E. Krauss
A poesia completa de Emily Dickinson

§ PASTA (CÓPIAS DE FAC-SÍMILES, RECORTES, RECADOS)

*A afinação do mundo: Uma exploração pioneira pela história
   passada e pelo atual estado do mais negligenciado aspecto do
   nosso ambiente: A paisagem sonora*, R. Murray Schafer
Gráficos de sons de baleias (em Schafer)
Gravações da Smithsonian Folkways — Mundo do Som,
   Catálogo nº 1
"Extraordinárias paisagens sonoras: para uma comunidade
   acústica inoperante", Iain Foreman, *Som organizado* 16
   (03)
"Vozes do passado: Abordagens composicionais ao uso do
   discurso gravado", Cathy Lane, *Som organizado* 11 (01)

Rotas & raízes

Buscar las raíces no es más que una forma
subterránea de andarse por las ramas.
JOSÉ BERGAMÍN

Quando você se perde na estrada,
Você corre para os mortos.
FRANK STANFORD

MAR DOS SARGAÇOS

Passa do meio-dia quando finalmente chegamos ao aquário de Baltimore. O menino nos escolta através das multidões e nos leva direto à piscina principal, onde está a tartaruga gigante. Ele nos faz ficar lá, observando aquele tristonho e belo animal remar ciclicamente por seu espaço aquático, parecendo a alma de uma mulher grávida — assombrada, inadequada, presa no tempo. Depois de alguns minutos, a menina percebe a nadadeira ausente:

Cadê o outro braço dela? pergunta ela ao irmão, horrorizada.

Essas tartarugas só precisam de uma nadadeira, então elas evoluíram para ter apenas uma, e isso se chama darwinismo, afirma ele.

Não temos certeza se a resposta dele é um sinal de maturidade súbita que visa proteger a irmã da verdade ou um manejo equivocado da teoria evolucionista. Provavelmente a última opção. Deixamos passar. O texto da parede, que todos nós, exceto a menina, podemos ler, explica que a tartaruga perdeu a nadadeira no estreito de Long Island, onde foi resgatada onze anos atrás.

Onze: minha idade mais um! diz o menino, explodindo em uma chama de entusiasmo, que ele normalmente reprime.

Ali de pé, observando a enorme tartaruga, é difícil não pensar nela como uma metáfora para alguma coisa. Mas antes que eu pudesse imaginar do que exatamente, o menino começa a nos ensinar. Tartarugas como Calypso, explica ele, nascem na Costa Leste e imediatamente nadam pelo Atlântico, sozinhas. Às vezes levam até uma década para retornar às águas costeiras. Os filhotes começam sua jornada no leste e são levados pelas correntezas quentes da corrente do Golfo até as profundezas. Assim, acabam chegando ao mar dos Sargaços, que, diz o menino, recebe o nome por causa das enormes quantidades de algas do gênero *sargassum* que flutuam ali, quase imóveis, presas por correntes que giram em sentido horário.

Eu já ouvi essa palavra antes, sargaço, e nunca soube o que significava. Há um verso de um poema de Ezra Pound que nunca compreendi direito e de cujo título tampouco me lembrava: "Tua mente e tu sois nosso mar dos Sargaços". O poema salta de volta para mim então, enquanto o menino continua falando sobre a tartaruga e sua jornada nos mares do Atlântico Norte. Estaria Pound pensando em aridez? Estava pensando em devastação? Ou é a imagem de uma das naus singrando por entre séculos de lixo? Ou se trata apenas de mentes humanas presas em fúteis ciclos de pensamento, incapazes de se libertar de padrões destrutivos?

Antes de deixarmos o aquário, o menino quer tirar sua primeira foto polaroide. Ele faz com que o pai e eu fiquemos em frente à piscina principal, de costas para a tartaruga. Ele segura com firmeza a câmera nova. A menina está ao lado dele — ela, segurando uma câmera invisível — e enquanto, paralisados e eretos, sorrimos desajeitadamente para eles, os dois olham para nós como se fôssemos seus filhos e eles os pais:

Digam xis.

Então nós sorrimos e dizemos:

Xis.

Xis.

Mas a foto do menino sai com uma coloração branca totalmente cremosa, como se ele tivesse documentado nosso futuro em vez do presente. Ou talvez a foto dele seja um documento não de nosso corpo físico, mas de nossas mentes, vagando, remoendo, perdidas no giro quase imóvel — perguntando por quê, pensando onde, dizendo o que vem em seguida?

MAPAS

Se mapeássemos nossa vida lá na cidade, se desenhássemos um mapa dos circuitos e rotinas diários que nós quatro deixamos para trás, não se pareceria em nada com o mapa da rota que agora percorreremos por este vasto país. Nossa vida cotidiana na cidade traçava linhas que se ramificavam para fora — escola, trabalho, tarefas, compras, compromissos, reuniões, livraria, mercearia da esquina, cartório, consultório médico —, mas essas linhas sempre circulavam, trazidas de volta e reunidas em um único ponto no fim do dia. Esse ponto era o apartamento onde por quatro anos moramos juntos. Era um espaço pequeno mas luminoso, onde nos tornamos uma família. Era o centro de gravidade que agora tínhamos, de repente, perdido.

Dentro do carro, apesar de estarmos sentados um ao lado do outro, somos quatro pontos desconectados — cada um em seu assento, com nossos pensamentos privados, cada um lidando silenciosamente com nossos humores variáveis e medos tácitos. Afundada no banco do passageiro, estudo o mapa com a ponta de um lápis. Rodovias e estradas cobrem de riscas o enorme pedaço de papel, dobrado várias vezes (é um mapa do país todo, grande demais para ser totalmente desdobrado dentro do carro). Sigo longas linhas, vermelhas ou amarelas ou pretas, até nomes lindos como Memphis, nomes desconcertantes — Verdade ou Consequências, Shakespeare —, e até antigos nomes agora ressignificados por novas mitologias: Arizona, Apache, Fortaleza de Cochise. E quando de relance tiro os olhos do mapa, vejo a longa e reta linha da estrada nos empurrando rumo a um futuro incerto.

ACUSTEMOLOGIA

Som e espaço estão conectados de forma muito mais profunda do que costumamos reconhecer. Não apenas chegamos a conhecer, compreender e sentir nosso caminho no espaço através de seus sons, a conexão mais óbvia entre os dois, mas também vivenciamos o espaço por meio dos sons a ele sobrepostos. Para nós, como família, o som do rádio sempre delineou a tripartite transição do sono, onde estávamos todos sozinhos, para o nosso estreito convívio no início da manhã, até o amplo mundo fora da nossa casa. Conhecemos o som do rádio melhor que qualquer coisa. Era a primeira coisa que ouvíamos todas as manhãs no nosso apartamento em Nova York, quando meu marido saía da cama e ligava o aparelho. Todos nós ouvíamos o som do rádio, rebatendo em algum lugar profundo em nossos travesseiros e em nossas mentes, e lentamente caminhávamos de nossas camas para a cozinha. A manhã então se enchia de opiniões, urgência, fatos, do cheiro de grãos de café, e todos nos sentávamos à mesa, dizendo:

Passe o leite.

Aqui está o sal.

Obrigado.

Você ouviu o que eles acabaram de dizer?

Notícias terríveis.

Agora, dentro do carro, quando passamos por áreas mais povoadas, procuramos um sinal de rádio e sintonizamos. Sempre que consigo encontrar notícias sobre a situação na fronteira, aumento o volume e todos nós escutamos: centenas de crianças chegando sozinhas. Todos os dias, milhares a cada semana. Os radialistas estão chamando isso de uma crise da imigração. Um influxo em massa de crianças, dizem eles, uma onda repentina. Elas não têm documentos, são ilegais, são aliens, dizem alguns. São refugiadas, legalmente têm direito à proteção, argumentam outros. Esta lei diz que devem ser protegidas; esta outra emenda diz que não. O Congresso está dividido, a opinião pública está dividida, a imprensa está prosperando com um excedente de controvérsias, as organizações sem fins lucrativos estão fazendo hora extra. Todo mundo tem uma opinião sobre o assunto; ninguém concorda em nada.

PRESSENTIMENTO, ESSA LONGA SOMBRA

Concordamos em dirigir somente até o anoitecer daquele dia, e nos dias que se seguirão. Nunca mais do que isso. As crianças ficam problemáticas assim que a luz se esvai. Elas sentem o fim do dia, e o pressentimento de sombras mais longas caindo sobre o mundo altera seu humor, ofusca suas personalidades mais suaves da luz do dia. O menino, geralmente de temperamento moderado, torna-se imprevisível e irritadiço; a menina, sempre cheia de entusiasmo e vitalidade, torna-se exigente e um pouco melancólica.

JUKEBOXES & CAIXÕES

A cidade chama-se Front Royal, na Virgínia. O sol está se pondo e alguma coisa supremacista branca está tocando a todo volume no posto de gasolina onde paramos para encher o tanque. A mulher do caixa se benze com um rápido e silencioso sinal da cruz, evitando contato visual, quando o valor da conta chega a 66,60 dólares. Tínhamos planejado encontrar um restaurante ou uma lanchonete, mas depois disso, de volta ao carro, decidimos que era melhor passarmos direto — sem ser notados. A menos de dois quilômetros do posto de gasolina, encontramos um hotel da rede Motel 6 e entramos no estacionamento. O check-out é pré-pago, há café na área da recepção vinte e quatro horas por dia e um longo e indiferente corredor leva ao nosso quarto. Pegamos algumas coisas básicas no porta-malas do carro. Quando abrimos a porta, encontramos um quarto inundado por um tipo de luz que faz com que até espaços sem alma pareçam uma adorável lembrança de infância: lençóis com estampa de flores enfiados sob o colchão, partículas de poeira suspensas em um feixe de luz do sol que entra através de cortinas de veludo verde ligeiramente separadas.

As crianças ocupam o espaço imediatamente, pulam entre as duas camas, ligam a televisão, desligam, bebem água da torneira. Como jantar, sentados na beira de nossas camas, comemos cereal seco da caixa, e o gosto é bom. Assim que terminamos, as crianças querem tomar banho, então encho a banheira até a metade para elas, e depois saio do quarto delas para me juntar ao meu marido, nossa porta entreaberta para o caso de uma das crianças nos chamar. Elas sempre precisam de ajuda com todas as pequenas rotinas do banho. Pelo menos no que diz respeito a hábitos de banheiro, ser pai ou mãe parece às vezes como ensinar uma religião extinta e complicada. Há mais rituais do que fundamentos lógicos por trás deles, mais fé do que razões: desatarraxe a tampa do tubo de pasta de dentes deste jeito, esprema-o daquele; desenrole apenas essa quantidade de papel higiênico, depois dobre-o dessa maneira ou amasse-o assim para limpar; esguiche o xampu na sua mão primeiro, não diretamente na cabeça; puxe a tampa para deixar a água escorrer pelo ralo apenas quando estiver fora da banheira.

Meu marido pegou o equipamento de gravação e está sentado do lado de fora junto à porta do nosso quarto, segurando o microfone boom. Sento-me ao lado dele em silêncio, sem querer que minha presença modifique o que quer que ele esteja tentando captar. Ficamos lá sentados, de pernas cruzadas no chão de cimento, apoiando nossas costas contra a parede. Abrimos latas de cerveja e enrolamos cigarros. No quarto ao lado, um cachorro late implacavelmente. De outro quarto, três ou quatro portas corredor abaixo, um homem e sua filha adolescente aparecem. Ele é lento e grandalhão; ela tem pernas de palito, veste apenas um maiô e uma jaqueta com o zíper aberto. Eles caminham até uma picape estacionada na frente da porta e entram. Quando o motor ruge, o cão para de latir e depois recomeça, mais ansioso. Eu bebo um gole da minha cerveja, seguindo a picape enquanto ela se afasta. A imagem desses dois desconhecidos — pai, filha, sem mãe — entrando em uma picape e indo juntos para uma possível piscina para um treino noturno em alguma cidadezinha próxima me faz me lembrar de algo que Jack Kerouac disse sobre os americanos: depois de vê-los, "você por fim acaba por não saber mais se um jukebox é mais triste que um caixão". Ainda que talvez Kerouac tivesse dito isso sobre as fotos de Robert Frank em seu livro *Os americanos* e não sobre os americanos em geral. Meu marido registra mais alguns minutos do cachorro latindo até que, convocados pelas crianças — precisando urgentemente de ajuda com a pasta de dentes e as toalhas —, voltamos para dentro.

POSTO DE CONTROLE

Sei que não vou conseguir dormir, então quando as crianças finalmente estão aconchegadas na cama, saio de novo, percorro o longo corredor até nosso carro e abro o porta-malas. Fico diante de nossa bagunça portátil, estudando o conteúdo do compartimento como se estivesse lendo um índice, tentando decidir para qual página ir.

Bem empilhadas do lado esquerdo do porta-malas estão as nossas caixas, cinco delas, com o nosso arquivo — embora seja otimista chamar de arquivo a nossa bagunça reunida —, mais as duas caixas vazias para o futuro arquivo das crianças. Dou uma espiada dentro das Caixas I e II, ambas do meu marido. Alguns livros dentro delas são sobre documentação ou tratam de como manter e consultar arquivos durante qualquer processo documental; outros são livros de fotografia. Na Caixa II, encontro *Família imediata*, de Sally Mann. Sentando-me no meio-fio, folheio o livro. Sempre gostei do jeito que ela vê crianças e do que escolhe ver como infância: vômito, hematomas, nudez, camas molhadas de xixi, olhares insolentes, confusão, inocência, selvageria indomável. Gosto também da constante tensão nessas imagens, uma tensão entre documento e invenção, entre captar um único momento fugaz e encenar um momento. Ela escreveu em algum lugar que as fotografias criam as próprias memórias e suplantam o passado. Em suas imagens não há nostalgia pelo momento efêmero, capturado por acaso com uma câmera. Pelo contrário, há uma confissão: esse momento captado não é um momento em que se esbarrou e se preservou, mas um momento roubado, arrancado do continuum da experiência a fim de ser preservado.

Ocorre-me que, talvez, fuçando nas caixas do meu marido dessa maneira, vez por outra, quando ele não está olhando, e tentando ouvir todos os sons presos em seu arquivo, pode ser que eu encontre um caminho para chegar à história exata que preciso documentar, a forma exata de que ela necessita. Suponho que um arquivo lhe dá uma espécie de vale em que seus pensamentos podem se recuperar e voltar para você, transformados. Você sussurra intuições e pensamentos no vazio, na esperança de ouvir algo em retorno. E às vezes, só às vezes, um eco realmente retorna, uma reverberação real de alguma coisa, voltando com clareza quando você finalmente atinge o tom certo e encontra a superfície certa.

Vasculho a Caixa III do meu marido, que à primeira vista parece um compêndio exclusivamente masculino de "fazendo uma viagem", conquistando e colonizando: *Coração das trevas*, *Os cantos*, *A terra devastada*, *O senhor das moscas*, *On the Road*, *2666*, a Bíblia. Entre estes, encontro um livrinho branco — as provas de impressão de um romance de Nathalie Léger, intitulado *Sem título para Barbara Loden*. Parece um pouco deslocado ali, espremido e silencioso, então o pego e volto para o quarto.

ARQUIVO

Em suas camas, todos eles parecem ternos e vulneráveis, como uma alcateia de lobos adormecidos. Posso reconhecer cada um pelo modo como respiram dormindo: meu marido ao meu lado, e as duas crianças uma ao lado da outra na cama de casal contígua. A mais fácil de distinguir é a menina, que quase ronrona enquanto suga arritmicamente o polegar.

Eu me deito na cama, ouvindo-os. O quarto está às escuras, e a luz do estacionamento emoldura as cortinas em um tom de laranja--uísque. Nenhum carro passa na rodovia. Se fecho os olhos, visões e pensamentos inquietantes se agitam dentro das minhas órbitas e despejam-se no interior da minha mente. Mantenho os olhos abertos e tento imaginar os olhos da minha tribo adormecida. Os olhos do menino são castanhos, geralmente sonhadores e suaves, mas podem de repente se inflamar com alegria, raiva e arroubo, como os olhos meteóricos de almas grandes e ferozes demais para serem dóceis — "dóceis nessa noite linda", como diz a música. Os da menina são negros e enormes. Se surgem lágrimas, um anel vermelho aparece instantaneamente em torno das bordas dos olhos. São completamente transparentes em suas bruscas mudanças de humor. Acho que quando eu era criança, meus olhos eram iguais aos dela. Meus olhos adultos são provavelmente mais constantes, inflexíveis e mais ambivalentes em suas pequenas variações. Os olhos do meu marido são cinzentos, oblíquos e quase sempre desassossegados. Quando ele dirige, olha para a linha da estrada como se estivesse lendo um livro difícil e franze as sobrancelhas. Tem o mesmo olhar quando está gravando. Não sei o que meu marido vê quando analisa meus olhos; hoje em dia ele não me olha com muita frequência.

Acendo a lâmpada do criado-mudo e fico acordada até tarde, lendo o romance de Nathalie Léger, sublinhando partes de frases:

"violência, sim, mas a face aceitável da violência, o tipo de crueldade banal perpetrada no âmbito da família"

"o zumbido da vida cotidiana"

"a história de uma mulher que perdeu algo importante mas não sabe exatamente o quê" "uma mulher em fuga ou escondida, ocultando sua dor e sua recusa, fazendo jogo de cena para se libertar"

Estou lendo o mesmo livro na cama quando o menino acorda antes do amanhecer no dia seguinte. Sua irmã e seu pai ainda estão dormindo. Mal preguei os olhos a noite toda. Ele faz um esforço para parecer que já está acordado há muito tempo, ou para agir como se em momento algum tivesse adormecido, como se o tempo todo tivéssemos mantido uma conversa intermitente. Impelindo-se à frente, em uma voz alta e cristalina, pergunta o que estou lendo.

Um livro francês, sussurro.

É sobre o quê?

Nada, na verdade. É sobre uma mulher que está procurando algo.

Procurando o quê?

Ainda não sei; ela não sabe ainda.

São todos assim?

O que você quer dizer?

Os livros franceses que você lê são todos assim?

Assim como?

Como esse, branco e pequeno, sem imagens na capa.

GPS

Nesta manhã seguiremos de carro pelo vale do Shenandoah, um lugar que não conheço, mas que vi na noite anterior — lascas parciais e lembranças emprestadas — nas fotografias de Sally Mann.

Para acalmar nossos filhos e preencher as horas tortuosas enquanto nos deslocamos pelas estradas montanha acima, meu marido conta histórias sobre o velho sudoeste americano. Ele lhes conta sobre as estratégias que o chefe Cochise usava para se esconder de seus inimigos nas montanhas Dragoon e Chiricahua, e como, mesmo depois de morrer, voltava para assombrá-los. As pessoas diziam que, ainda hoje, ele podia ser visto ao redor dos picos Dos Cabezas. As crianças ouvem com o máximo de atenção quando o pai lhes conta sobre a vida de Gerônimo. Quando ele fala sobre Gerônimo, suas palavras talvez tragam o tempo para mais perto de nós, contendo-o dentro do carro em vez de deixá-lo estender-se além de nós como uma meta inatingível. Ele prende a atenção das crianças, e eu também ouço: Gerônimo foi o último homem das Américas a se render aos olhos-brancos. Tornou--se um curandeiro. Era de nacionalidade mexicana mas odiava os mexicanos, que os apaches chamavam de nakaiye, "aqueles que vêm e vão". Soldados mexicanos mataram seus três filhos, sua mãe e sua esposa. Ele nunca aprendeu inglês. Atuou como intérprete entre o apache e o espanhol para o chefe Cochise. Gerônimo era uma espécie de são Jerônimo, diz meu marido.

Por que são Jerônimo? pergunto.

Ele ajeita o chapéu e começa a explicar, didaticamente, alguma coisa sobre a tradução da Bíblia para o latim feita por são Jerônimo, até que perco o interesse, as crianças dormem e nós dois ficamos em silêncio, ou talvez caiamos em uma espécie de barulho, distraídos por súbitas demandas da rota: fusão de rodovias, monitoramento de limites de velocidade, obras na pista à frente, curvas perigosas, pedágios — procurar dinheiro trocado e passar o café.

Seguimos um mapa. Contra as recomendações de todos, decidimos não usar um GPS. Tenho um amigo querido cujo pai trabalhou, infeliz, em uma grande empresa até os setenta anos e economizou dinheiro suficiente para abrir o próprio negócio, dedicando-se a sua verdadeira paixão. Abriu uma editora, chamada A Nova Fronteira, que produzia milhares de pequenos e deslumbrantes mapas náuticos, adaptados com esmero e amor aos navios que navegavam pelo Mediterrâneo. Contudo, seis meses depois que abriu a empresa, o GPS foi inventado. E fim de papo: uma vida inteira se foi. Quando meu amigo me contou essa história, prometi que nunca usaria um GPS. Então, é claro, nos perdemos com frequência, especialmente quando estamos tentando sair de uma cidade. Percebemos agora que, durante a última hora, nosso carro andou em círculos e estamos de volta a Front Royal.

PARE

Em uma estrada chamada Happy Creek, somos parados por um carro da polícia. Meu marido desliga o motor, tira o chapéu e abaixa o vidro da janela, sorrindo para a policial. Ela pede a habilitação, o certificado de registro e licenciamento do veículo e o comprovante de seguro. Franzo a testa e resmungo em meu banco, incapaz de refrear a maneira visceral e imatura com que meu corpo reage a qualquer forma de reprimenda de uma figura de autoridade. Como um adolescente lavando pratos, estendo pesada e exaustivamente a mão até o porta-luvas e coleto todos os documentos que a policial solicita. Eu os jogo nas mãos do meu marido. Ele, por sua vez, os oferece a ela cerimoniosamente, como se estivesse lhe dando chá quente em uma xícara de porcelana. Ela explica que tivemos que encostar porque não tínhamos parado por completo no sinal, e aponta para ele — aquele objeto octogonal vermelho brilhante, que claramente fixa a interseção entre as estradas do Riacho Feliz e do Buraco Desolado e sinaliza uma instrução muito simples: "Pare". Só então noto essa outra via, a estrada do Buraco Desolado, o nome escrito em letras maiúsculas pretas na placa de alumínio branco, nome que é o rótulo mais preciso para o lugar que ele designa. Meu marido assente, e volta a fazer que sim com a cabeça, e pede desculpa e, mais uma vez, desculpa. A policial devolve os documentos, convencida agora de que não somos perigosos, mas, antes que nos deixe ir, faz uma derradeira pergunta:

E quantos anos têm esses filhos lindos, que Deus os abençoe?

Nove e cinco, diz meu marido.

Dez! corrige o menino no banco de trás.

Desculpe desculpe desculpe, sim, eles têm dez e cinco.

Sei que a menina também quer dizer algo para intervir de alguma maneira; sinto isso mesmo que eu não esteja olhando para ela. Provavelmente quer explicar que em breve vai ter seis anos em vez de cinco. Mas ela nem sequer abre a boca. Como meu marido, e ao contrário de mim, ela tem um medo profundo e instintivo de figuras de autoridade, um medo que se expressa em ambos como um sincero respeito, até mesmo submissão. Em mim, esse instinto vem à tona como uma espécie de defensiva e hostil relutância em admitir um erro.

Meu marido sabe disso e se assegura de nunca me deixar falar em situações em que tenhamos de negociar para nos livrar de alguma coisa.

Senhor — diz a policial agora —, na Virgínia, cuidamos de nossos filhos. Qualquer criança com menos de sete anos tem que viajar em uma cadeirinha adequada. Para a segurança da criança, que Deus a abençoe.

Sete, senhora? Não cinco?

Sete, senhor.

Desculpe, senhora policial, sinto muito. Eu — nós — não tínhamos ideia. Onde podemos comprar uma cadeirinha de carro por aqui?

Contrariando minhas expectativas, em vez de reivindicar seu direito ao usufruto retórico dos delitos confessos do meu marido, em vez de usar a derrota dele como um trampolim a partir do qual transformar o próprio poder em uma aplicação concreta de punição, ela repentinamente separa seus lábios, sobre os quais há camadas de batom rosa brilhante, e oferece um sorriso. Um belo sorriso, na verdade — tímido, mas também generoso. Ela nos dá instruções para chegarmos a uma loja, direções muito precisas, e então, modulando o tom de voz, nos oferece conselhos sobre qual cadeirinha infantil comprar: as melhores são aquelas sem a parte de trás, e devemos procurar pelos assentos com fivelas de metal, não de plástico. No fim, porém, convenci meu marido a não parar para comprar a cadeirinha. Em troca, concordo em usar o GPS do Google Maps apenas dessa vez, para que possamos sair do labirinto da cidade e voltar para uma estrada.

MAPA

Seguimos adiante, em direção ao sudoeste, e ouvimos as notícias no rádio, notícias sobre todas as crianças que viajam para o norte. Sozinhas, elas viajam em trens e a pé. Viajam sem os pais, sem as mães, sem malas, sem passaportes. Sempre sem mapas. Elas têm que atravessar fronteiras nacionais, rios, desertos, horrores. E as que finalmente chegam são postas no limbo, são instruídas a esperar.

A propósito, teve notícias de Manuela e de suas duas meninas? meu marido me pergunta.

Digo a ele que não, não tive. Da última vez que falei com ela, pouco antes de deixarmos Nova York, as meninas ainda estavam no centro de detenção no Novo México, esperando ou por permissão legal para serem encaminhadas à mãe ou por uma ordem definitiva de deportação. Tentei ligar para ela umas duas vezes, mas ela não atende. Imagino que ainda esteja aguardando para saber o que acontecerá com as filhas, na esperança que lhes seja concedido o status de refugiadas.

O que significa "refugiadas", Mamã? pergunta a menina no banco de trás.

Procuro possíveis respostas para lhe dar. Suponho que alguém que esteja fugindo ainda não seja um refugiado. Um refugiado é alguém que já chegou a algum lugar, a uma terra estrangeira, mas deve esperar por um tempo indefinido antes de chegar de verdade e por completo. Refugiados esperam em centros de detenção, abrigos ou acampamentos; em custódia federal e sob o olhar fixo de agentes armados. Em longas filas, esperam pelo almoço, por uma cama onde dormir, esperam com as mãos levantadas para perguntar se podem usar o banheiro. Esperam para ser libertados, esperam por um telefonema, por alguém que assuma a responsabilidade por eles ou vá buscá-los. E há os refugiados que têm a sorte de finalmente se reunir com suas famílias, vivendo em um novo lar. Mas mesmo estes ainda esperam. Esperam a notificação para comparecer ao tribunal, esperam por uma decisão judicial, seja de deportação ou de asilo, esperam para saber onde vão viver e sob quais condições. Esperam por uma vaga em uma escola, por uma vaga de emprego, por um médico para atendê-los. Esperam por vistos, documentos, permissão. Esperam por uma deixa, por instruções, e depois esperam mais um pouco. Eles esperam que sua dignidade seja restaurada.

O que significa ser um refugiado? Suponho que eu poderia dizer à menina:

Uma criança refugiada é alguém que espera.

Mas, em vez disso, digo que um refugiado é alguém que precisa encontrar um novo lar. Depois, para suavizar a conversa, distraí-la de tudo isso, procuro uma playlist e pressiono o modo de reprodução aleatório. Imediatamente, como uma torrente nos arrebatando, tudo é embaralhado de volta a uma realidade mais despreocupada, ou pelo menos uma irrealidade mais maleável:

Quem é que está cantando essa música fa fa fa fa fa? pergunta a menina.

Talking Heads, as cabeças falantes.

Essas cabeças tinham algum cabelo?

Sim, claro.

Comprido ou curto?

Curto.

Estamos quase sem gasolina. Precisamos encontrar um desvio, encontrar uma cidadezinha, diz meu marido, qualquer lugar onde possamos encontrar um posto de gasolina. Pego o mapa do porta--luvas e o estudo.

MEDO CRÍVEL

Quando crianças sem documentos chegam à fronteira, são submetidas a um interrogatório conduzido por um agente da Patrulha de Fronteira. Isso é chamado de entrevista de medo crível, e seu objetivo é determinar se a criança tem razões suficientemente boas para buscar asilo no país. Sempre inclui mais ou menos as mesmas perguntas:

Por que você veio para os Estados Unidos?

Em que data você saiu do seu país?

Por que você saiu do seu país?

Alguém ameaçou matar você?

Você tem medo de voltar ao seu país? Por quê?

Penso em todas aquelas crianças, sem documentos, que atravessam o México nas mãos de um coiote, viajando em cima de vagões de trem, tentando não cair, não cair nas mãos das autoridades de imigração, nem nas mãos dos chefões do tráfico que as escravizariam em plantações de papoula, isso se não as matassem. Se chegam à fronteira dos Estados Unidos, as crianças tentam se entregar, mas se não encontram um agente da Patrulha de Fronteira, caminham deserto adentro. Se encontram um agente ou são encontradas por um, acabam detidas e encaminhadas para interrogatório, onde ouvem a pergunta:

Por que você veio para os Estados Unidos?

Cuidado! grito, olhando do mapa para a estrada. Meu marido dá uma virada brusca no volante. O carro dá uma ligeira guinada, mas ele recupera o controle.

Apenas se concentre no mapa, e eu me concentro na estrada, diz meu marido, e passa as costas da mão pela testa.

Tudo bem, respondo, mas você estava prestes a bater naquela pedra, ou guaxinim, ou o que quer que fosse.

Jesus, diz ele.

Jesus o quê?

Jesus Cristo do Caralho, diz ele.

O quê?

Apenas nos leve até um posto de gasolina.

Desplugando o polegar da boca, a menina solta um grunhido, bufa e nos pede para parar com isso, interrompendo nosso falatório amorfo, estrambótico e agramatical com a determinação de sua subitamente civilizada irritação. Sem perder a compostura, ela suspira um profundo e cansado ponto-final diretamente em nosso fluxo de palavras, limpando a garganta. Paramos de falar. Em seguida, quando sabe que tem nossa total, silenciosa e contrita atenção, acrescenta uma observação como conselho final para arrematar sua intervenção. Ela às vezes fala conosco — embora ainda tenha apenas cinco anos de idade, nem mesmo seis, e ainda chupe o dedo e de vez em quando faça xixi na cama — com o mesmo ar indulgente que os psiquiatras exalam quando entregam o receituário a seus pacientes pobres de espírito:

Bom, Papá. Acho que é hora de você fumar mais uma das suas varetinhas. E você, Mamá, você só precisa se concentrar no seu mapa e no seu rádio. Tá? Vocês dois só precisam olhar para o panorama mais amplo agora.

PERGUNTAS E RESPOSTAS

Ninguém olha para o mapa mais amplo, histórico e geográfico das rotas de migração de uma população de refugiados. Em sua maioria as pessoas pensam em refugiados e migrantes como um problema estrangeiro. Poucas concebem a migração simplesmente como uma realidade nacional. Pesquisando on-line sobre a crise das crianças refugiadas, encontro um artigo do *New York Times* de alguns anos atrás, intitulado "Crianças na fronteira". É um texto estruturado como uma seção de perguntas e respostas, exceto pelo fato de que a própria autora faz as perguntas e as responde, então talvez não seja bem uma entrevista. A uma pergunta sobre de onde vêm as crianças, a autora responde que três quartos delas são "principalmente de cidades pobres e violentas" de El Salvador, Guatemala e Honduras. Penso nas palavras "principalmente de cidades pobres e violentas" e nas possíveis implicações dessa forma esquemática de mapear as origens das crianças que migram para os Estados Unidos. Essas crianças são totalmente estranhas para nós, as palavras parecem sugerir. Vêm de uma realidade bárbara. Essas crianças também não são brancas. Então, depois de indagar por que as crianças não são imediatamente deportadas, o leitor é informado: "De acordo com uma lei antitráfico adotada com apoio bipartidário [...] menores de idade da América Central não podem ser deportados de imediato e devem ser ouvidos em uma corte de justiça antes de serem deportados. Uma diretriz política dos Estados Unidos permite que menores mexicanos pegos cruzando a fronteira sejam mandados de volta rapidamente". Essa palavra "permite" na frase final. É como se, em resposta à pergunta, "Por que as crianças não são imediatamente deportadas?", a autora do artigo tentasse oferecer alívio, dizendo algo como, não se preocupem, pelo menos não estamos mantendo aqui as crianças mexicanas, porque, felizmente, há uma política que nos "permite" despachá-las de volta bem rapidinho. Como as meninas de Manuela, que teriam sido deportadas imediatamente, não fosse pela ação de algum agente bondoso o suficiente para deixá-las passar. Mas quantas crianças são enviadas de volta sem sequer ter a chance de expressar seus medos críveis ou incríveis?

Ninguém pensa nas crianças que aqui chegam agora como refugiadas de uma guerra hemisférica que se estende, pelo menos, destas mesmas montanhas, atravessando o país até os desertos do sul dos Estados Unidos e do norte do México, assolando as serras, matas e florestas tropicais meridionais mexicanas até penetrar a Guatemala, El Salvador e todo o caminho até as montanhas de Celaque, em Honduras. Ninguém pensa nessas crianças como consequência de uma guerra histórica que remonta a décadas. Todos ficam perguntando: que guerra, onde? Por que elas estão aqui? Por que vieram para os Estados Unidos? O que faremos com elas? Ninguém pergunta: por que fugiram de suas casas?

SEM RETORNO

Por que a gente não pode simplesmente voltar para casa? pergunta o menino.

Ele está mexendo com a polaroide no banco de trás, aprendendo como lidar com a câmera, lendo as instruções, grunhindo.

Não tem mesmo nada para fotografar, reclama ele. Tudo o que vemos no caminho é velho e feio e parece assombrado.

Isso é verdade? Está tudo mal-assombrado? pergunta a menina.

Não, meu bem, digo, nada está mal-assombrado.

Entretanto, talvez, de certo modo, esteja. Quanto mais profundamente avançamos nas entranhas desta terra, mais tenho a sensação de que estou olhando para restos e ruínas. Quando passamos por uma fazenda de gado leiteiro abandonada, o menino diz:

Imagine a primeira pessoa no mundo que ordenhou uma vaca. Que pessoa estranha.

Zoofilia, penso, mas não digo. Não sei o que meu marido pensa, mas ele também não fala nada. A menina sugere que talvez esse primeiro ordenhador de vacas tenha pensado que, se puxasse com força o suficiente — lá embaixo —, o sininho em volta do pescoço da vaca faria bléin bléin.

O sino badala, o menino a corrige.

E aí de repente o leite saiu, conclui ela, ignorando o irmão.

Ajustando o espelho, eu a vejo: um sorriso largo, ao mesmo tempo sereno e travesso. Uma explicação ligeiramente mais razoável me ocorre:

Talvez tenha sido uma mãe humana que, sem leite para dar a seu bebê, decidiu então tirá-lo da vaca.

Mas as crianças não estão convencidas:

Uma mãe sem leite?

Isso é loucura, Mamã.

É um absurdo, Má, por favor.

PICOS & PONTOS

Quando eu era adolescente, tinha uma amiga que sempre procurava um lugar alto toda vez que precisava tomar uma decisão ou entender um problema difícil. Um telhado, uma ponte, uma montanha se disponível, um beliche, qualquer tipo de altura. Sua teoria era a de que era impossível tomar uma boa decisão ou chegar a qualquer conclusão relevante se a pessoa não estivesse sentindo na pele a clareza vertiginosa que as alturas impõem. Talvez.

À medida que subimos as estradas montanhosas dos Apalaches, posso pensar mais claramente, pela primeira vez, sobre o que vem acontecendo conosco enquanto família — conosco enquanto um casal, a bem da verdade — no decorrer dos últimos meses. Suponho que, com o tempo, meu marido começou a sentir que todas as nossas obrigações como casal e família — aluguel, contas, plano de saúde — o forçaram a seguir um caminho mais convencional, cada vez mais e mais longe do tipo de trabalho a que queria dedicar sua vida. E que, alguns anos depois, finalmente ficou claro para ele que a vida que havíamos construído juntos estava em desacordo com o que ele queria. Durante meses a fio, tentando entender o que estava acontecendo conosco, senti raiva, culpei-o, achei que ele estava agindo à base de caprichos — sedento por novidades, por mudanças, por outras mulheres, por qualquer coisa. Mas agora, viajando juntos, fisicamente mais próximos do que nunca, mas longe do tablado que havia sustentado o trabalho diário em andamento de nosso mundo familiar e distanciados do projeto que outrora nos unira, percebo que eu estava acumulando sentimentos semelhantes. Precisava admitir minha parte: embora não tivesse acendido o fósforo que iniciou esse incêndio, por meses deixei um rastro de detritos secos que agora o alimentava.

O limite de velocidade nas estradas que cruzam os Apalaches é de quarenta quilômetros por hora, o que irrita meu marido, mas que eu acho ideal. Mesmo a essa velocidade, porém, levei algumas horas para notar que as árvores ao longo do caminho da montanha estão cobertas de kudzu. Passamos por hectares de áreas florestais revestidas da planta em nosso caminho rumo a esse vale elevado, mas só agora o vemos claramente. Meu marido explica às crianças que o kudzu foi trazido do Japão no século XIX e que os agricultores eram pagos por hora para plantá-lo em solo ceifado, a fim de controlar a erosão. Eles extrapolaram, e no fim o kudzu se espalhou pelos campos, arrastou-se montanhas acima e galgou todas as árvores. O kudzu bloqueia a luz do sol e suga toda a água delas. As árvores não têm mecanismo de defesa. Das partes mais altas da estrada da montanha, a visão é aterrorizante: feito marcas cancerígenas, manchas de copas de árvores amareladas salpicam as florestas da Virgínia.

Todas essas árvores vão morrer, asfixiadas, sugadas por essa sanguinária trepadeira sem raízes, diz meu marido, diminuindo a velocidade quando chegamos a uma curva.

Mas você também vai, Pá, e todos nós, e todos os outros, diz o menino.

Bem, sim, o pai admite e abre um sorriso largo. Mas esse não é o ponto.

Instrutivamente, a menina nos informa:

O ponto é, o ponto é, o ponto é sempre pontudo.

VALES

Serpeamos acima e abaixo a estrada estreita e sinuosa, atravessando as montanhas Blue Ridge, e seguimos para o oeste, entrando em um apertado vale aninhado entre dois braços da cordilheira, mais uma vez procurando um posto de gasolina. Quando começamos a perder o sinal novamente, desligo o rádio, e o menino pede ao pai histórias, histórias do passado em geral. A menina interrompe de vez em quando, faz perguntas muito concretas.

E as meninas apaches? Elas existiram?

Como assim?

Você só fala sobre os homens apaches, e às vezes sobre meninos apaches, então não havia meninas?

Ele pensa por um momento e finalmente diz:

Claro. Havia a Lozen.

Ele conta a ela que Lozen era a melhor menina dos apaches, a mais valente. Seu nome significava "hábil ladra de cavalos". Ela cresceu durante um período difícil para os apaches, depois que o governo mexicano estipulou uma recompensa por escalpos de apaches e pagava vultosas quantias por suas longas cabeleiras negras. Nunca pegaram Lozen, no entanto; ela era rápida e esperta demais.

Ela tinha cabelo comprido ou curto?

Ela prendia o cabelo em duas longas tranças. Era famosa por ser uma clarividente, que sabia quando o perigo era iminente e sempre conduzia seu povo para longe de problemas. Era também uma guerreira e curandeira. E quando ficou mais velha, tornou-se parteira.

O que é uma parteira? pergunta a menina.

Alguém que faz os bebês chegarem, diz meu marido.

Igual à mulher do correio?

Sim, diz ele, igual à mulher do correio.

PEGADAS

Na primeira cidadezinha pela qual passamos, no interior da Virgínia, vemos mais igrejas do que pessoas, e mais placas de lugares do que lugares em si. Tudo parece ter sido escavado e eviscerado de dentro para fora, e o que resta são apenas as palavras: nomes de coisas apontando para um vácuo. Estamos atravessando de carro um país formado apenas por placas. Uma dessas placas anuncia um restaurante de propriedade familiar e promete hospitalidade; por trás dela, nada além de uma estrutura de ferro arruinada irradia beleza à luz do sol.

Depois de quilômetros de postos de gasolina abandonados, arbustos brotando através de cada fresta no cimento, chegamos a um que parece apenas parcialmente abandonado. Estacionamos ao lado da única bomba de combustível em funcionamento e saímos do carro para esticar as pernas. A menina permanece lá dentro, vendo sua chance de se sentar atrás do volante enquanto meu marido enche o tanque. O menino e eu mexemos na câmera nova.

O que eu tenho que fazer? pergunta ele.

Eu lhe digo — tentando traduzir entre uma língua que conheço bem e uma língua que pouco conheço — que basta pensar em fotografar como se estivesse gravando o som de um eco. Mas, na verdade, é difícil traçar paralelos entre a sonografia e a fotografia. Uma câmera consegue captar uma porção inteira de uma paisagem em uma única impressão; mas um microfone, mesmo um parabólico, pode apenas obter amostras de fragmentos e detalhes.

O que eu quero dizer, Má, é que botão eu tenho que apertar e quando.

Mostro a ele a ocular, a lente, o foco e o obturador, e, quando através da ocular ele olha para o espaço ao redor, sugiro:

Talvez você possa tirar uma foto daquela árvore crescendo por entre o cimento.

Por que eu faria isso?

Não sei, apenas para documentar, eu acho.

Isso não significa nada, Má, documentar.

Ele tem razão. O que significa documentar algo, um objeto, nossa vida, uma história? Creio que documentar coisas — através da lente de uma câmera, em papel ou com um dispositivo de gravação de som — é na verdade apenas uma maneira de contribuir com mais uma camada, algo como fuligem, para todas as coisas já sedimentadas em uma compreensão coletiva do mundo. Sugiro que tiremos uma foto do nosso carro, apenas para testar a câmera novamente e ver por que as fotos estão saindo todas em um branco enevoado. O menino segura a câmera nas mãos como uma bola de futebol prestes a ser chutada por um goleiro amador, espia pela ocular e dispara o clique.

Você ajustou o foco?

Acho que sim.

A imagem estava clara?

Mais ou menos, sim.

De nada adianta; a polaroide sai azulada e vai ficando lentamente num tom branco leitoso. Ele alega que a câmera está quebrada, tem um defeito de fabricação, é provavelmente apenas uma câmera de brinquedo, não uma câmera de verdade. Garanto-lhe que não é um brinquedo e sugiro uma teoria:

Talvez as fotos estejam saindo em branco não porque a câmera esteja quebrada ou seja só uma câmera de brinquedo, mas porque o que você está fotografando não está realmente lá. Se não houver nada, não há eco que possa ser recebido. Como os fantasmas, digo a ele, que não aparecem em fotos, ou os vampiros, que não aparecem em espelhos, porque na verdade não estão lá.

Ele não se impressiona, não se diverte, não acha a minha teoria das ecocoisas convincente, tampouco engraçada. Ele empurra a câmera na minha barriga e pula de volta para seu lugar no banco de trás.

De volta ao carro, a discussão sobre o problema com as fotos continua por um pouco mais, o menino insistindo que eu lhe dei uma câmera quebrada, inútil. O pai do menino tenta entrar na conversa. Ele conta ao menino sobre os "fotogramas" de Man Ray e o estranho método com que Ray os compunha, sem câmera, colocando pequenos objetos como tesouras, tachinhas, parafusos ou bússolas diretamente em cima de papel fotossensível e depois expondo-os a fontes luminosas. Ele lhe conta como as imagens que Ray criou com esse método eram sempre como os vestígios fantasmagóricos de objetos que não estavam mais lá, como ecos visuais, ou como pegadas deixadas na lama por alguém que tinha passado havia muito tempo.

RUÍDO

Tarde da noite, chegamos a um vilarejo empoleirado no alto dos Apalaches. Decidimos parar. As crianças começaram a se comportar no carro como desagradáveis monges medievais — disputando inquietantes jogos verbais no banco de trás, jogos que envolvem enterrar um ao outro vivo, matar gatos, queimar cidades. Ouvi-los me faz pensar que a teoria da reencarnação é correta: o menino deve ter caçado bruxas em Salem nos anos 1600; a menina deve ter sido um soldado fascista na Itália de Mussolini. A história se desenrola neles, repetindo-se em microescalas.

Do lado de fora da única mercearia no vilarejo, uma placa anuncia: "Chalés para alugar. Pergunte na loja". Alugamos um, pequeno mas confortável, afastado da estrada principal. Nessa noite, na cama, o menino tem um ataque de ansiedade. Ele não chama disso, mas diz que não consegue respirar direito, diz que os olhos não ficam fechados, diz que não consegue pensar em linha reta. Ele me chama para o lado dele:

Você realmente acredita que algumas coisas não estão lá? pergunta ele. Que nós as vemos, mas elas não estão lá de verdade?

O que você quer dizer?

Você disse isso antes.

O que eu disse?

Você disse que se eu estou vendo você e este quarto e tudo mais, só que nada está realmente aqui, então eu não consigo fazer ecos, então não pode ser fotografado.

Eu só estava brincando, querido.

Tá bom.

Vá dormir, tudo bem?

Tá bom.

Mais tarde nessa noite, paro na frente do porta-malas aberto do nosso carro com uma lanterna, apenas olhando, tentando escolher uma caixa para abrir — uma caixa na qual encontrarei um livro para também abrir e ler. Preciso pensar no meu projeto sonoro e ler as palavras de outros, ocupando suas mentes por um tempo, sempre foi um ponto de entrada para meus próprios pensamentos. Mas por onde começar? De pé diante das sete caixas de arquivo, me pergunto o que qualquer outra mente poderia fazer com aquela mesma coleção de pedaços e recados, agora temporariamente arquivados em determinada ordem naquelas caixas. Quantas combinações possíveis de todos aqueles documentos havia? E que histórias completamente diferentes seriam contadas por seus variados embaralhamentos, permutações e reordenamentos?

Na Caixa II do meu marido, sob alguns cadernos, há um livro intitulado *A afinação do mundo*, de R. Murray Schafer. Lembro-me de tê-lo lido muitos anos atrás e de ter entendido apenas uma escassa parte, mas compreendi, pelo menos, que era um esforço titânico, possivelmente em vão, de organizar o excedente sonoro que a presença humana no mundo havia criado. Ao separar e catalogar os sons, Schafer tentava se livrar do ruído. Agora folheio as páginas — repletas de gráficos difíceis, notações simbólicas de diferentes tipos de sons e um vasto inventário que cataloga os sons a que Schafer se referiu como o Projeto de Paisagem Sonora Mundial. O inventário varia de "Sons da água" e "Sons das estações" a "Sons do corpo" e "Sons domésticos", a "Motores de combustão interna", "Instrumentos de guerra e destruição" e "Sons do tempo". Em cada uma dessas categorias, há uma lista de particularidades. Por exemplo, em "Sons do corpo" há: batimentos cardíacos, respiração, passos, mãos (bater palmas, arranhar etc.), comer, beber, evacuar, fazer amor, sistema nervoso, sons de sonhos. Bem no finalzinho do inventário está a categoria "Indicadores sonoros de futuras ocorrências". Mas, é claro, não há detalhes específicos listados aqui.

Recoloco o livro em sua caixa e abro a Caixa 1, vasculhando com cuidado seu conteúdo. Pego uma caderneta marrom, em cuja primeira página meu marido escreveu "Sobre coleta". Pulo para uma página aleatória e leio uma anotação: "Coletar é uma forma de procrastinação frutífera, de inatividade prenhe de possibilidade". Algumas linhas abaixo há uma citação copiada de um livro de Marina Tsvetáieva: "Gênio: o mais alto grau de ser mentalmente reduzido a pedaços, e o mais alto de ser — coletado". O livro, *Arte à luz da consciência*, pertence a mim, e essa frase foi provavelmente algo que em algum momento sublinhei. Ver isso ali, na caderneta dele, parece um pequeno furto mental, como se ele tivesse roubado uma experiência interior minha e fizesse dela sua própria. Mas de alguma forma tenho orgulho de ser saqueada. Por fim, embora seja improvável que me ajude a pensar sobre meu projeto acústico ou sobre a paisagem sonora em geral, pego da caixa os *Diários* (*1947-1963*) de Susan Sontag.

CONSCIÊNCIA & ELETRICIDADE

Fico acordada na varanda do lado de fora do chalé, lendo os diários de Sontag. Meus braços e pernas, um banquete para os mosquitos. Acima da minha cabeça, besouros estalam seus teimosos exoesqueletos contra a solitária lâmpada; mariposas brancas sobem em espiral ao redor do halo da luz e depois despencam. Uma pequena aranha fia uma armadilha na interseção de uma viga e uma coluna. E, à distância, uma redentora constelação de vaga-lumes — intermitentes — ajardina a tenebrosa imensidão além do retângulo da varanda.

Não mantenho um diário. Meus diários são as coisas que sublinho nos livros. Jamais emprestaria um livro a alguém depois de tê-lo lido. Grifo muito, às vezes páginas inteiras, às vezes com sublinhado duplo. Certa vez meu marido e eu lemos juntos um exemplar dos *Diários* de Sontag. Tínhamos acabado de nos conhecer. Ambos sublinhamos passagens inteiras, entusiasticamente, de forma quase febril. Líamos trechos em voz alta, revezando-nos, abrindo as páginas como se consultando um oráculo, pernas nuas e entrelaçadas em uma cama de solteiro. Creio que as palavras, oportunas e dispostas na ordem certa, produzem uma sensação de agradável resplendor. Quando se leem palavras como essas em um livro, palavras bonitas, o resultado é uma emoção poderosa mas fugaz. E também se sabe que, em breve, tudo acabará: o conceito que acabou de entender e a emoção que isso produziu. Então vem a necessidade de possuir esse estranho e efêmero arrebatamento e se manter aferrada a essa emoção. Assim, você relê, sublinha e talvez até mesmo memorize e transcreva as palavras em algum lugar — em um caderno, em um guardanapo, na mão. No nosso exemplar dos *Diários* da Sontag, sublinhados uma, duas vezes, por vezes emoldurados e marcados nas margens:

"Uma das principais funções (sociais) de um diário é exatamente ser lido às escondidas por outras pessoas, as pessoas (como pais & amantes) sobre as quais o autor se mostra cruelmente honesto apenas no diário."

"Numa época esvaziada pelo decoro, devemos nos educar na espontaneidade."

"1831: Hegel morreu."

"A gente se senta neste buraco de rato virando pessoas eminentes e de meia-idade…"

"A contabilidade moral exige um acerto de contas".

"No casamento, sofri certa perda de personalidade — a princípio, a perda era agradável, fácil…"

"O casamento baseia-se no princípio da inércia."

"O céu, visto na cidade, é negativo — onde os edifícios não estão."

"A despedida foi vaga, porque a separação ainda parece irreal."

Esta última linha está sublinhada a lápis, depois circulada com tinta preta e também assinalada na margem com um ponto de exclamação. Fui eu ou foi ele quem grifou isso? Não me lembro. Eu lembro, todavia, que quando li Sontag pela primeira vez, exatamente como da primeira vez que li Hannah Arendt, Emily Dickinson e Pascal, continuei tendo aqueles êxtases súbitos, sutis e possivelmente microquímicos — pequenas luzes chamejando bem no fundo do tecido cerebral — que algumas pessoas sentem quando por fim encontram palavras para um sentimento muito simples porém até então totalmente indizível. Quando as palavras de outra pessoa entram na sua consciência desse jeito, tornam-se pequenas marcas de luz conceituais. Não são necessariamente reveladoras. Um fósforo riscado em um corredor escuro, a ponta acesa de um cigarro fumado na cama à meia-noite, brasas em uma chaminé agonizante: nenhuma dessas coisas tem luz própria suficiente para revelar o que quer que seja. Tampouco as palavras de ninguém. Mas às vezes um pouco de luz pode tornar a pessoa consciente do espaço escuro e desconhecido que a circunda, da enorme ignorância que envolve tudo o que achamos que sabemos. Esse reconhecimento e chegar a um acordo com a escuridão são mais valiosos que todo o conhecimento factual que possamos vir a acumular.

Relendo os trechos sublinhados nesse mesmo exemplar dos diários de Sontag, achando-os mais uma vez poderosos anos depois e grifando de novo alguns — especialmente as meditações em torno do casamento —, constato que tudo o que estou lendo foi escrito em 1957 ou 1958. Conto com os dedos. Sontag tinha apenas vinte e quatro anos de idade, nove anos mais nova do que sou agora. De repente, fico envergonhada, como se tivesse sido flagrada rindo de uma piada antes do clímax da história ou batendo palmas entre os movimentos de um concerto. Então pulo para 1963, quando Sontag tinha trinta e poucos anos, finalmente se divorciou e talvez tivesse mais clareza sobre as coisas presentes e futuras. Estou cansada demais para continuar lendo. Marco a página, fecho o livro, apago a luz da varanda — cercada por um tumulto de besouros e mariposas — e vou para a cama.

ARQUIVO

Na manhã seguinte, acordo cedo no chalé e sigo até a cozinha e a área da sala de estar. Abro a porta da varanda e o sol está raiando atrás da montanha. Pela primeira vez em anos, há recortes do nosso espaço privado que eu gostaria de gravar, sons que mais uma vez sinto um impulso de documentar e armazenar. Talvez seja apenas porque as coisas novas, novas circunstâncias, tenham uma aura de coisas passadas. Os começos se confundem com os fins. Olhamos para eles da mesma forma que uma cabra ou um gambá talvez fite estupidamente na direção de um horizonte onde há sol, sem saber se a estrela amarela está subindo ou se pondo.

Quero gravar esses primeiros sons da nossa viagem juntos, talvez porque se pareçam com os últimos sons de alguma coisa. Mas ao mesmo tempo não quero, porque não desejo interferir na minha gravação; não quero transformar esse momento específico de nossa vida em um documento para um arquivo futuro. Se eu pudesse apenas, simplesmente, sublinhar certas coisas com minha mente, faria isso: esta luz entrando pela janela da cozinha, inundando o chalé inteiro de um calor dourado enquanto preparo a cafeteira; esta brisa suave soprando pela porta aberta e passando por minhas pernas enquanto acendo o fogão; aquele som de passos — pés pequenos, descalços e quentes — quando a menina sai da cama e se aproxima de mim por trás, anunciando:

Mamá, eu acordei!

Ela me encontra em pé ao lado do fogão, esperando o café ficar pronto. Ela olha para mim, sorri e esfrega os olhos quando digo bom dia. Não conheço ninguém para quem acordar seja uma boa notícia, um evento tão alegre. Os olhos dela estão surpreendentemente grandes, seu peito está nu, e sua calcinha é branca e bufante, grande demais ao seu redor. Séria e cheia de decoro, ela diz:

Eu tenho uma pergunta, Mamá.

O que é?

Quero perguntar a você: Quem é esse Jesus Cristo do Caralho?

Não respondo, mas entrego a ela um enorme copo de leite.

ORDEM

O menino e seu pai ainda estão dormindo, e nós duas — mãe, filha — encontramos um assento no sofá da pequena mas luminosa sala de estar do chalé. Ela beberica o leite e abre o bloco de desenho. Depois de algumas tentativas frustradas de desenhar algo, ela me pede para traçar quatro quadrados para ela — dois em cima, dois embaixo — e me instrui a rotulá-los nesta ordem: "Personagem", "Cenário", "Problema", "Solução". Quando termino de classificar os quatro quadrados e pergunto para que servem, ela explica que na escola a ensinaram a contar histórias dessa maneira. Educação literária ruim começa cedo demais e continua por tempo demais. Eu me lembro de como um dia, quando o menino estava no segundo ano e eu o estava ajudando com a lição de casa, de repente percebi que ele provavelmente não sabia a diferença entre um substantivo e um verbo. Então perguntei a ele. Ele olhou para o teto de um jeito teatral e depois de alguns segundos disse sim, é claro que ele sabia: os substantivos eram as letras nos cartões amarelos acima do quadro-negro, e os verbos eram os que estavam nos cartões azuis abaixo do quadro-negro.

A menina se concentra em seu desenho agora, preenchendo os quadrados que fiz para ela. Bebo meu café e abro novamente os *Diários* de Sontag, relendo linhas e palavras soltas. Casamento, despedida, contabilidade moral, esvaziado, separação: será que termos sublinhado essas palavras prenuncia isso? Quando o fim de nós começou? Não sei dizer quando ou por quê. Não sei como. Quando eu disse a alguns amigos, pouco antes de nós quatro fazermos esta viagem, que meu casamento estava possivelmente terminando, ou pelo menos em um momento de crise, eles perguntaram:

O que aconteceu?

Queriam uma data precisa:

Quando você percebeu, exatamente? Antes disso ou depois daquilo?

Queriam um motivo:

Política? Tédio? Violência emocional?

Queriam um evento:

Ele te traiu? Foi você?

Eu repetia para todos eles que nada havia acontecido. Ou melhor, sim, tudo o que eles listaram provavelmente aconteceu, mas esse não era o problema. Ainda assim, eles insistiram. Queriam razões, motivações e, especialmente, queriam um começo:

Quando, quando exatamente?

Lembro-me de ir ao supermercado um dia pouco antes de partirmos nesta viagem. O menino e a menina estavam discutindo sobre qual era o melhor sabor de purê de fruta em embalagem espremível. Meu marido estava reclamando da minha escolha específica de algo, talvez leite, talvez detergente, talvez macarrão. Lembro-me de imaginar, pela primeira vez desde que tínhamos ido morar juntos, como seria fazer compras apenas para a menina e para mim, num futuro em que nossa família não fosse mais uma família de quatro pessoas. Lembro-me da minha sensação de remorso, quase instantânea, por ter esse pensamento. Depois, um sentimento muito mais profundo — talvez um golpe de nostalgia pelo futuro, ou talvez o vácuo interior da melancolia, sugando o momento presente e espalhando a ausência — quando coloquei sobre a esteira do caixa o xampu que o menino escolhera, fragrância de baunilha para uso frequente.

Mas certamente não foi naquele dia, naquele supermercado, que entendi o que estava acontecendo conosco. Começos, meios e fins são apenas uma questão de retrospectiva. Se somos forçados a produzir uma história em retrospecto, nossa narrativa envolve seletivamente os elementos que parecem relevantes, ignorando todos os outros.

A menina termina seu desenho e o mostra para mim, cheia de satisfação. No primeiro quadrado, ela desenhou um tubarão. No segundo, um tubarão cercado por outros animais marinhos e algas, a superfície da água acima deles, o sol no alto em um canto distante. No terceiro quadrado, um tubarão, ainda na água, parecendo perturbado e de frente para uma espécie de pinheiro submarino. No quarto e último quadrado, um tubarão mordendo e possivelmente comendo outro peixe grande, talvez também um tubarão.

Então, qual é a história? pergunto.

Você diz, Mamã, você adivinha.

Bem, primeiro há um tubarão; segundo, ele está no mar, onde ele mora; terceiro, o problema é que há apenas árvores para comer e ele não é vegetariano porque é um tubarão; e quarto, finalmente, ele encontra comida e come.

Não, Mamã. Tudo errado. Os tubarões não comem tubarões.

Certo. Então, qual é a história? pergunto a ela.

A história é, personagem: um tubarão. Cenário: o oceano. Problema: o tubarão está se sentindo triste e confuso porque foi mordido por outro tubarão, então ele vai pra sua árvore de pensamento. Solução: ele finalmente descobre.

Descobre o quê?

Que ele só tem que morder o outro tubarão por ter mordido ele!

CAOS

O menino e seu pai finalmente acordam e, durante o café da manhã, discutimos os planos. Meu marido e eu decidimos que precisamos retomar a jornada. As crianças reclamam, dizem que querem ficar mais tempo. Estas não são férias normais, nós os lembramos; mesmo que possamos parar e aproveitar as coisas de vez em quando, nós dois temos que trabalhar. Tenho que começar a gravar material sobre a crise na fronteira sul. Pelas informações que consigo inferir ouvindo o rádio e pescando notícias on-line sempre que posso, a situação está ficando mais grave a cada dia. O governo, apoiado pelos tribunais, acaba de anunciar a criação de um protocolo prioritário para os menores sem documentos, o que significa que as crianças que chegarem à fronteira terão a primazia para serem deportadas. Tribunais federais de imigração julgarão esses casos antes de quaisquer outros, e se as crianças não encontrarem um advogado para defendê-las dentro do período inacreditavelmente estreito de vinte e um dias, não terão a menor chance e receberão de um juiz uma ordem final de remoção.

Não digo tudo isso para nossos filhos, é claro. Mas digo ao menino que o projeto em que estou trabalhando é sensível ao fator tempo, e preciso chegar à fronteira sul o mais rápido possível. Meu marido diz que quer chegar a Oklahoma — onde visitaremos um cemitério apache — o mais rápido possível. Parecendo uma dona de casa suburbana da década de 1950, o menino nos diz que estamos sempre "colocando o trabalho antes da família". Quando ele for mais velho, eu digo a ele, entenderá que as duas coisas são inseparáveis. Ele revira os olhos, me diz que sou previsível e absorta em mim mesma — dois adjetivos que eu nunca o ouvi usar antes. Eu o repreendo, digo que ele e a irmã têm que lavar a louça do café da manhã.

Você se lembra de quando tínhamos outro pai e outra mãe? ele pergunta a ela quando começam a lavar a louça e enquanto começamos a arrumar as malas.

Como assim? responde ela, confusa, passando para as mãos dele o detergente.

Já tivemos um pai e uma mãe melhores que esses que temos agora.

Eu ouço, me espanto e me preocupo. Quero dizer a ele que o amo incondicionalmente, que ele não tem que demonstrar nada para mim, que sou sua mãe e o quero perto de mim, sempre, que também preciso dele. Eu deveria lhe dizer tudo isso, mas, em vez disso, quando ele fica assim, eu me afasto, torno-me circunspecta e talvez até mesmo antibiologicamente fria. Exaspera-me não entender como aliviar a sua raiva. Costumo externar minhas emoções bagunçadas, repreendendo-o por pequenas coisas: calce seus sapatos, penteie o cabelo, pegue aquela mochila. Na maioria das vezes, o pai dele também internaliza a própria exasperação, mas não dá broncas no menino, não diz nem faz nada. Apenas torna-se passivo — um triste espectador de nossa vida familiar, como se estivesse assistindo a um filme mudo em um cinema vazio.

Do lado de fora do chalé, enquanto fazemos os últimos preparativos para sair, pedimos ao menino para ajudar a reorganizar as coisas no porta-malas, e ele faz uma pirraça ainda maior. Em sua birra, grita coisas horríveis, que deseja pertencer a um mundo diferente, a uma família melhor. Acho que ele acha que estamos aqui, neste mundo, para empurrá-lo em direção à infelicidade: coma este ovo frito cuja textura você odeia; vamos lá, se apresse; aprenda a andar de bicicleta, mesmo que tenha medo; use essa calça que compramos só para você, mesmo que não tenha gostado dela — custou caro, então seja grato; brinque com aquele menino no parque, que lhe oferece uma amizade efêmera e a bola dele; seja normal, seja feliz, seja uma criança.

Ele berra mais e mais alto, desejando que a gente vá embora, desejando que a gente morra, chutando os pneus do carro, arremessando pedras e cascalhos no ar. Quando entra em uma espiral de raiva como essa, sua voz soa distante para mim, remota, estrangeira, como se eu o estivesse ouvindo em um velho gravador analógico, através de fios de metal e em meio à estática, ou como se eu fosse uma telefonista ouvindo-o em um país distante. Reconheço o som familiar de seu tom de voz em algum lugar ao fundo, mas não sou capaz de dizer se ele está estendendo a mão para nós em um desejo de fazer contato, ansiando por nosso amor e atenção, ou se está de alguma forma nos mandando ficar longe, parar de foder com seus dez anos de vida neste mundo e deixá-lo crescer fora do nosso pequeno círculo de laços familiares. Eu ouço, me espanto e me preocupo.

A pirraça continua, e seu pai finalmente perde a paciência. Ele caminha até o menino, agarra-o com firmeza pelos ombros e grita. O menino se desvencilha das mãos do pai e o chuta nos tornozelos e joelhos — não são chutes com intenção de ferir ou machucar, mas são chutes mesmo assim. Em resposta, o pai tira o chapéu e, com ele, bate duas vezes, talvez três vezes, na bunda do menino. Não é um castigo doloroso, mas humilhante, para uma criança de dez anos: uma surra de chapéu. O que se segue é esperado, mas também enternecedor: lágrimas, fungadas, respiração ofegante e palavras gaguejadas como tudo bem, desculpe, tudo certo.

Quando o menino por fim se acalma, sua irmã caminha até ele, e, com um pouco de esperança e hesitação, pergunta se ele quer brincar um pouco com ela. Precisa que ele confirme para ela que os dois ainda compartilham um mundo. Que estão juntos neste mundo, inextricavelmente ligados, além de seus pais e de suas falhas. A princípio o menino a afasta, delicada mas firmemente:

Só me dê um tempo.

No entanto, no fim das contas, ele ainda é pequeno, ainda suscetível às nossas frágeis mitologias familiares privadas. Então, quando seu pai sugere que atrasemos nossa partida para que antes todos possam brincar de apaches, o menino é dominado por uma felicidade profunda e primitiva. Ele recolhe penas, prepara seu arco e sua flecha de plástico, veste a irmã como uma princesa indígena, tomando cuidado para amarrar um cinto de algodão ao redor de sua cabeça, não muito apertado e não muito frouxo, e corre em círculos uivando feito uma criança louca, indômita e aliviada. Ele preenche nossa vida com seu fôlego, com seu súbito calor, com sua maneira peculiar de explodir em ruidosas gargalhadas.

ARQUIVO

Na lenta oscilação da luz do meio da manhã, as crianças brincam de apache com o pai. O chalé fica na crista de uma colina em um vale elevado que ondula em direção à estrada principal, invisível para nós. Não se avista casa alguma, apenas fazendas e pastagens, borrifadas aqui e ali com flores silvestres cujos nomes não sabemos. Elas são brancas e violeta, e vejo algumas manchas alaranjadas. Mais longe, na distância, uma confederação de vacas pasta, com aspecto silenciosamente conspiratório.

Pelo que consigo entender, sentada no banco da varanda, a brincadeira consiste em nada mais do que coletar pequenos gravetos da floresta propriamente dita, trazê-los de volta e fixá-los na terra um ao lado do outro. Intermitentemente, pequenas disputas apimentam a brincadeira: a menina de repente diz que quer ser uma vaqueira, não uma princesa indígena, tampouco qualquer tipo de princesa. Meu marido diz a ela que nesse jogo não tem olhos-brancos. Eles brigam. No final, ela concorda, hesitante. Continuará sendo uma apache, mas somente se puder ser Lozen e se tiver permissão para usar aquele chapéu de vaqueira que encontramos no chalé, em vez da fita, que teima em escorregar.

Sento-me na varanda, meio lendo o livro, olhando para os três de vez em quando. Eles parecem memoráveis de onde estou sentada; como se merecessem ser fotografados. Quase nunca fotografo meus próprios filhos. Eles odeiam estar em fotos e sempre boicotam os momentos fotográficos da família. Quando são convidados a posar para um retrato, ambos fazem questão de deixar aparente seu desdém e fingem um sorriso largo e cínico. Se recebem permissão para agir como bem quiserem, fazem caretas suínas, mostram a língua, se contorcem como alienígenas de Hollywood em pleno espasmo convulsivo. Ensaiam comportamentos antissociais em geral. Talvez ocorra o mesmo com todas as crianças. Os adultos, pelo contrário, professam uma reverência quase religiosa em relação ao ritual fotográfico. Adotam gestos solenes ou calculam um sorriso; fitam o horizonte com uma vaidade aristocrata, ou encaram a lente da câmera com a solitária intensidade de estrelas pornô. Os adultos posam para a eternidade; as crianças, para o instante.

Volto para dentro do chalé a fim de procurar a polaroide e o livreto de instruções. Prometi ao menino que iria estudá-los, porque certamente estávamos fazendo algo errado, uma vez que a câmera era de verdade, embora suas fotos saíssem todas brancas. Encontro ambos — câmera, instruções — na mochila dele, entre carrinhos, elásticos, revistas em quadrinhos, seu reluzente canivete suíço vermelho. Por que bisbilhotar as coisas de alguém é sempre de alguma forma tão triste e cativante, como se a profunda fragilidade da pessoa fosse revelada em sua ausência, por meio de seus pertences? Certa vez tive que procurar uma carteira de identidade que minha irmã havia esquecido em sua gaveta e de repente estava enxugando as lágrimas com a manga da blusa enquanto vasculhava seus lápis bem-ordenados, clipes coloridos e bilhetinhos aleatórios endereçados a si mesma — visite a Mamã esta semana, fale mais devagar, compre flores e brincos compridos, faça caminhadas com mais frequência. Impossível saber por que itens como esses podem revelar coisas tão importantes sobre alguém; e é difícil entender a súbita melancolia que produzem na ausência da pessoa. Talvez seja apenas porque os pertences muitas vezes sobrevivem aos seus donos, de modo que nossa mente pode facilmente situar esses objetos num futuro em que seu dono não esteja mais presente. Antecipamos a ausência futura de nossos entes queridos por intermédio da presença material de todas as suas coisas aleatórias.

De volta à varanda, estudo o manual de instruções da câmera. As crianças e o pai estão agora reunindo pedras, que colocam entre os gravetos fixados no chão, alternando pedra, pau, pedra. As instruções da câmera são complicadas. O filme novo da polaroide precisa ser protegido da luz assim que a fotografia é expelida pelo orifício de saída, explica o livreto. Caso contrário, o filme queima. As crianças e seu pai estão tomando o Texas, defendendo-o do Exército americano, entregando-o aos seus companheiros apaches e cercando o território, pedra, pau, pedra. O filme colorido leva trinta minutos para ser revelado; filme em preto e branco leva dez. Durante esse tempo, o cromo deve permanecer na horizontal e na escuridão total. Um único raio de luz deixará um rastro, um acidente. As instruções recomendam manter uma fotografia polaroide em revelação dentro de uma caixa preta especial, disponível na loja. Caso contrário, pode ser colocada entre as páginas de um livro e lá mantida até que todas as suas cores e sombras sejam totalmente fixadas.

Não tenho uma caixa preta especial, claro. Mas tenho um livro, os diários de Sontag, que posso deixar aberto ao meu lado e onde posso colocar a foto assim que ela sai da câmera. Abro o livro em uma página aleatória, em preparação: página 142. Antes de posicionar o livro de volta ao meu lado, leio um pouco, só para ter certeza de que a página que encontrei pressagia algo de bom. Nunca consegui resistir a um impulso supersticioso de ler uma página aberta aleatoriamente, qualquer página, como se fosse o horóscopo do dia. Uma dessas coincidências tão pequenas, mas tão extraordinárias: a página diante de mim é um estranho espelho do momento exato que estou testemunhando. As crianças estão brincando de apache com o pai, e Sontag descreve o seguinte momento com seu filho: "Às cinco horas David começou a gritar — corri para o quarto dele & nós nos abraçamos & beijamos por uma hora. Ele era um soldado mexicano (portanto, eu também era); mudamos a história, de modo que o México conseguisse ocupar o Texas. 'Papai' era um soldado americano".

Pego a câmera, e através da lente olho ao redor do campo. Finalmente encontro as crianças — ajusto o foco, focalizo de novo e clico. Assim que a câmera cospe a foto, eu a pego com o dedo indicador e o polegar e a coloco entre as páginas 142 e 143.

DOCUMENTO

A imagem sai em tons de marrom: sépia, bege, trigo e areia. Menino e menina, inconscientes de mim, a poucos metros da varanda, estão ao lado de uma cerca. Ele está segurando um graveto na mão direita, e ela aponta para uma clareira na floresta atrás da casa, talvez sugerindo que procurem mais gravetos. Atrás deles há uma estreita vereda e, atrás disso, uma fileira de árvores que segue o declive da colina do chalé até a estrada principal. Embora eu não consiga explicar exatamente por que ou como, eles parecem não estar realmente lá, como se estivessem sendo lembrados em vez de fotografados.

CAIXA II

§ QUATRO CADERNETAS (18,5 × 13 cm)

"Sobre paisagem sonora"
"Sobre acustemologia"
"Sobre documentação"
"Sobre gravação de campo"

§ SETE LIVROS

Som e sentimento, Steven Feld
Os americanos, Robert Frank (introdução de Jack Kerouac)
Família imediata, Sally Mann
Viagem de carro de Ilf e Pétrov pelos Estados Unidos, Ilia Ilf e
   Ievguêni Pétrov
*A afinação do mundo: Uma exploração pioneira pela história
   passada e pelo atual estado do mais negligenciado aspecto do
   nosso ambiente: A paisagem sonora*, R. Murray Schafer
Guia de campo sobre como se perder, Rebecca Solnit
No campo: A arte da gravação de campo, Cathy Lane e Angus
   Carlyle (orgs.)

§ TRÊS CDS (BOXES)

Vozes da floresta tropical, Steven Feld
Som achado e perdido, The Kitchen Sisters
Ventos do deserto, Scott Smallwood

§ PASTA "SOBRE MAPAS SONOROS"
(ANOTAÇÕES, RECORTES, FAC-SÍMILES)

Projeto "Som ao seu redor", Universidade de Salford, Reino
   Unido
The Soundscape Newsletter, vols. I-X, Fórum Mundial para
   Ecologia Acústica
"Mapa sonoro da cidade de Nova York", Sociedade de Nova
   York para Ecologia Acústica
"Fonoteca Bahia Blanca", Argentina

Sem documentos

Um exilado sente que o estado de exílio é uma constante e especial sensibilidade ao som.
DUBRAVKA UGREŠIĆ

Ouvir é uma maneira de tocar à distância.
R. MURRAY SCHAFER

HISTÓRIAS

Dentro do carro, o ar é familiar e o cheiro é nosso. À medida que avançamos rumo a sudoeste, atravessando os Apalaches em direção à Carolina do Norte, o mundo lá fora parece mais estrangeiro do que nunca. Meu marido mantém os olhos firmes na estrada, que serpenteia e se ergue mais alto pelas montanhas, e todos nós ouvimos o rádio. Um menino, talvez de nove ou dez anos a julgar pelo som de sua voz, está sendo entrevistado por um repórter em um centro de detenção em Nixon, Texas.

Como você viajou para os Estados Unidos? pergunta o repórter.

Sua voz calma e composta, o menino responde em espanhol, dizendo que veio no La Bestia. Traduzo a resposta para o meu marido.

Como as filhas da Manuela! grita o menino no banco de trás.

É isso mesmo, digo a ele.

O repórter explica que anualmente cerca de meio milhão de migrantes viajam no teto de trens de carga, que as pessoas chamam de La Bestia, ou besta-fera, e diz que o menino que ele está entrevistando hoje perdeu o irmão mais novo em um desses trens. A reportagem volta para o menino. A voz dele não está mais calma. Agora está embargada, hesitante, trêmula. O menino diz que o irmãozinho caiu do trem pouco antes de chegar à fronteira. Quando ele começa a explicar o que aconteceu, exatamente, eu desligo o rádio. Sinto uma náusea profunda e entorpecida — uma reação física à história e à voz do menino, mas também à forma como a cobertura jornalística explora tristeza e desespero para nos dar sua representação: tragédia. Nossos filhos reagem violentamente à história; querem ouvir mais, mas também não querem ouvir mais. Não param de perguntar:

O que aconteceu depois?

O que aconteceu com o menininho?

Para distrair as crianças, meu marido lhes conta histórias dos apaches, conta como a tribo chiricahua consistia em quatro bandos diferentes, conta sobre o grupo menos numeroso, que também era um dos mais poderosos, porque era liderado por um homem de dois metros de altura chamado Mangas Coloradas.

Mas existiu um bando de crianças apaches? a menina interrompe meu marido.

Como assim?

Quero dizer, eles também tinham um bando de crianças?

O menino reformula a pergunta da irmã e traduz para ela:

Eu acho que ela quer dizer: havia bandos que eram formados apenas por crianças?

O pai, com os olhos na estrada, toma um gole de café de um copo de papelão que ele me entrega antes de responder para que eu o coloque de novo no porta-copos.

Houve um de que ele tem conhecimento, diz o pai, seus olhos cinzentos tentando encontrar os das crianças no espelho retrovisor. Eles eram chamados de Guerreiros-Águias. Era um bando de jovens apaches liderados por um menino mais velho. Eram terríveis, viviam nas montanhas, comiam pássaros que caíam do céu e enquanto ainda estavam quentes, tinham o poder de controlar o clima, de atrair chuva ou empurrar para longe uma tempestade. Ele conta às crianças que esses jovens guerreiros viviam em um lugar chamado cânion do Eco, um lugar onde os ecos são tão estrondosos e cristalinos que, mesmo que a pessoa sussurre, sua voz vem direto para ela, cristalina.

Não sei se o que meu marido está dizendo é verdade, mas a história repercute em mim. Consigo perfeitamente imaginar o rosto daqueles guerreiros infantis enquanto avançamos lentamente pelos Apalaches. Nossos filhos o ouvem em silêncio, fitando pela janela as densas florestas, possivelmente também imaginando aquelas crian-ças guerreiras. Quando o carro faz uma curva acentuada, a floresta se dispersa e vemos um aglomerado de nuvens de tempestade — e relâmpagos intermitentes — acumulando-se acima dos altos picos a sudoeste.

HISTÓRIAS

Viajando no espaço apertado do carro, percebemos que conhecemos muito pouco nossos dois filhos, embora, é claro, os conheçamos. Ouvimos suas brincadeiras no banco de trás. Eles são dois estranhos, especialmente quando os comparamos. Menino e menina, dois indivíduos surpreendentemente distintos, que muitas vezes consideramos como uma única entidade: nossos filhos. Suas brincadeiras são aleatórias, barulhentas, esquisitas, como um televisor sofrendo uma febre alta.

Mas de tempos em tempos encontram um ritmo melhor, estabelecem uma energia mais suave entre os dois. Ambos falam mais devagar, pensativos. Algumas vezes retomam o fio da meada perdido das histórias de apaches do pai, ou das histórias sobre as crianças presas na fronteira, e promulgam possíveis resultados:

Se formos obrigados a parar de caçar animais selvagens, vamos invadir as fazendas deles e roubar as vacas!

Sim, vamos roubar as vacas brancas, as brancas, as vacas dos olhos-brancos!

Tome cuidado com policiais e com a Patrulha de Fronteira!

Percebemos então que, de fato, eles estavam escutando, com mais atenção do que pensávamos, as histórias do chefe Nana, do chefe Loco, Chihuahua, Gerônimo — o último dos chiricahuas —, bem como a história que todos estamos acompanhando no noticiário, sobre as crianças refugiadas na fronteira. Mas eles combinam as histórias, as confundem. Propõem possíveis finais e histórias contrafactuais.

E se Gerônimo nunca tivesse se rendido aos olhos-brancos?

E se ele tivesse ganhado a guerra?

As crianças perdidas seriam as governantes da Apacheria!

Sempre que o menino e a menina falam sobre crianças refugiadas, percebo agora, eles as chamam de "crianças perdidas". Suponho que a palavra "refugiado" seja mais difícil de lembrar. E mesmo que o termo "perdido" não seja exato, em nosso léxico familiar íntimo os refugiados passam a ser conhecidos como "as crianças perdidas". E, de certa forma, creio que são de fato crianças perdidas. São crianças que perderam o direito à infância.

COMEÇOS

As histórias das crianças perdidas estão perturbando nossas próprias crianças. Decidimos parar de ouvir as notícias, pelo menos enquanto estão acordadas. Em vez disso, resolvemos ouvir música. Ou melhor, audiolivros.

"Quando ele acordava na floresta no escuro e no frio da noite", diz a voz do homem nos alto-falantes do carro, "estendia o braço para tocar a criança adormecida ao seu lado." Pressiono o botão Parar assim que há uma pausa no final da frase. Meu marido e eu concordamos que Cormac McCarthy, embora ambos gostemos dele, e mesmo que gostemos especialmente de *A estrada*, parece um pouco pesado demais para as crianças. Além disso, concordamos que quem está lendo para essa versão em audiolivro é um ator que desempenha um papel — ele experimenta demais, respira alto demais — em vez de uma leitura pessoal. Por isso pressiono Parar. Em seguida, deslizo o menu para baixo e pressiono Reproduzir em outro audiolivro.

"Vim a Comala porque me foi dito que aqui vivia meu pai, um homem chamado Pedro Páramo", um erro de tradução da primeira frase de *Pedro Páramo* — acho que na verdade Juan Rulfo escreve "porque me disseram" e não "porque me foi dito" — essa voz passiva e essa camada extra de passado obscurecem a austeridade calculada e a ambiguidade temporal do romance. Deslizo novamente o menu e pressiono Reproduzir.

"Sou um homem invisível." É uma frase de abertura estéril e perfeita. Mas não, *O homem invisível* de Ralph Ellison também não serve. O que queremos é cobrir o trecho do caminho à frente com uma voz e uma narrativa que possam se encaixar feito uma luva na paisagem, e não algo que aos solavancos sacuda nossas mentes para outro lugar enquanto nos movemos através desse emaranhado úmido de trepadeiras crescendo sobre florestas. Próximo. Reproduzir.

"Na cidade havia dois mudos, que andavam sempre juntos." Este eu gostaria de ouvir, mas não encontro nenhum apoio dos dois traidores no banco de trás. Meu marido também não quer, diz que a única realização de Carson McCullers foi o título daquele romance e apenas o título: *O coração é um caçador solitário*. Ele está errado, e digo isso, arremessando minha discordância com uma dose de veneno, perguntando se ele não acha que a primeira frase é exatamente sobre nós dois, e se talvez não seria melhor ouvirmos o resto como se estivéssemos visitando um oráculo. Ele não ri nem sorri. Próximo livro.

"Encontrei Dean pela primeira vez não muito tempo depois que minha mulher e eu nos separamos." Pausa. No caso deste a nossa discussão é mais demorada. Meu marido acha que *On the Road*, de Kerouac, seria uma escolha perfeita. Mesmo que as crianças não entendam o significado, diz ele, nós todos podemos curtir o ritmo enquanto seguimos de carro. Lembro-me de ter lido Kerouac aos vinte e poucos anos, quando namorei um livreiro. Ele era fã de Kerouac e me deu todos os seus livros, um por um. Eu os lia como se tivesse que terminar uma infinita tigela de sopa morna. Toda vez que estava prestes a terminar, a tigela era reabastecida. Mais tarde, já perto dos trinta anos, reli alguns livros de Kerouac, comecei a comprá-los e passei a gostar de algumas coisas de sua prosa: sua maneira bagunçada de juntar frases, o modo de acelerar a história como se não a estivesse imaginando ou se lembrando dela mas tentando correr atrás dela, e seu jeito de terminar parágrafos como se estivesse colando numa prova.

Mas não quero dar ao meu marido essa vitória, então digo:

Prefiro ouvir uma rádio evangélica a escutar *On the Road*.

Por quê? ele quer saber.

É uma boa pergunta, então procuro por um bom motivo. Minha irmã, que leciona literatura em Chicago, sempre diz que Kerouac é como um enorme pênis, mijando por todos os Estados Unidos. Ela acha que a sintaxe de Kerouac dá a sensação de que ele está marcando seu território, reivindicando centímetros à medida que enfia na marra verbos dentro de frases, preenchendo todos os silêncios. Adoro esse argumento, embora não saiba se o entendi muito bem, ou até mesmo se chega a ser um argumento. Então não o apresento. Estamos nos aproximando de um pedágio, procuro trocados. Paramos, pagamos uma máquina — não uma pessoa — e seguimos em frente. Os Estados Unidos de Kerouac não são em nada parecidos com estes Estados Unidos, tão esqueléticos, desolados e factuais. Uso a distração para passar por cima da nossa discussão sobre Kerouac, um beco sem saída, sem dúvida. E à medida que ganhamos velocidade novamente, vou rolando para baixo o menu e pressiono Reproduzir no audiolivro seguinte.

"O menino louro agachou-se ao descer a parte final da rocha e começou a seguir para a lagoa." Depois de ouvir a frase de abertura, todos concordamos: é este, é este que vamos ouvir, *Senhor das moscas*, lido pelo próprio William Golding. Sabemos que não se trata de um conto de fadas, não é um retrato açucarado da infância, mas é — pelo menos — ficção. Não uma ficção que nos separará, bem como as crianças, da realidade, mas que talvez possa nos ajudar, afinal, a lhes explicar um pouco dela.

Ouvimos a leitura durante algumas horas, e provavelmente pegamos algumas entradas erradas, e por algum tempo nos perdemos no caminho, e assim ouvimos a leitura mais um pouco, até não aguentarmos mais ouvir, não aguentarmos mais andar de carro, não aguentarmos mais ficar sentados. Encontramos um hotel em uma cidadezinha chamada Damasco, perto da fronteira entre a Virgínia e o Tennessee. Não faço ideia do motivo pelo qual a cidade tem esse nome, mas quando entramos no estacionamento e lemos uma placa que diz wi-fi & TV a cabo gratuitos, está claro para mim que algumas apropriações de nomes são mais inquietantes do que outras.

Do lado de fora do quarto do hotel, enquanto os outros se preparam para dormir, enrolo um cigarro e tento ligar para Manuela. Ela não atende, mas deixo uma mensagem, perguntando como estão indo as coisas com o caso, dizendo por favor, me ligue quando tiver algum tempo.

ARCO NARRATIVO

A menina pede à garçonete giz de cera e papel enquanto aguardamos nosso café da manhã em uma mesa de lanchonete na manhã seguinte, e então pergunta se posso desenhar quatro quadrados para ela e rotulá-los da mesma maneira como fiz no chalé no outro dia. Eu vou fazer isso, digo, mas só se ela estiver disposta a me deixar tornar a brincadeira um pouco mais desafiadora.

Como? pergunta ela, cética.

Vou desenhar oito quadrados em vez de quatro, digo, e você descobre o que fazer com o resto.

Ela não está convencida, resmunga, cruza os braços e afunda os cotovelos na mesa. Mas quando seu irmão diz que ele quer experimentar, ela diz:

Tá legal, tudo bem, tudo bem: oito quadrados.

Meu marido lê um jornal e as crianças se concentram em seus desenhos, montando um enredo mais difícil, tentando organizar e reorganizar as informações em um espaço óctuplo.

Quando assisti às audiências no Tribunal de Imigração de Nova York, ouvindo e registrando depoimentos de crianças, o gravador no meu colo, escondido sob um suéter, senti que sabia exatamente o que estava fazendo e por que estava fazendo aquilo. Quando pairava por corredores, escritórios ou salas de espera, o gravador na minha mão, conversando com advogados de imigração, padres, policiais, pessoas em geral, coletando amostras dos sons daquela realidade legal, confiava que mais cedo ou mais tarde eu acabaria por entender como organizar todas as partes do que estava gravando e contar uma história importante e eloquente. Mas assim que eu pressionava Parar no meu dispositivo de gravação, enfiava todas as minhas coisas na bolsa e voltava para casa, todo o ímpeto e toda a certeza que eu tinha lentamente se dissolviam. E quando voltava a escutar o material, pensando em maneiras de montá-lo em uma sequência narrativa, era inundada por dúvidas e problemas, paralisada por hesitação e preocupações constantes.

A comida finalmente chega, mas as crianças não estão interessadas. Estão absortas demais em descobrir como terminar seus últimos quadrados. Eu as observo com orgulho, e talvez com um pouco de inveja, um sentimento infantil, desejando que eu também tivesse um giz de cera e participasse da brincadeira da história em oito quadrados. Gostaria de saber como eu distribuiria todas as preocupações que tenho.

Preocupação política: como um documentário radiofônico pode ser útil para ajudar mais crianças sem documentos a encontrar asilo? Problema estético: por outro lado, por que uma peça sonora, ou, aliás, qualquer outra forma de narrativa, deve ser um meio para um fim específico? Eu deveria saber, a essa altura, que o instrumentalismo, aplicado a qualquer forma de arte, é uma maneira de garantir resultados que são verdadeiramente uma porcaria: material pedagógico ligeiro, romances moralistas para jovens adultos, arte enfadonha em geral. Hesitação profissional: mas, pensando bem, a arte pela arte não é o mais das vezes uma exibição absolutamente ridícula de arrogância intelectual? Preocupação ética: e por que pensar que posso ou devo produzir arte com o sofrimento alheio? Preocupação pragmática: eu não deveria simplesmente documentar, como a jornalista séria que eu era quando comecei a trabalhar em produção de rádio e som? Preocupação realista: talvez seja melhor manter as histórias das crianças o mais longe possível da mídia, porque quanto mais atenção uma questão potencialmente controversa recebe na mídia, mais suscetível está de se tornar politizada, e, nestes tempos, uma questão politizada não é mais uma questão que exige urgentemente um debate engajado na esfera pública, mas sim uma carta na manga que partidos políticos usam de forma frívola como trunfo para levar adiante as próprias pautas. Preocupações constantes: apropriação cultural, mijar na tampa da privada de outra pessoa, quem sou eu para contar essa história, microgerenciamento paranoico de políticas de identidade, mão pesada, sou muito zangada, sou mentalmente colonizada por categorias branco-saxônicas-ocidentais, qual é o uso correto dos pronomes pessoais, use com parcimônia os adjetivos, e ah, porra, quem dá a mínima para o quanto os verbos frasais são caprichosos?

CÓPULA & COPULAÇÃO

Meu marido quer que a gente ouça a *Primavera nos montes Apalaches*, de Aaron Copland, enquanto subimos e descemos esta sinuosa estrada pela Floresta Nacional Cherokee em direção a Asheville, Carolina do Norte. Será instrutivo, diz ele. Então abaixo o vidro da janela, aspiro o ar rarefeito da montanha e concordo em procurar a peça no meu telefone. Quando finalmente pego algum sinal, encontro uma gravação de 1945 — aparentemente a original — e pressiono Reproduzir.

Ao longo de quilômetros, à medida que avançamos até o cume da cordilheira da montanha e atravessamos a linha do horizonte, ouvimos repetidamente a *Primavera nos montes Apalaches*, e depois mais uma vez. Fazendo-me pausar, tocar e pausar novamente, meu marido explica para as crianças cada elemento da peça: o ritmo, os vínculos tonais entre os movimentos, a estrutura geral da composição. Ele diz que é uma peça programática e diz que mostra os olhos-brancos se casando, se reproduzindo, conquistando novas terras e depois expulsando os índios daquela terra. Explica o que é uma composição programática, como ela conta uma história, como cada seção ou grupo de instrumentos na orquestra — instrumentos de sopro, cordas, metais, percussão — representa um personagem específico e como os instrumentos interagem exatamente como pessoas conversando, apaixonando-se, brigando e fazendo as pazes de novo.

Então os instrumentos de sopro são os índios, e os violinos são os bandidos? pergunta a menina.

Meu marido confirma isso, assentindo.

Mas o que são os vilões de verdade, Pá? indaga ela, exigindo mais detalhes para juntar todas as informações em sua cabecinha.

O que você quer dizer?

Quero dizer, eles são animais ferozes, ou caubóis, ou monstros ou ursos?

Vaqueiros e vaqueiras republicanos, diz meu marido.

Ela pensa por um momento enquanto os violinos tocam mais alto, e por fim conclui:

Bem, eu sou uma vaqueira às vezes, mas nunca sou uma República.

Então, Pá, o menino quer confirmar, esta canção acontece nestas mesmas montanhas pelas quais estamos passando agora, é isso?

Isso mesmo, diz o pai.

Mas então, em vez de ajudar as crianças a entender as coisas em detalhes históricos mais sutis, ele acrescenta uma coda pedante:

Exceto pelo fato de que não é chamada de canção. É chamada apenas de peça ou, na verdade, de suíte.

E enquanto ele explica as diferenças exatas entre essas três coisas — canção, peça, suíte —, paro de ouvi-lo e me concentro na tela muito rachada do meu pequeno telefone irritante, onde digito "Copland Apalaches", e encontro uma página de aspecto suficientemente oficial que contradiz toda a história do meu marido, ou pelo menos metade dela. Sim, a peça de Copland é sobre pessoas se casando, reproduzindo e assim por diante. Mas não é de modo algum uma obra política sobre índios e olhos-brancos, e os violinos da orquestra certamente não são republicanos. A *Primavera nos montes Apalaches* de Copland é apenas um balé sobre um casamento entre dois jovens e esperançosos pioneiros do século XIX que podem — mais cedo ou mais tarde — envelhecer e ter menos esperança. Mais do que uma peça política sobre os dois brancos fodendo os índios — o que, sem dúvida, era uma prática bastante difundida naqueles tempos, transposta para os dias de hoje, embora de formas diferentes —, a bem da verdade é apenas um balé. É um balé sobre dois pioneiros que (1) querem em âmbito privado foder um ao outro, e (2) mais dia, menos dia, e sabe-se lá por quê, querem foder um com o outro publicamente.

Encontro uma gravação em vídeo do balé, coreografado e protagonizado por Martha Graham. Antes de a dança começar, uma voz lê as seguintes palavras escritas por Isamu Noguchi, que desenhou e esculpiu todos os adereços de cena para a coreografia: "Há alegria em ver a escultura ganhar vida no palco em seu próprio mundo de tempo atemporal. Então o ar se torna carregado de significado e emoção, e a forma desempenha seu papel integral na reencenação de um ritual. O teatro é um cerimonial; a performance é um rito". Penso em nossos filhos e em como eles, em suas brincadeiras no banco de trás do carro, constantemente reencenam os cacos e fragmentos de histórias que eles ouvem. E me pergunto que tipo de mundo e que tipo de "tempo atemporal" suas performances e rituais privados trazem à vida. O que está claro para mim, de qualquer maneira, é que tudo o que reencenam no espaço do banco de trás do carro realmente carrega nosso mundo, se não de "significado e emoção", de uma estranha eletricidade.

À medida que seu corpo pequeno, compacto, perfeito e quadrado executa uma dança ágil, Martha Graham narra a vida interior dos personagens usando um léxico corporal preciso — contração, liberação, espiral, queda, recuperação —, costurando todos os seus movimentos em frases cristalinas. As frases dela são dançadas de modo tão impecável que parecem descrever em minúcias um significado claro; mesmo quando se tenta traduzi-las de volta em palavras, esse significado imediatamente desaparece de novo — como de hábito acontece quando alguém tenta explicar dança ou música.

Aos poucos, assistindo a essa gravação em vídeo do balé e sua reencenação de um ritual, começo a entender uma das camadas mais profundas da história que Copland conta na peça — sobre como o fracasso da maioria dos casamentos pode ser explicado como uma mudança de um verbo transitivo direto (foder a outra pessoa) para um verbo transitivo indireto (foder com a outra pessoa). Graham se contrai, encaixando a pélvis no torso e se espiralando para o lado direito do corpo. Seus ombros seguem a espiral, e ela deixa o pescoço e a cabeça para trás, em contraponto ao restante de sua massa. Quando o corpo atinge um limite de contorção, ela se arremessa para a frente com a perna direita, depois atira a perna esquerda para o alto em um chute elevado e cai no chão em uma sequência: o passo externo, o primeiro a amortecer o peso do corpo; depois o tornozelo; depois o músculo externo da panturrilha; e por fim o joelho. Seu torso inteiro reage à queda, fingindo uma espécie de desmaio sobre a perna dobrada, os braços estendidos para a frente, o corpo espalhado no assoalho de madeira marrom do palco — um palco decorado com frugalidade por Noguchi. Seu corpo, de fato, parece uma das abstrações posteriores de Noguchi: uma rocha que também é um líquido. Agora ela está moída, desconjuntada, completamente fodida depois de reencenar o selvagem ritual diário de um casamento que azedou.

Generosidade no casamento, generosidade verdadeira e contínua, é difícil. Se isso implica aceitar que o nosso parceiro precisa dar um passo para longe de nós, e talvez até a milhares de quilômetros de distância, é quase impossível. Sei que não fui generosa com relação ao futuro projeto do meu marido — essa ideia dele, o inventário de ecos. Verdade seja dita, tenho tentado foder com ele por conta disso, todo esse tempo. O problema — meu problema — é que provavelmente ainda estou apaixonada por ele, ou pelo menos não consigo imaginar a vida sem testemunhar a coreografia cotidiana de sua presença: sua maneira distraída, desinteressada, às vezes irresponsável mas completamente encantadora, de andar em torno de um espaço quando está coletando sons e a expressão grave em seu rosto quando ele volta a escutar o material da amostra; suas belas pernas, ossudas, bronzeadas, longas e ligeiramente curvadas; os fiozinhos encaracolados na nuca; e o processo meticuloso e intuitivo com o qual prepara o café de manhã, produz peças sonoras e às vezes faz amor comigo.

Mais para o final da sequência, Graham se contrai para se endireitar de volta à vertical, e no exato instante em que ela está espiralando a perna direita para a frente, usando a plataforma plana de seu pé forte e quadrado para se escorar novamente, mais uma vez perco o sinal da internet e não consigo assistir ao resto.

ALEGORIA

Não esperávamos o que encontramos quando entramos em Asheville naquela tarde. Pensávamos, de forma ignorante e um pouco arrogante, que estávamos indo para uma cidadezinha isolada e esquecida por Deus. Em vez disso, há uma cidade pequena, movimentada e vibrante. Caminhando ao longo da rua principal, bem cuidada e repleta de árvores novas, vemos fachadas de lojas cheias de possibilidades, embora eu não tenha certeza do quê — possibilidades, talvez, de mobiliar imaginárias vidas futuras. Nos cafés com mesas nas calçadas, vemos rapazes brancos de longas barbas e lindas moças com cabelos emplumados e decotes sardentos. Nós os vemos bebendo cerveja de potes de conserva, fumando cigarros enrolados, franzindo a testa filosoficamente. Todos se parecem com aqueles atores nos filmes de Éric Rohmer, fingindo que é perfeitamente normal — apesar de serem muito bonitos e muito jovens — empenharem-se em uma discussão sobre mortalidade, ateísmo, matemática e, possivelmente, sobre Blaise Pascal. Ao longo das calçadas, também vemos viciados lânguidos, com cara de camelo, segurando cartazes de papelão e abraçando seus robustos buldogues. Vemos harleyros aposentados, pesados crucifixos pendurados em volta de seus peitos grisalhos. Vemos grandes máquinas italianas nas cafeterias, preparando um bom café. Eu me pergunto que tipo de rapsódia Thomas Wolfe comporia sobre Asheville agora. Por fim, vemos uma livraria e entramos.

Percebemos, tão logo cruzamos a soleira, que está em andamento a reunião de um clube de leitura. Nós quatro adotamos o papel silencioso e respeitoso dos espectadores que entram no teatro com o segundo ato da peça já iniciado. As duas crianças encontram cadeiras pequenas para se sentar na seção infantil, e meu marido concentra-se na seção de história. Ando a passos lentos em meio às prateleiras, avançando devagar em direção à reunião do clube de leitura. Estão debatendo uma obra volumosa, posicionada verticalmente no centro da mesa, como um totem. Estampado em um cartaz ao lado do livro está o rosto de um homem bonito, bonito demais, talvez: cabelos desgrenhados, a pele marcada pelo tempo, olhos melancólicos, um cigarro entre os dedos.

Não gosto de admitir, mas rostos como esse me lembram abstratamente um rosto que um dia amei, o rosto de um homem que talvez não retribuísse ao meu amor, mas com quem eu pelo menos tive uma bela filha antes de ele desaparecer. Esse rosto talvez também me faça me lembrar de futuros homens a quem eu poderia amar e por quem seria amada, mas não terei vidas suficientes para tentar. De qualquer modo, homens passados são a mesma coisa que possíveis homens futuros. Homens cujos quartos são espartanos, cujas camisetas são conscientemente surradas ao redor do pescoço, cujas anotações manuscritas estão abarrotadas de letras diminutas e tortas, feito batalhões de formigas tentando se alinhar para produzir sentido, porque nunca aprenderam uma boa caligrafia. Homens cuja conversa nem sempre é inteligente, mas é plena de vida. Homens que chegam como um desastre natural, depois vão embora. Homens que produzem um vácuo em direção ao qual eu, de alguma forma, tendo a gravitar.

A despeito da repetição cotidiana, diz um membro do clube de leitura, com um ar de autoridade professoral, o autor consegue se basear no valor do real.

Sim, diz outro participante do clube do livro, como na cena do casamento.

Concordo, diz uma jovem. Tem a ver com esculpir os detalhes do dia a dia e encontrar o âmago do real no núcleo do tédio. Ela tem olhos hipertireoideanos e mãos esqueléticas que se agarram ansiosamente a seu exemplar do livro.

Acho que é mais sobre a impossibilidade da ficção na era da não ficção, diz uma mulher de fala mansa cujo comentário passa despercebido.

Mais do que um clube de leitura, parece um seminário de pós--graduação. Não entendo nada do que dizem. Pego um livro aleatoriamente na prateleira, os *Diários* de Kafka. Abro e leio: "18 de outubro de 1917. Medo da noite. Medo da noite". Penso, instantaneamente, que tenho de comprar este livro hoje. Agora um homem mais velho fala ao grupo, soando como se estivesse prestes a fazer a exegese conclusiva:

O livro apresenta a afirmação da verdade como uma mercadoria e questiona o valor de troca da verdade apresentada como ficção e, inversamente, o valor agregado da ficção quando está enraizada na verdade.

Repito sua frase em minha mente, para talvez entender melhor, mas me perco na parte "inversamente". Frequentei uma universidade, embora apenas por algum tempo, onde havia professores que falavam assim. Tive de suportar sua linguagem turbinada por anfetamina, ligue-os-pontos, rizomática e completamente presunçosa. Eu os odiava. Mas quando espreito entre as prateleiras, noto que o homem que disse isso se parece menos com um professor e mais com os futuros acadêmicos pós-pós-marxistas com quem eu costumava estudar e dormir na minha breve passagem pela universidade, e de repente me sinto um pouco nostálgica, talvez até mesmo o ache enternecedor. Outro membro do clube continua:

Li em um blog que ele se tornou viciado em heroína depois de escrever isso; é verdade?

Alguns fazem que sim com a cabeça. Alguns bebem goles de suas garrafas de água. Alguns folheiam seus exemplares do livro, desgastados pelo tempo. O desconcertante consenso entre eles parece ser o de que o valor do romance que estão discutindo é que não é um romance. Que é ficção, mas também não é.

Abro novamente os *Diários*, ao acaso: "Minhas dúvidas formam um círculo em torno de cada palavra; vejo-as antes de ver a palavra".

Nunca pedi a um livreiro uma recomendação de livro. Desvendar desejos e expectativas para um desconhecido cuja única conexão comigo é, em termos abstratos, o livro parece-se muito com a confissão católica, mesmo que seja apenas uma versão mais intelectualizada. Querido livreiro, gostaria de ler um romance sobre a banal busca do desejo carnal, que em última análise acaba por trazer infelicidade aos que o buscam e a todos os que o rodeiam. Um romance sobre um casal em que um está tentando se livrar do outro e, ao mesmo tempo, tentando desesperadamente salvar a pequena tribo que criaram com tanto cuidado, amor e zelo extremo. Estão desesperados e confusos, querido livreiro; não os julgue. Preciso de um romance sobre duas pessoas que simplesmente param de se entender, porque escolheram não se entender mais. Tem de ter um homem que sabe como desembaraçar o cabelo de sua mulher, mas que certa manhã decide não fazer isso, talvez porque agora o cabelo de outras mulheres se tornou interessante, talvez porque ele simplesmente tenha se cansado. Tem de ter uma mulher que vai embora, saindo de cena ou aos poucos ou num único *coup de dés* triste e elegante. Um romance sobre uma mulher que parte antes de perder alguma coisa, como a mulher do romance de Nathalie Léger que estou lendo, ou como Sontag aos vinte e poucos anos. Uma mulher que começa a se apaixonar por estranhos, possivelmente apenas porque são estranhos. Há um casal em que os dois perdem a capacidade de rir juntos. Um homem e uma mulher que às vezes se odeiam, e que, se não forem interrompidos por uma parte melhor de si mesmos, bloquearão o último raio de inocência que resta no outro. Um romance com um casal cujas únicas conversas instigantes visam revisitar mal-entendidos passados, camadas e camadas deles, tudo amalgamado para formar uma enorme rocha. Querido livreiro, você conhece o mito de Sísifo? Você tem alguma versão disso? Um antídoto? Um conselho? Uma cama extra?

Você tem um bom mapa do sudoeste dos Estados Unidos? pergunto enfim ao livreiro.

Compramos o mapa que ele recomenda — detalhado e enorme —, embora na verdade não precisemos de outro mapa. Meu marido compra um livro sobre a história dos cavalos, o menino escolhe uma edição ilustrada de *O senhor das moscas*, de Golding, como um guia do audiolivro que estávamos ouvindo, e a menina, um livro chamado *O livro sem figuras*. Não compro os *Diários* de Kafka, mas compro um livro das fotografias reunidas de Emmet Gowin, que mal olhei mas estava sobre a última mesa de mostruário, diante do balcão, e que pareceu — de súbito — indispensável. É grande demais para ser guardado em qualquer uma das nossas caixas de arquivo, então, por enquanto, ficará sob meus pés no banco do passageiro. Compro também *O amante*, de Marguerite Duras, que li quando tinha dezenove anos, mas nunca li em inglês, assim como o roteiro de *Hiroshima, meu amor*, comentado por Duras com fotos do filme de Resnais.

PONTO DE VISTA

No dia seguinte, enfim, o menino aprende o mecanismo da polaroide. É quase meio-dia — dormimos demais e tomamos um farto e lento café da manhã — e estamos em um posto de gasolina bem nos arredores de Asheville. O menino e eu estamos de pé ao lado do carro enquanto o pai enche o tanque e verifica as rodas. Do topo da minha caixa peguei o livrinho vermelho intitulado *Elegias para crianças perdidas*. O menino mira, focaliza e dispara o clique, e assim que a foto desliza para fora da máquina, ele a coloca entre as páginas do livro, que estou segurando aberto para ele. Voltamos para o carro e, ao longo dos dez ou quinze minutos seguintes, enquanto dirigimos para fora de Asheville — pegando a rota 40 em direção a Knoxville —, o menino permanece completamente imóvel e em silêncio com o livro no colo, como se estivesse tomando conta de um cachorrinho adormecido.

Enquanto esperamos, folheio as páginas do livro de Emmet Gowin. Um estranho vazio e tédio é a razão por que gosto de sua documentação de pessoas e paisagens. Li em algum lugar, provavelmente em um texto de parede em um museu, que ele costumava dizer que, na fotografia de paisagens, tanto o coração quanto a mente precisam de tempo para encontrar seu lugar apropriado. Talvez por causa de seu nome estranho, Emmet, sempre achei que fosse uma mulher, até que soube que era um homem. Continuei a gostar dele depois disso, embora talvez não tanto. Ainda gostava mais dele do que de Robert Frank, Kerouac e todos os outros que tentaram entender essa paisagem — talvez porque, sem pressa, ele dedica o tempo necessário olhando para as coisas em vez de impor a elas um ponto de vista. Ele olha para as pessoas, esquecidas e selvagens, as deixa entrar na câmera com toda a sua luxúria, frustração e desespero, a sua tortuosidade e inocência. Ele também olha para paisagens, feitas pelo homem e embelezadas, mas de alguma forma também abandonadas. As paisagens que fotografa tornam-se visíveis mais lentamente do que seus retratos de família. Elas são menos atraentes de imediato, e muito mais sutis. Entram em foco somente depois de você ter prendido a respiração por tempo suficiente diante delas, como quando estamos atravessando um túnel e por superstição todos no carro prendem a respiração e então, quando alcançamos o outro lado, o mundo se abre diante de nós, imenso e incompreensível, e há um único momento de silêncio, consciente e atento mas sem pensamentos.

A foto do menino sai perfeita dessa vez. Do banco de trás ele a passa para minhas mãos, em êxtase:

Olha, Mã!

Um pequeno e perfeito documento, retangular e em sépia: duas bombas de gasolina sem chumbo e, ao fundo, uma fileira de pinheiros dos Apalaches, sem kudzu. Um índice, não tanto das coisas fotografadas, mas do instante em que o menino finalmente aprendeu a fotografá-las.

SINTAXE

Os picos das montanhas Great Smoky são apenas parcialmente visíveis, assomando ao longe, fantasmagóricos, cobertos por uma neblina que parece emanar deles. É início da tarde e as crianças estão dormindo no banco de trás. Conto ao meu marido uma história sobre meus pais, uma história que ouvi várias vezes na vida, embora apenas do ponto de vista da minha mãe. A história sempre me fascinou. No começo dos anos 1980, meus pais viajaram para a Índia. Eram jovens, se amavam, e ainda não eram casados. Eles fizeram uma escala de vinte e quatro horas em Londres a caminho de Délhi e pernoitaram na casa de um amigo. Esse amigo trabalhava com tecnologia e tinha um protótipo de um CD player, que seria lançado com sucesso no mercado mundial alguns anos depois. Na manhã seguinte, antes de rumarem de novo para o aeroporto, o amigo lhes entregou o aparelho, um par de fones de ouvido e o único CD que possuía. Eles devolveriam tudo no caminho de volta da Índia — esse era o acordo.

Durante a primeira parte da viagem, eles não usaram o CD player, porque o aparelho não ligava. Então, em um hotel esfumaçado à beira do Ganges, em Varanasi — que meus pais sempre chamavam de Benares —, meu pai estava deitado no catre, mexendo na máquina, até que finalmente descobriu como fazê-la funcionar. Ele simplesmente virou as pilhas, alinhando os sinais de mais e menos. No caminho de Varanasi para Katmandu, num ônibus-leito em que não pregaram os olhos nem por um minuto sequer, meus pais se revezaram com o aparelho, ouvindo música, em êxtase, olhando pela janela escura, cantarolando, assobiando, apontando, contando estrelas, talvez, o que usava o fone de ouvido falando extremamente alto com o outro, enquanto o ônibus subia sem parar. Em Katmandu, eles mal usaram o aparelho — havia muitas coisas ao redor deles para serem ouvidas, muito para ser absorvido, fotografado, anotado.

Alguns dias depois, continuaram de Katmandu para uma cidadezinha no sopé do Himalaia. Eles acamparam. Fizeram amor — embora eu tenha dificuldade de imaginar isso. Tiraram fotos um do outro, todas as quais ainda estão em um baú num porão em algum lugar. Certo dia, de manhã bem cedo diante das grandes montanhas enevoadas, fizeram uma fogueira, prepararam café e tiraram o CD player de uma mochila. Estavam sentados em um gramado gelado, de costas para a barraca, o sol nascendo na frente deles além das montanhas. Primeiro minha mãe usou o CD player, depois foi a vez do meu pai. Mas então, no meio desse momento quase sagrado que estavam compartilhando mas talvez não compartilhando inteiramente, meu pai, de olhos fechados, pronunciou um nome. Não era o nome da minha mãe, nem da mãe dele, nem de alguém cujo nome soasse como o da mãe de alguém. Era o nome de uma estranha, o nome de uma mulher, outra mulher. Foi apenas uma palavra, uma pequena palavra. Mas foi tão pesado e inesperado, uma verdade fria despencando repentinamente do céu brilhante, batendo, abrindo um abismo, separando a terra entre eles. Minha mãe então arrancou o CD player das mãos do meu pai, os fones de ouvido e caminhou em direção a algumas pedras. Ela jogou tudo contra essas pedras. Fios, peças, pilhas — o CD player foi destruído, mutilado, desfigurado, seu coração eletrônico sem culpa despedaçado contra o Himalaia nepalês. O disco dentro do tocador sobreviveu intacto. Sempre me pergunto o que eles estavam ouvindo naquele momento.

E depois o que aconteceu? pergunta-me meu marido.

Nada. Eles pegaram o avião de volta a Londres e devolveram a máquina quebrada para o amigo deles.

Mas o que disseram a ele?

Não faço ideia. Suponho que apenas tenham pedido desculpas.

E depois?

Depois eles se casaram, tiveram minha irmã e eu, no fim das contas se divorciaram e viveram felizes para sempre.

RITMO & MÉTRICA

Finalmente descemos das montanhas Great Smoky e nos aproximamos de um vale povoado. A paisagem muda muito drasticamente, é difícil acreditar que ainda estamos no mesmo país, no mesmo planeta. Em menos de uma hora, passamos de picos enevoados e uma vasta extensão de incontáveis tons de verde — matizes nuançados em direção a azuis próximos de cinza e violeta — a uma sucessão de estacionamentos monocromáticos, enormes e quase vazios, rodeando seus respectivos motéis, hotéis, lanchonetes, supermercados e lojas de conveniência (a relação entre o espaço de estacionamento e o espaço para corpos humanos é desconcertantemente enviesada em favor do primeiro). Fazemos uma rápida parada para um almoço tardio em um lugar chamado Estouro da Boiada de Dolly Parton, e fazemos questão de ir embora antes do início do show da tarde, que, de acordo com o cardápio, inclui apresentações de música, comédia, pirotecnia e animais vivos.

De volta ao carro, as crianças exigem que toquemos um audiolivro. O menino quer continuar a ouvir *O senhor das moscas*. "Quando ele acordava na floresta no escuro e no frio da noite...", diz a voz do homem nos alto-falantes do carro toda vez que conecto meu telefone ao sistema de som. Acho que é porque esse livro está no topo da lista de reprodução, mas não consigo entender por que ele começa a tocar por si só, como algum brinquedo diabólico. As crianças se queixam no banco de trás. Pressiono Parar e digo a elas para serem pacientes comigo enquanto procuro *O senhor das moscas*.

A menina diz que não quer mais ouvir essa história, diz que não entende, e que, quando ela entende, é mesmo muito assustadora. O menino diz a ela para se calar e ser mais madura, e aprender a ouvir as coisas. Ele lhe diz que *O senhor das moscas* é um clássico, e ela precisa entender os clássicos se quiser entender algo sobre qualquer coisa. Quero perguntar a ele por que pensa assim, mas não o faço, não agora. Às vezes me pergunto se as crianças estão realmente entendendo, ou até mesmo se deveriam entender. Talvez nós as exponhamos a coisas demais — excesso de mundo. E talvez também esperemos demais delas, na expectativa de que entendam coisas para as quais talvez não estejam prontas.

Quando meu marido e eu estávamos bem no começo do trabalho no projeto de paisagem sonora da cidade, quatro anos atrás, entrevistamos um homem chamado Stephen Haff. No térreo de um prédio no Brooklyn, esse homem abriu uma escola de uma única sala chamada "Still Waters in a Storm". Seus alunos, imigrantes ou filhos de imigrantes, principalmente de origem hispânica, tinham entre cinco e dezessete anos de idade, e ele lhes ensinava latim, lhes ensinava música clássica, lhes ensinava como escandir poemas e entender ritmo e métrica. Ele ajudava os alunos, mesmo os mais jovens, a aprender de cor partes do *Paraíso perdido* e entendê-lo, e naquele momento estava orientando um grupo de quinze crianças em uma tradução coletiva, do espanhol para o inglês, de *Dom Quixote*. Na versão deles, porém, Dom Quixote não era um velho espanhol, mas um grupo de crianças que haviam migrado da América Latina para os Estados Unidos. É preciso ter coragem e um pouco de loucura para fazer coisas como essas. Mas especialmente, pensei então e penso ainda hoje, é preciso ter clareza de espírito e humildade de coração para entender que as crianças são realmente capazes de ler *Paraíso perdido*, e aprender latim e traduzir Cervantes. Durante uma sessão de coleta de amostras para a paisagem sonora, meu marido e eu gravamos um dos alunos mais jovens de Stephen Haff — uma menina, oito ou nove anos de idade — enquanto ela debatia veementemente com os demais por conta da maneira exata de traduzir as palavras "Quando a própria vida parece lunática, quem sabe onde está a loucura? Talvez ser muito prático seja loucura. Desistir dos sonhos — isso pode ser loucura".

Creio que, depois de ouvi-la, nós dois decidimos, apesar de nunca termos falado a respeito, que deveríamos tratar nossos próprios filhos não como receptores inferiores aos quais nós, adultos, tínhamos de transmitir nosso conhecimento mais elevado do mundo, sempre em pequenas e açucaradas doses, mas como nossos iguais em termos intelectuais. Mesmo que também precisássemos ser os guardiões da imaginação de nossos filhos e proteger seu direito de viajar lentamente da inocência para reconhecimentos cada vez mais difíceis, eles eram nossos parceiros de vida em conversas, companheiros de viagem na tempestade, com quem nos esforçávamos com frequência para encontrar águas calmas.

Enfim encontro o arquivo de *O senhor das moscas* e aperto Reproduzir, retomando de onde paramos da última vez. Os óculos de Porquinho estão sendo pisados, esmagados e, sem eles, ele está perdido: "O mundo, aquele mundo compreensível e obediente à lei, desmoronava". Enquanto o sol se põe e passamos por Knoxville, decidimos dormir em um hotel de beira de estrada mais distante da cidade, talvez a meio caminho entre Knoxville e Nashville. Estamos cansados do mundo e não queremos ver muitas outras pessoas nem ter que pensar em como interagir com elas.

CLÍMAX

Nunca há um clímax a menos que haja sexo, ou a menos que haja um claro arco narrativo: começo, meio e fim.

Em nossa história, um dia houve muito sexo, mas nunca uma narrativa clara. Agora, se há sexo, tem que ser em quartos de hotéis de beira de estrada, as crianças dormindo na cama ao lado da nossa.

É como cantar dentro de uma garrafa. Eu não quero fazer sexo hoje à noite; ele quer. Vou menstruar em breve, e um curandeiro me disse certa vez que os casais que fazem sexo antes do período menstrual da mulher agem violentamente um com o outro. Então sugiro que façamos uma brincadeira de nomes. Ele solta um nome de alguém que conhecemos:

Natalia López.

O.k., Natalia.

Você gosta dos seios dela?

Um pouco.

Só um pouco?

Eu adoro.

Como eles são?

Mais cheios que os meus, mais redondos.

Os mamilos dela?

De uma cor muito mais clara que os meus.

Como é o cheiro deles?

De pele.

Você gostaria de tocá-la agora?

Sim.

Onde?

Na cintura, os pelinhos do cóccix, a parte interna das coxas.

Você já a beijou?

Já.

Onde?

Num sofá.

Mas onde no corpo dela?

Rosto.

Como é o rosto dela?

Sardento, quadrado, ossudo.

Os olhos dela?

Pequenos, ferozes, cor de mel.

O nariz?

Andino.

Boca?

Monica Vitti.

No fim do jogo, ele talvez esteja com raiva, mas também excitado, e eu estou excitada, mas sem tesão por ele, pensando em outro corpo.

Ele rola para o outro lado, de costas para mim agora, e acendo o abajur. Perscruto meus dois livros novos de Marguerite Duras enquanto ele se contorce sob o lençol, com protestos esporádicos e silenciosos. Na versão em inglês de *O amante*, Duras descreve seu rosto jovem como "destruído". Fico pensando se deveria ser "arruinado", "devastado" ou mesmo "desfeito", como uma cama após o sexo. Ele puxa o lençol. Acho que a palavra francesa que Duras usa é "défait", desfeito, embora também possa ser "détruit".

Não acho que seja verdade que realmente acabemos por conhecer e memorizar os rostos e corpos que amamos — mesmo aqueles com quem dormimos todos os dias, e com quem fazemos sexo quase todos os dias, e que às vezes estudamos com melancólico desapontamento depois que os fodemos, ou depois que eles nos fodem. Sei que certa vez fitei um punhado de sardas no ombro esquerdo de Natalia e pensei que as conhecia, todas as constelações possíveis. Mas, na verdade, não lembro se era o ombro direito ou o esquerdo, ou se as sardas eram de fato verrugas, ou se juntando os pontos eu formaria um mapa da Austrália, a pata de um gato ou o esqueleto de um peixe, e, verdade seja dita, essa merda lírica só importava enquanto a pessoa importava.

Deixo de lado *O amante* e examino o roteiro comentado de *Hiroshima, meu amor*. No prólogo, Duras descreve um abraço entre dois amantes como "banal" e "trivial". Enfatizo as duas palavras, adjetivos tão raros para o substantivo que eles modificam. Então, na página 15, sublinho a descrição de uma cena em que há dois pares de ombros e braços nus, transpirando e cobertos de uma espécie de orvalho cinzento. A descrição especifica que "temos a sensação de que esse orvalho, essa transpiração, foi depositado pelo cogumelo atômico à medida que se afasta e se evapora". Depois vem uma sucessão de imagens: um corredor de hospital, cenas de edifícios que permanecem de pé em Hiroshima, pessoas caminhando em um museu em uma exposição sobre o bombardeio e, por fim, um grupo de alunos inclinando-se sobre uma reprodução em escala da cidade reduzida a cinzas. Adormeço com essas imagens sendo reproduzidas em círculo em minha cabeça, e provavelmente sonharei com nada.

Na manhã seguinte, acordo, faço xixi e noto os cogumelos nucleares em pequena escala das gotas menstruais expandindo-se em câmera lenta na bacia do vaso sanitário. Tantos anos dessa experiência mensal e — ainda — fico ofegante com a visão.

SÍMILES

Anos atrás, quando eu estava grávida de três meses da menina, visitei minha irmã em Chicago. Jantamos em um restaurante japonês com uma amiga dela, cujo trabalho era fazer trajes espaciais. Nós três — minha irmã, a amiga dela e eu — estávamos saindo de circunstâncias recentes de desgosto amoroso, e, portanto, totalmente egocêntricas, cada uma orbitando, de modo obstinado, em torno da própria dor. Estávamos atoladas na lama de nossas narrativas pessoais, cada uma tentando tecer histórias intrincadas e muito enroladas em detalhes — ele me ligou na terça e depois na quinta; ela levou três horas para responder meu SMS; ele esqueceu a carteira na minha cama —, de modo a despertar o interesse alheio ou fazer sentido uma para a outra. Não de todo desconectadas da realidade, contudo, provavelmente logo percebemos que nossa empatia em relação à outra, e, portanto, a possibilidade de uma conversa real, era prejudicada pelo solipsismo radical que o desapontamento amoroso enseja. Assim, depois de algumas declarações genéricas trocadas enquanto sugávamos sopas de missô — sexo depois do casamento, solidão, desejo não correspondido, a implacável pressão social para subordinar a personalidade à maternidade —, direcionamos o papo para nossa vida profissional.

Em resposta à minha pergunta, a amiga da minha irmã disse que acabara de abrir uma pequena empresa que agora estava fornecendo à NASA alguns dos melhores trajes espaciais do setor. Fiquei imediatamente curiosa e perguntei mais. Ela havia ganhado reputação como costureira e soldadora, construindo máscaras de lobo removíveis para o Cirque du Soleil anos antes, e então alguém ligado à NASA tinha entrado em contato para lhe pedir que projetasse um complicado mecanismo para uma luva espacial removível. Escutei esses detalhes, descrente no começo, pensando que ela talvez estivesse engendrando algum tipo de elaborada e estranhamente sarcástica metáfora dos escombros de nossa tentativa anterior de conversar. Mas quando ela continuou a falar, percebi que estava na verdade apenas falando sobre coisas muito concretas, simplesmente descrevendo seu ofício para nós. Minha irmã distribuiu três pratinhos de cerâmica e despejei molho de soja em cada um deles. Com os anos, as habilidades da amiga dela tinham se tornado mais refinadas, e ela passou de mangas a capacetes para trajes inteiros. Agora estava trabalhando em um TMG para mulheres astronautas.

TMG? perguntei.

Um traje térmico de micrometeorito projetado especialmente para mulheres, disse ela, e mergulhou um califórnia roll no molho de soja. No último mês, vinha tentando descobrir como levar em conta na equação a menstruação.

Então a pergunta é: onde você coloca todo aquele sangue?

A pergunta dela era, claro, retórica. Ela sabia do que estava falando, entendia as necessidades das pessoas que flutuavam no espaço, inclusive das mulheres, bem como as restrições e possibilidades de seus materiais. Ela seguiu adiante para explicar — e agora estava falando conosco como se fôssemos potenciais investidoras sentadas em torno de uma mesa de conferências oval — que era sempre melhor não lutar contra a natureza, que era sempre preferível se aliar ao inimigo quando não é possível derrotá-lo, como dizia o ditado. Então, a peça térmica de micrometeorito incluía, disse ela, uma roupa íntima que absorvia fluidos menstruais de forma homogênea, mas também lindamente, no traje. Uma vez expelidos, esses fluidos se dispersavam lentamente em um arranjo similar ao das camisetas tingidas em estilo *tie-dye*, mudando de cor e criando desenhos únicos à medida que a lua menstrual da astronauta evoluía do desprendimento do revestimento do útero para o amadurecimento de um novo óvulo. Olhei para ela com admiração e provavelmente murmurei alguma coisa para expressar meu deslumbramento. Assim que terminou de explicar o projeto, abriu um largo sorriso, e sorri também, e, com a ponta dos hashis, sinalizou que havia algo preso entre os meus dois dentes da frente.

REVERBERAÇÕES

Então, qual é o plano, Papá? pergunta o menino.

É madrugada, antes de o sol nascer, e embora esteja chovendo, eles estão se preparando para sair e gravar algumas amostras no entorno do hotel. O pai diz a ele que o plano é simplesmente trabalhar no inventário de ecos.

Ainda não tenho certeza do que ele quer dizer, exatamente, com "inventário". Suponho que esteja dizendo que vai captar sons e vozes passageiros que possam, algum dia, durante a montagem, sugerir uma história. Ou talvez nunca os organize em uma história. Simplesmente andará por lugares e entre pessoas, fazendo perguntas de vez em quando, talvez não perguntando nada, erguendo o boom para captar o que quer que surja em seu caminho. Talvez tudo permaneça sem ser narrado, uma colagem de ambientes e vozes contando a história por conta própria, em vez de uma única voz juntando tudo à força em uma sequência narrativa limpa.

Mas o que a gente vai fazer de verdade? pergunta o menino ao pai enquanto calçam os sapatos.

Coletar sons que geralmente não são notados.

Mas que tipos de sons?

Talvez a chuva caindo sobre este telhado de zinco, alguns pássaros se pudermos, ou talvez apenas insetos zumbindo.

Como você grava um inseto zumbindo?

Você simplesmente grava.

Ele diz ao menino que usarão um microfone estéreo no boom, enquanto tentam chegar o mais perto possível das fontes. Ele quer que todos os sons sejam sugestões cruas e sutis em um pano de fundo constante e homogêneo. Mas isso tem que ser feito depois, diz ele, durante a mixagem, quando você pode realmente nivelar os sons. Antes disso, diz ele ao menino, quando você ainda está gravando esses tipos de sons, quer chegar o mais perto possível da fonte.

Então a gente chega perto dos insetos e grava? É isso?

Mais ou menos isso.

Deitada na cama, acordada mas com os olhos fechados, eu os ouço falar enquanto se preparam para sair. Fico me perguntando de que maneira tudo o que meu marido está dizendo ao menino pode se aplicar à documentação de sons e vozes para minha própria peça sonora. Não tenho certeza se eu jamais conseguiria — ou deveria — chegar perto das minhas fontes. Ainda que um valioso arquivo das crianças perdidas precisasse ser composto, fundamentalmente, de uma série de testemunhos ou histórias que registrariam suas próprias vozes contando suas histórias, não parece certo transformar essas crianças, a vida delas, em material para consumo da mídia. Por quê? Para quê? Para que os outros possam ouvi-las e sentir... pena? Sentir... raiva? E depois fazer o quê? Ninguém decide não ir ao trabalho e começar uma greve de fome depois de ouvir o rádio pela manhã. Todos seguem com sua vida normal, não importa a gravidade das notícias que ouvem, a menos que a gravidade esteja relacionada à previsão do tempo.

O menino e o pai finalmente saem do quarto, vão para a chuva, que agora é um temporal, e fecham a porta. Eu me mexo na cama, tentando dormir novamente. Eu me viro e reviro, e cubro minha cabeça com o travesseiro que meu marido deixou de sobra, ainda morno e um pouco suado. Tento me convencer a voltar a dormir, me dissuadir da sensação de que um abismo está se abrindo debaixo de mim, ou talvez dentro de mim, me engolindo. Como você preenche os vazios emocionais que aparecem quando há mudanças súbitas e inesperadas? Quais razões, quais narrativas, serão aquelas que impedem que você caia, que a fazem querer não cair? Eu me viro de novo, desejando voltar a dormir. Cubro a cabeça apertando mais o travesseiro, vasculho mais fundo a mente, procurando razões, fazendo listas de coisas, fazendo planos, procurando respostas, soluções, desejando escuridão, silêncio, empatia, desejando.

INVENTÁRIO

A manhã vem raiando, cintilante e cheia de sons do dia. A menina ainda está dormindo, mas não consigo voltar a dormir. Do lado de fora da janela do quarto do hotel, atrás do manto de nuvens que paira bem acima dessa pequena porção do mundo, o sol sobe em seu caminho regular, instigando vapor e umidade mas sem iluminar o espaço, elucidar o pensamento e incitar corpos a saltar para a ação de vigília. Mais uma vez, me viro pesadamente para o lado. No seu lado da cama, meu marido deixou um dos livros de suas caixas, *A afinação do mundo*, de R. Murray Schafer. Eu o pego, deito-me de costas e seguro o livro acima do meu rosto sonolento, abrindo-o. Entre as páginas, um pequeno bilhete escapa e cai sobre o meu peito. É uma nota endereçada ao meu marido, sem data:

> Adoro a ideia de um "inventário de ecos" — ressoa tão belamente o duplo poder de ação florestal do povo bosavi, sendo a um só tempo um diagnóstico acústico da saúde/riqueza de um mundo vivo, e as "reflexões/reverberações passadas" daqueles que "se tornaram" seus pássaros alcançando a morte. Vejo você em breve, eu espero.
>
> Abraço, Steven Feld

Eu me lembro desse nome, Steven Feld. Meu marido aprendeu a gravar e a pensar sobre o som com um grupo de etnomusicólogos, linguistas e ornitólogos, coletando amostras de sons nas florestas tropicais e nos desertos. Em seu tempo de estudante, ele leu e ouviu o trabalho de Steven Feld, um acustemologista que, como Murray Schafer, achava que os sons que as pessoas fazem, na música ou na linguagem, eram sempre ecos da paisagem que os circundava, e passou a vida inteira recolhendo amostras de exemplos dessa conexão profunda e invisível. Em Papua-Nova Guiné, Feld registrou pela primeira vez cânticos funerários de lamento e canções cerimoniais do povo bosavi no final dos anos 1970, e mais tarde compreendeu que os cânticos e lamentos que estava coletando eram mapas vocalizados das paisagens circunvizinhas, entoados do ponto de vista variável e abrangente de pássaros que sobrevoavam esses espaços, então ele começou a gravar pássaros. Depois de ouvi-los por alguns anos, percebeu que o povo bosavi entendia os pássaros como ecos ou "reverberações passadas" — como ausência convertida em presença; e, ao mesmo tempo, como uma presença que tornava audível uma ausência. Os bosavi emulavam sons de pássaros durante os ritos funerários porque os pássaros eram a única materialização no mundo que refletia a ausência. Os sons dos pássaros eram, de acordo com os bosavi, e nas palavras de Feld, "a voz da memória e a ressonância da ancestralidade".

As ideias de Feld formaram a mundividência de meu marido — ou melhor, seu ouvido universal —, e no fim das contas ele o procurou, seguindo-o para Papua-Nova Guiné, onde o ajudou a gravar cantos de aves e trilhas de canções ao longo das florestas tropicais, tentando mapear a paisagem sonora dos mortos através de suas reverberações no canto dos pássaros. Meu marido arrastava-se atrás de Feld carregando uma sacola repleta de instrumentos de gravação. Caminhavam por horas a fio, até que Feld decidia parar, cobrir as orelhas com os fones de ouvido, ligar o gravador e começar a apontar um microfone parabólico para as árvores. Eram sempre seguidos por crianças locais, curiosas, talvez, com relação a todos os gadgets e cabos de que aqueles homens precisavam para ouvir os sons da floresta. As crianças riam histericamente quando Feld apontava o microfone a esmo para cima, para baixo, ao redor. Meu marido postava-se de pé atrás dele, também atento aos sons sob seus fones de ouvido, acompanhando os movimentos de Feld. Vez por outra uma criança puxava o braço de Feld e o ajudava a apontar na direção certa. Todos permaneciam imóveis, sob a sombra de uma enorme árvore, esperando. E, de repente, a presença invisível de uma miríade de pássaros inundava seu espaço auditivo, trazendo à existência uma camada inteira do mundo, anteriormente ignorada.

HOMO FABER

Quando conheci meu marido, enquanto trabalhávamos no projeto da cidade de Nova York, achei intrigantes suas ideias sobre paisagismo sonoro, e fiquei fascinada por sua vida pregressa gravando cantos de pássaros e caminhos de canções nas florestas tropicais, mas nunca entendi muito bem os métodos que ele usava para coletar amostras de sons em nosso projeto: sem entrevistas diretas, sem planejar nada com antecedência, apenas andando por aí ouvindo a paisagem urbana como se estivesse à espera de que uma ave rara passasse voando. Ele, por sua vez, nunca entendeu ou chegou a um acordo com a tradição sonora na qual fui formada, uma tradição muito mais baseada em jornalismo e norteada pela narrativa. Todos esses radiojornalistas, dizia ele sempre, desabotoando as calças a fim de botar para fora longos microfones direcionais e gravar a história *deles*! Eu discordava, embora às vezes ele fosse tão convincentemente carismático — em especial quando estava sendo desagradável — que muitas vezes eu me pegava se não concordando, pelo menos rindo com ele.

Quando estávamos de melhor humor, conseguíamos brincar com nossas diferenças. Dizíamos que eu era uma documentarista e ele era um documentalista, o que significava que eu era mais como uma química e ele estava mais para um bibliotecário. O que ele nunca entendeu sobre como eu via o meu trabalho — o trabalho que eu fazia antes de nos conhecermos e o trabalho que eu provavelmente voltaria a fazer agora, com a história das crianças perdidas — era que a narrativa pragmática, o comprometimento com a verdade e um ataque direto a questões não eram, como ele pensava, uma mera adesão a uma forma convencional de radiojornalismo. Atingi a maturidade como profissional em um ambiente sonoro e em um clima político muito diferente. A maneira como aprendi a gravar o som foi fundamentalmente não ferrando a coisa toda, obtendo os fatos da história da forma mais correta possível sem acabar morrendo porque, que pena, você chegou perto demais das fontes, e sem causar a morte das fontes porque, que pena, elas chegaram perto demais de você. Minha aparente falta de maiores princípios estéticos não era uma obediência cega aos financiadores e ao financiamento, como ele quase sempre dizia. Meu trabalho era simplesmente cheio de soluções de improviso, remendos, como aquelas casas velhas em que tudo está desmoronando e você precisa resolver as coisas com urgência, sem tempo para transformar perguntas e suas possíveis respostas em teorias estéticas sobre som e suas reverberações.

Em outras palavras, as maneiras pelas quais cada um de nós ouvia e entendia os sons do mundo ao nosso redor eram provavelmente irreconciliáveis. Eu era jornalista, sempre tinha sido, apesar de ter me aventurado fora do meu âmbito sonoro por algum tempo e agora estar confusa sobre como voltar ao meu trabalho, sobre como reinventar um método e uma forma, e novamente encontrar significado no que eu fazia. E ele era um acustemologista e artista de paisagem sonora que havia dedicado a vida à coleta de amostragem de ecos, ventos e pássaros, depois encontrou alguma estabilidade econômica trabalhando em um grandioso projeto urbano, mas agora estava voltando ao que sempre quis fazer. Nos últimos quatro anos, trabalhando no projeto de paisagem sonora da cidade, ele havia se sujeitado a formas mais convencionais, mas na verdade nunca abandonou suas ideias sobre som; e eu havia mergulhado no projeto, aprendido com ele, e gostava de não me sentir sobrecarregada, para variar, por preocupações com as consequências políticas imediatas do que eu estava gravando. Mas agora eu estava de novo gravitando em torno dos problemas e das questões que sempre me assombraram. Nós dois estávamos de novo perseguindo nossos velhos fantasmas — que, pelo menos, ainda compartilhávamos. E agora que estávamos nos aventurando sozinhos novamente e, de alguma forma, também retornando aos lugares de onde tínhamos vindo, nossos caminhos estavam se separando. Era um abismo mais profundo do que esperávamos.

HOMO FICTIO

Por ora, há uma ponte nos conectando, e é o livro chamado *O livro sem figuras*, que a menina comprou em Asheville. É uma história simples, embora seja metaficcional. É sobre ler um livro sem figuras, e por que isso pode ser melhor do que ler um com figuras. O menino e o pai voltaram da sessão de gravação e ainda está caindo uma chuva muito forte. Concordamos que não é seguro viajar com este tempo. Então nós lemos. Lemos *O livro sem figuras* em voz alta, uma e outra vez, pernas e cotovelos emaranhados na cama, deixando aberta a porta do nosso quarto no hotel porque queremos ouvir a chuva e deixar entrar um pouco do estado de ânimo dela, mas também porque as crianças dão risadas tão incontroláveis a cada página do livro que parece certo deixar que algo desse momento, maior do que a soma de nós quatro, saia do quarto e viaje.

EXEGESE

Depois, naquela tarde, quando a chuva finalmente se transformou em uma mera garoa, voltamos para o carro e rumamos em direção a Nashville. Todos os dias seguimos em frente, embora às vezes pareça que estamos em uma esteira. Dentro do carro, há uma espécie de corrente cíclica de vozes, perguntas, atitudes e reações previsíveis. Entre meu marido e mim, o silêncio está aumentando de modo constante. "Quando ele acordava na floresta no escuro e no frio da noite..." A frase surge novamente. Pauso a gravação e procuro uma lista de reprodução. Cada um de nós escolhe uma música. Escolho a versão de Odetta de "With God on Our Side", de Dylan, que acho muito melhor do que a original. Meu marido escolhe "Straight to Hell", na versão original com The Clash. O menino quer The Rolling Stones e escolhe "Paint It Black" — e reconheço seu bom gosto musical. A menina quer "Highwayman", da banda The Highwaymen, com Willie Nelson, Johnny Cash e dois outros que não conhecemos e sobre quem nos esquecemos de pesquisar. Tocamos a música algumas vezes enquanto dirigimos, desvendando a letra como se estivéssemos lidando com poesia barroca. Minha teoria é a de que se trata de canção sobre ficção, sobre ser capaz de viver muitas vidas por meio da ficção. Meu marido acha que é uma música sobre a história dos Estados Unidos e a culpa americana. O menino acha que é uma música sobre o desenvolvimento tecnológico nos meios de transporte: de viagens a cavalo a escunas e naves espaciais. Talvez ele esteja certo. A menina ainda não tem uma teoria, mas está claramente tentando entender:

O que é uma lâmina?

É a parte da faca que corta as coisas.

Então o bandoleiro usou a faca?

Sim.

Pra cortar as pessoas?

Bem, talvez sim.

Então ele era um índio ou um caubói?

Ele não era nenhum dos dois.

Então ele era um policial.

Não.
Então ele era um olho-branco.
Talvez.

PRESENTE FUTURO

À medida que avançamos de carro mais a oeste em direção ao
Tennessee, passamos por mais e mais postos de gasolina abandonados,
igrejas vazias, hotéis fechados, lojas e fábricas falidas. Olhando pela
janela e pela lente da câmera, o menino me pergunta novamente:
Então, o que significa, Mã, documentar coisas?
Talvez eu devesse dizer que documentar é quando você soma
uma coisa mais luz, luz menos coisa, fotografia após fotografia; ou
quando você adiciona som, mais silêncio, menos som, menos silêncio.
O que você obtém, no fim, são todos os momentos que não faziam
parte da experiência efetiva. Uma sequência de interrupções, buracos, partes ausentes, extirpadas do momento em que a experiência
ocorreu. Porque a experiência, mais um documento da experiência, é
experiência menos um. A coisa estranha é esta: se no futuro, um dia
você juntar novamente todos esses documentos somados, o que você
obtém, mais uma vez, é a experiência. Ou, pelo menos, uma versão
da experiência que substitui a experiência vivida, mesmo que o que
você documentou originalmente sejam os momentos extirpados dela.
O que devo focalizar? insiste o menino.
Eu não sei o que dizer. Sei, enquanto percorremos de carro as
longas e solitárias estradas deste país — uma paisagem que vejo pela
primeira vez —, que o que vejo não é exatamente o que vejo. O que
vejo é o que os outros já documentaram: Ilf e Pétrov, Robert Frank,
Robert Adams, Walker Evans, Stephen Shore — os primeiros fotó-
grafos de estrada e suas fotos de placas de rodovias, trechos de terras
desocupadas, carros, hotéis de beira de estrada, lanchonetes, repetição
industrial, todas as ruínas do capitalismo primitivo agora engolidas
pelas futuras ruínas do capitalismo posterior. Quando vejo as pessoas
deste país, sua vitalidade, sua decadência, sua solidão, seu desesperado
convívio, vejo o olhar de Emmet Gowin, Larry Clark e Nan Goldin.

Tento uma resposta:

Documentar significa simplesmente coletar o presente para a posteridade.

Como assim, posteridade?

Quero dizer... para mais tarde.

No entanto, já não tenho mais certeza sobre o que significa "para mais tarde". Alguma coisa mudou no mundo. Não muito tempo atrás, o mundo mudou, e sabemos disso. Ainda não sabemos como explicar, mas acho que todos podemos sentir isso em algum lugar nas profundezas de nosso cérebro ou em nossos circuitos cerebrais. Sentimos o tempo de forma diferente. Ninguém conseguiu captar completamente o que está acontecendo ou dizer por quê. Talvez seja apenas porque sentimos uma ausência de futuro, porque o presente se tornou por demais avassalador, de modo que o futuro se tornou inimaginável. E, sem futuro, o tempo parece apenas um acúmulo. Um acúmulo de meses, dias, desastres naturais, séries de televisão, ataques terroristas, divórcios, migrações em massa, aniversários, fotografias, alvoradas. Não entendemos a maneira exata como agora estamos vivenciando o tempo. E talvez a frustração do menino por não saber o que fotografar, ou como enquadrar e enfocar as coisas que ele vê enquanto todos nós estamos sentados dentro do carro, atravessando este país estranho, belo e sombrio, seja simplesmente um sinal de como as formas de documentar o mundo escassearam. Talvez se encontrássemos uma nova maneira de documentá-lo, poderíamos começar a entender essa nova maneira de conhecer o espaço e o tempo. Os romances e os filmes não captam isso por completo; o jornalismo não dá conta; a fotografia, a dança, a pintura e o teatro também não; a biologia molecular e a física quântica tampouco, certamente. Não entendemos como o espaço e o tempo existem agora, como realmente os vivenciamos. E até que encontremos uma maneira de documentá-los, não os entenderemos. Por fim, digo ao menino:

Você só precisa encontrar o seu próprio modo de entender o espaço, para que o resto de nós possa se sentir menos perdido no tempo.

Tá, Má, diz ele, mas quanto tempo falta até chegarmos à nossa próxima parada?

TROPOS

Havíamos planejado ficar alguns dias em Nashville, visitando estúdios de gravação, mas em vez disso passamos direto pela cidade e dormimos em um hotel perto de Jackson. Então, na manhã seguinte, fazemos algo inteiramente previsível, pelo menos para pessoas como nós — forasteiras, mas não inteiramente —, que é colocar para tocar "Graceland" várias vezes enquanto cruzamos Memphis para Graceland, tentando descobrir a posição exata do delta do Mississippi, e por que razão ele poderia brilhar feito um violão nacional, ou se a letra da canção diz de fato "violão nacional". O menino acha que é violão "racional", mas não acho que esteja certo. Nossa entrada, com a canção tocando ao fundo, tem um caráter épico, mas do tipo tranquilo. Como uma guerra sendo perdida silenciosamente mas com resiliência.

O menino observa, primeiro, que estamos cantando fora do tom e, segundo, que o menino mencionado na canção é apenas um ano mais novo do que ele, tem nove anos de idade. Também como ele, comenta, o menino da música é filho do primeiro casamento de seu pai. Eu me pergunto que efeito esse verso no epicentro da canção — aquele sobre como perder o amor é como ter uma janela abruptamente aberta no coração de alguém — teria em nós daqui a alguns meses, e se o pai dele e eu mostraríamos resiliência e integridade, e se nos comportaríamos como violões racionais.

Assim que a canção termina, somos empurrados de volta para a frase mais batida do mundo que sempre pipoca nos alto-falantes: "Quando ele acordava na floresta no escuro e no frio da noite". E então desligo o rádio e olho pela janela em direção à cidade alquebrada, abandonada, mas também bonita.

SUBSTANTIVOS

A infelicidade cresce devagar. Ela se demora dentro de você, silenciosa, sub-repticiamente. Você a alimenta, nutrindo-a com sobras todos os dias — é o cão que você mantém trancafiado no quintal dos fundos e que morderá sua mão se você permitir. A infelicidade demora um tempo, mas acaba assumindo completamente as rédeas. E então a felicidade — essa palavra — chega apenas às vezes, e sempre como uma repentina mudança do clima. Ela nos encontrou no nosso décimo dia de viagem. Eu tinha ligado para vários hotéis de Graceland. Nenhum respondia, exceto um. Uma senhora idosa atendeu ao telefone, a voz dela como um incêndio distante, crepitando no meu ouvido:

Elvis Presley Boulevard Inn, ao seu serviço.

Fiquei sem saber se eu a estava entendendo mal quando ela disse:

Sim, senhora, muito quarto aqui e uma nova piscina de guitaaaarra.

Mas encontramos exatamente isto: um hotel de beira de estrada só para nós. Um hotel com piscina em forma de guitarra elétrica. Um hotel em que, em vez de uma Bíblia de cabeceira, há um songbook do Elvis Presley. Um hotelzinho com tudo do Elvis Presley em todos os lugares, das toalhas de rosto nos quartos aos saleiros e pimenteiros na área de café da manhã. O menino e o pai ficam para trás no estacionamento, rearranjando o quebra-cabeça diário de nossa bagagem, e a menina e eu corremos para o quarto para fazer xixi. Subimos escadas, passamos por assustadoras estátuas de cera de Elvis, centenas de fotos e caricaturas, uma piñata de Elvis, um jukebox exclusivo de Elvis, pequenas estatuetas, camisetas amareladas com o rosto do Rei pregadas nas paredes. No momento em que chegamos ao nosso quarto, entendemos, ela em seus próprios termos, que estamos em alguma espécie de templo ou mausoléu. Ela entendeu que esse homem é ou era algo importante. Ela olha para cima para ver uma fotografia de um Elvis Presley de trinta e poucos anos pendurada na parede entre as duas camas de casal em nosso novo quarto e pergunta:

Esse é o Jesus Cristo do Caralho, Mamã?

Não, é o Elvis.

Mamã, você poderia deixar o Papá e se casar com o Elvis? Se você quisesse.

Tento não rir, mas não consigo segurar. Digo que vou pensar. Mas então conto a ela:

Eu faria isso, só que ele está morto, meu amor.

Esse pobre rapaz está morto?

Está.

Como o Johnny Cash está morto?

Isso.

Como a Janis Joplin está morta?

Isso.

Quando o menino e meu marido entram com malas e mochilas, todos nós vestimos roupas de banho e descemos correndo para a piscina de guitarra. Esquecemos as toalhas e o filtro solar — mas, por outro lado, somos o tipo de família que nunca levou um cobertor de piquenique para um piquenique ou cadeiras de praia para uma praia.

A menina, tão cautelosa e filosófica em todas as suas atividades diárias, torna-se uma fera selvagem na água. Ela está possuída, delirante. Bate na própria cabeça e na barriga como um daqueles bateristas pós-hippie que já consome LSD há décadas demais. Sua risada troveja em sua boca aberta, todos os dentes de leite e gengivas rosadas perfeitas. Ela uiva ao pular na piscina. Abre caminho se contorcendo para se livrar de nossas garras nervosas. Descobre, debaixo d'água, que não sabe como voltar à tona. Então nós a pegamos e a abraçamos com força e dizemos:

Não faça isso de novo.

Tenha cuidado.

Você não sabe nadar ainda.

Não sabemos como lidar com seu entusiasmo irrefreável, ou suas vulcânicas explosões de vitalidade. É difícil para o resto de nós, eu acho, acompanhar o arrojado e imprudente trem de sua felicidade. Difícil, pelo menos para mim, não interferir, quando continuo sentindo que tenho que salvá-la do mundo. Estou constantemente imaginando que ela vai cair ou se queimar ou ser atropelada. Ou que vai se afogar, agora mesmo, nesta piscina em forma de guitarra em Memphis, Tennessee, com o rosto, na minha mente, todo azul e inchado. Um amigo meu chama isso de "a distância de resgate" — a equação em incessante operação na mente de um pai ou mãe, na qual o tempo e a distância são computados para calcular se seria possível salvar uma criança do perigo.

Todavia, em algum momento, como se apertássemos um interruptor, todos paramos de calcular catástrofes sombrias e nos soltamos. Tacitamente concordamos em relaxar e segui-la, em vez de esperar que ela fique para trás conosco, em nossa segura incapacidade para a vida. Uivamos, ululamos, rugimos, mergulhamos e voltamos à superfície para boiar de costas, olhando para o céu sem nuvens. Abrimos nossos olhos dentro da água com cloro queimando; emulamos estátuas de chafarizes nojentos, esguichando água de nossa boca. Eu lhes ensino uma coreografia para "All Shook Up" que vagamente me lembro de ter aprendido com um amigo de infância: muito sacolejo dos ombros e algum vaivém de quadris nos "ughs" da música. E então, quando o feitiço que a menina lançou sobre nós finalmente se evapora, todos nós ficamos sentados à beira da piscina, balançando os pés na água e recuperando o fôlego.

Mais tarde nessa noite, deitado no escuro do nosso quarto, meu marido conta para os dois filhos uma história apache, sobre como os apaches aprenderam seus nomes de guerra. Nós o ouvimos em silêncio. Sua voz se eleva e rodopia ao redor do quarto, transportada através do espesso ar quente que o ventilador de teto agita — suas pás de verniz baratas rangendo um pouco. Nós nos deitamos com o rosto para cima, tentando pegar uma brisa. Exceto a menina. Ela está deitada de bruços e chupa o polegar, seu ritmo de sucção em sincronia com o chocalho cíclico de pás balançando no ventilador de teto. O menino espera que o pai termine a história e diz:

Se ela fosse uma apache, o nome de guerra dela seria Polegar Barulhento.

Eu? pergunta a menina, tirando o polegar da boca e levantando a cabeça no escuro, não convencida, mas sempre orgulhosa de ser o assunto da conversa.

Sim, Polegar Barulhento ou Chupa-Dedo.

Não, não. Meu nome de guerra seria Grace Landmemphis Tennessee. Ou Piscina de Guitarra. Um ou outro.

Esses não são nomes apaches, certo, Pá?

Não, não são, confirma meu marido. Piscina de Guitarra não é um nome apache.

Bem, então eu quero ser Grace Landmemphis, diz ela.

É Graceland vírgula Memphis, sua idiota, o menino a informa do alto de sua agora superioridade de dez anos de idade.

Então tudo bem. Então serei Memphis. Só Memphis.

Ela diz isso com a despótica confiança dos burocratas que fecham a janela de plástico de seu guichê, não aceitando mais pedidos, nenhuma reclamação, e então recoloca o polegar na boca. Conhecemos esse lado dela: quando sua pequena mente teimosa toma uma decisão, não há como convencê-la do contrário, então acatamos, respeitamos sua resolução e não dizemos mais nada.

E você? pergunto ao menino.

Eu?

Ele seria Pluma Veloz, imediatamente sugere seu pai.

Sim, é isso mesmo, Pluma Veloz. E a Mã? Quem é ela? pergunta ele.

Meu marido demora para pensar a respeito, e por fim diz:

Ela seria a Seta da Sorte.

Gosto do nome e sorrio em confirmação ou em gratidão. É a primeira vez que sorrio para ele em dias, talvez semanas. Mas ele não consegue ver meu sorriso porque o quarto está escuro e seus olhos provavelmente estão fechados de qualquer maneira. Então pergunto a ele:

E você? Qual seria o seu nome de guerra?

A menina entra na conversa, sem tirar o polegar da boca, ceceando, sibilando e expelindo suas palavras:

O Pá, ele é o Elvis. Ou o Jesus Cristo do Caralho. Um dos dois.

Meu marido e eu rimos, e o menino a repreende:

Você vai para o inferno se continuar dizendo isso.

Provavelmente ele a repreende mais por causa de nosso riso elogioso do que pelo conteúdo de sua declaração. Ela certamente não sabe qual é o motivo da bronca. Então, tirando o dedo da boca, ela pergunta:

Quem é seu apache favorito, Pá? Gerônimo?

Não. O meu favorito é o chefe Cochise.

Então você é o Papá Cochise, diz ela, como se estivesse lhe entregando um presente.

Papá Cochise, repete meu marido, aos sussurros.

E suave e lentamente adormecemos, abraçando esses novos nomes, o ventilador de teto fatiando o ar espesso na sala, afinando-o. Adormeço ao mesmo tempo que os três, talvez pela primeira vez em anos, e enquanto faço isso, apego-me a essas quatro certezas: Pluma Veloz, Papá Cochise, Seta da Sorte, Memphis.

CAIXA III

§ QUATRO CADERNETAS (18,5 × 13 cm)

"Sobre leitura"
"Sobre audição"
"Sobre tradução"
"Sobre o tempo"

§ NOVE LIVROS

Os cantos, Ezra Pound
O senhor das moscas, William Golding
On the Road, Jack Kerouac
Coração das trevas, Joseph Conrad
Nova ciência, Giambattista Vico
Meridiano de sangue & *Todos os belos cavalos* & *Cidades da
  planície*, Cormac McCarthy
2666, Roberto Bolaño
Sem título para Barbara Loden, Nathalie Léger
A nova Bíblia comentada Oxford, Deus?

§ PASTA (PARTITURAS)

Metamorfose, Philip Glass
Cantigas de Santa Maria (Afonso, o Sábio), Jordi Savall

Desaparecidos

*Uma fronteira é um lugar vago e indeterminado
criado pelo resíduo emocional de um limite inatural.
Está em constante estado de transição.
O proibido e o vedado são seus habitantes.*

GLORIA ANZALDÚA

*É melhor você torcer para nunca ver anjos na reserva indígena.
Se os vir, eles vão te mandar para Sião ou Oklahoma,
ou algum outro inferno que planejaram para nós.*

NATALIE DIAZ

VELOCIDADE

Os postes de luz tremeluzem ao nosso lado, alumínio e néon branco. O sol está raiando atrás do nosso carro, vindo de baixo da polegada de concreto na extremidade leste da rota 50. Enquanto rumamos para o oeste atravessando o Arkansas, cercas de galinheiros se estendem infinitas. Atrás das cercas há ranchos solitários. Pessoas solitárias nesses ranchos, talvez. Pessoas lendo, dormindo, trepando, chorando, assistindo à televisão. Pessoas assistindo aos noticiários ou reality shows, ou talvez apenas cuidando de sua vida — tratando de um menino doente, uma mãe agonizante, uma vaca em trabalho de parto e ovos chocando. Olho através do para-brisa e imagino.

Meu telefone toca quando passamos por um campo de soja. É Manuela, finalmente me ligando de volta depois de um longo silêncio. A última vez que falei com ela foi há quase três semanas, pouco antes de sairmos da cidade. Ela não tem boas notícias. O juiz indeferiu o pedido de asilo que o advogado tinha apresentado para as meninas, e depois disso o advogado desistiu do caso. Ela foi informada de que suas duas filhas seriam transferidas do centro de detenção onde vinham esperando, no Novo México, para outro centro de detenção, no Arizona, de onde seriam deportadas. Mas, na data marcada para a transferência, elas desapareceram.

Como assim desapareceram? pergunto.

O policial que ligou para dar a notícia, contou-me ela, disse que as meninas foram levadas de avião para a Cidade do México. Mas nunca chegaram lá. O irmão de Manuela fez a viagem de Oaxaca para a capital e esperou no aeroporto durante oito horas, e as meninas nunca saíram pela porta.

Eu não entendo, digo. Onde estão as meninas agora?

Ela me diz que não sabe, diz que todos com quem ela conversou dizem que as meninas provavelmente ainda estão no centro de detenção. Todo mundo lhe diz para esperar, para ser paciente. Mas ela acha que as meninas não estão em centro de detenção nenhum. Diz que tem certeza de que as meninas fugiram, que talvez alguém no centro de detenção, alguém benevolente, as ajudou a escapar, e que as duas possivelmente estão tentando encontrar a mãe.

Por que você acha isso? pergunto, pensando que ela pode estar perdendo o juízo.

Porque conheço o sangue do meu sangue, diz ela.

Ela me diz que está esperando alguém ligar e dizer alguma coisa. Afinal, as meninas ainda devem ter consigo seus vestidos, então têm o número de telefone dela. Eu não a questiono mais sobre isso, mas pergunto:

O que você vai fazer a seguir?

Procurar por elas.

E o que posso fazer para ajudar?

Depois de um breve silêncio, ela diz:

Nada agora, mas se você chegar ao Novo México ou ao Arizona, você me ajuda a procurar.

VIGÍLIA

Alguns meses antes de nós quatro partirmos nesta viagem, no período em que eu ia ao Tribunal Federal de Imigração de Nova York pelo menos uma vez por semana, conheci um sacerdote, o padre Juan Carlos. Tendo estudado em um internato anglicano de meninas, nunca fui muito fã de padres, freiras ou de religião em geral. Mas desse padre gostei imediatamente. Eu o conheci do lado de fora do Tribunal de Imigração. Eu estava na fila, esperando para ser autorizada a entrar no prédio; ele estava de pé ao lado da fila, usando óculos de sol, embora fosse cedo demais para usar óculos de sol, e distribuía panfletos, sorrindo para todos.

Peguei um panfleto dele, li as informações. Se você corre o risco de ser deportado, dizia o papel, você pode visitar a igreja dele em qualquer fim de semana e se inscrever para receber a assistência do direito de santuário. E a pessoa que tivesse um membro da família sem documentos e desaparecido poderia contatar o padre vinte e quatro horas por dia, sete dias por semana, ligando para o número de telefone de emergência descrito na parte de baixo do folheto. Liguei para o número no dia seguinte, dizendo que não tinha uma emergência, mas queria perguntar a respeito do panfleto. De um modo sacerdotal, talvez, sua explicação foi mais alegórica do que prática, mas no final da nossa conversa o padre me convidou para me juntar a ele e a alguns outros durante sua vigília semanal na quinta-feira seguinte.

A vigília foi realizada às seis da tarde, diante de um prédio na rua Varick. Cheguei alguns minutos atrasada. O padre Juan Carlos estava lá, com outras doze pessoas. Ele me cumprimentou com um aperto de mão formal e me apresentou ao restante do grupo. Perguntei se eu poderia registrar o encontro com meu gravador. Ele disse que sim, os outros concordaram com um meneio da cabeça, e então, cerimoniosamente, mas com uma simplicidade sincera e incomum em homens acostumados a púlpitos, ele começou a falar. Ele apontou para a placa pendurada na entrada principal do edifício, que anunciava Agência de Passaportes, e disse que poucas pessoas sabiam que o prédio, que ocupava um quarteirão inteiro da planta regular da cidade, não era na verdade apenas um lugar onde se tirava um passaporte, mas também um lugar onde pessoas sem passaportes estavam sendo retidas. Era um centro de detenção, onde agentes da Imigração e da Alfândega mantinham presas pessoas depois de detê-las nas ruas ou invadir sua casa à noite. A cota federal diária para pessoas sem documentos, disse ele, era de 34 mil, e estava aumentando de forma contínua. Isso significava que a cada dia pelo menos 34 mil pessoas deveriam estar ocupando uma cama em qualquer um dos centros de detenção, um centro idêntico àquele, de uma ponta à outra do país. As pessoas eram levadas, continuou, e trancafiadas em prédios de detenção por um período indefinido. Mais tarde algumas delas eram deportadas para seu país de origem. Muitas eram conduzidas às prisões federais, que lucravam com elas, submetendo-as a dezesseis horas de trabalho pelas quais recebiam menos de três dólares. E muitas delas simplesmente... desapareciam.

A princípio, pensei que o padre Juan Carlos estivesse pregando com base em uma espécie de delírio distópico orwelliano. Demorei algum tempo para perceber que não. Demorei algum tempo para perceber que as outras pessoas que ali estavam, em sua maioria garífunas de Honduras, eram membros da família de alguém que, de fato, desaparecera durante uma batida do Serviço de Imigração e Alfândega (ICE). Quando o padre Juan Carlos terminou sua fala, disse que todos nós daríamos duas voltas ao redor do prédio. Todos começaram a andar em fila, em completo silêncio. Estavam todos ali para reivindicar seus desaparecidos, para protestar silenciosamente contra um silêncio maior e mais profundo. Eu os segui, no fim da fila, o gravador erguido acima da minha cabeça, registrando aquele silêncio.

Caminhamos meio quarteirão ao sul, um quarteirão a oeste, um quarteirão ao norte, um quarteirão a leste, meio quarteirão ao sul. E depois mais uma vez. Após a segunda volta, ficamos parados na calçada por alguns minutos, até que o padre nos instruiu a encostar a palma das mãos na parede do prédio. Enfiei o gravador no bolso da jaqueta e imitei os demais. Minhas mãos sentiram o frio e a aspereza do concreto. Carros passavam por trás da nossa fila ao longo da rua Varick. O padre Juan Carlos então perguntou, numa voz mais alta e mais severa do que antes:

Quem estamos procurando?

Uma a uma, as doze pessoas em pé na fila, mãos firmemente pressionadas contra as paredes do prédio, de costas para a rua movimentada, cada uma disse um nome em voz alta:

Awilda.

Digana.

Jessica.

Barana.

Sam.

Lexi.

Assim que cada pessoa na fila bradava o nome de um parente desaparecido, o resto de nós repetia o nome em voz alta. Pronunciamos cada um em alto e bom som, embora fosse difícil impedir que nossas vozes se embargassem, que nossos corpos tremessem:

Cem.

Brandon.
Amanda.
Benjamin.
Gari.
Waricha.

APAGADOS

Winona, Marianna, Roe, Ulm, Humnoke — olho para o mapa, seguindo os nomes dos lugares pelos quais passaremos hoje. Estamos dirigindo há quase duas semanas agora, e meu marido acha que estamos indo muito devagar, parando com muita frequência e permanecendo por tempo demais nas cidades. Eu estava curtindo esse ritmo, a velocidade lenta em estradas vicinais através de parques, as longas paradas em lanchonetes e hotéis baratos. Mas sei que ele está certo — nosso tempo é limitado, especialmente o meu, e está acabando. Também tenho que chegar o mais rápido possível às terras fronteiriças — ao Novo México ou ao Arizona. Então concordo quando ele sugere que fiquemos no carro por mais horas e paremos com menos frequência. Penso em outras famílias, iguais a nós e também diferentes de nós, viajando em direção a um futuro impossível de prever, às ameaças e aos perigos que ele representa. O que faríamos se um de nós simplesmente desaparecesse? Além do horror e do medo imediatos, que passos concretos daríamos? A quem chamaríamos? Para onde iríamos?

Olho para nossos filhos, dormindo no banco de trás do carro. Eu os ouço respirar e fico pensando. Eu me pergunto se eles sobreviveriam nas mãos de coiotes e o que lhes aconteceria se tivessem que atravessar o deserto sozinhos. Se eles se vissem sozinhos, nossos filhos sobreviveriam?

QUEDAS

Em 1909, Gerônimo caiu do cavalo e morreu. De todas as coisas que meu marido conta às crianças sobre ele, esse fato é o que mais as atormenta e fascina. Especialmente a menina. Desde que ouviu a história, ela vive voltando ao tema — de vez em quando, de modo inesperado e espontâneo, para puxar assunto no início de uma conversa casual.

Então, o Gerônimo caiu do cavalo e morreu, certo?

Ou:

Você sabe como o Gerônimo morreu? Ele caiu do cavalo!

Ou:

Olha, o Gerônimo nunca morreu, mas, um dia, ele morreu, porque caiu do cavalo dele.

Agora, enquanto aceleramos em direção a Little Rock, Arkansas, ela acorda e nos diz:

Eu sonhei com o cavalo do Gerônimo. Eu estava montada nele, e estava indo tão rápido que eu estava quase caindo.

Onde estamos? pergunta o menino, também acordando, a estranha sincronicidade do sono dos dois.

Arkansas.

O que tem no Arkansas?

Constato que sei muito pouco sobre o Arkansas. Sei sobre o poeta Frank Stanford, que atirou no próprio coração — três vezes — em Fayetteville, Arkansas, e desabou no chão. A questão mórbida, é claro, não é o porquê, mas como três vezes. Não compartilho essa história com a família.

Depois, há a morte mais cômica que trágica do escritor tcheco Bohumil Hrabal, que não morreu no Arkansas, mas que por algum motivo era amado pelo ex-presidente Bill Clinton, que morava em Little Rock quando era governador do estado de Arkansas — então há essa conexão. Certa vez, vi a fotografia de um Bill vermelho-de-cerveja, bochechudo e risonho, pendurada na parede de um bar no centro de Praga. Ele não parecia deslocado ali, como dignitários sempre parecem em retratos de restaurantes. Ele bem poderia ser o irmão do dono do bar, ou um dos frequentadores. Difícil pensar que o homem daquela foto, cheio de bonomia, fosse o mesmo que havia assentado o primeiro tijolo no muro que dividia o México e os Estados Unidos, e depois fingiu que isso nunca tinha acontecido. Na fotografia, sentado a uma mesa com Hrabal, ele está apertando a mão do escritor, cujas

Lições de dança para os de idade avançada Clinton talvez tivesse lido e adorado. Eu tinha lido o livro durante aquela viagem a Praga. Eu o li em um estado de silencioso deslumbramento, e sublinhei e memorizei frases estranhas e simples das quais ainda me lembro:

> "no minuto em que te vi, pude perceber que você era supersensível"
> "ele era um filho da puta"
> "um compositor [...] em sua infelicidade certa vez arrancou um candelabro do teto"
> "um gigante de menina, mas linda"
> "o mundo estava tão deserto quanto uma estrela"

Mais do que seus livros, mais do que seu humor ácido e seus decameronianos quadros vivos da tragicomédia humana, mais do que tudo, é a história da própria morte de Hrabal que me assombrou, sempre. Ele morreu assim: recuperando-se de bronquite em um quarto de hospital, enquanto tentava alimentar os pombos, ele caiu da janela.

Mas Hrabal não mora no Arkansas, então também não falo para a família sobre ele.

ITENS

Em Little Rock, vemos carros, shoppings, casas imensas — lugares provavelmente ocupados por pessoas, mas não vemos pessoas, não na rua. Nos limites da cidade, há um Walmart. Vemos muitas coisas lá, como é de esperar durante uma visita a qualquer superloja. Exceto pelo fato de que realmente há coisas demais, mais do que o normal, um número indecifrável de coisas, algumas das quais tenho certeza de que ninguém nunca viu antes nem sequer imaginou. Por exemplo, um itemizador. O que é um itemizador, na verdade? O que ele faz? Com o que se parece? Quem pode precisar de um? Apenas isso fica claro a partir das informações da caixa: ele tem tranqueta de mola e gavetas sobre rolamentos (com divisórias ajustáveis), tem tiras antiderrapantes e vem com uma trava, e suas unidades podem ser empilhadas. Um itemizador "coloca as coisas na ponta dos seus dedos, erradicando a necessidade de rastejar dentro da perua toda vez". Imagino que se você desse um itemizador a alguém brilhante e levemente intolerante à estupidez — por exemplo, Anne Carson, Sóror Juana Inés de la Cruz ou Marguerite Yourcenar —, elas escreveriam um poema perfeito sobre renas caminhando na neve.

No Walmart, descobrimos também que o Walmart é o lugar onde as pessoas estão. Destas eu gosto instantaneamente: um senhor idoso e sua neta escolhendo abacates, julgando cada um pelo seu cheiro. O velho diz à menina que o fruto tem que ser cheirado "não na barriga, mas no umbigo", e depois faz uma demonstração de como se cheira o abacate no umbigo. Desta eu imediatamente não gosto: uma mulher usando Crocs que anda devagar, arrastando os pés, sorri distraída para as pessoas que esperam na fila, fingindo estar perdida ou um pouco confusa, e então — fura a fila!

Compramos botas. Os descontos são incríveis. Compramos botas bonitas, baratas, grandes, estilo vaqueiro. As minhas não são botas de vaqueira. As minhas são imitação de couro, botas de garota punk — 15,99 dólares —, e as calço imediatamente, mesmo antes de pagar, para a indignação das crianças, que não conseguem conceber o uso antes do pagamento.

Quando saímos da loja, me sinto uma dama espacial, alguém deixando pegadas no cascalho da lua em um tremendo estacionamento, atravessando "um mundo tão deserto quanto uma estrela", como Hrabal certamente teria dito sobre esse Walmart específico. O menino diz que temos que guardar as caixas de sapato vazias no porta-malas, para o caso de precisarmos delas, ou para o caso de ele precisar delas, mais tarde. Eu me pergunto se transmiti a ele a minha febre documentária: armazene, colete, arquive, invente, liste, catalogue.

Para quê? pergunto.

Para mais tarde, diz ele.

Mas eu o convenço de que temos caixas suficientes, lembrando-o de que ele já tem uma caixa vazia que nem sequer usou.

Por que você ainda não usou sua caixa, aliás? pergunto para distraí-lo e conduzir a conversa em outra direção.

Porque, Má, é para mais tarde, diz ele.

E ele diz isso com tamanha autoridade, como um verdadeiro arquivista que sabe exatamente o que está fazendo, que fico quieta e sorrio para ele.

Nessa tarde, dirigimos rumo à fronteira oeste do Arkansas, a uma cidadezinha chamada De Queen, a poucos quilômetros da fronteira com Oklahoma, e lá encontramos um hotel bem decente em uma via chamada avenida Joplin. Nossos filhos ficam entusiasmados com a ideia disso, Joplin. A menina, em vez de pedir uma história, pega seu exemplar de *O livro sem figuras* e lê teatralmente para a família enquanto folheia as páginas: "Esta é a história de Janis Joplin, a grande bruxa da noite...". Ela me deixa orgulhosa e preocupada às vezes — cinco anos de idade e fã de Janis Joplin —, mas talvez mais orgulhosa do que preocupada. Ela e o menino são dispensados de escovar os dentes antes de ir para a cama, só dessa vez.

PAUS, UÍSQUE

As luzes do quarto estão apagadas, as crianças dormindo em sua cama. Meu marido e eu brigamos em nossa própria cama. Uma discussão de rotina: seus adjetivos venenosos sussurrados com rispidez do travesseiro dele para o meu, e meu silêncio como um escudo embotado em seu rosto. Um ativo, o outro passivo; nós dois igualmente agressivos. No casamento, há apenas dois tipos de pactos: pactos que uma pessoa insiste em fazer e pactos que a outra insiste em quebrar.

Por que há sempre um pequeno zumbido de ódio correndo ao lado do amor? uma amiga certa vez me escreveu em um e-mail, parafraseando alguém. Não lembro se ela disse que era Alice Munro ou Lydia Davis. Depois da briga, ele dorme e eu não. Uma raiva lenta rasteja insidiosa e floresce no meu esterno, queimando profundamente, mas contida, como um fogo ardendo em uma lareira. Aos poucos, a distância se estende entre o sono dele e a minha insônia. Lembro-me de que Charles Baudelaire disse algo sobre todo mundo ser como um convalescente em uma enfermaria, sempre desejando trocar de cama. Mas qual cama, onde? A outra cama neste quarto é quente e agradável com a respiração das crianças, mas não há espaço para mim ali. Fecho os olhos e tento me meter em pensamentos de outros lugares e outras camas.

Cada vez mais, minha presença aqui, nesta viagem com minha família, avançando de carro em direção a um futuro que provavelmente não compartilharemos, nos acomodando em quartos de hotéis durante a noite, parece fantasmagórica, uma vida testemunhada e não vivida. Sei que estou aqui, com eles, mas também não estou. Eu me comporto como aquelas visitas que estão sempre arrumando e desfazendo as malas, sempre se preparando para partir no dia seguinte, mas que depois não vão embora; ou como ancestrais na literatura realista mágica ruim, que morrem mas depois se esquecem de sair de cena.

Não suporto os sons guturais do meu marido respirando, tão calmo em seus sonhos asquerosos e sem culpa. Então, saio da cama e escrevo um bilhete — "Volto mais tarde" —, para o caso de alguém acordar e ficar preocupado, e saio do quarto. Minhas botas me levam para fora, de uma escuridão sem deus para outra. As botas propiciam um peso, uma gravidade que nos últimos tempos deixei de sentir sob os pés. Uma das fivelas de metal bate no flanco de couro falso da bota em uma bofetada rítmica, passo, calcanhar, dedão — porra, provavelmente estou fazendo barulho demais. Tento perambular feito um fantasma abrindo caminho pelo corredor do hotel, sentindo-me uma adolescente viciada. Um tubo de néon tremeluz acima da porta da recepção vazia. Debaixo do meu braço, enfiei um livro, que posso ou não ler se encontrar um bar ou um restaurante aberto.

Não preciso ir muito longe. A pouco mais de um quilômetro e meio da estrada fica o Dicks Whiskey Bar, que tenho dificuldade em pronunciar adequadamente na minha cabeça — o S marca o possessivo ou apenas o plural? As garçonetes vestem trajes de pioneiros e, no banheiro, barris fazem as vezes de pias. Uma versão cover de "Harvest Moon" está tocando ao fundo, aparentemente no modo de repetição. No bar, encontro um banquinho sem encosto e me sento. Sempre me senti inadequada em tamboretes porque minhas pernas não são longas o suficiente para que meus pés toquem o chão, então uma remota lembrança óssea e muscular é acionada: tenho quatro anos de novo, balançando as pernas na minha cadeira, esperando um copo de leite e talvez um pouco de atenção no meio da correria matinal de uma casa com um irmão mais velho e barulhento, sabendo que, mesmo se eu gritar, ninguém vai ouvir. Os irmãos mais velhos não ouvem, e o barman nunca ouve. Mas eu me mexo um pouco sobre o banquinho e descubro que meus saltos de dama espacial se encaixam perfeitamente na barra inferior entre as pernas do banco. Então de repente me sinto com os pés no chão, presente, adulta o suficiente para estar lá. Descanso meus antebraços cruzados no balcão de zinco e peço um uísque.

Puro, por favor.

A dois bancos de mim, noto um homem, também sozinho, escrevendo anotações nas margens de uma página de jornal. Suas pernas são compridas e finas, e seus pés tocam o chão. Ele tem costeletas bem delineadas, uma ruga triste ao longo da testa, um queixo forte, uma cabeleira espessa e desarrumada. O tipo de homem, digo a mim mesma, que teria me arrebatado com seu charme quando eu era mais jovem e menos experiente. Ele está vestindo uma camiseta branca envelhecida e calça jeans. E enquanto estudo seus braços nus bronzeados, um ombro pontilhado por uma marca de nascença mais escura, uma veia grossa que pulsa em seu pescoço, e uma espiral de pequenos cabelos atrás da orelha, digo a mim mesma que não, esse homem não é nem um pouco interessante. Alinhadas ao lado de seu drinque — também uísque, puro —, ele tem quatro canetas, todas da mesma cor (além da que ele está usando para sublinhar algo no artigo de jornal em que está tão absorto). Repito para mim mesma, não, ele não é interessante, é apenas bonito, e sua beleza é do tipo mais vulgar: irrefutável. E quando passo os olhos pelo seu flanco em direção ao seu quadril, vejo-me completamente incapaz de não perguntar:

Posso usar uma de suas canetas ou você precisa de todas as cinco?

E quando me passa às mãos uma das canetas, ele sorri com um acanhamento infantil e me encara com um olhar fixo que revela tanto uma ferocidade quanto uma decência fundamental — não de maneiras e costumes, mas de um tipo nobre mais simples, mais profundo. Para um homem tão bonito, percebo, esse tipo de olhar é raro. Homens bonitos estão habituados à atenção e olham para outros homens ou mulheres com a fria arrogância que um ator exibe diante de uma câmera. Não este homem.

Acabamos conversando, a princípio seguindo todas as deixas triviais e os chavões prontos para o uso.

O que nos traz aqui?

Ele me diz que está a caminho de uma cidade chamada Poesia, o que eu acho que é provavelmente uma mentira, uma mentira que revela sentimentalismo em excesso. Não creio que exista um lugar com esse nome, mas não o questiono a respeito. Em retribuição a sua mentira, digo-lhe que estou a caminho da Apacheria — o mesmo tipo de resposta vaga e fictícia.

O que cada um de nós faz?

Nossas respostas são evasivas, veladas por um mistério encenado quase com exagero que revela nada mais do que insegurança. Nós nos esforçamos um pouco mais agora. Digo a ele que faço jornalismo, principalmente jornalismo radiofônico, e venho tentando trabalhar em um documentário sonoro sobre crianças refugiadas, mas meu plano, por enquanto, é, quando chegar à Apacheria, procurar duas meninas perdidas no Novo México ou possivelmente no Arizona. Ele diz que costumava ser fotógrafo, mas agora prefere pintar e está indo para Poesia, Texas, porque foi contratado para pintar uma série de retratos da geração mais velha da cidade.

Então falamos de política, e ele explica para mim o termo "gerrymandering", um termo que nunca entendi, mesmo depois de anos vivendo nos Estados Unidos. Ele rabisca uma série de linhas onduladas em um guardanapo de papel, cuja imagem resultante parece um cachorro. Dou uma risada, digo que ele é um péssimo explicador e que ainda não entendo o conceito, mas dobro o guardanapo eleitoral e o enfio em uma de minhas botas.

Lentamente, embora não tão devagar, nossa conversa nos leva em direção a espaços mais obscuros, talvez mais verdadeiros. Ele é o oposto de mim, em circunstâncias. Ele é desembaraçado; eu sou um nó. Há meus filhos, e a ausência de filhos dele. Seus planos para eventuais filhos, e meus planos para nenhum filho a mais. É difícil explicar por que dois completos estranhos podem repentinamente decidir compartilhar um retrato desembelezado de suas vidas. Mas talvez também seja fácil de explicar, pois duas pessoas sozinhas em um bar às duas da manhã provavelmente estão ali para tentar descobrir a narrativa exata que precisam contar a si mesmas antes de voltarem para onde vão dormir naquela noite. Há uma compatibilidade em nossa solidão, e uma absoluta incompatibilidade de nossas situações mútuas, e um cigarro compartilhado do lado de fora, e em seguida a súbita compatibilidade de nossos lábios, e a respiração dele no meu decote, e a ponta dos meus dedos em torno do cinto dele, do lado de dentro de sua calça. Meu coração bate acelerado de uma maneira que eu conheço bem, mas não sinto há muitos anos. A fisicalidade absoluta do desejo assume o controle. Ele sugere que voltemos ao seu hotel, e eu quero.

Quero, mas tenho bom senso. Com homens como este, sei que faria o papel de caçadora solitária; e eles, o papel da presa inacessível. E sou ao mesmo tempo velha demais e jovem demais para sair no encalço de coisas que se afastam para longe de mim.

Então, há um último uísque e alguns rabiscos — conselhos geográficos e números de telefone — que anotamos em nossos respectivos guardanapos. O dele, provavelmente perdido na manhã seguinte, na rotina de esvaziar os bolsos para conseguir carregar menos peso; o meu, mantido em uma de minhas botas, como uma espécie de lembrete de uma estrada não percorrida.

ARMAS & POESIA

Na manhã seguinte, em um posto de gasolina nos arredores de Broken Bow, compramos cafés, leites, biscoitos e um jornal local chamado *A Gazeta Diária*. Há um artigo intitulado "Crianças, uma peste bíblica" sobre a crise das crianças na fronteira, que leio todo, perplexa pela representação maniqueísta do mundo: patriotas versus estrangeiros ilegais. É difícil aceitar o fato de que uma visão de mundo como essa tenha lugar fora dos quadrinhos de super-heróis. Leio algumas frases em voz alta para a família:

"Dezenas de milhares de crianças transitam de nações caóticas da América Central para os Estados Unidos."

"[...] esse contingente entre sessenta mil a noventa mil crianças estrangeiras ilegais que afluíram em massa para os Estados Unidos."

"Essas crianças carregam consigo vírus com os quais não estamos familiarizados nos Estados Unidos."

Penso nas meninas de Manuela, e é difícil não ser dominada pela raiva. Mas suponho que sempre tenha sido assim. Suponho que a narrativa conveniente sempre foi retratar as nações que são sistematicamente maltratadas por nações mais poderosas como uma terra de ninguém, como uma periferia bárbara cujo caos e trigueirice ameaçam a paz branca civilizada. Apenas essa narrativa pode justificar décadas de guerra suja, políticas intervencionistas e a ilusão geral da superioridade moral e cultural das potências econômicas e militares do mundo. Lendo artigos como este, eu me divirto com sua inabalável convicção sobre certo e errado, bom e ruim. Não me divirto, a bem da verdade, mas fico um pouco assustada. Nada disso é novo, embora eu ache que estou simplesmente acostumada a lidar com versões mais açucaradas da xenofobia. Não sei o que é pior.

Há apenas um lugar para comer neste horário em Boswell, Oklahoma, e se chama Dixie Café. O menino é o primeiro a pular do carro, preparando a câmera. Eu o lembro de pegar o livrinho vermelho do alto da minha caixa, assim como o mapa grande que deixei lá na noite anterior, porque o porta-luvas estava cheio demais. Ele corre para a parte de trás do carro, pega tudo e espera por nós do lado de fora do café, o mapa e o livro debaixo do braço, a câmera pronta na mão. Ele tira uma foto enquanto o resto de nós se demora, sem pressa, saindo lentamente, calçando as novas botas do Walmart.

Os únicos outros clientes no Dixie Café são uma mulher cujo rosto e braços têm a textura de frango cozido e uma criança em uma cadeira alta a quem ela alimenta com batatas fritas. Pedimos quatro hambúrgueres e quatro limonadas cor-de-rosa e espalhamos nosso mapa sobre a mesa enquanto esperamos a comida. Com a ponta dos dedos indicadores, seguimos linhas amarelas e vermelhas da estrada, como uma trupe de ciganos lendo uma enorme palma da mão aberta. Investigamos o nosso passado e o futuro: uma partida, uma mudança, vida longa, vida curta, circunstâncias adversas além, aqui você vai para o sul, aqui encontrará dúvidas e incertezas, uma encruzilhada à frente.

Só disto sabemos: para chegar ao Novo México e, por fim, ao Arizona, podemos dirigir rumo ao oeste através de Oklahoma ou para o sudoeste cruzando o Texas.

Oklahoma também já foi parte do México, Mã? pergunta o menino.

Não, Oklahoma, não, respondo.

E o Arkansas?

Não.

E o Arizona?

Sim, digo, o Arizona era o México.

Então o que aconteceu? o menino quer saber.

Os Estados Unidos o roubaram, diz meu marido.

Eu matizo a resposta dele. Digo ao menino que o México meio que o vendeu, mas só depois de perder a guerra em 1848. Digo a ele que foi uma guerra de dois anos, que os americanos chamam de Guerra Mexicano-Americana e os mexicanos chamam, talvez de modo mais exato, de Intervenção Americana.

Então vai haver muitos mexicanos no Arizona? pergunta a menina agora.

Não, diz o menino.

Por quê?

Eles atiram neles, diz o irmão dela.

Com arcos e flechas?

Armas, responde ele. E enquanto diz isso, ele imita um atirador de elite, atira nos recipientes de plástico de ketchup e maionese, e está prestes a espirrar um pouco de ketchup no Arizona quando seu pai lhe arranca o frasco.

Voltamos a estudar o mapa. Meu marido quer passar alguns dias em Oklahoma, onde fica o cemitério apache. Ele diz que a parada é uma das principais razões para esta viagem. É incompatível com o desejo dele, mas quero passar pelo Texas. De onde estou sentada, encostada na mesa, o estado se esparrama magnânimo sob meus olhos. Sigo com a ponta do indicador a linha de uma rodovia. Passo por lugares como Esperança, Aprazível, Comércio, desvio para Virtude, ao sul para Destino e depois para Poesia, Texas, que, para meu espanto, de fato existe. A menina diz que quer voltar para Memphis. O menino diz que não liga, só quer que a comida venha agora.

As bebidas chegam e bebericamos em silêncio, ouvindo a mulher na outra mesa. Ela está falando alto e devagar com, ou talvez para, a criança pequena, sobre descontos em preços no supermercado local, enquanto lhe dá batatas fritas mergulhadas primeiro em ketchup, depois em maionese. A criança responde com balbucios e guinchos inumanos. Bananas, noventa e nove centavos o quilo. A criança grita. E leite, uma caixa de leite por setenta e cinco centavos. A criança gorgoleja. Então a mulher olha para nós, suspira, e diz ao menininho que eles, os *forasteiro*, são cada vez mais comuns nos dias de hoje, e tudo bem, por ela tudo bem desde que não sejam encrenqueiros. Ela entrega à criança uma batata frita com tanta maionese-ketchup na ponta que o palito se inclina tristemente, feito uma disfunção erétil.

Todos nós nos viramos ao mesmo tempo que outra família — pai, mãe, bebê no carrinho — entra no restaurante. Eles são de um tipo mais discreto, exceto pelo bebê, que é bem grande. Talvez até estranhamente colossal. Parece difícil dizer que alguém desse tamanho seja um bebê. Mas a julgar por suas características grumosas, sua cabeça quase sem pelos, seus movimentos pixelados, é, certamente, um bebê. A criança, segurando no ar a batata frita, e cheia de entusiasmo, grita de sua cadeira alta:

Bebê!

Não, não, aquilo não é bebê — diz a mãe, sacudindo no ar outra batata frita para indicar que não.

Bebê! insiste a criança.

Não, não, aquilo não é bebê, meu menino, não-não-não. Aquela coisa ali é enorme. Enorme de dar medo. Como os tomates que a gente viu no supermercado. Não são tomates de Deus.

Ela não dá a mínima para o fato de que está gritando muito, e que sua voz ecoa salão afora, passa por sua criança e por nós até chegar à família do tipo mais discreto, que, é claro, tomou nota da opinião dela, que também é nossa opinião, exceto que agora não ousamos exteriorizá-la, nem mesmo em sussurros. Quando os hambúrgueres vêm, experimento a combinação de maionese-ketchup em minhas batatas fritas e acho bastante agradável.

No momento em que pagamos a conta, já foi decidido. Vamos de carro de Boswell para uma cidadezinha chamada Gerônimo, só para vê-la e entender por que tem esse nome. De lá seguiremos para Lawton, que fica a apenas alguns quilômetros do cemitério onde Gerônimo está enterrado — embora haja todo tipo de teoria sobre o corpo dele ter sido traficado para outro lugar, por alguma sociedade secreta de Yale. Meu marido vem planejando essa visita ao cemitério há meses. De onde estamos agora até Lawton são cerca de quatro horas de carro, então podemos fazer algumas paradas no caminho até lá, pernoitar na cidade e visitar o cemitério na manhã seguinte.

ARQUIVO

Um amigo tâmil que nasceu em Tulsa havia me alertado: dirigir mais para o interior de Oklahoma é como adormecer e afundar dentro de camadas mais profundas e estranhas do subconsciente conturbado de alguém.

Perto de Tishomingo, no sul de Oklahoma, passamos por uma placa que o menino lê em voz alta:

Área de natação à frente! Diversão garantida!

As crianças insistem, então concordamos em parar para nadar. Há vários carros estacionados em frente a um pequeno lago artificial, o espaço de estacionamento maior que o próprio lago. Meu marido pega o equipamento de gravação enquanto o resto de nós recolhe alguns itens básicos. Na margem, estendemos duas toalhas, e as crianças saem deslizando de suas roupas e correm para a água só com a roupa de baixo. O lago é raso o suficiente, perto da margem, para eles brincarem sozinhos, então me sento em uma das toalhas e as supervisiono dali, esporadicamente distraída pelas outras pessoas ao nosso redor.

Uma mulher de meia-idade passa na minha frente. Ela está caminhando pela praia com um homem magro e idoso — possivelmente seu pai. Eles têm dois minúsculos cachorros, que pulam e saltitam alguns metros à frente. Um dos cães insiste em tropeçar em pedras, ou raízes, ou talvez nas próprias pernas, e solta ganidos altos. Todas as vezes, a mulher pergunta: "Você está bem, benzinho? Você está bem, coração?". O cachorro não responde. Mas o homem idoso, sim: "Oh, estou bem, querida. Obrigado por perguntar".

À minha esquerda, há um homem refestelado em um bote inflável amarelo, bebendo cerveja. Sua esposa, uma mulher pequena e magricela, lê uma revista, sentada de pernas cruzadas sobre uma toalha. Vez por outra, ela pronuncia em voz alta manchetes e frases: "Cientistas afirmam que esta dieta reduz o risco de Alzheimer em cinquenta e três por cento!". "Você cortou o bolo errado durante toda a sua vida: aqui está a melhor e mais surpreendente maneira!". Quando se cansa de ler, ela se levanta e leva ao marido outra cerveja, o que talvez ele ordene por meio de comunicação telepática, porque de alguma forma ela sempre aparece na hora exata com uma cerveja nova quando a antiga está quase no fim. Eles têm um labrador, que apanha as coisas que o homem no barco amarelo joga no lago. Agora o cachorro está buscando pedras — algo que nunca vi um cachorro buscar.

Meu marido está no lago, água na altura dos joelhos, a bolsa Porta Brace em torno de seu ombro direito e o boom erguido bem alto. O homem no barco percebe e pergunta se ele está conferindo a radiação. Meu marido sorri para ele educadamente e diz que está apenas gravando o som do lago. Em resposta, o homem bufa e limpa a garganta. Ele e a esposa não estão lá sozinhos, percebo. São os pais das três crianças brincando perto das nossas: duas meninas que riem incontrolavelmente, e um menino gorducho com um nariz quase invisível e um colete salva-vidas maior que o normal. De vez em quando o menino grita: "Brócolis, brócolis!". Penso, a princípio, que talvez o nome do labrador seja Brócolis. Mas quando ouço com mais atenção, entendo que o menino está se referindo ao vegetal e não ao animal de estimação da família. A mãe responde, tranquilizando-o sob sua revista: "Sim, amor, nós te daremos um pouco de brócolis assim que voltarmos para casa".

Também testemunhando a cena do labrador está uma mulher grandalhona com uma toalha cor-de-rosa em volta do pescoço. Sentada em uma cadeira dobrável com água até a metade, ela fuma cigarros. Tudo nela seria suficientemente normal, a não ser pelo fato da posição da cadeira, que faz com que fique de frente para os carros na área de estacionamento e não para o lago. De repente, ela fala, questionando a família sobre como eles pretendem lavar o cão mais tarde sem fazer uma bagunça. O homem no barco amarelo responde, sem hesitar: "Mangueira". E a mulher solta uma gargalhada rouca e ofegante.

Finalmente decido me juntar aos nossos filhos; troco minha roupa e visto o maiô coberta pela minha toalha, então rastejo para o lago em posição anfíbia — de barriga para baixo e usando as mãos de modo a deslizar para a frente. Pouco antes de afundar o rosto na água fria, vejo ao longe um homem encorpado com uma linda e redonda cabeça careca remando de pé sobre uma prancha. Ele parece ser a única pessoa nessa estranha constelação humana que está perfeitamente feliz.

FAROESTES

As pessoas começam a nos perguntar de onde somos, em que trabalhamos e o que estamos fazendo "aqui".

Viemos de carro de Nova York, digo.

Trabalhamos no rádio, diz meu marido.

Somos documentaristas, digo às vezes.

Documentalistas, corrige-me ele.

Estamos trabalhando em um documentário sonoro, digo a eles.

Um documentário sobre a natureza, emenda ele.

Sim! adiciono. Sobre as plantas e os animais destas bandas.

Porém, quanto mais para longe nos embrenhamos, menos essas pequenas verdades e mentiras a nosso respeito parecem apaziguar a necessidade que as pessoas têm de uma explicação. Quando conta a um desconhecido bisbilhoteiro em um restaurante que ele também nasceu no sul, meu marido recebe em troca um frio meneio de cabeça e sobrancelhas levantadas. Depois, em um posto de gasolina nos arredores de uma cidadezinha chamada Loco, perguntam-me sobre meu sotaque e local de nascimento, e digo não, não nasci neste país, e quando digo onde nasci, não recebo nem sequer um meneio de cabeça. Apenas silêncio frio e morto, como se eu tivesse confessado um pecado. Mais tarde, começamos a ver rebanhos fugazes de carros da Patrulha de Fronteira, como agourentos garanhões brancos correndo em direção à fronteira sul. E quando policiais da Patrulha de Fronteira em uma cidadezinha chamada Comanche nos pedem para mostrar nossos passaportes, nós os mostramos, em tom de quem pede desculpas, e exibimos sorrisos largos, e explicamos que estamos apenas gravando sons.

Por que estamos aqui e o que estamos gravando? querem saber.

É claro que não menciono crianças refugiadas, e meu marido não fala nada sobre apaches.

Estamos apenas gravando sons para um documentário sobre histórias de amor na América, dizemos, e estamos aqui por causa do céu aberto e do silêncio.

Devolvendo nossos passaportes, um dos policiais diz:

Então vocês viajaram esse caminho todo até aqui pela *inspiração*.

E porque não contrariamos ninguém que carrega um distintivo e uma arma, dizemos apenas:

Sim, senhor!

Depois disso, decidimos não contar a ninguém onde eu nasci. Então, quando — finalmente chegamos à cidade chamada Gerônimo — um homem com um chapéu e uma arma enfiados no cinto nos pergunta quem somos e o que todos estamos fazendo, e nos diz que, o que quer que estejamos procurando, não vamos encontrar ali, e depois pergunta por que diabos nosso filho está tirando fotos polaroide do seu poste de sinalização do lado de fora de sua loja de bebidas, sabemos que devemos apenas dizer: Desculpe, desculpe, e em seguida pular de volta para o carro e dar no pé. Mas em vez disso, por qualquer razão, talvez tédio, talvez fadiga, talvez simplesmente por estarmos imersos demais a essa altura em uma realidade tão distante da estrutura do que vemos como normal, achamos que é uma boa ideia ficar e talvez entabular conversa. E eu estupidamente acho que é uma boa ideia mentir:

Somos roteiristas, senhor, e estamos escrevendo um faroeste espaguete.

Então, para nossa perplexidade, ele tira o chapéu, sorri e diz:

Neste caso, vocês não são forasteiros.

E nos convida a sentar ao redor da mesa de plástico na pequena varanda contígua à sua loja de bebidas e nos oferece uma cerveja gelada. De um lado da mesa, em cima de uma cadeira de plástico, há uma televisão emudecida exibindo um comercial sobre alguma doença e seu remédio ainda mais aterrorizante, o fio tensionado e correndo através de uma janela entreaberta, provavelmente ligado a uma tomada dentro da loja.

Enrolando a ponta da língua em um W, o homem assobia, e sua esposa e filho saem imediatamente lá de dentro. Ele a apresenta para nós como Bonequinha. Então diz ao filho, um menino mais ou menos da idade do nosso a quem ele chama Júnior, que vá brincar com nossos filhos, e aponta para o terreno baldio na frente da varanda — um espaço árido repleto de segmentos de uma cerca de galinheiros, semidesabadas pirâmides feitas de latas de cerveja vazias e uma série de estranhos brinquedos (muitas bonecas de bebê, algumas com o cabelo cortado bem curto). Nossos filhos caminham atrás de Júnior em direção ao terreno. Então Bonequinha — uma mulher jovem e musculosa, com braços longos e cabelos sedosos — nos traz cerveja em copos de plástico brancos. Da varanda, observo meus filhos por alguns minutos enquanto tentam negociar as regras de um jogo bastante violento com o menino. O cabelo dele é cortado exatamente da mesma maneira que algumas daquelas bonecas de bebê.

Deveríamos estar assustados até a medula, percebo, quando nosso anfitrião começa a questionar nosso profissionalismo. É difícil dizer se está nos questionando sobre isso com base em nossa aparência, ou simplesmente por causa da nossa óbvia falta de conhecimento sobre faroestes espaguete. Acontece que, no fim fica claro, ele é um especialista no gênero.

Conhecemos *O xerife do queixo quebrado*? E *O gosto da violência*? E *Minha lei é o gatilho*?

Não. Nossos copos de plástico logo são reabastecidos, e minha mão — suada — se estica para tomar um longo gole da cerveja recém--servida. Continuo olhando para a tela de sua TV, em cima da qual há um molde de plástico de uma dentadura malformada de alguém, tentando me fazer lembrar onde vi ou li uma imagem similar — talvez Carver, talvez Capote —, enquanto meu marido vasculha o fundo de sua mente em busca de nomes de diretores e atores de faroeste espaguete. Ele está visivelmente pelejando para ganhar pelo menos um ponto em credibilidade com nosso anfitrião. Mas não está se saindo muito bem, então o interrompo:

Meu faroeste favorito é *O tango de Satã*, de Béla Tarr!

O que foi que você disse? retruca o homem, me estudando.

O tango de Satã, repito.

Lembrei-me desse título de tanto tempo atrás, quando eu ainda estava no meu eflúvio pós-adolescente de inteligência, pretensão e maconha. Nunca terminei de assistir a *O tango de Satã* (dura sete horas). Portanto, eu estava fazendo um completo mau uso da pouca educação cinematográfica que tenho e me arriscando — encorajada por meu terceiro copo de cerveja virado de um só gole. Para nossa sorte, o homem diz que a este nunca assistiu, então posso recontar o enredo do filme em uma convincente chave ocidental. Narro tão devagar e com detalhes tão dolorosamente precisos que tenho certeza de que nossos anfitriões ficarão cansados de nós, acharão por demais enfadonho lidar conosco e nos deixarão ir embora. Mas o homem fica subitamente inspirado pelo espírito de Béla Tarr. Ele tem uma ideia aterradora e bêbada:

Por que não alugamos on-line e assistimos juntos na nossa casa?

Todos nós poderíamos ficar para o jantar e até mesmo pernoitar caso ficasse tarde "e louco" — ele diz estas últimas palavras com um risinho arreganhado, dentes perfeitos demais para serem de verdade. Há espaço de sobra para visitas. Vislumbro a possibilidade em minha mente, flashes de horror: o jantar seria feito no micro-ondas, o filme seria alugado com sucesso, nós sete sentados em volta de outro aparelho de TV, e o filme começaria. O meu resumo do enredo não seria de forma alguma refletido na tela. Então o homem, primeiro aborrecido e depois enfurecido, desligaria o aparelho. Perceberia que estávamos mentindo para ele o tempo todo. E, no fim das contas, todos nós seríamos assassinados e enterrados naquele terreno baldio onde as três crianças ainda estão brincando agora.

De repente, ouvimos nosso filho choramingando, então o pai dele e eu corremos para o terreno a fim de ver o que aconteceu. Ele foi picado por uma abelha e está gritando, rolando de dor no chão empoeirado. Seu pai o pega no colo, e nós dois trocamos olhares e acenamos um para o outro. Aproveito a oportunidade para reagir de forma exagerada e finjo estar muito transtornada e preocupada. Meu marido diz, seguindo a minha deixa, que temos que ir às pressas para uma clínica, porque o menino é alérgico a muitas coisas, e não podemos nos arriscar com as abelhas. O homem e sua esposa parecem levar alergias a sério, então nos ajudam a voltar para o nosso carro e nos dão instruções de como chegar à clínica mais próxima. Enquanto nos despedimos, o homem sugere que levemos as crianças ao museu de OVNIS em Roswell, depois que o menino melhorar, claro está, mas como uma recompensa por ele agir feito um "homem de verdade" apesar da dor e possível risco de perder a vida. E dizemos sim, sim, obrigado, sim, obrigado, e saímos com o carro em direção ao crepúsculo azul-esverdeado.

Dirigimos rápido, sem olhar para trás, enquanto a dor da picada de abelha diminui lentamente no corpo do menino e a leve embriaguez de todas aquelas cervejas desaparece de nossa consciência, e as crianças querem a promessa de que as levaremos ao tal museu de ufologia, mesmo que a crise da ferroada da abelha já tenha acabado e não tenha sido tão ruim assim, e estamos nos sentindo tão culpados como pais que prometemos, sim, sim, vamos levá-los, e falamos sobre o que veremos no tal museu até nossos dois filhos adormecerem, e dirigimos em silêncio enquanto a noite se assenta, e encontramos uma vaga de estacionamento em frente a um hotel de beira de estrada perto de Lawton, levamos os dois do carro para a cama e depois pegamos no sono na nossa própria cama, abraçados pela primeira vez em semanas, abraçados com todas as nossas roupas, botas incluídas.

PRISIONEIROS

Era 1830, ele começa a contar às crianças enquanto estamos na fila de uma Dunkin' Donuts em Lawton na manhã seguinte. Andrew Jackson era o presidente dos Estados Unidos na época, e ele aprovou no Congresso a chamada Lei de Remoção Indígena. Voltamos ao carro com rosquinhas, cafés e leites, e estudo nosso mapa de Oklahoma, procurando as estradas para o Forte Still, onde Gerônimo e o restante dos últimos apaches estão enterrados. O cemitério para prisioneiros de guerra de Forte Still deve ficar a cerca de meia hora de carro de onde estamos.

Gerônimo e seu bando foram os últimos homens a se render-se aos olhos-brancos e sua Lei de Remoção Indígena, conta meu marido às crianças. Eu não interrompo sua história para dizer isto em voz alta, mas a palavra "remoção" ainda hoje é usada como um eufemismo para "deportação". Li em algum lugar, embora não lembre onde, que a remoção está para a deportação como o sexo está para o estupro. Quando um imigrante "ilegal" é deportado hoje em dia, ele ou ela é, na história escrita, "removido". Pego meu gravador no porta-luvas e começo a gravar meu marido, sem que ele ou ninguém perceba. As histórias dele não estão diretamente ligadas ao material em que estou trabalhando, mas quanto mais ouço as histórias que ele conta sobre o passado deste país, mais parece que está falando sobre o presente.

Gerônimo e seus companheiros se renderam no cânion do Esqueleto, continua ele. Esse desfiladeiro fica perto da Fortaleza de Cochise, que é aonde vamos chegar, em breve, no fim desta viagem. Na rendição final, que aconteceu em 1886, havia quinze homens, nove mulheres, três filhos e Gerônimo. Depois disso, o general Miles e seus homens partiram através do deserto ao redor do cânion do Esqueleto e juntaram o bando de Gerônimo como se estivessem arrebanhando ovelhas a bordo de navios da morte. Eles caminharam para o norte, por cento e quarenta ou cento e sessenta quilômetros, até as ruínas do Forte Bowie, aninhado entre as montanhas Dos Cabezas e Chiricahua, perto de onde fica o cânion do Eco.

Onde viviam os guerreiros-águias? pergunta o menino, interrompendo.

Sim, exatamente, confirma seu pai.

Então eles caminharam mais uns trinta quilômetros até a cidadezinha de Bowie, diz ele às crianças, que provavelmente estão um pouco perdidas na geografia. Lá, em Bowie, Gerônimo e seu pessoal foram amontoados em um vagão de trem e enviados para o leste, longe de tudo e de todos, com destino à Flórida. Alguns anos depois, no entanto, foram enfiados de volta em um vagão de trem e despachados para o Forte Still, onde a maioria deles morreu lentamente. Os últimos chiricahuas foram enterrados lá, no cemitério para o qual estamos nos dirigindo hoje.

Passamos por terras desocupadas, uma loja Target, um restaurante abandonado, dois prontos-socorros um ao lado do outro, uma placa anunciando uma feira de armas e finalmente alcançamos um poste de iluminação pública, onde um casal idoso e uma menininha vendem filhotes.

Vocês ainda estão comigo? pergunta meu marido às crianças quando para no sinal vermelho.

Sim, Pá, diz o menino.

Mas Papá? diz a menina. Posso dizer uma coisa também?

O quê?

Eu só quero dizer que estou ficando cansada de suas histórias dos apaches, mas não quero ofender.

Tudo bem, diz ele, sorrindo, ofensa nenhuma.

Eu quero ouvir mais, Pá, diz o menino.

Durante a guerra, continua o pai, o objetivo era eliminar o inimigo. Varrer completamente o inimigo do mapa. Foram guerras muito cruéis, guerras muito sangrentas. Os apaches diziam: "Agora estamos em pé de guerra".

Mas sempre por vingança, certo, Pá? Nunca assim do nada, sem motivo?

Certo. Sempre por vingança.

Vire à esquerda na próxima saída, interrompo.

Estou tremendo, diz ele. Fala que não tem certeza se é o café da Dunkin' Donuts ou pura emoção. Então continua falando. Ele diz às crianças que quando qualquer um dos grandes chefes, a exemplo de Victorio, Cochise e Mangas Coloradas, declarava guerra aos olhos-brancos, reunia todos os guerreiros de todas as famílias apaches e, juntos, eles arregimentavam um exército. Então atacavam cidades e as destruíam completamente.

Estou tremendo, olha, repete ele com voz suave.

Suas mãos estão, de fato, sofrendo um ligeiro tremor. Mas ele continua contando às crianças essa história.

Quando eles queriam saquear, a estratégia era um pouco diferente. A pilhagem era feita por apenas sete ou oito guerreiros, os melhores, e sempre no lombo de um cavalo. Eles invadiam ranchos e roubavam vacas, cereais, uísque e crianças. Especialmente uísque e crianças.

Eles levavam embora as crianças? pergunta a menina.

Sim, levavam.

Quatrocentos metros, sussurro, meus olhos navegando para a frente e para trás entre o mapa e as placas da estrada.

E o que eles faziam com as crianças? pergunta o menino.

Às vezes eles as matavam. Mas se elas mostrassem certos sinais, se demonstrassem que poderiam se tornar grandes guerreiras, eram poupadas. Eram adotadas e passavam a fazer parte da tribo.

Elas nunca tentavam fugir? pergunta o menino.

Às vezes tentavam. Mas muitas vezes gostavam muito mais da vida com sua nova família do que de sua vida antiga.

O quê? Por quê?

Porque a vida das crianças não era como é hoje. As crianças trabalhavam o dia todo na fazenda, estavam sempre com fome, não tinham tempo para brincar. Com os apaches, a vida também era difícil, mas também era mais empolgante. Elas andavam a cavalo, caçavam, participavam de cerimônias. Eram treinadas para se tornarem guerreiras. Na fazenda com os pais, tudo o que faziam era trabalhar no campo e com os animais, o dia inteiro, todos os dias a mesma coisa. Mesmo quando ficavam doentes.

Eu teria ficado com os apaches, declara o menino depois de pensar um pouco.

Eu também? pergunta a menina.

E, imediatamente, ela responde à própria pergunta:

Sim, eu também. Eu teria ficado com você, diz ela a seu irmão.

Estamos nos aproximando dos portões da base militar. Sempre pensamos que se chamava Forte Still, mas agora vemos a placa à frente:

Bem-vindo ao Forte Sill, lê o menino em voz alta. É Forte Sill, e não Forte Still, Pá. Você tem que dizer sem o t. Para o seu inventário, você tem que saber o nome certo.

Que pena, diz o pai, Forte Still é um nome muito melhor para um cemitério.

Posto de controle, lê o menino.

E então ele pergunta:

Existe um posto de controle?

Claro, diz o pai. Estamos entrando no território do Exército dos Estados Unidos.

O pensamento de entrar no território do Exército me deixa desassossegada. Como se eu fosse de imediato culpada de um crime de guerra. Abaixamos o vidro, e um jovem, possivelmente ainda no final da adolescência, nos pede nossos documentos. Nós os entregamos — eu, meu passaporte; meu marido, sua carteira de habilitação — e o jovem os examina de forma rotineira, sem prestar muita atenção. Quando lhe pedimos orientação sobre como chegar ao túmulo de Gerônimo, ele olha para nosso rosto em carne e osso pela primeira vez e sorri gentilmente, talvez surpreso com a pergunta.

Túmulo do Gerônimo? Continuem seguindo pela Randolph, sempre na mesma rua, o caminho todo até a Quinette.

Quitinete?

Sim, vire à direita na Quinette. Vocês vão ver as placas onde está escrito Gerônimo. É só segui-las.

Assim que os vidros das janelas estão fechados e começamos a descer a rua Randolph, o menino pergunta:

Aquele homem era um apache?

Talvez, digo.

Não, diz a menina, ele parece a Mamã, então ele não pode ser um apache.

Seguimos as instruções — Randolph, depois Quinette —, mas não há placa alguma dizendo Gerônimo. Nos gramados e ao longo das veredas, vemos relíquias de guerra e artilharia decorativa, plantadas como brotos de raízes rasas: obuseiros, morteiros, projéteis, foguetes. Um míssil da altura de uma criança pintado de cor-de-rosa aponta para o céu como o falo de um potro selvagem, pronto, ansioso e inquietamente fofo. A menina o confunde com um foguete de brinquedo, e nós não a desmentimos. Passamos por quartéis convertidos em bibliotecas e museus, casas antigas e novas, playgrounds, quadras de tênis, uma escola primária. É um lugarejo idílico, protegido do mundo exterior, talvez não muito diferente dos milhares de claustros universitários espalhados por todo o país, como aquele em que a minha irmã vive agora, onde os jovens trocam uma vida inteira de esforços familiares por créditos, que se tornam notas, que se tornam um pedaço de papel que não lhes garante mais nada, absolutamente nada além de uma vida inteira vivendo em limbos fantasmagóricos entre mobilizações semivoluntárias, buscas de emprego, inscrições, candidaturas e inevitáveis deslocamentos.

Eles moram em um túmulo ou em um cúmulo? pergunta a menina.

O quê? Nenhum de nós entende a pergunta.

O Gerônimo e o resto da turma vivem em um túmulo ou em um cúmulo?

Ao mesmo tempo, todos dizemos:

Um túmulo!

Mas ainda faltam alguns quilômetros antes de vermos as placas que nos direcionam para o túmulo. É o menino quem avista primeiro, concentrando-se para cumprir a tarefa que lhe foi confiada. Ele aponta e grita:

Vire à direita! Túmulo de Gerônimo!

A estrada serpenteia acima e abaixo, por sobre trilhos de trem e através de pontes, cada vez mais longe das escolas, das casas, das relíquias de guerra, dos playgrounds, e mata adentro, como se, mesmo agora, os apaches fossem uma ameaça a ser mantida à distância. Como se a qualquer dia Gerônimo ainda pudesse voltar para retaliar.

Estamos nos aproximando de uma clareira na floresta, pontilhada simetricamente por lápides cinzentas e caiadas, e a menina grita:

Olhe, Papá, ali, os cúmulos!

Paramos em frente a uma placa grande, que o menino lê em voz alta enquanto desafivelamos os cintos de segurança:

Cemitérios de Prisioneiros de Guerra Apaches.

Abrimos as portas e saímos do carro.

Em uma placa ornamental de metal fixada em uma pedra na entrada do cemitério, há algum tipo de explicação sobre o que estamos prestes a ver. O menino está incumbido, ele sabe, de ler as informações específicas sobre o sítio histórico. Ele se posiciona na frente da placa e lê em voz alta, sua prosódia bem sintonizada com a hipocrisia necrológica da placa. Ela explica que trezentos apaches chiricahuas repousam naquele cemitério, onde foram enterrados como prisioneiros de guerra depois de se renderem ao Exército dos Estados Unidos em

1894, e celebram "seu empenho e perseverança no longo caminho para um novo modo de vida".

ELEGIAS

Todos nós entramos no cemitério em silêncio, caminhando devagar atrás do meu marido, que nos leva diretamente ao túmulo de Gerônimo como se conhecesse muito bem o lugar. O túmulo se destaca de todos os demais — uma espécie de pirâmide feita de pedras coladas com cimento e encimada com uma reprodução de mármore de uma águia, apenas ligeiramente menor que o tamanho real. Aos pés da águia há cigarros, uma gaita, dois canivetes; e pairando acima dela, amarrados a um galho, lenços, cintos e outros objetos e recordações que as pessoas deixam como oferendas.

Meu marido pegou seus instrumentos de gravação e se deteve de frente para o túmulo de Gerônimo. Embora não nos peça para ficar sozinho ou em silêncio, todos sabemos que temos que lhe dar algum espaço agora, então nós três seguimos adiante, em meio às sepulturas, primeiro juntos, depois nos dispersando. A menina corre aqui e ali, procurando flores. Ela as arranca, depois as deposita sobre os túmulos, repetidamente. O menino ziguezagueia em torno de lápides, concentrando-se em tirar fotos de algumas delas. Ele leva a sério sua tarefa. Olha fixamente ao redor, encontra um túmulo, levanta a câmera para enquadrá-lo, concentra-se, dispara o clique. Assim que a foto é cuspida pela câmera, ele a enfia dentro do livrinho vermelho encaixado debaixo do braço. Pouco tempo depois, convocado pelo pai, ele traz o livro e a câmera de volta para mim e se junta a ele sob uma fileira de árvores margeando um lento riacho que demarca os limites ao norte do cemitério. O menino ajuda o pai a coletar sons. Finalmente encontro uma sombra boa sob um velho cedro, e me sento. A menina ainda está correndo, arrancando e distribuindo flores, então abro o livrinho vermelho, *Elegias para crianças perdidas*, pronta para passar algum tempo lendo em silêncio. Algumas fotos escorregam por entre as páginas — o livro tem ficado cada vez mais gordo com as polaroides do menino. Eu as pego e as deslizo entre as páginas mais para o fim, depois volto com cuidado para as primeiras.

O prefácio explica que *Elegias para crianças perdidas* foi originalmente escrito em italiano por Ella Camposanto e traduzido para o inglês por Aretha Cleare. É a única obra de Camposanto (1928-2014), que provavelmente o escreveu ao longo de várias décadas, e é vagamente baseado na histórica Cruzada das Crianças, que envolveu dezenas de milhares de crianças que viajaram sozinhas através da Europa, e possivelmente além do continente, e ocorreu no ano de 1212 (embora os historiadores discordem sobre a maior parte dos detalhes fundamentais dessa expedição). Na versão de Camposanto, a "Cruzada" ocorre no que parece ser um futuro não tão distante em uma região que possivelmente pode fazer referência ao norte da África, ao Oriente Médio e ao sul da Europa, ou às Américas Central e do Norte (por exemplo, as crianças viajam no teto de "gôndolas", palavra usada na América Central para descrever os vagões ou carros de trens de carga. Finalmente cansada, e talvez entediada, a menina vem se juntar a mim sob o cedro, então fecho o livro e o guardo na bolsa. Tento desviar a mente do que eu estava lendo e me concentrar nela. Enquanto o menino e o pai terminam de coletar sons, nós duas praticamos ginástica, virando estrelas, plantando bananeira e dando cambalhotas para a frente.

CAVALOS

A tarde já está no fim quando deixamos o cemitério, então decidimos encontrar um lugar nas proximidades para dormir. O menino apaga depois de alguns minutos, antes mesmo de chegarmos ao posto de controle militar após sairmos do Forte Sill. A menina faz um esforço para ficar um pouco mais de tempo acordada:

Mamã, Papá?

Sim, querida? digo.

O Gerônimo caiu do cavalo! Certo?

Isso mesmo, diz meu marido.

Ela preenche o espaço do carro com o calor de seu hálito de filhote e fala conosco do banco de trás — histórias longas e incompreensíveis que me fazem lembrar algumas das últimas letras de canções de Bob Dylan, após a conversão ao cristianismo. Então, de modo bastante súbito, ela talvez se canse de estar no mundo, aquieta-se, olha pela janela e não diz nada. Talvez nesses momentos estendidos em que encontram o mundo em silêncio é que nossos filhos começam a se afastar de nós e lentamente se tornam insondáveis. Não pare de ser uma menina, eu penso, mas não digo. Ela olha pela janela e boceja. Não sei no que ela está pensando, o que ela sabe e não sabe. Não sei se ela vê o mesmo mundo que nós. O sol se põe, e a paisagem brutal, quase lunar, de Oklahoma se estende indefinidamente. Sempre se defenda deste mundo vazio e fodido, quero dizer a ela; cubra-o com o polegar. Mas é claro que não digo nada disso.

Ela está em silêncio. Passamos pelo posto de controle militar, e ela esquadrinha a vista do lado de fora da janela, depois nos examina quem sabe de que longa distância para se certificar de que não estamos olhando para ela quando enfia o dedo na boca. Ela chupa o polegar e, no banco de trás, um silêncio diferente se instala. Os pensamentos dela estão desacelerando, os músculos de seu corpo cedendo, sua respiração assentando uma camada de quietude sobre a inquietação. Aos poucos ela se ausenta, alheia a nós, deslizando para as profundezas de si mesma. Seu polegar, sugado, bombeado, incha com saliva, depois lentamente desliza para fora da boca enquanto ela cai no sono. Ela fecha os olhos, sonha com cavalos.

ECOS & FANTASMAS

Enquanto seguimos rumo ao norte em direção às montanhas Wichita, fecho os olhos e tento me juntar a meus filhos em seu sono. Mas minha mente se contorce e descamba para o pensamento de crianças perdidas, outras crianças que estão perdidas, e me lembro das duas meninas, sozinhas, imagino-as andando deserto afora, possivelmente não muito longe daqui.

Ocorre-me que tenho de gravar o documentário sonoro sobre crianças perdidas usando as *Elegias*. Mas como? Preciso fazer algumas anotações de voz, eu sei. Talvez, assim como meu marido, eu também deva coletar sons nos espaços por onde passamos ao longo dessa viagem. Estarei também perseguindo fantasmas, como ele? Todo esse tempo, não entendi muito bem o que meu marido quis dizer quando afirmou que seu inventário de ecos era sobre os "fantasmas" de Gerônimo, Cochise e os outros apaches. Mas ao vê-lo hoje cedo, andando pacientemente ao redor do cemitério segurando o boom, e o menino atrás dele carregando a bolsa Porta Brace, seu ombro ligeiramente levantado para dar conta do equipamento pesado do pai, ambos usando enormes fones de ouvido, tentando captar os sons do vento que passava roçando os galhos, insetos zumbindo e, especialmente, pássaros que emitem todos os seus sons estranhos e variados — acho que finalmente começo a entender. Acho que o plano dele é gravar os sons que agora, no presente, percorrem alguns dos mesmos espaços onde Gerônimo e outros apaches, no passado, um dia se moveram, andaram, falaram, cantaram. Ele está, de alguma forma, tentando apreender a presença apache passada no mundo e torná-la audível, apesar de sua ausência atual, por meio da amostragem de quaisquer ecos que ainda os reverberem. Quando um pássaro canta ou o vento sopra através dos galhos de cedros no cemitério onde Gerônimo foi enterrado, esse pássaro e esses galhos iluminam a área de um mapa, uma paisagem sonora, na qual Gerônimo já esteve. O inventário de ecos não era uma coleção de sons que foram perdidos — coisa semelhante seria de fato impossível —, mas antes um dos sons que estavam presentes no momento da gravação e que, quando os escutamos, nos fazem lembrar os que se perderam.

Finalmente chegamos a Medicine Park, onde alugamos uma cabaninha espartana, com uma agradável varanda com vista para um riacho. Tem uma cozinha básica, um banheiro e quatro catres estilo camas de campanha, nas quais depositamos as crianças adormecidas e depois nos depositamos, nossos corpos pousando sobre elas em vez de se aconchegando nelas, pesados e passivos como árvores derrubadas, e pegamos no sono.

ARQUIVO

Na manhã seguinte, estou de pé antes do amanhecer, pronta para trabalhar e gravar algumas notas de voz. Todos ainda dormem, então faço xixi e lavo o rosto em silêncio, pego a bolsa e saio. O ar frio bate no meu rosto enquanto ando até o carro, estacionado ao lado dos recipientes de lixo bem em frente à cabana. Do porta-luvas, tiro meu gravador e o mapa grande que uso para nos guiar em nossas rotas diárias.

Sento-me na varanda da entrada, a luz acima da porta da cabana acesa porque ainda está escuro. Primeiro estudo o mapa, localizo onde estamos. Muito mais longe de casa do que eu pensava — uma vertigem avoluma-se lentamente no meu estômago, como uma maré de lua crescente. Ligo o gravador e gravo uma única nota de voz:

Estamos muito mais perto do final da viagem agora do que do ponto de partida.

Então, tiro da bolsa o exemplar das *Elegias*, volumoso com as fotografias do menino entre as páginas. Uma por uma, tiro as fotos e as coloco em uma pequena pilha ao meu lado. Algumas são boas, até mesmo muito boas, e falando no gravador faço descrições rudimentares de algumas. A última foto, de um túmulo, é linda, mas brutal. Eu gravo:

O arco da lápide do chefe Cochise pode ser visto com perfeição, mas o nome gravado nele está um tanto apagado, impossível de discernir.

Folheio as páginas do livro uma última vez, certificando-me de que não há mais fotos entre elas, e depois o estudo. Mais uma vez examino a capa, passo os olhos pelo texto na contracapa e, finalmente, abro as primeiras linhas da história:

(A PRIMEIRA ELEGIA)

Bocas abertas para o céu, eles dormem. Meninos, meninas: lábios rachados, bochechas lascadas, pois o vento açoita dia e noite. Ocupam todo o espaço ali, rígidos mas aquecidos, alinhados como cadáveres novos ao longo do teto de metal da gôndola do trem. Por detrás da aba de seu boné azul, o homem no comando faz a contagem — seis crianças; sete menos uma. O trem avança lentamente pelos trilhos paralelos a um muro de ferro. Além, de ambos os lados do muro, o deserto se alastra, idêntico. Acima, a noite trigueira é silenciosa.

ARQUIVO

Leio essas primeiras linhas uma vez, depois duas vezes — em ambas as ocasiões fico um pouco perdida nas palavras e na sintaxe. Então, volto algumas páginas, para o prefácio do editor, que eu tinha deixado inacabado. Leio o restante do prefácio, passando por cima de algumas partes e examinando detidamente alguns detalhes aqui e ali: o livro está escrito em uma série de fragmentos numerados, dezesseis ao todo; cada fragmento é chamado de "elegia", e cada elegia é parcialmente composta por meio do uso de uma série de citações. Ao longo do livro, essas citações são tomadas de empréstimo de diferentes escritores. Elas são "livremente traduzidas" pela autora ou "recombinadas" a ponto de algumas não serem rastreáveis até sua versão original. Nessa primeira edição em inglês (publicada em 2014), o tradutor decidiu verter todas as citações emprestadas diretamente do italiano da autora e não das fontes originais. Quando chego ao final do prefácio, releio para mim mesma a primeira elegia e, em seguida, começo a ler a segunda, em voz alta, para o gravador:

(A SEGUNDA ELEGIA)

Eles contaram algumas coisas sobre o futuro, os parentes que se despediram das crianças. "Que de pranto não pese teu peito", disse a mãe de um menino enquanto beijava seu cabelo na porta de casa em um alvorecer. E uma avó alertou as netas a tomarem cuidado, a se prevenirem contra "ventos de popa". E um vizinho viúvo recomendou: "Nunca chore enquanto dorme, pois você perderá suas pestanas". As crianças vieram de lugares diferentes, as seis que agora dormem no topo do vagão do trem. Todas chegaram de pontos distantes em um mapa, outras vidas, suas histórias desconectadas entre si agora interligadas pelas circunstâncias na firme linha dos trilhos. Antes de embarcarem no trem, caminharam até a escola, passearam pelos parques e pelas calçadas, perambularam sozinhas pela malha urbana, e às vezes não estavam sozinhas. Seus caminhos nunca haviam se cruzado antes; suas vidas nunca deveriam ter se entrecruzado, mas o fizeram. Agora, enquanto viajam na parte de trás do abominável trem, amontoadas ao lado uma das outras, suas histórias desenham uma única linha reta que vai subindo as terras estéreis. Se alguém mapeasse a origem delas, as seis crianças, mas também as dúzias como elas e as centenas e as dezenas de milhares que vieram e virão em outros trens como esse, o mapa traçaria uma única linha — uma fina fenda, uma alongada fissura fatiando em dois o largo continente. "História, a mais trigueira, estendida sobre lamentáveis vidas ali", disse uma mulher ao marido quando a buzina de um trem distante soou através da janela aberta da cozinha.

Enquanto viajam, dormindo ou semiadormecidas, as crianças não sabem se estão sozinhas ou se estão juntas. O homem no comando senta-se de pernas cruzadas ao lado delas, dando baforadas em um cachimbo e soprando fumaça no breu. As folhas secas aninhadas no bojo do cachimbo sibilam quando ele inala, depois queimam alaranjadas como um emaranhado de circuitos elétricos em uma cidade adormecida vista de longe. Deitado ao lado dele um menino geme e engole um bolo de saliva espessa. As rodas do trem cospem faíscas, um graveto seco estala no escuro, o fornilho do cachimbo crepita de novo, e dos intestinos metálicos do trem um som feito o estrépito do grito de mil almas pode ser ouvido o tempo todo, como se, para atravessar o deserto, tivesse que trucidar pesadelos aos montes.

BURACOS

Meu pensamento era que, se eu gravasse alguns fragmentos desse livro, lendo-os em voz alta, poderia descobrir como engendrar meu projeto sonoro, entender a melhor maneira de contar a história das outras crianças perdidas, aquelas que chegam à fronteira sul. Meus olhos se movem ao longo das linhas de tinta da página; minha voz, baixa e firme, fala as palavras: bolo, cospem, estala, crepita, trucidar; meu gravador registra cada uma delas em bytes digitais; e minha mente converte a soma delas em impressões, imagens, futuras memórias emprestadas. Pego um lápis da bolsa e faço uma anotação na última página do livro: "Preciso gravar um documento que registre as marcas de som, os vestígios e os ecos que as crianças perdidas deixam para trás".

Agora ouço as vozes e os passos das minhas próprias crianças vindo de dentro da cabana. Elas acordaram, então paro a gravação, enfio as fotos do menino de volta no livro e depois guardo o livro e o gravador na bolsa. O menino e a menina saem à varanda e perguntam:

O que você está fazendo aqui?

Quando é o café da manhã?

O que vai acontecer hoje?

Podemos nadar?

Eles descobriram na cabana um folheto que convida os hóspedes a visitarem a "joia" de Medicine Park, uma piscina chamada Lago do Banho, a menos de dois quilômetros da cabana.

São apenas dois dólares cada um, diz o menino, apontando com o dedo as informações do folheto.

E é tão perto que dá para ir a pé, acrescenta ele.

Para o café da manhã há pão e presunto. Depois penduramos toalhas no pescoço, penduro a bolsa no ombro e todos caminhamos por uma trilha estreita até a piscina pública. Pagamos nossos oito dólares e estendemos as toalhas sobre algumas pedras. Não sinto vontade de entrar na água fria, então digo que ainda estou menstruada, digo a eles para irem em frente sem mim. Os três correm para a água e eu me sento à luz do sol, observando-os à distância, como um fantasma de mim mesma.

APAGADOS

O que havia, entre Arkansas e Oklahoma, eram horas de gravação e mais horas de coisas que não estavam gravadas.

O que havia, ao longo das rodovias e através das tempestades com raios e trovões, era meu marido, tomando seu café em silêncio ou conversando com as crianças enquanto dirigíamos. Às vezes, meu desejo era que tudo aquilo terminasse, e me afastar para o mais longe possível dele. Outras vezes, meu desejo era rastejar atrás dele, na esperança de que ele talvez mudasse de ideia de repente, me dissesse que voltaria com a gente para Nova York no final do verão, ou me pedisse para ficar com ele e o menino, dissesse que não poderia deixar que a menina e eu fôssemos embora.

O que havia entre nós era o silêncio. O que havia era o telefonema de Manuela sobre as duas meninas, que ainda não estavam com ela e encontravam-se sabe-se lá onde. Por vezes, quando eu fechava os olhos para dormir, havia um número de telefone costurado na gola dos vestidos que as meninas de Manuela tinham usado em sua jornada para o norte. E assim que eu adormecia, havia um enxame de números, impossíveis de recordar.

O que havia, entre Memphis e Little Rock, era a história de Gerônimo, caindo de seu cavalo, repetidamente.

O que havia em Little Rock, Arkansas, era Hrabal inclinando-se no peitoril da janela do hospital, migalhas de pão na palma da mão, a revoada de pombos enquanto seu corpo despencava e o baque no chão.

Havia também Frank Stanford, lúcido ou perdendo a razão, três tiros secos.

Em Broken Bow, havia notícias de crianças caindo do céu — um dilúvio.

O que havia em Boswell era assustador.

O que havia em Gerônimo era um faroeste.

O que havia em Forte Sill eram nomes em lápides, e nomes não estavam mais lá, apagados, em uma fotografia.

Havia também aquele livro, *Elegias para crianças perdidas*, em que um grupo de crianças estava em cima de um trem, seus lábios rachados, bochechas lascadas.

Tudo o que estava lá entre Arkansas e Oklahoma não estava lá: Gerônimo, Hrabal, Stanford, nomes em lápides, nosso futuro, as crianças perdidas, as duas meninas desaparecidas.

Tudo o que vejo em retrospecto é o caos da história repetido, de novo e de novo, reencenado, reinterpretado, o mundo, seu coração fodido palpitando debaixo de nós, falhando, bagunçando e arruinando tudo de novo e de novo à medida que serpenteia ao redor de um sol. E, no meio disso tudo, tribos, famílias, pessoas, todas as coisas bonitas desmoronando, escombros, poeira, apagamento.

Mas, finalmente, há algo. Há uma única certeza. Ela vem como uma pancada no meu rosto enquanto aceleramos ao longo de uma rodovia deserta pelo Texas. A história que tenho que gravar não é a história de crianças que chegam, aquelas que finalmente alcançam seu destino e podem contar a própria história. A história que eu preciso documentar não é a das crianças em tribunais de imigração, como antes eu pensava. A mídia já está fazendo isso, documentando a crise da melhor forma possível — alguns jornalistas pendendo mais para o sensacionalismo, atingindo picos de audiência; outros inflexíveis quanto a moldar a opinião pública, desta forma ou daquela; e outros ainda simplesmente empenhados em questionar e examinar a fundo. Ainda não sei como vou fazer, mas a história que preciso contar é a das crianças desaparecidas, aquelas cujas vozes já não podem ser ouvidas porque estão, possivelmente para sempre, perdidas. Talvez, assim como o meu marido, eu também esteja no encalço de fantasmas e ecos. A diferença é que os meus não estão em livros de história, tampouco em cemitérios. Onde elas estão... as crianças perdidas? E onde estão as duas meninas de Manuela? Eu não sei, mas disto sei: se vou encontrar alguma coisa, alguém, se vou contar sua história, preciso começar a procurar em outro lugar.

CAIXA IV

§ QUATRO CADERNETAS (18,5 × 13 cm)

"Sobre mapeamento"
"Sobre história"
"Sobre reencenação"
"Sobre apagamento"

§ OITO LIVROS

Os índios norte-americanos, Edward S. Curtis
De Cochise a Gerônimo: Os apaches chiricahuas, 1874-1886,
Edwin R. Sweeney
*O tenente Charles Gatewood e suas memórias das Guerras
Apaches*, Charles Gatewood (Louis Kraft, org.)
*Gerônimo: Sua própria história. A autobiografia de um grande
guerreiro patriota*, Gerônimo e S. M. Barrett
Mangas Coloradas: Chefe dos apaches chiricahuas, Edwin R.
Sweeney
Um choque de culturas, Robert M. Utley
*O cavalo, a roda e a linguagem: Como os cavaleiros da Idade do
Bronze das estepes eurasianas moldaram o mundo moderno*,
David W. Anthony
Cochise, chefe dos apaches chiricahuas, Edwin R. Sweeney

§ UM FOLHETO

"Adaptações do deserto (as espécies do deserto de Sonora)",
Serviço Nacional de Parques

§ QUATRO MAPAS

Novo México
Arizona
Sonora
Chihuahua

§ uma fita

Mãos em nosso nome, Karima Walker

§ um cd

Cânion do Eco, James Newton

§ pasta (5 estereogramas/ cópias)

Cartão-postal (!) de cinco homens, tornozelos acorrentados,
Artigos de Papelaria H. D. Corbett Co.
Dois rapazes acorrentados
Reserva San Carlos, sete pessoas diante de uma casa de adobe
Gerônimo empunhando rifle
Gerônimo e companheiros de prisão a caminho da Flórida a
bordo de trem, 10 de setembro de 1886

Remoções

E somos nós os que viajam, os que fogem,
Nós os que podemos escolher o exílio, os que são forçados a partir.
JAMES FENTON

Mais e mais o avião se afastou,
até não restar senão uma faísca brilhante; uma aspiração;
[uma concentração;
um símbolo [...] *da alma do homem; de sua*
[determinação [...] *de sair de seu corpo.*
VIRGINIA WOOLF

TEMPESTADES

Todo mundo diz que elas são vazias. Todo mundo diz — vastas e planas. Todo mundo — hipnotizantes. Nabokov provavelmente disse em algum lugar — indômitas. Mas ninguém jamais nos contou sobre as tempestades da estrada quando você chega aos planaltos. Você as vê a quilômetros de distância. Você as teme e ainda assim dirige diretamente para dentro delas com a estúpida tenacidade dos mosquitos. Adiante, até alcançá-las e dissolver-se nelas. As tempestades da estrada apagam a ilusória divisão entre a paisagem e você, o espectador; elas impelem seus olhos observadores para aquilo que você observa. Mesmo no espaço hermético do carro, o vento sopra direto para o interior da sua mente, através de órbitas atordoadas, obscurece seu raciocínio. A chuva que cai parece que cai para cima. O trovão explode com tanta força que reverbera no peito da pessoa como uma súbita ansiedade incontrolável. Raios e relâmpagos caem tão perto que você não sabe se vêm de fora ou de dentro de você, clarões repentinos iluminando o mundo ou a bagunça nervosa em seu cérebro, circuitos celulares acendendo em efêmeras interações incandescentes.

IDIOMAS PRIVADOS

Passamos pela tempestade, mas a chuva continua enquanto atravessamos de carro a extremidade mais setentrional do Texas, indo para o oeste em direção ao Novo México. Fazemos um jogo agora, é sobre nomes, sobre saber os nomes exatos das coisas nas terras desertas que estamos percorrendo. Meu marido deu às crianças um catálogo de espécies de plantas, e elas têm que memorizar nomes de coisas, coisas como saguaro, nomes difíceis como creosoto, jojoba, algarobeira, nomes mais fáceis como cacto tubo de órgão, cacto cholla urso de pelúcia, nomes de coisas que podem ser comidas, opúncias, urumbebas e, em seguida, nomes de animais que comem essas coisas, sapo-escavador, cascavel-chifruda, cágado do deserto, coiote, caititu, rato-trocador.

No banco de trás, o menino lê tudo em voz alta, saguaro, creosoto, jojoba, algarobeira, e a irmã repete os nomes depois dele, cacto cholla urso de pelúcia, às vezes dando risadinhas quando acha que sua língua, urumbebas, não consegue se enrolar em volta de uma palavra, sapo-escavador, e por vezes rugindo sua frustração. Quando paramos para cafés e leites em uma lanchonete na beira da estrada, o pai os põe à prova. Aponta para a fotografia de uma espécie, cobrindo o nome debaixo da imagem, e as crianças têm que dizer em voz alta o nome correto, revezando-se. O menino decorou quase todas as espécies. A menina, não. Não importa para qual objeto meu marido aponte, ela invariavelmente, e sem hesitação, grita:

Saguaro!

E o restante de nós, às vezes sorrindo, às vezes perdendo a paciência, responde:

Não!

De volta ao carro, ela coloca a ponta do dedo indicador na janela, apontando para lugar nenhum e para toda parte, e diz:

Saguaro!

Ela diz a palavra como se tivesse descoberto uma nova estrela ou planeta. Mas não há saguaros aqui, ainda não, porque este não é o verdadeiro deserto ainda, explica meu marido. Ela não se convence e continua a contar saguaros nas planícies úmidas e vazias, mas com suavidade agora, para si mesma, seu indicador pegajoso pontilhando com digitais a janela embaçada, e mapeando lentamente, de fato, a constelação de todos os seus saguaros.

ALIENÍGENAS

Mais tarde nesse dia, em um posto de gasolina nas imediações de Amarillo, Texas, entreouvimos uma conversa entre o caixa e uma cliente. Ela liga para ele e diz que, no dia seguinte, centenas de "crianças alienígenas" serão colocadas em aviões particulares, financiados por um milionário patriótico, e serão deportadas, de volta para Honduras ou México ou algum lugar na "América do Sul". Os aviões, cheios de "crianças alienígenas", vão sair de um aeroporto não muito longe do famoso museu de óvnis em Roswell, Novo México. Não tenho certeza se quando ela diz as palavras "crianças alienígenas" e "museu de óvnis" está enfatizando a ironia disso ou se é completamente inconsciente disso.

Com uma rápida pesquisa na internet, já de volta ao carro, confirmamos o boato. Ou, se não confirmamos, pelo menos encontro dois artigos que o respaldam. Eu me viro para meu marido, digo a ele que precisamos ir para aquele aeroporto. Temos que dirigir até lá e estar lá quando a deportação acontecer.

Não vamos chegar a tempo, diz ele.

Mas nós iremos. Estamos a poucas horas da primeira cidade na fronteira entre o Novo México e o Texas, uma cidade chamada Tucumcari, onde podemos parar e dormir. Podemos acordar antes do amanhecer no dia seguinte e percorrer os cerca de trezentos e vinte quilômetros ao sul até o aeroporto perto de Roswell.

Como vamos encontrar o aeroporto exato? pergunta ele.

Nós apenas vamos.

E depois?

Aí vamos ver o que vem em seguida, digo, imitando um tipo de resposta que meu marido costuma dar.

Depois a gente vai visitar o museu dos óvnis! diz o menino do banco de trás.

Sim, digo, depois o museu dos óvnis.

JOGOS

Minhas costas estão suadas contra o couro preto craquelado do banco do passageiro, meu corpo rígido de ficar sentada na mesma posição por tanto tempo. Na parte de trás do carro, as crianças brincam. O menino diz que ambos estão com sede, perdidos e andando no deserto sem fim, diz que os dois estão com tanta sede e com tanta fome que parece que a fome os está dilacerando, devorando-os por dentro, diz que agora estão sendo engolidos pelo sofrimento e pela desesperança. Eu me pergunto de onde sua mente arranca essas palavras. De *O senhor das moscas*, suponho. De qualquer forma, quero dizer a ele que esse jogo de reencenação é bobo e frívolo porque... porque o que eles sabem sobre crianças perdidas, sobre sofrimentos ou desespero ou se perder em desertos?

Toda vez que o menino começa a fingir, no banco de trás, que ele e a irmã nos deixaram, fugiram, e que agora também estão perdidos, viajando sozinhos através do deserto, sem adultos, quero imediatamente fazê-lo parar. Quero lhes dizer que parem com o jogo. Dizer-lhes que seu jogo é irresponsável e até perigoso. Mas não encontro argumentos fortes, nem razões sólidas para construir um dique em torno da imaginação deles. Talvez qualquer compreensão, especialmente a compreensão histórica, exija algum tipo de reencenação do passado, em suas pequenas possibilidades de ramificação externa e quase sempre terríveis. Ele continua e o deixo continuar. Ele diz à irmã que eles estão andando sob o sol escaldante, e ela pega a imagem dele, diz:

Estamos andando no deserto e é como se estivéssemos andando na superfície do sol, e não abaixo dele.

E em breve vamos morrer de sede e fome, diz ele.

Sim, responde ela, e bichos ferozes vão devorar a gente, a menos que a gente chegue logo ao cânion do Eco!

GRAVIDADE

Quase todos os dias, dirigimos e dirigimos um pouco mais, ouvindo e, às vezes, gravando sons espalhados por este vasto território, sons que se entrecruzam conosco, histórias sobrepostas em uma paisagem que se desenrola, a paisagem sempre mais plana, mais seca. Estamos no carro faz mais de três semanas, embora às vezes pareça que foi há apenas poucos dias que deixamos nosso apartamento; e em outros momentos, como exatamente agora, parece que saímos uma vida atrás, nós quatro já muito diferentes das pessoas que éramos antes de começarmos esta viagem.

O menino fala do banco de trás. Ele me pede para tocar a canção de David Bowie sobre astronautas. Pergunto-lhe que canção, qual álbum, mas ele não sabe. Ele diz que é aquela música sobre dois astronautas conversando entre si enquanto um deles está sendo lançado ao espaço. Procuro por possíveis músicas no meu celular, acho "Space Oddity", aperto Reproduzir.

Sim, é essa! diz ele, e me pede para aumentar o volume.

Então boto para tocar bem alto, enquanto pela janela do carro fito os céus impossivelmente vastos do Texas. A torre de Controle de Solo fala com o Major Tom, que está prestes a ser lançado ao espaço. Imagino outras vidas — diferentes, mas talvez não tão diferentes da minha. Algumas pessoas, quando sentem que sua vida chegou a um impasse, dinamitam tudo e começam de novo. Admiro essas pessoas: mulheres que abandonam homens, homens que deixam mulheres, pessoas que conseguem detectar o momento em que a vida que um dia escolheram viver chegou ao fim, apesar dos possíveis planos futuros, apesar dos filhos que possam ter tido, apesar do Natal seguinte, do contrato de hipoteca que assinaram, das férias de verão e de todas as reservas feitas, dos amigos e colegas a quem terão que explicar as coisas. Eu nunca fui boa nisso — reconhecer um final, sair de cena quando é hora de ir embora. "Space Oddity" está estrondeando dos velhos alto-falantes do carro, que crepitam um pouco, uma chaminé em torno da qual nos reunimos. A voz de Bowie se alterna entre o Controle de Solo e o Major Tom — entre aquele que ficou para trás e aquele que foi embora.

Mais alto! grita a menina, adorando o feitiço lançado pela música.

Toca outra vez! diz o menino assim que a canção termina.

Colocamos "Space Oddity" para tocar mais vezes do que eu imaginava ser capaz de ouvir uma canção. Quando eles pedem mais uma rodada, depois da quinta ou sexta, eu me viro para fuzilar os dois com um olhar de reprimenda, pronta para dizer que não aguento mais, não posso mais suportar outra repetição da mesma canção. Mas antes que eu consiga dizer qualquer coisa, percebo que o menino está colocando capacetes de astronauta imaginários em si mesmo e na menina, e depois dublando em um walkie-talkie invisível:

Câmbio, câmbio, Controle de Solo para Major Tom!

Sorrio para os dois, mas eles não retribuem o sorriso. Estão concentrados demais em segurar com firmeza lemes imaginários, prontos para serem lançados em uma cápsula pelo espaço, ejetados da traseira do carro, talvez, para a vastidão do país escancarado que agora se estende para trás e para além de nós enquanto o carro avança mais fundo em algum lugar. Sei que comecei a vagar para longe do núcleo deles, desgarrando-me do centro de gravidade que antes manteve minha vida cotidiana em órbita. Estou sentada nesta lata, distanciando-me da minha filha e do meu filho, e eles são o meu Controle de Solo, afastando-se de mim, os três sendo separados pela gravidade. Não tenho mais certeza de quem é meu marido na conjuntura. Ele é silencioso, distante, persistente em sua tarefa ao volante. O sol se pôs, a luz é cinza-azulada, e ele se concentra na estrada à frente, como se estivesse sublinhando uma longa frase em um livro difícil. Se pergunto em que está pensando, geralmente diz:

Nada.

Pergunto-lhe agora em que está pensando e espero por uma resposta, estudando seus lábios. Eles estão secos, e rachados, e poderiam ser beijados. Ele pensa um pouco, umedece os lábios com a ponta da língua:

Nada, diz ele.

LINHA DE SOMBRA

O medo — durante o dia, sob o sol — é algo concreto, e pertence aos adultos: excesso de velocidade na estrada, policiais brancos, possíveis acidentes, adolescentes com armas, câncer, ataques cardíacos, fanáticos religiosos, insetos grandes e médios.

À noite, o medo pertence às crianças. É mais difícil entender sua fonte, mais difícil de lhe dar um nome. O medo noturno, nas crianças, é uma pequena mudança de categoria e modo nas coisas, como quando uma nuvem repentinamente passa em frente ao sol, e as cores se turvam para uma versão inferior de si mesmas.

À noite, o medo dos nossos filhos é a sombra que uma cortina em movimento projeta sobre a parede, a escuridão mais profunda no canto da sala, os sons de madeira se expandindo e os canos de água mudando de posição.

Mas não é isso, exatamente. É muito maior que isso. Está por trás de tudo isso. Longe demais da compreensão deles para ser enfrentado, muito menos dominado. O medo dos nossos filhos é uma espécie de entropia, desestabilizando para sempre o próprio equilíbrio frágil do mundo adulto.

Estradas longas e retas, vazias e monótonas, nos levaram de Oklahoma através da extremidade norte do Texas e nos trouxeram para um trecho de concreto logo à margem da rota 66. A cidade é Tucumcari, Novo México, e aqui encontramos uma pousada que fora uma casa de banhos. Não sei ao certo se isso significa que era um bordel. O proprietário do posto de gasolina descreveu o paraíso quando lhe perguntamos sobre acomodações nas proximidades: elegância simples, cadeiras de balanço, ambiente familiar. Em vez disso, o que encontramos assim que estacionamos foi um cemitério de banheiras e cadeiras quebradas em um gramado inclinado levando a um alpendre com um emaranhado de redes velhas pairando sobre vasos de flores vazios. Encontramos um número avassalador de gatos. A pousada parecia um mau presságio. As crianças estavam certas ao apontar que o espaço era:

Horripilante.

Sujo.

Dizendo:

Vamos voltar pra casa.

E os fantasmas, Mã?

Por que há uma espantalha no corredor, de camisola, numa cadeira de balanço?

Para que servem os chapéus e máscaras e cruzes nos quartos?

As noites nos hotéis de beira de estrada estão ficando mais longas e mais cheias de fantasmas passados e futuros, cheias de medos noturnos. Temos dois quartos adjacentes nesta pousada, e meu marido foi dormir cedo no nosso. Quando coloco as crianças na cama, elas me perguntam:

O que vai acontecer, Mamã?

Nada vai acontecer, eu as tranquilizo.

Mas elas insistem. Não conseguem dormir. Estão com medo.

Posso chupar meu dedo, Mamã?

Você pode ler uma história para nós, por favor, antes de irmos dormir?

Nós lemos *O livro sem figuras* muitas vezes, e ele já não faz mais a gente rir, só a menina acha graça. Então escolhemos a edição ilustrada de *O senhor das moscas*. A menina adormece quase imediatamente, sugando o polegar. O menino ouve com atenção, com os olhos arregalados e aguçados, e nem um pouco preparado para o sono sem sonhos que as noites escuras devem conferir às crianças. Algumas linhas que lemos em voz alta permanecem no quarto feito sombras:

"Talvez haja um bicho [...] talvez sejamos só nós."

"Fizemos tudo o que os adultos fariam. O que está errado?"

"O mundo, aquele mundo compreensível e obediente à lei, desmoronava."

"O que quero dizer é... talvez sejamos nós..."

Meu marido uma vez me disse que quando o menino era pequeno, ainda bebê, logo depois que sua mãe biológica tinha morrido, acordava quase todas as noites por causa de pesadelos, chorando no berço capenga onde dormia. Meu marido caminhava até o menino, tirava-o do berço e, segurando-o nos braços, lhe cantava alguns versos de um poema de que gostava, escrito por Galway Kinnell:

Quando, qual um sonâmbulo,
entro no seu quarto, e pego você,
e ergo você ao luar, você se agarra a mim
com força,
como se aferrar-se pudesse nos salvar. Acho
que você acha

que eu nunca vou morrer, acho que exalo
para você a permanência de fumaça ou estrelas,
mesmo que
meus braços quebrados é que se curem ao seu redor.

O menino se agarra ao meu braço agora enquanto tento virar a página do livro. É como um cabo de guerra da hora de dormir, com a diferença de que as cordas são invisíveis, apenas emocionais. Antes que eu possa continuar lendo, ele pergunta:

Mas e se nós também fôssemos deixados sozinhos, sem você e o Papá?

Isso nunca aconteceria.

Mas aconteceu com as duas meninas da Manuela, diz ele. E agora elas estão perdidas, certo?

Como você sabe disso? pergunto a ele, talvez ingenuamente.

Eu ouvi você conversando com o Pá sobre isso. Eu não estava espionando. Você sempre fala sobre isso.

Bem, isso não vai acontecer com vocês.

Mas apenas suponha.

Suponha o quê?

Suponha que você e o Pá tivessem partido e estivéssemos perdidos. Suponha que estivéssemos dentro de *O senhor das moscas*. O que aconteceria então?

Eu tenho curiosidade de saber o que a minha irmã, que entende mais de livros do que da vida, diria se fosse confrontada com uma pergunta como essa. Ela é tão boa em explicar livros e seus significados, além do óbvio. Talvez dissesse que todos aqueles livros e histórias devotados a crianças sem adultos — livros como *Peter Pan*, *As aventuras de Huckleberry Finn*, aquele conto de García Márquez, "A luz é como a água" e, claro, *O senhor das moscas* — são nada mais que tentativas desesperadas de adultos no sentido de ajustar as contas com a infância. Que, embora pareçam ser histórias sobre mundos infantis — mundos sem adultos —, são na verdade histórias sobre um mundo adulto quando há crianças nele, sobre a maneira como a imaginação das crianças desestabiliza nosso senso de realidade adulto e nos obriga a questionar os próprios fundamentos dessa realidade.

Quanto mais tempo a pessoa passa rodeada por crianças, desconectada de outros adultos, mais a imaginação escoa por entre as fendas de nossas próprias estruturas frágeis.

O menino repete a pergunta, exigindo uma explicação de um tipo ou de outro:

Então, o que aconteceria, Mã?

Sei que tenho que responder do meu ponto de vista como mãe, meu papel como uma voz que serve como um andaime para o mundo dele, que ainda está inacabado, ainda em construção. Ele não precisa ouvir sobre meus próprios medos ou dúvidas filosóficas. O que ele precisa é investigar essa possibilidade assustadora — sozinho, sem pais — a fim de torná-la menos assustadora. E preciso ajudá-lo a representá-la em sua cabeça de modo que possa encontrar a solução imaginária para seu problema imaginário e se sentir um pouco mais no controle com relação ao que o assusta, seja o que for.

Bem, essa é uma boa pergunta, porque é exatamente disso que trata o livro.

Como assim? Por quê? É sobre o quê?

Eu acho que é sobre a natureza humana, digo.

Eu odeio quando você diz esses tipos de coisas, mãe.

Tá legal. Então, o autor, William Golding, estava escrevendo esse livro após a Segunda Guerra Mundial, e ficou desapontado com a forma como as pessoas estavam sempre brigando e procurando mais poder sem nem mesmo entender o porquê. Aí ele imaginou uma situação, como um experimento científico imaginário, em que um grupo de meninos ficava preso em uma ilha e tinha que se virar para sobreviver. E em seu experimento imaginário, ele concluiu que a natureza humana nos levaria a coisas realmente ruins, como selvageria e maus-tratos, se fôssemos desprovidos do Estado de direito e de um contrato social.

O que significa desprovidos?

Apenas... sem.

Então, o que é a natureza humana desprovida do Estado de direito? Eu gostaria que você não falasse desse jeito, mãe.

Significa simplesmente a maneira como nos comportamos naturalmente, sem as instituições e as leis que compõem algo chamado de contrato social. Então a história desses meninos é na verdade apenas uma fábula do que acontece entre os adultos durante os tempos de guerra.

Eu sei o que é uma fábula, Má, e este livro não é como uma fábula.

É. Porque os meninos não são na verdade meninos. Eles são adultos imaginados como meninos. Talvez seja mais como uma metáfora.

Tá bom, tudo bem.

Mas você entende o que estou dizendo, certo? Você entende?

Entendo, sim. Você está dizendo que a natureza humana é a guerra.

Não, eu estou dizendo que essa era a ideia de Golding sobre a natureza humana. Mas não é necessariamente a única ideia possível sobre a natureza humana.

Você não pode simplesmente ir direto ao ponto?

A questão principal, o argumento que o livro está tentando mostrar, é simplesmente que a origem dos problemas da sociedade pode ser encontrada na natureza humana. Se A, então B. Se os humanos são naturalmente egoístas e violentos, então eles sempre acabarão se matando e maltratando uns aos outros, a menos que vivam sob um contrato social. E porque os meninos em *O senhor das moscas* são naturalmente egoístas e violentos, e são desprovidos de um contrato social, eles criam uma espécie de pesadelo do qual não conseguem acordar, e acabam acreditando que seus próprios jogos e loucuras são verdadeiros, e no fim começam a torturar e a matar uns aos outros.

Então, voltando à parte da natureza humana. Se você e Papá e todos os adultos desaparecessem, o que aconteceria com nosso contrato social?

O que você quer dizer?

Quero dizer, a minha irmã e eu acabaríamos fazendo o que os meninos de *O senhor das moscas* fizeram uns com os outros?

Não!

Por que não?

Porque vocês são irmão e irmã, e vocês se amam.

Mas às vezes eu a odeio, mesmo que ela seja minha irmã. Mesmo que seja pequena. Eu também nunca deixaria nada de ruim acontecer com ela. Mas talvez eu deixasse algo um pouco ruim acontecer. Não sei qual é a minha natureza humana. Então, o que aconteceria com nosso contrato social?

Eu cheiro a cabeça dele. Posso ver seus cílios subindo e descendo enquanto as pálpebras lentamente começam a ficar mais pesadas.

Eu não sei. O que você acha que aconteceria? pergunto.

Ele apenas dá de ombros e suspira, então eu lhe asseguro que nada de ruim aconteceria. Mas o que não digo é que a pergunta dele é um fardo tão pesado para mim quanto para ele. O que aconteceria, eu me pergunto? O que realmente acontece se as crianças são deixadas completamente sozinhas?

Me conta o que está acontecendo naquele outro livro que você está lendo, diz ele.

Você quer dizer o vermelho, *Elegias para crianças perdidas*?

É, aquele sobre as outras crianças perdidas.

Ele escuta atentamente enquanto lhe conto sobre os trens de carga, o som monótono de milhares de passos e o deserto, inanimado e calcinado pelo sol, e um país estranho, sob um céu estranho.

Você lê um pouco dele para mim?

Agora? Já está muito tarde, meu amor.

Só um capítulo.

Mas só um, tá bom?

Tá bom.

(A TERCEIRA ELEGIA)

As crianças sempre queriam perguntar:

Quando a gente vai chegar lá?

Quanto tempo falta ainda?

Quando a gente pode parar pra descansar?

Mas o homem no comando não respondia às perguntas. Ele tinha deixado isso claro no início da jornada, muito antes de embarcarem no trem, muito antes de chegarem ao deserto, quando ainda havia sete delas, não seis. Deixara isso bem claro no dia em que atravessaram o rio marrom e furioso, a bordo da enorme câmara de ar, preta e emborrachada, que um homem da boia remava. O homem da boia, olhos ocos como estrelas exaustas, mãos rachadas, ajudara as sete crianças a se sentar nas bordas da câmara de ar do pneu e depois recebeu seu pagamento do homem no comando. De pé sobre uma tábua de madeira esticada ao comprido na câmara de ar, ele enfiou a ponta do remo na margem lamacenta do rio e empurrou. A boia deslizou para dentro das águas marrons.

A câmara de ar, antes de carregar as crianças para o outro lado do rio, tinha sido o intestino de um pneu, um pneu que pertencera a um caminhão, um caminhão que transportava mercadorias entre países e fronteiras nacionais, um caminhão que havia rodado de um lado para outro muitas vezes, ao longo de muitas estradas, muitos quilômetros, até que um dia, numa sinuosa estrada de montanha, bateu em outro caminhão semelhante na virada de uma curva acentuada. Os dois caminhões desabaram pelo penhasco e atingiram o fundo com uma explosão estrondosa e metálica que reverberou no silêncio daquela noite. O barulho foi ouvido por alguns moradores de uma aldeia próxima, e na manhã seguinte havia vários aldeões ali, investigando a cena, procurando sobreviventes, embora não houvesse nenhum, e resgatando vestígios. De um dos caminhões, resgataram caixas de suco, fitas cassete de música, um crucifixo que ficava pendurado em um espelho retrovisor. Do outro, sacos e sacos de pó. "Talvez seja cimento", disse um aldeão. "Seu tolo idiota", respondeu outro, "isso não é cimento." Os dias passavam e os aldeões iam e vinham, vinham e iam de suas casas para o local do acidente, levando tudo o que podiam, tudo o que pudesse ser útil para eles ou vendável para outros. E a maioria das coisas era; quase tudo era útil, exceto os dois corpos dos motoristas falecidos, ainda segurando seus volantes, cada dia mais decompostos, mais abomináveis, menos humanos. Ninguém sabia o que fazer com eles, e ninguém foi procurá-los, então um dia uma senhora idosa da aldeia foi e lhes deu uma bênção final, e dois rapazes cavaram covas e plantaram no chão cruzes brancas sob as quais os mortos poderiam descansar em paz. Antes de saírem, os dois rapazes vasculharam o local para ver se havia mais alguma coisa para levar, e quase não restava nada, exceto os pneus dos caminhões, vinte cada um. Dos pneus eles tiraram todas as câmaras de ar, as esvaziaram e as venderam ao comerciante da aldeia, que pedalava um triciclo quatro horas todos os dias da aldeia até a beira do grande rio marrom, onde vendia sua mercadoria: água gelada, sanduíches, pão doce, botões, sapatos, e durante algumas semanas lucrativas, quarenta câmaras de ar de pneu que seriam reinfladas e usadas como jangadas para transportar pessoas de um lado ao outro do rio.

Agora a câmara de ar do pneu deslizava pelo rio marrom, e as sete crianças estavam sentadas ao redor de sua instável borda, inclinando-se ligeiramente para a frente de modo a se manterem equilibradas, os braços em volta das mochilas. Elas tinham tirado os sapatos e os seguravam firmemente entre os dedos para evitar que se molhassem na torrente abaixo. O caudaloso rio corria sob seus olhos como um sonho inquieto. "Não haverá alegria alguma no fulgor da luz do sol", dissera a avó das duas meninas ao descrever o longo trecho de canal que teriam de atravessar. E, com efeito, não havia nenhuma, nenhuma alegria nos raios que irradiavam sobre a testa das crianças, nenhuma beleza nas luzes cintilantes coroando as pequenas ondas e muitas curvas no rio.

A mais velha das duas meninas se atreveu a perguntar algo ao homem no comando, sua voz quase inaudível de hesitação no final da pergunta:

Quanto tempo falta, quanto tempo ainda, até a margem?

Ela estava desviando o olhar da água, talvez imaginando afundar, ser engolida pelo rio. Era o tipo de rio que encarava a pessoa "de forma vingativa, como uma cobra moribunda", avisara a avó antes de partirem, seguindo o homem no comando. O homem agora olhou para ela por baixo do boné, a longa sombra sob a borda de brim azul, escurecendo e alongando suas feições. Antes de responder à pergunta, ele pegou um dos tênis das mãos trêmulas da menina e o deixou cair em uma torrente de água espiralada no centro vazio da câmara de ar. O homem da boia continuava remando. O tênis se encheu de um pouco de água mas permaneceu à tona, resistindo ao empuxo e se escorando contra a parede interna de borracha da câmara de ar. De seu lugar, olhando para o tênis e depois na direção da outra margem, o homem no comando falou com ela, mas também com todos:

Você é este tênis, e você vai chegar ao outro lado quando ele chegar ao outro lado, se o tênis chegar ao outro lado antes de afundar de vez.

Ele continuou a falar desse jeito e a menina olhou para a irmã, mais nova e talvez com menos medo do que ela. Ela fez sinal para a outra fechar os olhos enquanto ele continuava a falar, e a mais velha fechou os olhos, mas a mais nova não. Em vez disso olhou para o céu e seguiu duas águias em voo, pensando que pareciam deuses pairando sobre elas, tomando conta delas, talvez, cuidando delas enquanto ainda precisavam ficar presas à terra. A mais velha manteve os olhos fechados, tentando não ouvir o homem, tentando não ouvir nada além do baque da boia chapinhando contra as águas, subindo e descendo. Ele proferiu ameaças que encheram de terror todas as crianças, ameaças como "afundar até lá embaixo" e "roxo de raiva" e "comida para os peixinhos". Todas entenderam então, enquanto eram lentamente transportadas para o outro lado do rio, que tinham sido separadas para sempre de tudo que o haviam conhecido na vida, que estavam na verdade indo para lugar nenhum.

AQUI

Finalmente todos adormecem: as crianças em seu quarto e meu marido no nosso. Saio para a varanda da antiga casa de banhos. Estou cansada mas sem sono, por isso quero ler um pouco mais. Sentando-me numa cadeira de balanço cambaleante — vime desenrolando e madeira lascada — rodeada por antigas banheiras e pias, pego na bolsa o gravador portátil e o livrinho vermelho. Pressiono a tecla Gravar e continuo a leitura:

(A QUARTA ELEGIA)

Certa vez, na margem norte do rio, todas as crianças caminhavam em fila única, e o homem no comando deu uma pancadinha na cabeça de cada uma delas com a ponta de uma vara e disse: menina um, menina dois, menino três, menino quatro, menino cinco, menino seis, menino sete. Eles adentraram a mata espessa, onde ouviram muitos outros passos, ouviram folhas cheias de vozes. Algumas, disseram-

-lhes, eram as vozes de outras crianças como elas. Vozes reais como as delas, vindo de todas as direções, saltitando de troncos de árvores e quicando através de moitas trançadas. Outras vozes, ninguém sabia ou dizia onde e o que e como. Essas as crianças tinham temido. Elas pertenciam aos extintos, os que haviam morrido, havia muito ou recentemente, disse-lhes o homem no comando. Pertenciam a almas que talvez ressurgissem de fossas escuras, disse ele, mortas mas ainda teimosamente reverberando acima do solo: alguns poucos jovens, velhos, delicadas meninas, muitos homens e mulheres. Todos os "mortos impetuosos, impotentes", disse ele. Todos eles "insepultos, atirados na vasta terra". E embora não entendessem suas palavras compridas, as crianças caminharam sob a sombra delas pelo resto do caminho.

Ao longo de dez sóis, viajaram a pé. Marchavam o trecho inteiro desde o raiar do sol até o meio-dia, quando paravam para uma breve refeição, e em seguida retomavam de novo o caminho, desde as horas ensombradas da tarde até que a lua ia alta no céu, ou então até que os pequeninos de pés mais achatados já não aguentassem dar mais um passo. Muitas vezes os pequenos caíam ou se jogavam no chão, com pernas e pés que ainda não estavam prontos, não tinham força suficiente, desacostumados. Mas mesmo os mais velhos, com arcos dos pés mais altos e peitos dos pés musculosos, mal conseguiam ter forças para caminhar com firmeza além da hora do pôr do sol, então sentiam-se gratos em silêncio quando outros ficavam para trás, ou caíam, e obrigavam a marcha a parar.

Chegada a meia-noite, as crianças todas desabavam no chão e recebiam ordens do homem no comando para se sentar em círculo e acender uma fogueira. Só então, quando as chamas ardiam altas, elas finalmente podiam tirar os sapatos. Todas descalças, apertavam entre os dedos das mãos suas solas doloridas, imaginando quanto tempo faltava até chegarem ao pátio de trens. Algumas ficavam em silêncio, outras uivavam sem pudores a sua dor, uma vomitava por cima do ombro, horrorizada ao ver suas meias encharcadas de sangue e a pele descamando. Entretanto, no dia seguinte, ao amanhecer, e no seguinte, elas sempre se levantavam e andavam mais um pouco.

Até que uma tarde no décimo sol poente, enfim chegaram à clareira na selva onde ficava o pátio ferroviário. A clareira não era um pátio, mas também não era uma estação propriamente dita. Era uma espécie de lugar de espera, mais parecido com as salas de emergência de um hospital, porque as pessoas lá não estavam esperando do jeito que as pessoas costumam esperar por um trem. Com um pouco de receio e um pouco de alívio, as crianças viram inúmeras pessoas matando o tempo, demorando-se e vagando, homens e mulheres, sozinhos ou em grupos, algumas outras crianças, alguns idosos, todos esperando por ajuda, por respostas, por qualquer coisa que alguém lhes pudesse oferecer. Lá, em meio àqueles estranhos, as crianças encontraram um lugar, esticaram pedaços esfarrapados de lona e cobertores velhos, enfiaram a mão nas mochilas para pegar água, nozes, uma Bíblia, um saco de bolinhas de gude verdes.

Uma vez instalados, o homem no comando lhes disse para não se retirarem do local e não zanzarem para a cidade vizinha, entrando e saindo de tabernas, desgarrados em perambulações em meio a prostitutas tristes e camas de hotéis baratos, cheirando longas carreiras brancas alinhadas sobre pratos de estanho, fungadas em grossas fatias de pó cortadas com cartão de crédito, flocos dentro de uma rachadura sobre o balcão de madeira no bar; ele tinha se envolvido em teimosas discussões e pediu outra bebida, dispensando contas e exigindo serviços, disparando insultos, em seguida conselhos, depois pediu desculpas a inimigos repentinos e companheiros instantâneos até que, finalmente, adormeceu, boquiaberto, em uma mesa de alumínio, um fio de saliva serpenteando como um rio preguiçoso entre peças de dominó e cinzas de cigarro. Acima dele, um avião passa e deixa uma longa e reta cicatriz no palato do céu sem nuvens.

Nesse meio-tempo, as crianças esperavam. Sentaram-se de bunda grudada no chão de cascalho, no meio do caminho, entre desconhecidos, ou se aventuravam um pouco entre os trilhos, e aguardavam com os demais. Embora nem todas as pessoas no pátio, elas notaram, estivessem à espera de um trem. Havia vendedores de comida, que aceitavam até bagatelas de cinco centavos em troca de uma garrafa reutilizada de água e um pedaço de pão com manteiga. Havia comerciantes de roupas, escritores de cartas, apanhadores de piolhos e limpadores de ouvido, mas também sacerdotes com longos mantos negros lendo palavras de dentro da Bíblia, cartomantes, artistas e penitentes. Com seus olhos e ouvidos, as crianças seguiram um jovem sinistro que alertava a elas e a quem quisesse ouvir: "Vivo você entra, uma múmia você sai". Acenando um braço pela metade enrolado em ataduras imundas, ele repetia sua sentença mortal como uma maldição sobre as crianças, mas abria um sorriso largo enquanto balançava sobre um trilho, calcanhar e ponta do pé, calcanhar e ponta do pé, um pouco como os funâmbulos de circo nas cidadezinhas das crianças, antes de suas cidadezinhas terem sido abandonadas e os circos não passarem mais por elas.

Mais tarde, elas viram um penitente de rosto envergonhado que havia muito tempo plantara uma semente em um montículo de terra na palma de sua mão, e a semente se tornou uma arvorezinha, cujas raízes agora apertavam-se e se retorciam em torno de sua mão e antebraço estendidos. Uma menina quase pagou ao penitente cinco centavos para que a deixasse tocar a árvore dos milagres, mas os outros a contiveram, disseram não seja ingênua, é tudo um truque.

Um velho cego se aproximou delas perto do anoitecer e se sentou com eles em silêncio por algum tempo. Antes de ir embora, porém, ele parou na frente delas como um professor aposentado e murmurou instruções no escuro. Eram instruções complicadas e confusas, sobre os trens em que elas viajariam durante a jornada à frente. Ele, como o resto das pessoas do pátio, sabia que os vagões de trem mais seguros para montar eram as gôndolas. Ele lhes disse que os vagões--tanque eram redondos e escorregadios, que os vagões de carga estavam quase sempre fechados e trancados, e que os vagões-funil eram uma armadilha mortal na qual a pessoa entrava e raramente saía. Ele disse que o trem chegaria um dia em breve, e elas deveriam pegar uma gôndola. Não pensem em casa, não pensem em pessoas, deuses ou consequências, disse ele a todas. Não rezem, nem falem nem desejem coisa alguma. E, antes de se despedir, o velho cego apontou na direção de alguma estrela distante e disse: "Ao largo e além", e repetiu: "Ao largo e além". E depois desapareceu no escuro.

Ao amanhecer do dia seguinte, o homem no comando não tinha voltado. Os que vinham eram ambulantes, homens e mulheres que afluíam em bandos oportunistas de três ou cinco em meio aos grupos de viajantes que esperavam, oferecendo consertos de calçados a preços módicos e reparos em roupas por quase nada. Apregoavam, vinte e cinco centavos por solas de borracha, vinte e cinco centavos por super-cola em solados de borracha, entoavam vinte, vinte por couro, vinte por serviços de martelagem e prego nas solas de couro, anunciavam em voz alta quinze, quinze por reparos cosméticos e bordados.

Um dos meninos, o menino quatro, pagou a um homem quinze centavos para remendar um buraco no flanco da bota com um pedaço quadrado de tecido cortado da manga de sua própria jaqueta de lona. As demais crianças o chamaram de idiota, o chamaram de retardado, o chamaram de mula, disseram-lhe que ele deveria ter vendido a jaqueta ou trocado por algo melhor. Agora ele tinha um sapato remendado e uma jaqueta rasgada, disseram-lhe, e de que serviam? Mas ele sabia que as botas eram novas, ao passo que a jaqueta era velha e de segunda mão, mas em silêncio engoliu a desaprovação e olhou para o outro lado.

O homem no comando ainda não tinha retornado depois que a manhã passou e a luz amarelada da tarde vinha caindo, quase agra-dável, sobre o pátio de trens. As crianças brincavam com algumas bolinhas de gude que alguém trouxera quando uma mulher com cara de escroto, pescoço salpicado de verrugas e cabelo desgrenhado, e olhos como um capacho de boas-vindas sobre o qual muitos sapatos tinham sido esfregados, apareceu das sombras diante deles e agarrou a palma de suas mãos, vaticinando bocados de histórias dementes que elas não aguentaram ouvir por completo:

"Eu vejo um brilho vinho nos baixios, menino."

"Junto a uma poça de maré, você, rapaz, vai ficar mole de tanto mosto da uva."

"Eles vão comprar você, pequenino, por um punhado de dinheiro de escravidão, enquanto o resto vai para o norte."

"E você, menina. Você vai brilhar como um vaga-lume moribundo em uma gaiola de vidro."

Ela prometeu contar às crianças o resto das histórias por cinquenta centavos cada, o que era o dobro do custo dos reparos de sapatos. E se desejassem que ela interceptasse a ventura a favor delas, custaria setenta e cinco centavos, o que era muitas vezes mais o preço de uma porção inteira de água e pão. Então, embora quisessem ouvir mais, as crianças se forçaram a evitar os olhos da bruxa, fingiram não acreditar em todos os maus presságios pronunciados por seus lábios coriáceos.

Quando finalmente conseguiram enxotá-la, ela tinha amaldiçoado todas elas em uma brutal língua estrangeira, e antes de desaparecer nas linhas paralelas dos trilhos, se virou mais uma vez em direção às crianças, assobiou e arremessou uma laranja madura em sua direção. A laranja acertou um menino no braço, o menino sete, depois pousou no cascalho sem rolar.

Embora curiosas e também desesperadamente famintas, as crianças não ousaram tocá-la. Outras como elas, depois delas, talvez tenham sentido a mesma coisa sombria naquela estranha fruta, porque dias e depois semanas se passaram e a laranja permaneceu lá, redonda, intocada, verde de bolor e mostrando anéis brancos por fora, fermentando primeiro doce e depois amarga por dentro, então gradualmente enegrecendo, encolhendo, murchando, até desaparecer no cascalho durante uma longa tempestade de verão.

As únicas pessoas do pátio que não praguejavam, não faziam falcatruas, não pediam nada em troca, eram três meninas com longas tranças de obsidiana que carregavam baldes de magnésio em pó. De graça, as três meninas se ofereciam para cuidar dos pés devastados das crianças, os calcanhares e as plantas do pé polposos e se rompendo como tomates cozidos. As meninas se sentavam ao lado delas e enfiavam as mãos em concha em baldes de metal. Pulverizavam a sola e o peito dos pés das crianças, e depois usavam panos esfarrapados ou pedaços de toalhas para embrulhar a pele trincada e rasgada. Usavam pedra-pomes para reduzir calos ásperos, tomando cuidado para não esfregar até deixar a pele em carne viva, e com os polegares pequenos mas firmes massageavam os músculos contraídos da panturrilha. Elas se ofereciam para perfurar com uma agulha esterilizada as bolhas inchadas de água e pus. "Está vendo a pequena chama deste fósforo?", dizia uma delas, e depois explicava que, quando a chama tocava a agulha, a agulha ficava limpa. E, por último, a mais jovem das meninas dos baldes, aquela com os melhores olhos — amêndoas grandes e pretas —, mostrava às crianças um conjunto de cabides de metal contorcidos e um grande alicate que ela puxava de dentro do balde, e com o qual se oferecia para aliviar a dor mais profunda e desesperada das unhas encravadas ou semipenduradas.

Apenas um menino, o menino seis, disse sim, sim, por favor. Ele não era um dos mais novos, tampouco era o mais velho. Ele tinha visto o enorme alicate oferecido a ele e se lembrou das lagostas. Lembrou-se de seu avô saindo do mar equilibrando-se em pernas bambas e finas como gravetos e carregando as lagostas em uma rede remendada duas ou três vezes com nós duplos e gotas de cera de vela. O velho ficava em pé junto à margem, as costas encurvadas para a frente de modo a equilibrar o peso da pescaria, e gritava o nome dele. Ele sempre havia corrido para a praia ao ouvir o chamado do avô, oferecendo--se para carregar a rede para ele. E enquanto se afastavam das areias duras e úmidas mais próximas da costa em direção às dunas secas e mais altas, e depois atravessavam a estrada e embarcavam no ônibus de passageiros, de tempos em tempos eles davam uma espiada dentro da rede. Ele observava aquele ninho de morte de lagostas rastejando sobre lagostas, especulando quanto vamos ganhar, contando quantas capturamos, observando as pequenas bestinhas abrindo e fechando as pinças como se todas estivessem proferindo pensamentos tristes umas para as outras em linguagem de sinais.

Ele nunca tinha pensado muito nas lagostas que capturavam — aqueles monstros marinhos lentos, idiotas, mas impulsivos e um tanto sexuais que venderiam no mercado de alimentos por dez moedas cada. No entanto, agora ele se lembrou delas e sentiu saudade do cheiro de sal e podridão, seus pequenos corpos de articulação perfeita mexendo-se inutilmente dentro da rede vacilante e côncava. Então, quando a menina lhe mostrou o alicate, ele levantou a mão e acenou, e ela veio e se ajoelhou diante dele, ergueu o alicate na frente da ponta dos pés dele e olhou em seus olhos e lhe disse que não se preocupasse, embora ela estivesse preocupada e as mãos dela tremessem um pouco. O menino fechou os olhos e pensou nos pés marrons e ossudos de seu avô, suas veias inchadas e unhas dos pés amareladas. Então, quando o instrumento de metal perfurou sua pele, a princípio hesitante, depois com mais firmeza, ele gemeu, praguejou e mordeu o lábio inferior. A menina sentiu uma camada de determinação assentando-se sobre seu medo enquanto lhe perfurava a pele, e suas mãos pararam de tremer. Habilmente, ela recortou e cortou a unha do dedo do pé quebrada, mordendo o lábio inferior também, concentrada ou talvez com empatia. Em sua mente, o menino a amaldiçoou enquanto ela cortava e torcia, mas no fim, abriu os olhos e quis lhe agradecer, choroso e envergonhado, olhando nos olhos negros e firmes dela. Ele não disse nada quando ela falou que tinha terminado e lhe desejou boa sorte, dizendo-lhe para sempre usar meias, mas ele sorriu.

Ele a procurou na manhã seguinte, quando as crianças finalmente embarcaram na gôndola e o trem partiu, mas no mar de rostos no pátio de trens que ia se afastando, não reconheceu ninguém.

JUNTOS SOZINHOS

Quando me deito na cama e me enrosco em volta do meu marido suado, ainda posso ouvir os ecos dessas outras crianças, em algum lugar. Ouço o som monótono de milhares de passos perdidos, e um coro sombrio de vozes, entretecendo-se nas frases e se destecendo delas, rapidamente mudando as perspectivas no ritmo lento e pesado da voz narrativa, e enquanto tento adormecer, sei que esta vida é minha e também, ao mesmo tempo, irremediavelmente perdida.

O que me liga a onde? Há a história sobre as crianças perdidas em sua cruzada, e sua marcha através das selvas e terras infecundas, que li e reli, às vezes distraidamente, outras vezes em uma espécie de arrebatamento, gravando-a; e agora estou lendo partes para o menino. E também há a história das verdadeiras crianças perdidas, algumas das quais estão prestes a embarcar em um avião. Há muitas outras crianças também atravessando a fronteira ou ainda a caminho daqui, em trens, escondendo-se dos perigos. Há as duas meninas de Manuela, perdidas em algum lugar, esperando para serem encontradas. E, é claro, por fim, há minhas próprias crianças, uma das quais eu talvez perca em breve, e as duas agora sempre fingindo serem crianças perdidas, tendo que fugir, ou escapando dos olhos-brancos, montadas em cavalos em bandos de crianças apaches, ou viajando de trem, escondendo-se da Patrulha de Fronteira.

Quando meu marido sente meu corpo perto do dele, nas profundezas do seu sono, ele se afasta alguns centímetros, então me viro para o outro lado e me enrosco em meu travesseiro. Uma espécie de eu futuro olha para tudo isso em silencioso reconhecimento: o que um dia tive. Sem autopiedade, sem desejo, apenas um tipo de espanto. E adormeço com a mesma pergunta que o menino me fez antes: O que acontece se as crianças forem deixadas sozinhas?

CAMAS

A pergunta volta, mais como um presságio do que como uma pergunta, no início da manhã, enquanto arrumamos as malas para partir e nos preparamos para o trajeto de carro à nossa frente até o aeroporto perto de Roswell. Noto uma mancha de urina nos lençóis das crianças antes de fecharmos a conta da pousada e pular no carro, mas não pergunto nem ao menino nem à menina de quem é.

Eu fiz xixi na cama até os doze anos. E molhei a cama, especialmente, entre as idades de dez e doze anos. Quando completei dez anos, exatamente a idade do menino, minha mãe nos deixou — meu pai, minha irmã e a mim — para tomar parte de um movimento guerrilheiro no sul do México. Nós três nos mudamos para a Nigéria por conta do trabalho de meu pai. Por muitos anos depois daquele dia, odiei política e qualquer coisa relacionada à política, porque a política tinha levado a minha mãe embora. Durante anos, fiquei com raiva dela, sem conseguir entender por que a política e outras pessoas e seus movimentos eram mais importantes para ela do que nós, sua família. Uns dois anos mais tarde, logo depois do meu aniversário de doze anos, eu a vi novamente. Como um presente de aniversário, ou talvez apenas como um presente de reunificação geral, ela comprou para mim e para a minha irmã passagens de avião para viajarmos com ela à Grécia, que, eu acho, ficava no meio do caminho entre o México e Lagos. Nosso pai nos ajudou a arrumar nossas malas e nos levou ao aeroporto: nossa mãe nos esperaria no aeroporto de Atenas. Em nosso primeiro dia em Atenas, ela disse que queria nos levar ao Templo de Apolo no Oráculo de Delfos. Então pulamos em um ônibus local. Quando encontramos nossos assentos, reclamando da falta de espaço para as pernas e do calor, ela nos disse que, em grego, a palavra que descrevia ser levado para algum lugar por um ônibus era μεταφέρω, ou metáfora, então deveríamos nos sentir sortudas por sermos metaforizadas até nosso próximo destino. Minha irmã ficou mais satisfeita do que eu com a explicação que nos foi dada.

Viajamos muitas horas em direção ao oráculo. Todo o tempo, no caminho para lá, nossa mãe nos falou sobre a força e o poder das pitonisas, as sacerdotisas do templo, que na Antiguidade serviam como veículos do oráculo, permitindo-se ser preenchidas com ενθουσιασμός, ou entusiasmo. Lembro-me da definição que minha mãe deu do termo, decompondo-o em suas partes. Fazendo uma espécie de gesto cortante com as mãos, uma palma como tábua e outra como faca, ela disse: "*En, theos, seismos*", que significa algo como "em, deus, terremoto". Acho que ainda me lembro disso porque não sabia, até aquele dia, que as palavras poderiam ser cortadas em partes como essas para serem mais bem entendidas. Em seguida, ela explicou que o entusiasmo era uma espécie de terremoto interno produzido quando uma pessoa se permitia ser possuída por algo maior e mais poderoso, como um deus ou uma deusa.

Enquanto seguíamos em direção ao oráculo, minha mãe falou conosco sobre sua decisão, tomada alguns anos antes, de nos deixar, sua família, para ingressar nas fileiras de um movimento político. Minha irmã fez perguntas difíceis e às vezes agressivas. Embora amasse meu pai, explicou minha mãe, ela o tinha seguido por toda a vida, sempre deixando de lado os próprios projetos. E depois de anos fazendo isso, ela sentiu enfim um "terremoto" interno, algo que a afetou profundamente e talvez até mesmo tivesse despedaçado uma parte dela, e por isso decidiu sair e encontrar uma maneira de consertar todo o despedaçamento. Talvez não consertar, mas pelo menos compreendê-lo. O ônibus serpeava acima e abaixo pela estrada da montanha em direção a Delfos, e minha mãe tentou responder às nossas perguntas o melhor que pôde. Perguntei-lhe sobre onde ela havia dormido durante todo o tempo em que se fora, o que tinha comido, se tinha sentido medo e, em caso afirmativo, medo de quê. Queria perguntar se ela tinha amantes e namorados, mas não perguntei. Eu a ouvi falar, olhando para o rosto dela e estudando as muitas linhas de sua testa preocupada, o nariz reto e as orelhas grandes, das quais pendiam brincos compridos, balançando para a frente e para trás com os movimentos oscilantes do ônibus. Às vezes, em trechos de subida, eu fechava os olhos e pousava a bochecha contra seu braço nu, cheirando-o, tentando absorver todos os antigos aromas de sua pele.

Quando finalmente chegamos a Delfos e descemos do ônibus, o acesso ao templo e ao oráculo já estava fechado. Tínhamos chegado tarde demais. Isso acontecia muitas vezes quando se viajava com minha mãe: chegar tarde demais. Ela sugeriu que invadíssemos, pulando a cerca para ver o oráculo de qualquer maneira. Minha irmã e eu obedecemos, tentando fingir que gostávamos desse tipo de aventura. Todas nós pulamos a cerca e começamos a caminhar por uma floresta. Não fomos muito longe. Logo começamos a ouvir um terrível latido de cachorro, e depois mais latidos, todos aproximando-se de nós, de múltiplos cães, certamente uma matilha grande, selvagem. Então voltamos correndo para a cerca, pulamos de novo para fora e esperamos no acostamento da estrada pelo ônibus noturno que nos levaria de volta a Atenas. Atrás de nós, do outro lado da cerca, cinco ou seis cães mal-encarados ainda latiam para nós.

Esse encontro com a nossa mãe, embora tenha sido uma aventura fracassada, plantou em mim uma semente que mais tarde, à medida que fui crescendo, floresceu em uma compreensão mais profunda das coisas. De coisas pessoais e políticas e de como as duas se confundiam; e sobre minha mãe em particular e sobre as mulheres em geral. Ou talvez a palavra certa não seja compreensão, que tem uma conotação passiva. Talvez a palavra certa seja reconhecimento, no sentido de re-conhecer, conhecer novamente, por uma segunda ou terceira vez, como um eco de um conhecimento, que traz reconhecimento e, possivelmente, perdão. Espero que meus filhos também me perdoem, nos perdoem, um dia, pelas escolhas que fazemos.

TRIÂNGULOS

No rádio, ouvimos uma reportagem mais longa sobre crianças refugiadas. Decidimos não ouvir mais notícias a respeito disso, não quando nossos filhos estivessem acordados. Mas a marcha dos acontecimentos recentes e, em particular, a história sobre as crianças a serem deportadas perto de Roswell agora me empurraram de volta para a urgência do mundo do lado de fora do nosso carro.

Eles estão entrevistando uma advogada de imigração, que está tentando fundamentar um caso jurídico para defender as crianças que serão enviadas de volta a Tegucigalpa mais tarde naquele dia. Escuto com atenção em busca de qualquer indício, qualquer informação sobre exatamente quando e onde a deportação ocorrerá.

Eles não dão nenhum detalhe, mas uso o verso de um recibo para anotar o nome da advogada, um nome que eles já repetiram algumas vezes. Em seguida dou uma busca por ela na internet enquanto ela explica que, se as crianças são mexicanas, são imediatamente removidas, deportadas de volta. Mas se são da América Central, diz, a lei de imigração lhes dá direito a uma audiência. Portanto essa deportação é ilegal, conclui. Na página de uma pequena organização sem fins lucrativos com sede no Texas, encontro o nome e o endereço de e-mail da advogada, e lhe envio um e-mail. Introdução educada, algumas frases sobre por que estou entrando em contato com ela e minha única pergunta urgente:

A senhora sabe de onde as crianças serão deportadas?

Instigada pelo entrevistador, a advogada continua explicando que, quando chegam à fronteira, as crianças sabem que sua melhor aposta é serem pegas por agentes da Patrulha de Fronteira. Cruzar o deserto além dessa fronteira, sozinho, é muito perigoso. Mas algumas delas fazem isso. Minha mente divaga para as crianças perdidas no livrinho vermelho, todas andando sozinhas, perdidas agora e esquecidas na história. O entrevistador explica que as crianças também sabem que, se não se entregarem à lei, seu destino será permanecer sem documentos, como a maioria de seus pais ou parentes adultos já nos Estados Unidos. As crianças que serão deportadas hoje estão em um centro de detenção perto de Artesia, Novo México.

Pesquiso aeroportos em Artesia e nos arredores, e encontro um, e anoto a localização. Artesia não fica longe de Roswell, digo ao meu marido, então deve ser lá. Se a advogada não responder a este e-mail, nossa melhor aposta será ir de carro até esse aeroporto. Temos apenas que confiar, e talvez tenhamos sorte.

SALIVA

À medida que avançamos, meu marido conta às crianças uma longa e tortuosa história que me perturba e os fascina, sobre uma mulher chamada Saliva. Ela era uma curandeira, uma amiga de Gerônimo, que curava as pessoas cuspindo nelas. Saliva, disse ele, eliminava má sorte, doenças e melancolia das pessoas, com suas poderosas e salgadas gotas de cuspe.

EMBARALHAMENTO

Eu não sei, quando o menino sugere uma enquete assim que entramos à esquerda na rota 285, ao sul de Roswell, se a minha canção favorita nessa viagem é "Alright", de Kendrick Lamar, que o menino conhece de cor e ama, ou "O Superman", de Laurie Anderson, que a menina sempre quer ouvir de novo e de novo, ou uma canção completamente ausente dos meus hábitos geracionais de audição, chamada "People II: The Reckoning", de uma banda de Phoenix chamada Andrew Jackson Jihad, nome que esperamos que seja de alguma forma irônico, embora não tenhamos certeza de como poderia ou deveria ser irônico.

Ainda não discutimos em detalhes as letras das canções, como nós quatro costumamos fazer, mas acho que são canções sobre nós quatro, e sobre todo mundo neste grande país que não possui uma arma, não pode votar, e não é temente a Deus — ou que pelo menos teme a Deus menos do que ele ou ela teme as outras pessoas.

Gosto de um verso na canção de Anderson, sobre os aviões chegando — "*They're American planes. Made in America*", diz em uma voz robótica. Os aviões sempre se aproximam, sempre pairando em nossa consciência, sempre assombrando as pessoas que têm que crescer para temer a América.

Na canção de Lamar, gosto de acompanhar o verso "*Our pride was low, lookin' at the world like, 'Where do we go?'*".

Eu sempre canto alto, olhando pela janela do carro. O menino, do banco de trás, canta o resto da estrofe ainda mais alto.

E, finalmente, gosto de um verso em "People II" que eu talvez não tenha entendido completamente, sobre estar no modo "*firefly*", vaga-lume. Agora ouvimos a canção e pergunto às crianças o que elas pensam dela:

O que vocês acham que significa "modo vaga-lume"?

Significa ligar e desligar, liga e desliga, diz a menina.

Ela está certa, eu acho. É uma música sobre a pessoa ligar e se desligar da própria vida.

Pelos vinte minutos seguintes, mais ou menos, ficamos todos em silêncio dentro do carro, ouvindo as canções que se embaralham e tocam, observando pelas janelas uma paisagem marcada por décadas ou talvez séculos de agressão agrícola sistemática: campos secionados em grades quadrangulares, vítimas de estupro coletivo por maquinaria pesada, inchadas com sementes modificadas e injetadas com pesticidas, onde mirradas árvores frutíferas produzem frutos robustos e insípidos para exportação; campos espartilhados em uma circunscrição de camadas de culturas gramíneas, em padrões que se assemelham a infernos dantescos, regados por sistemas de irrigação de pivô central; e campos transformados em não campos, com o peso de cimento, painéis solares, tanques e enormes moinhos de vento. Estamos passando de carro por uma faixa de terra pontilhada de cilindros quando a música do "modo vaga-lume" surge novamente. O menino de repente limpa a garganta e anuncia que precisa dizer uma coisa:

Lamento avisar isto a vocês, mas a letra dessa canção que você continua botando para tocar e insiste em cantar diz "modo *fight-or-flight*", lute-ou-fuja, e não "modo *firefly*".

Ele parece um adolescente, falando assim conosco, e não estou pronta para aceitar a correção que ele faz, embora eu saiba que ele provavelmente esteja certo. Mesmo que ainda seja uma criança, ele está muito mais sintonizado em termos culturais com este país e com os tempos. Rejeito sua opinião, pedindo-lhe injustamente uma prova — o que ele, óbvio, não pode dar, porque não lhe empresto meu telefone para procurar por letras agora. Mas a partir desse momento, enquanto a música é tocada repetidas vezes nos alto-falantes do nosso carro, ele faz questão de cantar com voz especialmente alta aquela parte do refrão: "modo lute-ou-fuja". Sua irmã e seu pai, percebo, ficam em silêncio e não cantam essa parte da canção, pelo menos nas rodadas seguintes. Eu, por minha vez, faço questão de cantar as palavras "modo vaga-lume" em alto e bom som. O menino e eu sempre nos enfrentamos como iguais nesse tipo de campo de batalha, apesar de nossa diferença de idade. Talvez porque nossos temperamentos sejam tão parecidos, mesmo que não compartilhemos laços de sangue. Nós dois defenderemos nossas posições até o fim, não importa o quanto acabem por se revelar insensatas.

Ele grita:

"Modo lute-ou-fuja!"

Assim como eu canto com toda a força dos pulmões:

"Modo vaga-lume!"

Dentro do carro, eu me acostumei ao nosso cheiro, ao silêncio intermitente entre nós, ao café instantâneo. Mas nunca às placas plantadas como presságios ao longo da estrada: Adultério é pecado; Patrocine uma rodovia; Feira de armas neste fim de semana! Nunca me habituei, tampouco, a ver os cemitérios de brinquedos de plástico abandonados nos gramados da frente nas reservas, ou os melancólicos adultos que aguardam na fila, como crianças, para encher seus imensos copos de plástico com refrigerantes de cores vivas em lojas de conveniência de postos de gasolina, ou aquelas resilientes torres d'água em cidadezinhas, que me lembram o equipamento que usávamos na escola durante as aulas de laboratório de ciências. Tudo isso me deixa no modo vaga-lume.

PÉS

Mamã! chama a menina do banco de trás.

Ela diz que está com uma farpa no pé. Ela chora, chora, chora, como se tivesse perdido um braço ou uma perna ou quebrado alguma coisa.

Uma farpa de saguaro! afirma ela.

Eu me viro do meu assento, lambo a ponta do meu dedo e o coloco com delicadeza sobre a farpa — provavelmente imaginária. O calcanhar do pé dela é macio e suave, e enquanto seguro meu dedo encostado nele, lembro-me dos pés daquele menino perdido sendo curado pela menina no pátio de trens.

A resposta ao meu e-mail chega ao meio-dia, quando estamos a apenas alguns quilômetros de Roswell, comprando cafés e sucos em um posto de gasolina. A advogada diz que não sabe a hora exata, apesar de achar que será no início da tarde, e confirma nossa dedução: os aviões sairão do Aeroporto Municipal de Artesia. Verifico o mapa. O aeroporto fica a apenas vinte e quatro quilômetros ao sul de Roswell. Se os aviões estiverem programados para decolar no início da tarde, facilmente chegaremos a tempo.

TRANSFERÊNCIAS

À medida que aceleramos rumo ao aeroporto nos arredores de Artesia, procuro mais notícias no rádio, não encontro nada. Desligo e ouço nossos dois filhos brincando no banco de trás. Suas brincadeiras se tornaram mais animadas, mais complexas, mais convincentes. As crianças têm uma maneira lenta e silenciosa de transformar a atmosfera ao seu redor. Elas são muito mais porosas que os adultos, e sua caótica vida interior vaza delas constantemente, transformando tudo o que é real e sólido em uma versão fantasmagórica de si mesmo. Talvez uma criança, sozinha, por conta própria, não consiga modificar o mundo que os adultos ao seu redor sustentam e contemplam. Mas duas crianças são suficientes — suficientes para quebrar a normalidade desse mundo, rasgar o véu e permitir que as coisas brilhem com a própria e diversa luz interior.

Eu me oblitero por algum tempo, e simplesmente deixo as vozes das crianças preencherem o espaço do carro e o espaço em minha cabeça. Elas estão participando de uma coreografia verbal que envolve cavalos, aviões e uma nave espacial. Sei que o pai delas também está ouvindo, embora concentrado na estrada, e fico imaginando se sente o mesmo que eu — se compreende como o nosso mundo racional, linear e organizado se dissolve no caos das palavras de nossos filhos. Eu me pergunto e quero lhe perguntar se ele também percebe como os pensamentos das crianças estão preenchendo nosso mundo, dentro deste carro, preenchendo-o e borrando todos os seus contornos com a mesma persistência lenta da fumaça que se expande dentro de um pequeno cômodo. Não sei até que ponto meu marido e eu fizemos das nossas próprias histórias as deles; e até que grau eles tornaram nossas as suas histórias e suas brincadeiras do banco de trás. Talvez nos infectemos mutuamente com nossos medos, obsessões e expectativas, com a mesma facilidade com que transmitimos um vírus da gripe.

Montado em um enorme cavalo, o menino dispara flechas envenenadas contra um agente da Patrulha de Fronteira, enquanto a menina se esconde dos casacas-azuis americanos sob algum tipo de espinheiro do deserto (embora ela encontre mangas crescendo em seus galhos e pare para comer uma antes de saltar para o ataque). Depois de uma longa batalha, os dois entoam juntos um cântico para ressuscitar um companheiro guerreiro.

Ouvindo-os agora, constato que são eles quem estão contando a história das crianças perdidas. Eles a têm contado várias vezes na parte de trás do carro, nas últimas três semanas. Mas eu não os escutei com suficiente cuidado. E não os gravei o suficiente. Talvez as vozes de meus filhos fossem como aqueles cantos de pássaros que certa vez meu marido ajudou Steven Feld a gravar e que funcionam como ecos de pessoas falecidas. Suas vozes, a única maneira de ouvir vozes que não são audíveis; vozes de crianças, não mais audíveis, porque essas crianças não estão mais aqui. Agora me dei conta, talvez tarde demais, de que os jogos e as reencenações dos meus filhos no banco de trás do carro talvez fossem a única maneira de realmente contar a história das crianças perdidas, uma história sobre crianças que desapareceram em sua jornada para o norte. Talvez suas vozes fossem a única maneira de registrar as marcas sonoras, os vestígios e os ecos que as crianças perdidas deixaram para trás.

Eu penso naquela persistente pergunta:

Por que você veio para os Estados Unidos?

E por que estamos aqui? pergunto-me.

No que você está pensando, Má? de repente o menino me pergunta por trás.

Estou só pensando que você está certo. É modo "lute-ou-fuja" e não "vaga-lume".

AVIÃO

Estacionamos em uma faixa de cascalho. À nossa direita há um longo gradil de arame e, do outro lado da cerca, uma pista na qual vemos um avião de pequeno porte, uma escadaria embutida acoplada a sua única porta. Não é um avião comercial, mas também não é um avião militar. De fato parece um avião particular (um avião americano, fabricado na América). Saímos do carro para o calor denso, o sol do meio-dia batendo em nós. A menina está dormindo no banco de trás, então deixamos duas portas abertas para permitir que o ar sopre através do carro.

Não há ninguém na pista exceto um homem da manutenção, dirigindo em círculos uma espécie de carrinho de golfe. Meu gravador portátil está comigo, e eu o encaixo na bota esquerda, antes disso pressionando Gravar e me certificando de que o microfone fique para fora, pronto para flagrar pelo menos os sons mais próximos. Nós nos encostamos no carro enquanto esperamos que algo aconteça — mas nada acontece. Meu marido acende um cigarro e o fuma com longas e ofegantes baforadas. Ele pergunta se pode gravar alguns sons, pergunta se me importo. Digo a ele que vá em frente; é por isso que estamos aqui, afinal. Vejo o homem da manutenção, que agora sai do carrinho, pega algo no pavimento — uma pedra? uma moeda de um centavo? uma embalagem? —, deposita em uma sacola preta pendurada na parte de trás do carrinho de golfe, depois volta para o seu lugar e retoma sua rota até por fim desaparecer dentro do hangar na extremidade direita da pista de pouso.

Peço ao menino que me passe seu binóculo, para que eu possa ver mais de perto o avião estacionado na pista. Ele o pega no banco de trás e também pega a câmera e o livrinho vermelho da minha caixa.

Nós dois atravessamos a faixa de cascalho e nos posicionamos bem perto da cerca. Ajusto o binóculo nos meus olhos. As bordas de metal estão quentes. Eu me concentro no pequeno avião, mas não há nada para ver. Enquanto mexo e remexo nas lentes do binóculo, ouço o menino ao meu lado preparando sua câmera. Há um silêncio suspenso enquanto ele prende a respiração à medida que tenta focalizar o avião, depois há o clique do botão do obturador e depois o som dos roletes girando enquanto a foto sai deslizando. Com o binóculo, examino a área abaixo e em torno do avião, flagro um pássaro em voo e o sigo até que ele desapareça. Vejo o céu, nuvens avolumando-se ao longe, uma ou outra árvore esporádica, vapor erguendo-se sobre o asfalto na extremidade da pista pavimentada. Ouço o menino resmungar enquanto se concentra em proteger a fotografia da resplandecente luz do dia, colocando-a entre as páginas do livro para que ela possa se revelar lá, e imagino que sons o microfone do meu marido está captando neste exato momento e quais serão perdidos. Estou esquadrinhando lentamente a pista com o binóculo, à esquerda, depois à direita, e subindo quase verticalmente em direção ao céu invariável e em seguida descendo, virando-o em ângulo para mais perto de mim até ver meus dois próprios pés embaçados contra o cascalho. Ouço o menino andando até o carro para guardar de novo a câmera, e o ouço enquanto atravessa o cascalho de volta até a cerca, onde estou parada. Ele me pede para dar uma olhada no binóculo e eu o passo para as suas mãos. Ele ajusta as bordas das oculares nas órbitas dos olhos e aperta os olhos dentro das lentes da mesma forma que seu pai olha para a estrada quando está dirigindo.

O que você está vendo? pergunto.

Apenas colinas marrons que estão borradas e o céu que é azul e o avião.

O que mais? Olhe com mais intensidade.

Se eu forçar demais, meus olhos ardem. E aí vejo aquelas coisinhas transparentes que flutuam no céu, vermes celestes.

Não são vermes. Os oftalmologistas chamam de moscas volantes, mas os astrônomos os chamam de supercordas. Seu objetivo é manter a amarração do universo. Mas o que mais além de supercordas?

Eu não sei o que mais.

Vamos lá. Tantos anos de estudo na escola? Você pode fazer melhor.

Ele se detém e sorri para mim, reconhecendo minha provocação e, em seguida, talvez se esforçando um pouco demais para me lançar um olhar arrogante. Ele ainda é suficientemente pequeno para usar sarcasmo e arrogância como um terno vários tamanhos acima. Ele olha de novo pelas lentes do binóculo e, de repente, diz:

Olha, Mamã! Olha lá!

Lentamente percorro com os olhos a corda bamba esticada entre os olhos fixos dele e a fila de pequenas figuras que agora saem do hangar e entram na pista. São todas crianças. Meninas, meninos: uma atrás da outra, sem mochilas, nada. Marcham em fila indiana, dando a impressão de que se renderam, prisioneiros silenciosos de alguma guerra em que nem sequer chegaram a lutar. Não são "centenas", como ouvimos dizer, mas contamos quinze, talvez vinte. Devem ser elas. Na noite anterior, foram transportadas de um centro federal de treinamento policial em Artesia para este pequeno aeroporto na rodovia estadual 559. Agora caminham em direção ao avião que os levará de volta ao sul. Se não tivessem sido capturadas, provavelmente teriam ido morar com a família, frequentado uma escola, playgrounds, parques. Mas em vez disso serão removidas, transferidas, apagadas, porque não há lugar para elas neste vasto país vazio.

Agarro de novo o binóculo e focalizo. Vários agentes marcham ao lado das crianças, como se elas fossem tentar escapar agora, como se pudessem. Sei que elas não estão lá, e mesmo que estivessem eu não as reconheceria, mas é claro que procuro as filhas de Manuela, tentando identificar duas meninas usando vestidos idênticos.

O menino puxa minha manga:

É a minha vez!

Miragens erguem-se do pavimento quente. Um policial escolta a última criança escada acima, um menininho, talvez cinco ou seis anos, chupando o polegar enquanto embarca no avião. O agente fecha a porta atrás dele.

Minha vez de olhar, Má.

Espere, digo.

Eu me viro para verificar a menina dentro do carro. Ela está dormindo, com o polegar na boca também. Dentro do avião, aquele menino ficará sentado imóvel em seu assento, afivelado, e o ar estará seco, mas fresco. O menino fará um esforço para ficar acordado enquanto espera a partida, como minha filha faz, da mesma forma que as crianças de sua idade fazem.

Mamá, talvez ele pense.

Mas ninguém vai responder.

Mamá! diz o menino, puxando minha manga novamente.

O que é? respondo, perdendo a paciência.

Meu binóculo!

Apenas espere um segundo, digo a ele em tom severo.

Me dá!

Por fim eu lhe entrego novamente o binóculo, minhas mãos tremendo. Ele ajusta o foco com calma. Olho ao redor, ansiosa, minha mandíbula cerrada e minha respiração ficando mais acelerada e ofegante. O avião está parado no mesmo lugar, mas os agentes que escoltavam as crianças agora caminham de volta ao hangar, parecendo um time de futebol americano depois do treino, brincando, um estapeando o outro na parte de trás da cabeça. Alguns deles nos avistam, eu acho, mas não dão a mínima. Quando muito, parece que a nossa presença, atrás da cerca que nos separa, os encoraja. Eles se viram para encarar o avião cujos motores estão sendo ligados e aplaudem em uníssono enquanto a aeronave lentamente começa a taxiar. De alguma profundeza obscura que eu não sabia que existia em mim, desencadeia-se um ataque de fúria — súbita, vulcânica e indomável. Chuto o gradil de arame com todas as minhas forças, grito, chuto de novo, jogo meu corpo contra ele, insulto os agentes. Eles não conseguem me ouvir por causa dos motores do avião. Mas continuo a gritar e chutar até sentir os braços do meu marido me cercando por trás, me segurando, com força. Não um abraço, mas uma contenção.

Quando recupero o controle do corpo, meu marido me solta. Pelas lentes do binóculo o menino observa atentamente o avião, que está se posicionando na pista. Não sei no que o menino está pensando e o que dirá a si mesmo a respeito disso, ou como se lembrará do instante que estou permitindo que ele testemunhe. Sinto um impulso de cobrir seus olhos, do jeito que às vezes ainda faço quando assistimos juntos a certos filmes, mesmo que ele seja mais velho agora. Mas o binóculo já trouxe o mundo para perto demais dele, o mundo já se projetou dentro dele — então, do que eu deveria protegê-lo agora, e como, e para quê? Tudo o que me resta fazer, eu acho, é dar um jeito para que os sons que ele registra em sua mente agora, os sons que se sobreporão a esse instante que para sempre viverá dentro dele, sejam sons que lhe assegurem que ele não estava sozinho nesse dia. Chego mais perto dele, colocando um braço em volta do seu peito, e digo:

Conte-me o que você está vendo, Controle de Solo.

A nave espacial está se movendo em direção à pista, responde ele, entendendo.

Certo. E o que mais?

Os astronautas estão dentro da nave agora.

Bom.

Estamos quase prontos para o lançamento.

Bom. O que mais?

Os funcionários desocupando a área de lançamento. Pressurização de hélio e nitrogênio em andamento. Veículo lançador mudando para alimentação interna.

O que mais? O que mais?

Espere, Má, por favor, não sei mais o quê.

Sim, você sabe. Apenas olhe com atenção e me relate tudo. Estamos todos contando com você.

Por um momento, ele desvia os olhos do binóculo, olha para mim, depois para o pai, que está novamente segurando o microfone boom, depois para a irmã, ainda dormindo, e de novo para o binóculo. Ele respira fundo antes de falar, a voz firme:

Área de perigo de explosão liberada. Base autorizou prosseguir com o lançamento. Sessenta segundos. Comutador de ativação de lançamento em posição. Trinta segundos. O preenchimento de oxigênio líquido e a válvula de drenagem fechados agora. Dez segundos. Verificar sistema de ignição do veículo lançador. Nove, oito, sete. Ativar arranque do motor principal. E seis, cinco, quatro. Comando de partida do motor principal. Três, dois, um, decolar...

Então o quê? pergunto.

É isso aí. Decolar.

O que mais?

É difícil focalizar agora. A nave está no céu e indo mais rápido, é muito difícil me concentrar agora, não consigo.

Vemos o avião desaparecer dentro do enorme azul — rápido e desvanecendo, elevando-se bem alto e bem longe no céu agora ligeiramente enevoado. Em breve, sobrevoará cidades desertas, através de planícies e cânceres industriais que se estendem infinitamente sobre rios e florestas. Meu marido ainda está segurando o microfone boom, como se houvesse alguma coisa para gravar. O fim das coisas, o fim verdadeiro, nunca é uma volta perfeita do parafuso, nunca uma porta fechada de súbito, assemelha-se mais a uma mudança atmosférica, nuvens que se juntam devagar — mais um gemido que um estrondo.

Por um longo tempo, estive preocupada com o que dizer aos nossos filhos, como lhes dar uma história. Mas agora, enquanto ouço o menino contando a história deste instante, a história do que estamos vendo e a história de como estamos vendo, por meio dele, uma certeza lenta mas sólida finalmente se instala em mim. É a versão dele da história que sobreviverá a nós; a versão dele é que permanecerá e será passada adiante. Não apenas a versão dele da nossa história, de quem nós éramos como uma família, mas também sua versão das histórias de outras pessoas, a exemplo das crianças perdidas. Ele entendeu tudo muito melhor do que eu, do que o resto de nós. Escutou as coisas, olhou para elas — realmente olhou, enfocou, ponderou —, e pouco a pouco, sua mente tinha organizado em um mundo todo o caos ao nosso redor.

A única coisa que os pais podem realmente dar aos filhos são os pequenos conhecimentos: é assim que você corta as próprias unhas, essa é a temperatura de um verdadeiro abraço, é assim que você desembaraça os nós dos seus cabelos, é assim que eu te amo. E o que os filhos dão aos pais e mães, em troca, é algo menos tangível mas ao mesmo tempo maior e mais duradouro, algo como um ímpeto para abraçar plenamente a vida e entendê-la, em seu próprio interesse e benefício, para que possam tentar explicá-la a eles, transmiti-la a eles "com aceitação e sem rancor", como escreveu certa vez James Baldwin, mas também com certa raiva e ferocidade. Os filhos forçam os pais e mães a sair em busca de um pulso específico, um olhar fixo, um ritmo, o jeito certo de contar a história, sabendo que as histórias não consertam nada nem salvam ninguém, mas talvez tornem o mundo mais complexo e mais tolerável. E às vezes, apenas às vezes, mais bonito. Histórias são uma maneira de subtrair o futuro do passado, a única maneira de encontrar clareza em retrospecto.

O menino ainda está apontando o binóculo para o céu vazio. Então pergunto a ele mais uma vez, dessa vez apenas sussurrando:

O que mais você vê, Controle de Solo?

PARTE II

Reencenação

Deportações

PARTIDA

Chamando Major Tom.

Verificando o som. Um, dois, três.

Aqui é o Controle de Solo. Você consegue me ouvir, Major Tom?

Esta é a nossa história, e das crianças perdidas, do começo ao fim, e vou contá-la a você, Memphis.

Estávamos lá, e as crianças perdidas tinham desaparecido em um avião no céu. Eu as procurava através do meu binóculo, mas não pude enxergar mais nada, e foi o que eu disse à Mamã. Assim como você não vai conseguir ver muita coisa na foto que tirei do avião antes da decolagem. As coisas importantes que aconteceram só aconteceram depois que tirei a foto, enquanto ela estava revelando no escuro, dentro de um livrinho vermelho onde eu guardava todas as minhas fotos, dentro de uma caixa, no interior do carro onde você estava dormindo.

E o que aconteceu, para que você saiba e então possa ver da mesma forma que eu vejo, quando você olhar para a foto depois, um dia, foi que as crianças perdidas saíram andando de um hangar em fila indiana, e todas elas estavam muito quietas e olhavam para os próprios pés, do mesmo jeito que as crianças ficam quando têm que subir em um palco e sentem medo de se apresentar diante de uma plateia, mas é claro que é muito pior. Elas foram todas levadas para dentro do avião, e eu cravei meus olhos nele com meu binóculo bem apertado contra as minhas órbitas oculares. A Má começou a xingar os soldados, depois berrou como eu nunca a tinha visto fazer antes, e em seguida ficou apenas respirando, sem dizer nada. Eu me concentrei bastante e tive que me concentrar de novo quando o avião começou a se mover lentamente na pista. Depois, foi mais difícil seguir o avião em alta velocidade e subindo em ângulo, e impossível encontrá-lo quando estava no ar, veloz e desvanecendo. Enterrei meus olhos mais fundo nas bordas do meu binóculo como se eu estivesse cobrindo meus ouvidos, só que eram meus olhos. Até que por fim desgrudei os olhos porque não havia nada para ver no céu, avião nenhum em lugar algum no céu. Ele tinha desaparecido com as crianças. O que aconteceu naquele dia não se chama partida ou remoção. Isso é chamado de deportação. E nós a documentamos.

LÉXICO FAMILIAR

Oficialmente, o Pá era documentalista e a Má era documentarista, e pouquíssimas pessoas sabem a diferença. A diferença é que, como você sabe, um documentalista é como um bibliotecário e um documentarista é como um químico. Mas os dois faziam basicamente a mesma coisa: tinham que encontrar sons, gravá-los, guardá-los em fitas e juntá-los de uma maneira que contassem uma história.

As histórias que eles contavam, embora fossem histórias sonoras, não eram como os audiolivros que a gente ouvia no carro. Os audiolivros eram histórias inventadas, destinadas a fazer com que o tempo desaparecesse ou, pelo menos, ficasse mais fácil de passar. "Quando ele acordava na floresta no escuro e no frio da noite…", diziam os alto-falantes do carro toda vez que a Má ligava o rádio, se o telefone dela estivesse conectado a ele. Eu sabia de cor o trecho e o dizia em voz alta toda vez que ele ecoava dentro do carro, e você às vezes escorregava o polegar da boca e repetia o trecho em voz alta comigo, e você era tão boa em imitação. Nós dois dizíamos o resto da frase mesmo que a Má interrompesse a gravação antes de terminar: "… estendia o braço para tocar a criança adormecida ao seu lado". Depois a Má pressionava Parar, procurava o audiolivro de *O senhor das moscas*, ligava o rádio ou às vezes colocava música.

Quando voltamos para dentro do carro depois que o avião decolou com as crianças, a mãe não ligou o sistema de som. Ela e o Pá estavam em seus lugares na frente, você e eu atrás. Ela desdobrou o velho mapa amassado e o Pá se concentrou na estrada. Aceleramos a toda velocidade como se estivéssemos fugindo de alguma coisa que nos perseguia. Todos e tudo ficaram em silêncio. Parecia que estávamos todos perdidos. Não era algo que eu via, mas algo que eu sabia, do jeito que você sabe algumas coisas quando está acabando de acordar mas não consegue explicá-las, porque sua mente está cheia de nebulosidade. E isso também não pode ser explicado, mas acho que um dia você vai saber o que eu quero dizer.

Quando finalmente estávamos longe o suficiente daquela pista em Roswell de onde as crianças perdidas tinham sido levadas de avião para quem sabe onde, perguntei ao Pá o que aconteceria a seguir. Você ainda estava dormindo e eu estava me segurando na parte de trás do banco do motorista do Papá e tentando chegar mais perto dele, contra a tração piniquenta do meu cinto de segurança. Eu estava esperando o Papá dizer alguma coisa, esperando e esperando como se eu ainda estivesse focalizando algo no meu binóculo, mas apenas esperando pelas palavras dele. O Pá estava segurando o volante com as duas mãos, fitando com olhos semicerrados a estrada como sempre fazia. Ele estava em silêncio, como quase sempre ficava.

Perguntei à Má o que ela achava que ia acontecer com as crianças no avião. Ela disse que não sabia, mas disse que se aquelas crianças perdidas não tivessem sido capturadas do jeito que foram capturadas, todas teriam se espalhado de uma ponta à outra do país, e do assento dela a Má estava mostrando o mapa grande como sempre, e movendo a mão de um lado para outro como se estivesse desenhando com a ponta do dedo. Todas elas teriam encontrado um lugar para onde ir, disse ela. E quando perguntei para onde, para onde elas teriam ido, ela disse que não sabia aonde, exatamente, não sabia quais pontos no mapa exatamente, mas teriam ido todas para algum lugar para morar em diferentes casas com diferentes famílias. Teriam ido para escolas? perguntei. Sim. E playgrounds? Sim. E parques e todo o resto? Sim.

Um dia, todas as manhãs, também andávamos para a escola com nossos pais, e eles iam trabalhar, mas sempre nos buscavam depois, e às vezes nos levavam para os parques à tarde, e nos finais de semana montávamos nas nossas bicicletas e íamos juntos para o grande rio cinzento, apesar de você estar sempre sentada no seu assento de bebê e por isso na verdade não pedalava, e sempre adormecia em algum momento. Essa foi a época em que estávamos juntos, mesmo quando não estávamos, porque foi a época em que todos nós vivíamos dentro do mesmo mapa. Paramos de viver nesse mapa quando partimos nessa viagem de carro, e mesmo que dentro do carro estivéssemos sentados tão juntos o tempo todo, parecia que éramos o oposto de estar juntos. O Pá olhava para a estrada à frente. A Má olhava para o mapa dela, no colo, e nos dizia os nomes dos lugares que íamos visitar, como Little Rock, Boswell e então Roswell.

Fiz perguntas à Mamá, e ela respondeu. De onde vinham as crianças e como elas chegaram aqui? E ela disse o que eu já sabia, que elas tinham vindo em um trem e, antes disso, andaram quilômetros e quilômetros e andaram tanto que seus pés ficaram machucados e tiveram que ser curados. E elas sobreviveram no deserto, e tiveram que se proteger de pessoas más, e conseguiram alguma ajuda de outras melhores, e percorreram todo o caminho até aqui, para procurar seus pais e mães e talvez outros irmãos e irmãs que aqui viviam. Mas, em vez disso, todas elas foram detidas e colocadas em um avião para que pudessem ser removidas, disse ela, desapareceram do mapa, o que é como uma metáfora, mas também não é. Porque é verdade, elas desapareceram.

Então perguntei à Má por que razão ela estava tão zangada, em vez de triste, e ela não respondeu de imediato, mas no fim o Pá disse alguma coisa. Ele disse não se preocupe, não importa mais agora, acabou. E aí ela falou. Ela disse sim, exatamente. Ela disse que estava com raiva justamente porque as coisas poderiam ter terminado assim, sem mais nem menos, fim, e ninguém nem sequer se dava ao trabalho de olhar. Eu a entendi quando ela disse isso, porque eu também tinha visto o avião desaparecer com as crianças, e também tinha visto os nomes nos túmulos do cemitério apache, e depois os nomes apagados nas minhas fotos, e também tinha olhado pela janela do carro quando passamos por alguns lugares, como Memphis. Não você, Memphis, mas Memphis, Tennessee, onde vi uma mulher muito, muito velha, quase um esqueleto, arrastando um monte de papelão ao longo de uma calçada, e também um grupo de crianças, sem pai nem mãe, sentadas em um colchão em um terreno baldio ao lado da estrada.

Achei que deveria dizer tudo isso para ela, que eu de fato entendia o que ela queria dizer, e que eu também estava zangado como ela e o Papá, mas era impossível dizer, encontrar as palavras certas, então em vez disso eu os lembrei que tínhamos combinado de ir ver o museu de óvnis, eles haviam prometido. Eles apenas ficaram quietos como se não estivessem me ouvindo, como se eu fosse uma mosca zumbindo no banco de trás. E quando eu disse de novo, acho que deveríamos ir ao museu de óvnis porque olhem só para a minha irmã, olhem, ela precisa ser posta em uma nave espacial e devolvida ao espaço como aquelas crianças no avião porque, olhem, ela é uma alienígena, a Má virou-se furiosa e estava prestes a me dar uma baita bronca, eu acho, mas depois viu você dormindo com a boca aberta, babando, a sua cabeça pendurada para o lado, totalmente parecida com um marciano, e ela abriu um sorriso forçado e difícil e apenas disse tudo bem, talvez você esteja certo sobre isso.

TRAMA FAMILIAR

Antes de partimos nessa viagem de carro, se eu me esforçar para lembrar, o Pá e a Má costumavam rir muito. Quando nos mudamos para morar juntos no nosso apartamento, apesar de não nos conhecermos bem, todos ríamos muito juntos. Enquanto você e eu ficávamos na escola, o Pá e a Má iam trabalhar em alguma demorada gravação sobre pessoas que falavam todas as diferentes línguas que existiam na cidade. Às vezes, em casa, eles punham para tocar amostras das gravações e você, Memphis, parava o que estivesse fazendo e se plantava no meio da sala de estar perto dos alto-falantes. Ficava séria, limpava a garganta e começava a imitar as vozes gravadas falando em idiomas estranhos, sem fazer nenhum sentido, mas também com uma voz muito parecida com aquelas. Você era boa para imitar, mesmo quando pequena. A Má e o Pá ficavam de pé no canto da cozinha, ouvindo você, e embora tentassem se segurar, até mesmo levando as mãos à boca, no fim das contas sempre começavam a rir. Quando você os flagrava, quando os ouvia rindo, sempre ficava zangada, porque achava que estavam zombando de você.

Quando você finalmente acordou dentro do carro e, é claro, perguntou se já estávamos no museu de óvnis, eu lhe disse que tínhamos ido até lá, só que estava fechado para o verão, mas estávamos indo para um lugar ainda melhor, onde os apaches do Papá tinham realmente vivido, o que era verdade, mesmo que você tenha demorado um pouco para se acostumar com o novo plano e tenha ficado de mau humor por algum tempo.

A Má estava olhando para seu mapa grande e perguntou se queríamos parar na cidade mais próxima, chamada La Luz, ou se queríamos prosseguir e ir até uma cidade mais distante chamada Verdade ou Consequências. Você e eu votamos, dois a dois, para seguirmos apenas até a cidade seguinte, La Luz. Então foi decidido: iríamos para Verdade ou Consequências. Quando reclamei, o pai disse que essas eram as regras e isso se chamava democracia.

INVENTÁRIO

Eu tinha um canivete suíço, um binóculo, uma lanterna, uma pequena bússola e uma câmera polaroide. O Pá tinha uma vara de boom de microfone que gravava tudo, e a Má tinha um gravador portátil, que registrava apenas algumas coisas, principalmente as que estavam próximas. Eles tinham protetores zeppelin e blimp, que eu não sabia exatamente para que serviam. Sempre que parávamos nos hotéis, o Pá ficava sentado por horas a fio no chão, desatando nós em cabos e esperando as baterias de seu pequeno gravador recarregar. Depois fazia algumas anotações em uma caderneta que ele sempre carregava no bolso, colocava os grandes fones de ouvido em volta da cabeça e saía para o estacionamento segurando o pedestal do boom. Às vezes, quando ele deixava, eu o acompanhava e o ajudava a carregar as coisas. Você ficava no quarto com a Mamá, e não sei o que vocês faziam. Talvez ela desembaraçasse o seu cabelo, que vivia sempre emaranhado, exatamente como os cabos desenrolados do Pá. Eu ficava lá fora com o Papá, nós dois ocupados gravando coisas. Embora, verdade seja dita, na maioria das vezes os únicos sons que gravávamos eram os carros que passavam e o vento que soprava, então eu nunca soube o que ele conseguiria fazer com todos aqueles sons. Uma vez bolei um tipo de piada e perguntei se ele estava gravando os sons do tédio, e eu tinha certeza de que ele ia rir, mas ele não riu.

COVALÊNCIA

Você bateu na janela e disse:
Toc-toc!
Quem é? respondemos todos nós ao mesmo tempo.
O frio.
Frio quem?
Braços Frios!
Você contava as piadas mais absurdas do universo, elas não faziam sentido, mas ainda assim o Pá e a Má fingiam que eram engraçadas e riam de mentira.

A risada falsa da Mamã era tipo ha-ha.

Já a do Papá era mais parecida com he-he.

Eu fingia rir em silêncio, simplesmente passando a mão por cima da barriga em câmera lenta, como em um desenho animado mudo.

E você, você não tinha aprendido a rir de mentirinha ainda.

Mesmo que você não soubesse contar piadas direito, e mesmo que fosse uma péssima leitora, por exemplo, comia letras e confundia b e d, e também não soubesse escrever muito bem, às vezes você era realmente inteligente. Uma vez, você e eu pegamos um resfriado, então a Má nos deu um remédio para gripe, o que nos deixou ainda mais doentes. E quando ela nos perguntou depois como vocês estão se sentindo agora, só consegui pensar na palavra pior, mas você pensou com mais cuidado e depois disse, eu me sinto assombrada.

MITOS DE FUNDAÇÃO

Finalmente chegamos à cidade chamada Verdade ou Consequências, que eu achei um nome idiota. A Má achou encantador e o Pá achou brilhante, e creio ter sido a única razão pela qual paramos lá. Os hotéis de beira de estrada pelos quais estávamos passando eram tão abandonados que até você percebeu e disse para o resto de nós, olhem, há hotéis para árvores nesta cidade. E ninguém entendeu o que você quis dizer, só eu. Você disse que eram hotéis para árvores porque não havia ninguém lá para se hospedar neles e só galhos e folhas podiam ser vistos através de todas as janelas quebradas e portas quebradas daqueles hotéis, então aquelas árvores pareciam hóspedes lá, balançando seus galhos para nós que passávamos de carro.

O hotelzinho que encontramos não era tão ruim quanto os que tínhamos visto antes. Nós nos instalamos, e o Papá saiu, disse que ia entrevistar um homem que era um genuíno descendente de sangue do Gerônimo, disse que voltaria tarde. A Mamá estava deitada na cama, concentrada em ler o livro, o mesmo livrinho vermelho dentro do qual eu guardava minhas fotos, e não estava prestando atenção nenhuma em nós, o que eu meio que esperava, mas ainda assim me deixava frustrado. Aquele livrinho vermelho chamava-se *Elegias para crianças perdidas*, e quando pedi a ela que nos lesse em voz alta para que pudéssemos pegar no sono, como às vezes fazia, ela disse, tudo bem, certo, mas só um capítulo.

Ela saiu da cama dela e se empoleirou na nossa, no meio, e nós nos amontoamos junto dela, cada um de nós embaixo de um dos seus braços, como se ela fosse uma espécie de águia. Você disse, nós somos o páo e a Má é a manteiga. Cheirei a pele dela, bem na curva entre o antebraço e o braço, e tinha cheiro de madeira e de cereais, e talvez um pouco parecido com manteiga. Ela abriu o livro, tomando muito cuidado porque entre algumas das páginas fazendo as vezes de marcadores havia fotos que eu tinha tirado, e ela não queria que elas caíssem. Então começou a ler para nós com sua voz arenosa.

(A QUINTA ELEGIA)

Compridas trepadeiras pendiam de galhos baixos, roçavam bochechas e ombros. Sentadas ou deitadas, a bordo do teto incrustado de uma gôndola, elas atravessavam hectares de floresta tropical, onde precisavam ser vigilantes contra homens, mas também cautelosas com plantas e animais. Até mesmo o trem engatinhava mais devagar do que o habitual ali, como se também estivesse temeroso de acordar a vegetação rasteira. Os mosquitos cobriram as sete crianças de vergões rosados que mais tarde se tornaram hematomas arroxeados, depois marrons, e em seguida desapareceram, mas deixaram para trás todo o seu veneno da dengue.

A selva sem luz era repleta de horrores ocultos. Ela os sufocava com o desejo de escapar, mas não lhes oferecia alento previsível. A cabeça delas se encheu de ar pesado e de febre. As cores da selva, seus vapores fétidos, inflamavam os olhos abertos com visões delirantes. Pesadelos floresciam em todos os seus sonhos, enchiam-nos de línguas úmidas e dentes amarelos, e as mãos grandes e secas de homens mais velhos. Uma noite, insones e tremendo apesar do calor, seus ossos chacoalhando, todas elas tinham visto a silhueta fugaz de um corpo pendurado em uma corda amarrada em um galho. O homem no comando disse a elas que o enforcado não era mais um homem, disse que não deveriam se preocupar com ele, tampouco deveriam orar por ele, pois ele não era nada além de carne para os insetos e ossos para as feras. O homem disse às crianças que, se cometessem algum erro, qualquer movimento em falso, elas também não passariam de carne e ossos, cadáveres, cabeças decepadas. Então ele fez uma contagem de cabeças. Ele gritou: "Tenente, uma contagem de cabeças! Conte todos os seus cadáveres!". E ele respondeu para si mesmo: "Sim, senhor!". E começou a contar, dando um tapa em cheio na cabeça de cada criança enquanto dizia em voz alta um número: um, dois, três, quatro, cinco, seis, sete.

Aqui a Má interrompeu a leitura e disse que talvez devesse ler algo diferente para nós. Mas você já tinha adormecido, e então eu disse, não, Má, olhe, ela está dormindo. E eu tenho idade suficiente. Até as revistas em quadrinhos são mais violentas que isso. Então ela limpou a garganta e continuou:

Enquanto percorriam de ponta a ponta a selva em cima do vagão do trem, as sete crianças, tentando dormir, mas também temendo cair no sono, ouviam histórias e rumores. "Estava cheio de bandidos e assassinos", disseram as pessoas. "Todo mundo vai ter o coração arrancado, transpassado numa lança", disse uma mulher no topo de um vagão fechado. "Um homem teve os dois olhos perfurados e todos os seus bens sequestrados", disseram elas. E também disseram: "Aqui desguarnecido, ali inquebrantável". As palavras viajaram através do teto do trem mais rapidamente do que o próprio trem, e alcançaram as sete crianças, que tentaram não ouvir, mas foram incapazes. As palavras eram como aqueles mosquitos, injetavam pensamentos na cabeça de cada uma, enchendo-as, arrastando-se por toda parte dentro delas.

Um menino, o menino número seis, o menino cujos pés haviam sido curados pela moça do balde, enrodilhava-se em posição fetal todas as noites, para esperar pelo sono. Ele tentava se lembrar do avô, mas o velho não estava em lugar algum em sua mente, tampouco estavam as lagostas dele. Tudo se apagava. Ele se enrolava e depois se esticava de modo a se deitar de frente para o céu, revirando-se e remexendo--se e procurando o sono. Depois tentava se lembrar das mãos macias da menina consertando seus pés com o alicate, tentava evocar seus olhos negros e desejava que estivessem lá com ele, os olhos e as mãos nuas dela, avançando ao redor de seu corpo e dentro de fendas mais escuras. No entanto, por mais que tentasse, sua mente o obrigava a voltar para as pinças metálicas, maiores, da besta-fera, agora se arrastando ritmicamente ao longo dos trilhos do trem.

As crianças não ousavam fechar os olhos por muito tempo à noite e, quando o faziam, não conseguiam sonhar com o que estava por vir. Nada além da selva era imaginável enquanto elas estivessem no domínio de suas garras. Exceto uma noite, quando o mais velho dos meninos, o número sete, se ofereceu para contar uma história.

Vocês querem ouvir uma história? perguntou ele.

Sim, disseram alguns dos mais jovens, sim, por favor. Os mais velhos nada disseram, mas também queriam ouvir.

Vou contar a vocês uma história, mas depois que eu contar, todos vocês têm que fechar os olhos e pensar sobre o que isso realmente significa, e não pensar no trem nem no homem no comando nem na selva nem em nada.

Tá legal, disse um. Tudo bem, disse outro. Certo, sim, disseram eles.

Prometem?

Todos prometeram. Todos concordaram.

Conta, disseram eles. Conta.

Tá bom, a história é esta: "Quando ele acordou, o dinossauro ainda estava lá".

Isso não é uma história, disse um dos meninos mais velhos.

Psiiiu, disse uma das meninas. Nós prometemos. Dissemos que ficaríamos quietos e pensaríamos na história.

Você pode contar de novo? perguntou o menino número três, com as pálpebras pesadas, inchadas.

Tá bom, só mais uma vez, e aí vocês ficam quietos e vão dormir.

E enquanto escutava, tentando adormecer, o menino três fitou o céu através da folhagem escura, o constante negrume profundo acima dele, e se perguntou, os deuses flutuam lá em cima, e que deuses nós adoramos onde? Ele olhou fixamente e por um longo tempo para eles lá em cima, mas não havia ninguém.

LÍNGUAS MATERNAS

Pedi à Mamá que lesse só mais um capítulo. Ela disse que não, ela havia dito apenas um, e fim de papo. Ela voltou para a cama e apagou as luzes. Obriguei-me a ficar acordado, fingindo dormir, e quando tive certeza de que ela finalmente tinha adormecido, acendi a lâmpada do criado-mudo, peguei o livro e o abri.

A foto que eu havia tirado mais cedo naquele mesmo dia, do avião parado lá, deslizou das páginas do livro. Cravei os olhos nela, intensamente, como se estivesse esperando as crianças aparecerem nela, mas é claro que não. Não há nada na foto, se você olhar para ela, exceto aquele avião estúpido, o que me deixa tão frustrado. Mas, quando enfiei a foto de volta entre algumas páginas mais para o fim do livro, percebi algo importante, que é: tudo o que aconteceu depois que tirei a foto estava também dentro dela, embora ninguém fosse capaz de ver, a não ser eu quando olhava para ela, e talvez você também, no futuro, quando olhar para ela, mesmo que nem sequer tenha visto o momento original com seus próprios olhos.

Por fim, sendo mais cuidadoso dessa vez e segurando os lados do livro com mais força para que as outras fotos não caíssem, eu o abri no começo. Li as primeiras linhas da história, que eu tinha ouvido a Mamã ler em voz alta uma vez, mas que eram mais difíceis de entender quando eu mesmo as lia:

(A PRIMEIRA ELEGIA)

Bocas abertas para o céu, eles dormem. Meninos, meninas: lábios rachados, bochechas lascadas, pois o vento açoita dia e noite. Ocupam todo o espaço ali, rígidos mas aquecidos, alinhados como cadáveres novos ao longo do teto de metal da gôndola do trem. Por detrás da aba de seu boné azul, o homem no comando faz as contas — seis crianças; sete menos uma. O trem avança lentamente pelos trilhos paralelos a um muro de ferro. Além, de ambos os lados do muro, o deserto se alastra, idêntico. Acima, a noite trigueira é silenciosa.

TEMPO & DENTES

Li e reli aquelas linhas repetidas vezes e tentei memorizá-las, até achar que as entendia. Eu era um leitor de nível Z. Você não estava nem mesmo no nível A porque confundia as letras b e d, e também as letras g e p, e quando lhe mostrei um livro e perguntei o que você vê aqui nesta página? você disse, não sei, e quando perguntei o que você pelo menos imagina? você disse que via todas as letras pequenas pulando e chapinhando como todas as crianças da nossa vizinhança quando elas finalmente abriram as piscinas e nos deixaram nadar lá. Li a primeira página do livro vermelho da Mamã inúmeras vezes, até que ouvi os passos do Pá voltando da rua, parando do lado de fora do quarto e depois a maçaneta da porta girando, então joguei o livro no chão e fingi estar dormindo, abrindo minha boca um pouco.

LÍNGUAS PRESAS

Naquela noite, sonhei que havia matado um gato e, depois disso, caminhei sozinho pelo deserto e enterrei suas partes: rabo, patas, olhos e alguns bigodes. Então uma voz me perguntou se as partes do gato eram o gato. Mas é claro que não fiz nada disso de verdade, apenas sonhei, o que era sorte e alívio, mas só percebi quando acordei e lembrei que estávamos em uma cidade, que se chamava Verdade ou Consequências.

PROCEDIMENTOS

No dia seguinte, acordamos cedo e saímos para brincar em um pátio enquanto o Pá e a Má ainda dormiam, e o pátio estava apinhado de gatos cochilando em bancos e cadeiras e debaixo de mesas, o que me fez sentir um pouco culpado, como se eu tivesse realmente matado um deles, e não apenas sonhado. Então inventei um jogo sobre resgatar gatos, e nós brincamos disso por algum tempo, mas você nunca entendeu direito as regras, por isso acabamos brigando.

No carro nós não brigávamos muito, mas às vezes ficávamos entediados de verdade e às vezes fingíamos estar entediados. Eu sabia que eles não sabiam a resposta, mas ainda assim eu perguntava à Má e ao Pá, talvez só para irritá-los:

Quanto tempo falta?

E então você perguntava:

Quando vamos chegar lá?

Para nos distrair e nos manter calados, o Pá e a Má às vezes sintonizavam alguma rádio de notícias ou punham audiolivros para tocar. As notícias geralmente eram ruins. Os audiolivros eram chatos ou muito adultos para nós, e no começo o Pá e a Má ficavam mudando de ideia sobre qual deles ouvir, pulando de um para outro, até que um dia encontraram o audiolivro de *O senhor das moscas* e se decidiram por ele. Você dizia que odiava e se queixava de que não entendia uma palavra, mas notei que mesmo assim você tentava prestar atenção, sempre que o colocavam, então eu me obriguei a prestar atenção também e fingi entender tudo, muito embora às vezes fosse difícil de entender.

DECLARAÇÕES CONJUNTAS

Quando tínhamos sorte, eles desligavam o som do carro e nos contavam lendas e histórias. As histórias da Mamá sempre eram sobre crianças perdidas, como as notícias no rádio. Nós gostávamos delas, mas elas também faziam você se sentir estranha ou preocupada. As histórias do Papá eram sobre o velho sudoeste americano, quando a região costumava fazer parte do México. Tudo isto um dia foi o México, a Mamá sempre costumava dizer quando ele começava a falar a respeito, e movia o braço dela por todo o espaço ao redor do carro. O Pá nos contava sobre os casacas-azuis, sobre o Batalhão de São Patrício e Pancho Villa. Nossas histórias favoritas, no entanto, eram as que ele contava sobre Gerônimo, o apache. E mesmo sabendo que as histórias dele eram apenas um truque que ele punha em prática para nos distrair enquanto estávamos no carro, sempre que ele começava a falar sobre Gerônimo, todas as vezes, eu me apaixonava, e você também, e nós dois nos esquecíamos de tudo, de estar no carro e ter que fazer xixi, e do tempo e de quanto tempo ainda tínhamos pela frente. E quando nos esquecíamos do tempo, o tempo passava muito mais rápido, e também nos sentíamos mais felizes, embora isso não possa ser explicado.

Você sempre pegava no sono ouvindo essas histórias. Eu normalmente não, mas pelo menos conseguia fechar os olhos e fingia dormir. E quando pensavam que nós dois estávamos dormindo, eles às vezes brigavam, ou ficavam em silêncio, ou então o Pá colocava para tocar pedaços de seus inventários, que ele vinha gravando ao longo do caminho e sobre os quais queria debater com a Má. Ele estava fazendo inventários para algo que chamava de inventário de ecos. E se você está se perguntando o que são inventários de ecos, é isto o que eles são. Inventários de ecos são coisas feitas de sons, sons que se perderam mas foram encontrados por alguém, ou que se perderiam a menos que fossem capturados por alguém, alguém como o Pá, que com eles faria um inventário. Então eram como uma coleção, ou como um museu de sons que já não existiam, mas que as pessoas ainda conseguiriam ouvir graças a pessoas como o Papá, que os transformavam em inventários.

Às vezes os inventários dele eram apenas vento soprando e chuva caindo e carros passando, e estes eram os mais chatos de todos. Outras vezes eram conversas com pessoas, entrevistas, relatos, histórias ou apenas vozes. Em certa ocasião ele gravou até as nossas vozes conversando no banco de trás do carro, e depois as tocou para a Má quando acharam que a gente estava dormindo e não ouvindo. E foi estranho ouvir nossas próprias vozes ao redor de nós, como se estivéssemos lá mas também não estivéssemos lá. A sensação era a de que tínhamos desaparecido, pensei, e se não estamos realmente sentados aqui, mas apenas sendo lembrados por eles?

SOZINHOS JUNTOS

Pedíamos ao Papá que contasse mais histórias sobre os apaches. Minha história favorita, mesmo sendo aquela que me deixava mais triste e furioso, era aquela sobre a rendição dos últimos chiricahuas. Durante dias, eles andaram, o Pá nos disse: homens, mulheres, meninas, meninos, uns atrás dos outros, rostos tristes, sem sacolas, sem palavras, sem nada. Eles andaram em uma fila indiana, como prisioneiros, como as crianças perdidas que vimos em Roswell.

Os últimos apaches caminharam do cânion do Esqueleto em direção às montanhas ao norte. Havia um general olho-branco e seus homens. O tempo todo eles faziam a contagem dos prisioneiros de guerra para se certificar de que ninguém tinha escapado. Contaram um Gerônimo e mais vinte e sete outros. Eles avançaram lentamente pelo desfiladeiro sob o terrível sol, disse o Pá. E ele não disse isto, mas eu estava pensando o tempo todo que, na mente deles, aqueles prisioneiros estavam provavelmente assustados e cheios de palavras raivosas, embora em suas bocas só houvesse silêncio.

A Má ficava em silêncio a maior parte do tempo quando o Pá contava as histórias dele, talvez pensando em sua própria história de crianças perdidas e imaginando-as em sua cabeça sendo colocadas naquele avião em Roswell, ou talvez apenas escutando o que o Pá dizia e não pensando em nada.

O Pá nos contava sobre como Gerônimo e seu bando foram as últimas pessoas em todo o continente a se render aos olhos-brancos. Quinze homens, nove mulheres, três crianças e Gerônimo. Esses foram os últimos índios que eram livres, disse ele, e nos contou que sempre tínhamos de nos lembrar disso. Antes de se renderem, eles vagaram pelas grandes montanhas chamadas Sierra Madre, escaparam das reservas, invadiram os assentamentos, mataram muitos casacas-azuis malvados e muitos soldados mexicanos malvados.

Você ouvia e olhava pela janela. Eu escutava e me agarrava à parte de trás do assento de piloto do Pá e às vezes me puxava para mais perto dele. Ele segurava o volante com as duas mãos e estava sempre olhando diretamente para a estrada. Antes de cair do cavalo e morrer, disse o Pá, as últimas palavras de Gerônimo foram: "Eu nunca deveria ter me rendido. Eu deveria ter lutado até que eu fosse o último homem vivo". Isso é o que o Pá nos disse. E acho que provavelmente é verdade que Gerônimo disse isso, embora o Pá tenha dito também que ninguém poderia realmente vir a saber, porque não havia gravação nem nada para provar. Ele disse que depois da rendição de Gerônimo, o general e seus homens partiram para uma jornada no deserto ímpio do cânion do Esqueleto e arrebanharam o bando de Gerônimo como se estivessem conduzindo ovelhas a bordo de navios da morte. E ele disse que depois de dois dias chegaram a Bowie, e lá foram amontoados em um vagão de trem e enviados para o leste, longe de tudo e de todos. Perguntei a ele o que aconteceu depois, e estava pensando no bando de Gerônimo, mas eu estava pensando também nas crianças perdidas da Mamã, que também tinham andado em trens, sem saber onde ou por que ou o que ia acontecer com elas.

Enquanto o Pá falava eu às vezes desenhava com o meu dedo um mapa da história dele na parte de trás do banco do motorista, um mapa quase sempre cheio de flechas, setas apontando para todos os lados, flechas disparadas silvando no ar, fuiiim!, do lombo de cavalos, flechadas cruzando rios, meias flechas desaparecendo como fantasmas, flechas disparadas de escuras cavernas de montanhas e algumas flechas embebidas em veneno de cascavel apontando para o céu, e ninguém conseguia enxergar nenhum dos meus mapas de dedo, exceto eu e você.

Os mapas de dedo eram algo que eu havia inventado e aperfeiçoado muito antes da nossa viagem. No segundo ano, enquanto eu estava sentado em minha carteira, trabalhando em adições ou praticando letras cursivas, eu gostava de imaginar onde a Má e o Pá estavam, talvez porque eu me sentisse sozinho e estivesse com saudade deles, mas na verdade não sei bem por quê. Assim que eu terminava uma soma ou uma linha de as ou agás, às vezes eu deslizava a ponta do meu lápis da borda da folha de papel e com ela desenhava no tampo da carteira. Era completamente proibido desenhar nas carteiras. Mas eu fechava os olhos e imaginava a Má e o Pá entrando no metrô, deslocando-se em linha reta por cinco paradas rumo aos bairros residenciais na parte alta da cidade, depois saindo e caminhando três quarteirões para leste. E enquanto eu imaginava tudo isso, a ponta do meu lápis seguia, cinco para cima, três para a direita. Desenhei aqueles mapas imaginários durante semanas, e depois de algum tempo a minha escrivaninha estava cheia de lindas rotas que eu sabia exatamente como retraçar e percorrer de novo, mais ou menos. Até que um dia a professora contou à diretora que eu passava o dia rabiscando em vez de fazer meu trabalho, e então a diretora disse à Má e ao Pá que eu havia danificado o patrimônio da escola. No fim, tivemos que pagar uma multa de cinquenta dólares, que o Pá disse que eu teria que devolver com tarefas domésticas. Depois disso, mesmo assim ainda continuei desenhando mapas na minha carteira, mas passei a usar apenas a ponta do meu dedo, para que ninguém os visse agora, exceto eu. E isso é chamado de mapeamento com os dedos.

Eu sabia que você conseguia ver meus mapas de dedo perfeitamente, porque quando eu os desenhava na parte de trás do assento do Papá, você os fitava com sua demorada e intensa maneira de olhar para as coisas quando estava tentando entendê-las. E na compreensão de mapas de dedo, como em muitas outras coisas, estávamos sozinhos juntos.

O que aconteceu alguns anos depois, o Papá nos contou, foi que os apaches foram enfiados em um vagão de trem e enviados para um lugar chamado Forte Sill, onde a maioria deles acabou morrendo e sendo enterrada no cemitério. Escutei essa parte da história, mas não a desenhei, porque essa parte era indesenhável. Você não vai se lembrar, Memphis, mas todos nós fomos àquele cemitério juntos, e tirei fotos das sepulturas de apaches: chefe Loco, chefe Nana, chefe Chihuahua, Mangas Coloradas, Naiche, Juh e, claro, Gerônimo e chefe Cochise.

Mais tarde, quando olhei de novo para as fotos, notei que os nomes nas lápides não apareceram. Então, quando mostrei as fotos para a Má e o Pá, o Pá disse que elas eram perfeitas porque eu tinha documentado o cemitério da maneira como ele existe na história registrada, e no começo eu não o entendi, mas depois entendi. Ele quis dizer, eu acho, que a minha câmera tinha apagado os nomes dos chefes apaches da mesma forma como eles também são apagados na história, que é algo de que o Pá estava sempre nos lembrando, e é por isso que é tão importante memorizarmos todos esses nomes, porque, caso contrário, esqueceríamos, como todo mundo já havia esquecido, que os chiricahuas eram os mais formidáveis guerreiros que existiam no continente, e não alguma espécie bizarra que vivia no Museu de História Natural ao lado dos animais petrificados, e em cemitérios como aquele, também sozinhos juntos, como prisioneiros de guerra.

ITEMIZAÇÃO & CAIXAS

Durante a viagem, o trabalho da Má era principalmente estudar o mapa e planejar nossa rota para o dia, embora algumas vezes ela também dirigisse o carro. O trabalho do Pá era dirigir e gravar sons para o inventário dele. O seu trabalho era fácil, você tinha que ajudar o Pá a preparar sanduíches ou ajudar a limpar todas as nossas botas, ou ajudar alguém a fazer o que quer que fosse. Meus trabalhos eram mais difíceis. Por exemplo, eu tinha que verificar se o porta-malas do carro estava arrumado e limpo antes de começarmos a rodar, toda vez, depois de toda e qualquer parada. A parte mais difícil era garantir que as caixas estivessem no lugar. Havia sete caixas no porta-malas. Uma era sua e estava vazia, outra era minha e também estava vazia. Já o Pá tinha quatro caixas e a Má tinha uma caixa. Eu tinha que me certificar de que estavam todas no lugar, junto com o resto das nossas coisas no porta-malas. Era como ter que resolver um quebra-cabeça, toda vez.

Nós não tínhamos permissão para vasculhar as caixas, de jeito nenhum, mas recebi permissão para abrir uma caixa, a caixa da Mamã, que era rotulada como Caixa v. Eu tinha obtido permissão para abrir a caixa da Mã, acho, porque quando comecei a tirar fotos com a minha câmera polaroide, a Mã descobriu que tínhamos que usar um livro para armazenar as fotografias enquanto elas revelavam, caso contrário elas queimariam e ficariam todas brancas, embora seja difícil explicar por que isso acontece. A questão é que, antes de tirar uma foto, eu tinha recebido permissão para pegar um livro da caixa dela, o livro que estava por cima de tudo, que era o livrinho vermelho sobre crianças perdidas. Eu tinha permissão para usá-lo para armazenar minhas fotos, enfiá-las entre as páginas. E cada vez que eu abria a caixa para pegar o livro, eu embaralhava as coisas dentro dele, de modo a dar uma olhada rápida. Na caixa dela havia alguns livros, todos com dúzias de bloquinhos de papel adesivo que marcavam as páginas especiais. A Mamã mantinha aqueles livros especialmente longe do seu alcance, acho que porque quando ainda vivíamos na nossa cidade, você sempre roubava os adesivos dos livros dela para fazer desenhos e depois os grudava nas paredes do apartamento inteiro. Então ela tomava providências para você não chegar nem perto da caixa dela.

Dentro da caixa havia também alguns recortes de jornal, mapas, arquivos, folhas e pedaços de papel de todos os tamanhos diferentes, com anotações manuscritas que ela fazia. Não sei ao certo o porquê, mas sempre tive curiosidade a respeito de todas as coisas naquela caixa. Acho que talvez porque ela causava em mim a mesma sensação que tive um dia quando você e eu inventamos um jogo enquanto estávamos brincando no parque, construindo pequenas figuras de barro que decidimos enterrar sob as árvores para que algum cientista no futuro pudesse encontrar as estatuetas e pensar que tinham sido feitas por membros de uma antiga tribo. A diferença é que, com a caixa da Mã, eu não era a pessoa que tinha feito as figuras de barro, mas o cientista que as havia encontrado séculos depois.

APACHERIA

As estradas para a Apacheria eram longas, e nosso carro estava avançando em linha reta, mas era como se estivéssemos rodando em círculos. Havia nos alto-falantes do carro aquela voz do audiolivro que sempre voltava, dizendo: "Quando ele acordava na floresta no escuro e no frio da noite, estendia o braço para tocar a criança adormecida ao seu lado". Às vezes eu fingia estar dormindo atrás deles também. Eu tentava. Especialmente quando eles estavam brigando. Você não. Quando eles brigavam, você inventava piadas ou às vezes até dizia, Papá, você fuma seu cigarro agora, e Mamá, você se concentra no seu mapa e nas suas notícias.

Às vezes eles davam ouvidos a você. Paravam de brigar e a Má tocava música no modo de reprodução aleatório, ou então ligava o rádio. Ela sempre nos mandava ficar quietos quando surgiam notícias sobre as crianças perdidas, e sempre ficava toda estranha depois de ouvir essas coisas. Ou ficava estranha e começava a nos contar sobre aquele livrinho vermelho que ela estava lendo sobre crianças perdidas e sua cruzada, sobre as crianças percorrendo desertos a pé ou andando em trens através de mundos vazios, sobre os quais tínhamos curiosidade, mas que mal conseguíamos entender. Ou era isso ou ela ficava tão triste e furiosa depois de ouvir as notícias do rádio que não queria mais falar conosco, não queria nem mesmo olhar para nós.

Isso me deixava tão zangado com ela. Eu queria lembrá-la de que, embora aquelas crianças estivessem perdidas, nós não estávamos perdidos, estávamos ali, bem ao seu lado. E isso me fazia imaginar, e se nos perdêssemos, ela finalmente prestaria atenção em nós? Mas eu sabia que esse pensamento era imaturo, e também nunca soube que palavras dizer a ela para mostrar que eu estava com raiva, então ficava quieto e você ficava quieta e todos ouvíamos as histórias dela ou apenas o silêncio no carro, o que talvez fosse pior.

COSMOLOGIA & PRONOMES

Eu acho que você não entendia nada das notícias nem das histórias dela. Acho que você nem ouvia. Mas eu escutava. Eu não entendia tudo, apenas partes, mas toda vez que as vozes de rádio começavam a falar sobre as crianças refugiadas ou a Mamã começava a falar sobre a cruzada das crianças, eu sussurrava para você, ouça, estão falando de novo sobre as crianças perdidas, escute, estão falando sobre os guerreiros-águias de que o Pá nos contou, e você abria os olhos e assentia e fingia que estava entendendo tudo e concordando.

Eu não sei se você vai se lembrar do que o Pá nos contou sobre os guerreiros-águias. Ele disse que os guerreiros-águias eram um bando de crianças apaches, todas guerreiras, lideradas por um menino mais velho. Ele disse que o menino tinha mais ou menos a minha idade. Os guerreiros-águias comiam pássaros que eles caçavam arremessando pedras para abatê-los em pleno voo, sem armas, apenas com as próprias mãos. Eles eram invencíveis, disse-nos o Pá, e viviam sozinhos nas montanhas, sem pai nem mãe e, mesmo assim, nunca sentiam medo. E eram também um pouco parecidos com pequenos deuses, porque haviam aprendido a controlar o clima e podiam atrair chuva ou afastar tempestades. Acho que eram chamados de guerreiros-águias por causa desse poder dos céus que eles tinham, mas também porque para quem conseguia avistá-los de longe, correndo montanha abaixo ou nas planícies do deserto, eles se deslocavam tão ágeis e velozes que pareciam águias flutuando em vez de pessoas presas à terra. E, às vezes, enquanto o Pá nos contava tudo isso, nós dois ficávamos olhando pela janela do carro o céu vazio, desejando poder avistar águias.

Você perguntou, um dia no carro, se íamos morar no carro para sempre. Embora eu soubesse a resposta, fiquei tão aliviado ao ouvir o Pá dizer, não, não vamos. Ele disse que chegaríamos, no fim, em breve, em uma linda casa feita de grandes pedras cinzentas, onde havia uma varanda e um jardim tão grande que nos perderíamos nele. E você disse, eu não quero me perder. E eu disse, não seja boba, ele só quer dizer que é o maior jardim que você jamais viu. Apesar de que mais tarde fiquei me perguntando se era possível realmente alguém se perder em um jardim e desejei estar de volta ao nosso antigo apartamento, que já era grande o suficiente para nós quatro.

A casa para onde estávamos indo, disse o Pá, ficava entre as montanhas dos Dragões da Cavalaria e Chiricahua, não muito longe de um lugar chamado cânion do Esqueleto, no coração da Apacheria, perto de onde Gerônimo e os outros vinte e sete membros de seu bando haviam se rendido. Perguntei se tinha esse nome porque havia esqueletos de verdade lá, e o Pá disse talvez sim, e secou a testa com a mão, e achei que ia continuar com a história, mas ele apenas ficou em silêncio e olhou para a rodovia. Acho que talvez quando Gerônimo e as outras pessoas caminhavam ao longo do desfiladeiro, eles também ficavam em silêncio o tempo todo, e ouvindo com atenção e os olhos semicerrados, para ter certeza de que seus pés não pisariam sobre os esqueletos de antes, e se algum dia formos a esse cânion, você e eu faremos o mesmo.

TRANSEUNTES DESCONHECIDOS

Logo após o início da viagem, além de manter o porta-malas limpo e arrumado, eu sabia que meu dever era acompanhar o andamento das coisas, tirar fotos de tudo que fosse importante. As primeiras fotos saíram brancas, e eu fiquei frustrado. Então estudei o manual e finalmente aprendi. Os profissionais têm que fazer esse tipo de coisa, e isso é chamado de tentativa e erro. Mas por algum tempo depois de aprender como fazer, eu ainda não sabia do que tinha que tirar fotos. Não sabia ao certo o que era importante, o que não era, e o que eu deveria focalizar e fotografar. Por algum tempo, tirei muitas fotos de qualquer coisa, sem plano, sem nada.

Um dia, entretanto, enquanto você dormia e eu fingia dormir mas na verdade ouvia a Má e o Pá discutindo sobre rádio, sobre política, sobre trabalho, sobre seus planos futuros juntos, e depois não juntos, sobre nós e sobre eles, e tudo, eu elaborei um plano, e este era o plano. Eu me tornaria documentarista e documentalista. Poderia ser as duas coisas, por algum tempo, pelo menos nesta viagem. Poderia documentar tudo, até mesmo as pequenas coisas, por qualquer meio que eu pudesse. Porque entendi, apesar de o Pá e a Má acharem que não, que era nossa última viagem juntos como uma família.

Eu também sabia que você não se lembraria dessa viagem, porque você tinha apenas cinco anos de idade, e nosso pediatra nos disse que as crianças só começam a construir memórias das coisas depois de completarem seis anos. Quando percebi isso, que eu tinha dez anos e você tinha apenas cinco anos, pensei, porra. Mas é claro que eu não disse isso em voz alta. Só pensei, porra, em silêncio, para mim mesmo. Eu me dei conta de que eu me lembraria de tudo e talvez você não se lembrasse de nada. Eu precisava encontrar uma maneira de ajudar você a se lembrar, mesmo que fosse apenas por meio de coisas que eu documentasse para você, para o futuro. E foi assim que me tornei documentarista e documentalista ao mesmo tempo.

FUTURO

Eu fiz dez anos um dia antes de partirmos de casa. E embora eu já tivesse dez anos, às vezes ainda me sentia perdido e inseguro e perguntava quanto tempo ainda faltava e onde vamos parar. E então você perguntava, para onde estamos indo exatamente e quando chegaremos ao fim? A Má às vezes pegava o mapa grande dela, que era grande demais para ser desdobrado inteiro, e com o dedo circulava uma parte do mapa, dizendo: este aqui, este aqui é o fim da viagem. O Pá às vezes nos lembrava, embora já soubéssemos disso, que tudo aquilo já tinha sido parte da Apacheria. Havia as montanhas dos Dragões da Cavalaria, o lago seco de Wilcox e depois as montanhas Chiricahua, e a Má, em sua voz baixa e rascante, lia nomes de lugares: San Simon, Bowie, Dragões da Cavalaria, Cochise, Apache, Animas, Shakespeare, cânion do Esqueleto. Quando terminava, estendia o mapa à sua frente, sob o para-brisa inclinado, e então punha os pés por cima do mapa. Certa vez tirei uma foto deles, e a foto era boa, embora na vida real os pés dela parecessem um pouco maiores, mais escuros e mais estragados.

Mapas & caixas

MAR DOS SARGAÇOS

Este país inteiro, disse o Papá, é um enorme cemitério, mas só algumas pessoas conseguem um túmulo decente, porque a maioria das vidas não importa. A maioria das vidas é apagada, perdida no redemoinho de lixo que chamamos de história, disse ele.

Ele falava assim às vezes, e quando o fazia, geralmente estava olhando pela janela ou para algum canto. Nunca para nós. Quando ainda estávamos no nosso antigo apartamento, por exemplo, e ele ficava bravo conosco por algo que tínhamos feito ou talvez não tínhamos feito, ele olhava diretamente para a estante de livros, não para nós, e dizia palavras como responsabilidade, privilégio, padrões éticos ou compromissos sociais. Agora ele estava falando sobre o tal redemoinho de história, e vidas apagadas, e pelo para-brisa ele fitava a estrada cheia de curvas à frente enquanto subíamos um desfiladeiro estreito, onde não havia nenhuma coisa verde crescendo, nem árvores, nem arbustos, nada vivo, apenas rochas escarpadas e troncos de árvores partidos ao meio, como se velhos deuses com machados gigantes tivessem se irritado e retalhado esta parte do mundo.

O que aconteceu aqui? você até perguntou, olhando pela janela, embora você normalmente não reparasse em paisagens.

O Papá disse: genocídio, êxodo, diáspora, limpeza étnica, foi o que aconteceu.

A Má explicou que provavelmente tinha havido um incêndio florestal recente.

Estávamos no Novo México, finalmente no território apache dos chiricahuas. Apache era a palavra errada, a propósito. Significava "inimigo", e era assim que os inimigos dos apaches os chamavam. Os apaches chamavam a si mesmos de *Nde*, que significava apenas "o povo". Foi o que o Pá nos disse enquanto avançávamos interminavelmente naquela solitária passagem montanhosa, cada vez mais e mais alto, tudo à nossa volta cinzento e morto. E eles chamavam todo o mundo de *indah*, disse ele, que significava "inimigo" e "estranho", mas também significava "olho". Eles chamavam todos os americanos brancos de olhos-brancos, disse-nos ele, mas disso nós já sabíamos. A Má perguntou por quê, e ele disse que não sabia. Ela perguntou se olho, inimigo e estranho eram a mesma palavra, *indah*, então como ele sabia que os americanos eram chamados de olhos-brancos e não inimigos-brancos? O Pá pensou por algum tempo, ficou em silêncio. E talvez para preencher o silêncio, a Má nos contou que os mexicanos costumavam chamar os americanos brancos de *hueros*, o que podia significar "vazios" ou "sem cor" (hoje eles ainda os chamam de *güeros*). E os índios mexicanos, como a avó da Má e seus ancestrais, costumavam chamar os americanos brancos de *borrados*, o que significava "pessoas apagadas". Eu a ouvi e fiquei me perguntando quem realmente era mais *borrado*, mais apagado, os apaches sobre os quais o Pá vivia sempre falando mas que nós não conseguíamos ver em lugar nenhum, ou os mexicanos, ou os olhos-brancos, e o que realmente significava ser *borrado*, e quem apagava quem de onde.

MAPAS

Os olhos da Má geralmente estavam fixos no mapa grande dela, e o Pá olhava para a frente em direção à estrada. Ele disse, olhem lá, aquelas estranhas montanhas das quais estamos chegando perto são onde alguns dos últimos apaches chiricahuas costumavam se esconder, durante os meses muito quentes do verão, porque senão eles morreriam por exposição ao calor nas planícies do deserto a sudoeste. Ou se o calor, a doença e a sede não os matassem, então os olhos-brancos sempre matavam. Às vezes eu não sabia se o Pá estava contando histórias inventadas ou se contava histórias reais. Mas então, dirigindo o carro naquela estrada cheia de curvas na montanha, de repente ele tirou o chapéu e o jogou no banco de trás sem sequer olhar para onde aterrissaria, o que me fez pensar que ele estava nos contando histórias reais e não histórias inventadas. O chapéu dele caiu quase no meu colo e eu estendi a mão para tocá-lo com a ponta dos meus dedos, mas não ousei colocá-lo na minha cabeça.

Ele nos contou sobre como os diferentes bandos de apaches, como Mangas Coloradas e seu filho Mangus e Gerônimo, todos eles parte do bando apache Mimbreño, estavam lutando contra os mais cruéis olhos-brancos e os piores "vaivéns", que é como eles chamavam os mexicanos. Eles juntaram forças a Victorio, Nana e Lozen, que faziam parte do bando Ojo Caliente e estavam lutando mais com o Exército mexicano, e depois também se uniram a mais um dos nossos outros apaches favoritos, o chefe Cochise, que era invencível. Os três bandos se tornaram os chiricahuas, e foram todos liderados por Cochise. Isso tudo parece confuso, e é complicado, mas se você ouvir com cuidado e quem sabe desenhar um mapa, talvez consiga entender.

ACUSTEMOLOGIA

Quando o Pá parou de falar, finalmente coloquei o chapéu dele e sussurrei para você como se eu fosse um velho caubói-índio, disse, ei, você, ei, Memphis, imagine que a gente se perdeu aqui nestas montanhas. E você disse, só você e eu sozinhos? E eu respondi, sim, só você e eu, você acha que nos juntaríamos aos apaches e lutaríamos contra os olhos-brancos? Mas a Mamã me ouviu, e antes que você pudesse me responder, ela se virou no assento e pediu que eu prometesse que, caso nos perdêssemos, eu saberia como encontrá-los novamente. Então eu disse, claro, Má, sim. Ela me perguntou se eu sabia de cor os números de telefone dela e do Papá, e eu respondi que sim, 555-836-6314 e 555-734-3258. E se vocês estiverem em campo aberto ou no deserto e não houver ninguém para pedir um telefone? perguntou ela. Eu disse que procuraríamos por ela e o Papá no coração das montanhas Chiricahua, naquele lugar onde os ecos são tão cristalinos que, mesmo se a pessoa sussurrar, a voz dela volta da mesma maneira que o rosto olha para a pessoa quando ela está na frente de um espelho perfeitamente liso e limpo. O Papá interrompeu, dizendo, você está falando do cânion do Eco? E fiquei tão feliz que ele estava me ouvindo e estava me ajudando com as perguntas difíceis da Má que sempre pareciam provas de escola. Sim, falei, exatamente, se nos perdêssemos, procuraríamos vocês no cânion do Eco. Resposta errada, disse a Má, como se fosse realmente uma prova. Se vocês se perderem em campo aberto, vocês têm que procurar uma estrada, quanto maior, melhor, e esperar até alguém passar, tudo bem? E nós dois dissemos sim, Mamá, tudo bem. Mas então sussurrei para você, e ela não me ouviu, eu disse, mas primeiro nós iríamos para o cânion do Eco, certo? E você assentiu e então sussurrou também, mas só se eu pudesse ser a Lozen pelo resto do jogo.

PRESSENTIMENTO

Por um tempo, depois do teste da Má, continuei pensando: será que realmente conseguiríamos encontrar nosso caminho sozinhos até o cânion do Eco? Pensei que, se ao menos tivéssemos um cachorro, não haveria risco de nos perdermos. Ou menos risco, pelo menos. Uma vez o Papá nos contou uma história, uma história real que tinha inclusive aparecido no rádio e nos jornais, sobre uma menininha que tinha apenas três ou quatro anos de idade e morava na Sibéria e um dia saiu de casa com seu cachorro, à procura do pai dela na floresta. O pai dela era bombeiro e tinha deixado a casa mais cedo naquele dia, porque havia incêndios florestais se espalhando. A menina e o cachorro desapareceram na floresta, mas em vez de encontrá-lo, os dois é que se perderam. Ficaram perdidos durante dias, e as equipes de resgate os estavam procurando em todos os lugares.

No nono dia depois que eles desapareceram, o cachorro voltou para casa, sozinho, sem a menina. No começo todos ficaram preo-cupados e até zangados quando viram o cachorro voltar, abanando o rabo e latindo. Pensaram que ele havia abandonado a menina, talvez morta, e voltado egoisticamente por causa da comida. E sabiam que, se ela ainda estivesse viva, não sobreviveria sem ele agora. Mas, algu-mas horas depois, dentro da casa, o cachorro começou a latir para a porta da frente, não parava de latir. Quando o soltaram, pensando que talvez precisasse fazer cocô, ele saiu correndo da porta da casa para a primeira fileira de árvores na floresta e depois voltou para casa, várias vezes. Finalmente, alguém entendeu que ele estava tentando dizer alguma coisa, não apenas latindo e correndo feito um animal feroz ensandecido, então os pais da menina e também uma equipe de resgate começaram a segui-lo.

O cão os levou floresta adentro e eles caminharam por muitas horas, cruzando riachos e subindo e descendo morros, e então, na manhã do décimo primeiro dia depois que a menina e o cachorro se perderam, eles a encontraram. Ela estava encolhida sob a grama alta, que é chamada de tundra ou taiga, ou talvez apenas grama, e o cachorro lhes mostrara o caminho até ela. Ela havia sobrevivido graças a seu cachorro porque ele a manteve segura e aquecida à noite, e eles comiam bagas e bebiam água dos rios, e não foram devorados por lobos ou ursos, uma sorte para eles porque existem milhares de ursos e lobos na Sibéria. E agora o cão tinha mostrado aos adultos todo o caminho até onde ele a deixara. Eu sentia vontade de chorar toda vez que pensava nessa história. Não chorava, mas continuava pensando como seria acordar uma manhã depois de tantos dias sozinho com meu cachorro, mas de repente ainda mais sozinho, meu cachorro tendo sumido.

Você estava desenhando algo na janela com saliva, um novo e repugnante hábito desde que o Pá nos contou sobre a curandeira chamada Saliva, que era amiga de Gerônimo e curava as pessoas cuspindo nelas. O que você faria se vivêssemos em um vilarejo ao lado de uma floresta e tivéssemos um cachorro, e se um dia nós entrássemos na floresta e de repente nos perdêssemos lá com nosso cachorro apenas? perguntei a você. E tudo o que você disse foi, eu ficaria ao seu lado e faria questão de não deixar o cachorro me lamber.

JUKEBOXES & CAIXÕES

Por fim nós paramos e tomamos um café da manhã de verdade em um restaurante, que tinha um jukebox. E foi perfeito, exceto que na mesa em frente havia um homem velho que estava usando uma gravata com uma gravura de Jesus Cristo cravado com pregos na cruz, e por cima da gravata ele usava uma corrente de prata com outro crucifixo pendurado mas sem pregos e sem Cristo. Eu estava nervoso porque achei que você poderia dizer algo sobre Jesus Cristo do Caralho, o que você descobriu que fazia o Pá e a Má rirem toda vez que você dizia. Mas, felizmente, você não disse nada a respeito disso, acho que porque o homem a deixou com um pouco de medo. Eu também estava com um pouco de medo dele e tirei uma foto dele sem sequer olhar para a lente, apenas pousando a câmera sobre a nossa mesa e calculando o foco. Ele nem notou quando o obturador fez barulho ao disparar, *ru-chíng*, porque estava falando sem parar para o garçom e para nós e para quem quer que o escutasse. Ele pediu panquecas e continuou conversando com o Pá e a Má sobre a salvação, e então contou a nós duas piadas, uma depois da outra, piadas horríveis sobre índios e mexicanos e asiáticos, pardos e negros, e basicamente todo tipo de pessoas, exceto pessoas como ele. Fiquei intrigado, sem saber se ele não percebia que não éramos como ele. Talvez ele fosse um pouco cego. Ele estava realmente usando óculos muito grossos. Ou talvez tivesse notado e era por isso que estava nos contando todas aquelas piadas medonhas. Quando o café da manhã chegou, ele finalmente calou a boca. Em seguida cortou um enorme quadrado de manteiga, que esfregou nas panquecas usando seu garfo, e nos perguntou de onde todos nós éramos. A Má contou a maior mentira e disse que éramos franceses e de Paris.

De volta ao carro, você inventou a sua melhor piada toc-toc de todos os tempos, que o Pá não entendeu, porque era metade em espanhol, mas a Má entendeu, e eu também sabia espanhol:

Toc-toc!

Quem é?

Paris!

Paris quem?

Pa-re-ce que va a llover!

E a Má e eu demos tanta risada que você quis outra chance, e aí contou sua segunda melhor piada de todos os tempos, que foi esta:

O que a piada toc-toc disse para o outro tipo de piada?

E todos nós dissemos: O quê?

E você disse: Toc-toc.

Então dissemos: quem é?

E você disse: Toc-toc!

Então dissemos: quem é?

E mais uma vez você disse: Toc-toc!

Todos demoramos um minuto, mas depois entendemos, e todos nós rimos, com risadas de verdade, e você sorriu olhando pela janela, parecendo orgulhosa de si mesma, e estava prestes a enfiar o polegar na boca, mas não dessa vez.

POSTO DE CONTROLE

Naquele dia depois do café da manhã, nós dirigimos por tanto tempo sem parar que eu pensei que ia morrer. Mas eu estava feliz em deixar aquela cidadezinha cheia de gatos e aquele velho com a cruz na gravata, por isso não reclamei, nem sequer uma vez. No carro, a Má conferia as notícias em seu telefone e leu alguma coisa em voz alta para o Pá sobre as crianças perdidas chegando em segurança de volta ao país de origem, onde as pessoas no aeroporto lhes deram balões. E a Má parecia irritada por elas ganharem os balões, e não entendi o porquê. Ela costumava nos dar balões também. Descíamos a pé pela rua até a loja e pegávamos um balão cada, um balão de verdade, cheio de hélio, e ela escrevia nossos nomes com uma caneta marca--texto. Eu segurava a corda do meu balão enquanto caminhávamos de volta para casa, e eu sempre brincava de um jogo, embora eu não saiba ao certo se chega a contar como um jogo, que era que eu não estava segurando o balão, mas o balão é que estava me segurando. Talvez fosse apenas um sentimento, e não um jogo. Depois de alguns dias, não importava o que fizéssemos para salvá-los, os nossos balões começavam a ficar menores e vagavam pela casa sozinhos, assim como a mãe da Mamã, de quem você não se lembra, porque você era pequena e ela só nos visitou uma vez em Nova York e depois morreu. Mas antes de morrer, ela também costumava zanzar pela casa, de cômodo em cômodo, reclamando, suspirando e gemendo, mas principalmente ficando em silêncio, e meio que ficando menor.

Os balões que ganhávamos passeavam ao acaso cada vez mais baixo, da mesma maneira que ela, mais perto do chão, até que um dia iam parar debaixo de uma cadeira ou em algum canto, e nossos nomes escritos neles ficavam amarfanhados e pequenos.

Por fim paramos para comprar comida em uma cidade grande, porque nessa noite, e possivelmente na noite seguinte, dormiríamos nas montanhas Burro em uma casa que a Má tinha encontrado na internet e alugado. A cidade onde paramos para fazer compras era chamada de Cidade de Prata, que o Pá contou a você que era feita de prata de verdade, só que ela havia sido escondida por camadas de tinta para que os inimigos não viessem e levassem embora partes da cidade. Você ficou obcecada por isso, e quando perambulamos pelas ruas, depois entramos em um supermercado, e andamos para cima e para baixo nos corredores, você achou que estava vendo indícios daquela prata escondida em toda parte, inclusive em todas as latas de feijão, e em um frasco de limpa-vidro Windex, e até mesmo em uma caixa de cereais Froot Loops, que você chamava de frutilúpis, a mesma forma como a Má chamava, embora eu suspeitasse que você estava apenas fingindo ver vestígios de prata escondida nos frutilúpis por querer que a Má e o Pá o comprassem para você, o que significava que você era às vezes mais esperta do que eles pensavam.

Depois disso seguimos viagem um pouco mais, e quando chegamos às montanhas Burro, ainda era dia, o que era bom para variar, porque quando chegávamos aos lugares para descansar ou dormir geralmente já era pôr do sol ou noite, o que significava que tínhamos que ir para a cama logo, o que me fazia pensar que o Pá e a Má sempre queriam passar o menor tempo possível conosco. Mas, dessa vez, chegamos em plena luz do dia. Dois adultos muito velhos, uma senhora e um homem com chapéu de caubói, nos mostraram uma casa pequena e empoeirada, feita de barro, eu acho. Depois o homem e a mulher nos levaram até os dois quartos, e o pequeno banheiro entre os dois, e em seguida o espaço com a cozinha, a sala de estar e a mesa de jantar. Eles andavam tão devagar e explicavam com tanta minúcia que você e eu estávamos ficando inquietos. Eles entregaram as chaves para o Pá e a Má, e nos disseram como as coisas funcionavam e o que não fazer, e nos mostraram onde estavam os mapas da trilha, e os bastões de caminhada, e nos perguntaram se precisávamos de mais alguma coisa ou se tínhamos perguntas, e felizmente a Má disse que não, e eles enfim foram embora.

O Pá e a Má puderam escolher o quarto deles e nós reclamamos por termos que dividir uma cama no nosso enquanto os dois ganharam cada um sua própria cama em um quarto só para eles, mas eles nos deram uma baita bronca e não reclamamos mais. Ficamos felizes em não estar em um hotelzinho de beira de estrada para variar, nem em uma pousada assustadora ou em uma hospedaria. Nós os ajudamos a tirar algumas coisas das malas, e depois eles nos deram água e lanches, abriram cervejas e se sentaram na varanda com vista para a cordilheira. Você e eu passamos algum tempo explorando por conta própria o interior da casa, mas era pequena, então havia pouco a explorar. Encontramos dois mata-moscas atrás da geladeira na cozinha e os levamos para a varanda, onde estavam a Má e o Pá. Nós nos oferecemos para matar todas as moscas para que eles pudessem relaxar, dissemos que só cobraríamos um centavo por cada mosca, e eles aceitaram. Caçar moscas era mais difícil do que pensávamos, havia tantas delas. Nós matávamos uma mosca e dez novas apareceriam do nada. Era como um video game antigo.

O Pá e a Má disseram que precisavam de um cochilo e entraram, e enquanto isso você e eu recolhemos pedras e seixos de toda a casa, tomando cuidado quando pegávamos as pedras do chão para o caso de haver um escorpião, querendo encontrar um escorpião, mas também não querendo. Colocamos todas as pedras e todos os seixos em um balde que encontramos junto das latas de lixo em uma das laterais da casa, e as espalhamos sobre a mesa. Assim que terminamos de arrumá--las todas em cima da mesa, você olhou para tudo e disse que pareciam as tartarugas no mar dos Sargaços de que eu lhe havia falado. Eu lhe perguntei por quê, porque eu não a estava entendendo, e você disse porque sim, porque olha só para todas as tartarugas boiando lá, e você estava certa, as pedras pareciam cascos de tartaruga vistos de cima.

Aí, quando ficamos entediados e com fome, entramos na cozinha e encontramos tomates e sal, e mostrei a você como abocanhar tomates, salgá-los antes de cada mordida, e você adorou, embora normalmente você odiasse tomates.

ARQUIVO

Mais para o fim da tarde, você matou uma libélula por engano e começou a chorar feito uma cachoeira. Tentei convencer você de que não a tinha matado, que ela tinha morrido exatamente no mesmo momento em que você a pegou dentro do frasco de vidro, o que possivelmente era verdade, porque a libélula tinha acabado de ficar paralisada lá, e ainda era bonita embora estivesse completamente morta, suas asas ainda abertas como se voasse sem se mover. Não parecia que tinha sido ferida. Não faltava parte nenhuma do corpo dela ou algo do tipo. Ainda assim, você chorou como uma criança louca. Então, para fazer você parar de chorar, porque o Pá e a Má ainda estavam tirando uma soneca dentro da casa e eu sabia que, se te ouvissem, acordariam e botariam a culpa em mim, mandei você ficar quieta e disse, escuta, vamos enterrar a libélula, e aí vou te mostrar um ritual apache para que a alma dela possa se desprender do corpo e voar para longe, o que sei que é uma estupidez, mas dentro de mim eu ainda sentia que a ideia era boa e até mesmo verdadeira, embora tivesse acabado de inventá-la. Então pegamos colheres das gavetas da cozinha e um copo cheio de água para molhar o chão, se necessário, e caminhamos para um local menos iluminado em frente à casa, sob a sombra de um penedo vermelho, e nos ajoelhamos.

O solo era mais duro do que eu pensava, com todas aquelas raízes agarradas à areia poeirenta, e nem mesmo a água que despejamos nela serviu para deixá-la mais macia, e nós batemos e cavamos com tanta força que as colheres se dobraram até ficarem deformadas, e você ria muito alto, dizendo que as colheres estragadas pareciam pontos de interrogação, cujo traçado você vinha praticando na escola quando ainda estávamos na escola. Mas, no final, abrimos um buraco grande e profundo o suficiente para enterrar a libélula, as duas colheres e até a moeda de um centavo, que você jogou lá para dar boa sorte, porque você é supersticiosa como a Má. Depois disso, tive que inventar o ritual, porque ainda não tinha pensado nessa parte.

Eu disse a você, vá pegar pedrinhas, e eu vou entrar e roubar um cigarro e fósforos da jaqueta do Pá. E então fizemos isso e depois nos encontramos de novo em frente à pequena sepultura, onde você estava fazendo um círculo de seixos ao redor do buraco coberto. Você estava realizando um bom trabalho, mas de qualquer maneira eu lhe disse para tentar torná-lo mais caprichado, e quando você terminou, nós nos sentamos de pernas cruzadas em frente à cova e eu acendi o cigarro e soprei um pouco de fumaça sobre a sepultura e consegui não tossir, e depois apaguei o cigarro pisando com meu tênis em cima do refugo pedregoso, do jeito que o Pá e a Má fazem. Para terminar, joguei um punhado de poeira sobre o túmulo e tentei cantar uma música antiga que ouvi o Pá tocar certa vez, talvez uma música apache, que dizia "lai-o-lei ale loia, ei-o lai-o-lei ale", mas você não parava de rir em vez de ficar séria. Então, depois tentamos cantar algo que ambos conhecíamos, como "Highwayman", e cantamos palavras como *"sword and pistol by my side, sailed a schooner round the Horn to Mexico, got killed but I am living still and always be around, and round and round"*,* mas havíamos esquecido metade da letra e estávamos apenas cantarolando e murmurando a maior parte dela, por isso finalmente decidimos que precisávamos cantar a única canção de morte que sabíamos de cor, que era em espanhol. A Mamá nos havia ensinado quando éramos menores e se chamava "La cama de piedra". Por fim você ficou séria, e nós dois nos pusemos de pé como soldados e começamos: *"De piedra ha de ser la cama, de piedra la cabecera, la mujer que a mí me quiera, me ha de querer de a de veras, ay ay, ¿Corazón por qué no amas?"*. Nós cantamos cada vez mais alto, até chegarmos à última parte, que cantamos tão alto e tão bem que achei que as montanhas estavam se erguendo para ouvir: *"Por caja quiero un sarape, por cruz mis dobles cananas, y escriban sobre mi tumba, mi último adiós con mil balas, ay ay, ¿Corazón por qué no amas?"*. Quando terminamos, você disse que talvez devêssemos matar mais insetos e enterrá-los e criar um cemitério inteiro.

---

* "Espada e pistola ao meu lado, em uma escuna velejei do cabo Horn ao México, me assassinaram mas ainda estou vivo, e para sempre estarei por aí, por aí, por aí." (N. T.)

AMOSTRAS

À noitinha, o Pá preparou o jantar e você adormeceu com a cabeça sobre a mesa antes mesmo de terminarmos. Depois do jantar, ele carregou você para a nossa cama, em seguida disse que ia fazer uma caminhada noturna e saiu com o equipamento de gravação. Ajudei a Má a tirar a mesa e disse que lavaria a louça. Ela me agradeceu e disse que estaria na varanda, caso eu precisasse de alguma coisa.

Quando terminei de lavar a louça, juntei-me a ela na varanda, onde ela estava lendo em voz alta o livro vermelho, falando em seu gravador de som. Havia muitas mariposas voando ao redor da lâmpada acima dela, e, assim que ela me viu lá, desligou o gravador, aparentando estar um pouco envergonhada, como se eu a tivesse flagrado fazendo alguma coisa.

O que você tá fazendo, Mamã? perguntei a ela. Apenas lendo e gravando alguns trechos disto, disse ela. Eu perguntei por quê. Por quê? repetiu ela, e pensou um pouco antes de responder. Porque isso me ajuda a pensar e imaginar coisas, suponho. E por que você lê em voz alta para o seu gravador? perguntei. Ela me disse que isso a ajudava a se concentrar melhor, e fiz uma careta parecida com um ponto de interrogação. Depois ela disse, venha aqui, sente-se, experimente. Ela apontou para a cadeira vazia ao lado da dela, onde o Pá estivera sentado mais cedo naquele dia. Eu me sentei e ela me entregou o livro, abriu-o em uma página. Então ligou o gravador e esticou o braço para mim de modo que o gravador ficasse perto da minha boca. Ela disse, vá em frente, leia este trecho, eu vou gravar você. Então comecei a ler:

(A SEXTA ELEGIA)

O pátio onde as crianças embarcaram no primeiro trem, e a selva escura depois dele, já tinham ficado para trás havia muito tempo. A bordo daquele primeiro trem, elas atravessaram as úmidas e escuras matas do sul, abrindo caminho em direção às montanhas acima. Em um pequeno vilarejo, tiveram que saltar do trem e pegar outro, que só veio algumas horas depois. Nessa nova gôndola, que de alguma forma era melhor, menos sombria, pintada de vermelho-tijolo, elas subiram aos gelados vértices das montanhas do nordeste.

O trem erguia-se mais alto do que as nuvens lá, quase flutuando, parecia, acima do espesso e leitoso lençol de nuvens que se estendia rumo ao mar oriental. O trem levava as crianças ao longo do sinuoso caminho montanha acima por entre ravinas e ao lado de plantações laboriosamente trabalhadas por muitas mãos humanas em hostis cumes rochosos.

Longe das cidadezinhas e dos postos de controle, de ameaças humanas e desumanas, mas de algum modo também mais próximas da morte, as crianças puderam dormir imperturbadas pelos terrores noturnos pela primeira vez em muitas luas. Elas estavam todas dormindo e não ouviram nem viram a mulher que, também adormecida, rolou para o lado e caiu do teto da gôndola. Acordando enquanto despencava pela crista escarpada, ela rasgou a barriga em um galho quebrado e continuou desmoronando, até que seu corpo se estatelou com um baque seco em um abrupto vazio. A primeira coisa viva a notá-la, na manhã seguinte, foi um porco-espinho, com os espinhos eretos e a barriga inchada de lariço e málus. Farejou um dos pés dela, o que estava descalço, e depois a contornou, desinteressado, levado pelo faro em direção a um punhado de amentilhos de álamo seco.

Apenas uma das duas meninas a bordo da gôndola, a mais nova, percebeu que a mulher tinha desaparecido. O sol havia se levantado e o trem estava passando por uma cidadezinha empoleirada na margem oeste da cordilheira quando, de súbito, um grupo de mulheres fortes e robustas, com cabelo comprido bem cuidado e saias longas, aparecera junto aos trilhos. O trem havia desacelerado um pouco, como costumava fazer quando atravessava áreas mais populosas. As pessoas a bordo da gôndola ficaram assustadas no início, mas antes que pudessem dizer ou fazer qualquer coisa, de baixo, essas mulheres começaram a jogar frutas, sacos de comida e garrafas de água para eles. Frutas boas: maçãs, bananas, peras, mamões e laranjas, que todos descascaram rapidamente e quase engoliram inteiros, mas que a menina manteve debaixo da blusa. Ela queria acordar a mulher para compartilhar a notícia da comida de graça. Mas ela não estava mais a bordo do trem, ao que parecia. A menina se perguntou para onde a mulher tinha ido, e pensou que ela talvez tivesse simplesmente pulado em uma parada para se juntar a sua família em uma daquelas cidadezinhas enevoadas enquanto todos dormiam. A mulher tinha sido gentil com ela. Certa noite, quando a menina, tiritando dos tremores da febre da selva, gritou, lamentou e praguejou pedindo água, a mulher lhe deu os últimos goles de seu cantil.

A menina se lembrou da mulher desaparecida novamente algumas manhãs depois, quando o trem passou por outra cidadezinha nos vales mais baixos. As altas montanhas estavam agora bem distantes no horizonte leste, e as crianças viram ao longe algumas pessoas paradas rente aos trilhos. Elas reuniram-se ao longo da borda do teto da gôndola — mãos prontas para agarrar comida voadora —, mas em vez disso receberam pedras e insultos. Sussurrando, como se estivesse rezando para algum anjo decaído, a menina disse: Você teve sorte, querida senhora voadora, de perder esta parte da jornada, porque quase fomos mortos por pedradas, e eu queria que a senhora tivesse me levado consigo, para onde quer que tenha ido, e boa sorte.

A besta abria caminho e resfolegava fumaça, penetrando e saindo de túneis escuros havia muito dinamitados e esculpidos nas camadas do coração negro da cordilheira. As crianças brincavam nesses túneis — prendiam o fôlego quando o trem acelerava pela escuridão, só se permitiam respirar quando a gôndola atravessava o limiar arqueado de volta à luz e o vale se abria novamente, como uma flor abismal e ofuscante, sob os seus olhos.

MAPAS & GPS

Nós também jogamos esse jogo! falei para a Má. E ela assentiu enquanto desligava seu gravador de som.

Costumávamos jogar quando viajávamos de carro, dirigindo em estradas de montanha onde havia túneis. Todos prendíamos a respiração assim que o carro entrava no túnel e só podíamos respirar de novo quando chegávamos ao outro lado. Eu geralmente ganhava. E você sempre, sempre trapaceava, mesmo que o túnel fosse curto e a trapaça não valesse a pena.

Podemos ler um pouco mais? perguntei à Mã. Ela disse que não, que por hoje é só. Acordaríamos cedo na manhã seguinte e caminharíamos até o riacho, e talvez mais longe vale adentro, então é melhor irmos dormir. Ela me entregou as chaves do carro e me pediu para colocar o livro de volta na caixa dela, a Caixa v, e obedeci. E depois nós dois fomos para dentro. Ela deixou as chaves em cima da geladeira, onde sempre deixava as chaves, e me serviu um copo de leite. Depois fomos para o banheiro e escovamos os dentes, fazendo cara de macaco um para o outro no espelho, e finalmente cada um entrou em seu quarto e disse boa-noite, boa-noite. Você estava ocupando todo o espaço na nossa cama, então eu te empurrei o mais longe possível para o seu lado. Mas, assim que apaguei a luz, você aos poucos foi voltando direto para cima de mim e jogou seu braço ao redor das minhas costas.

SEM RETORNO

Eu já tinha ouvido ecos antes, mas nada como os que ouvimos no dia seguinte, quando todos saímos a pé para as montanhas Burro. Perto de onde morávamos, na cidade, havia uma rua íngreme que descia até o grande rio marrom, e por cima da rua passava um túnel, porque por cima daquela rua, e por cima daquele túnel, havia outra rua atravessando para o outro lado. Cidades são muito complicadas de explicar porque tudo está por cima de tudo, sem divisões. Nos fins de semana, quando o tempo estava quente, costumávamos sair do nosso apartamento na avenida Edgecombe para andar de bicicleta, primeiro pedalando colina acima e depois ladeira abaixo até chegarmos àquela rua íngreme e entrarmos naquele túnel sob a outra rua para chegar à ciclovia que acompanhava o rio, nós quatro, cada um em sua bicicleta, exceto você, Memphis. Você se sentava em uma cadeirinha infantil na traseira da bicicleta do Papá. Sempre quando chegávamos ao túnel, eu prendia a respiração — em parte porque sabia que era boa sorte prender a respiração, em parte porque sob o túnel o cheiro era de pelo de cachorro molhado, papelão velho e xixi. Então eu ficava em silêncio e prendia a respiração no túnel. Mas sempre, todas as vezes, o Pá gritava a palavra eco assim que chegávamos ao túnel, e depois a Má eu acho que sorria para ele e também gritava eco, e aí você imitava e lá de trás gritava eco, e eu amava o som dos três ecos curtos quicando pelas paredes do túnel enquanto saíamos pelo outro lado e eu finalmente respirava novamente e só então gritava eco, embora nunca houvesse qualquer resposta porque era tarde demais.

Mas os ecos que ouvimos contra as rochas naquela manhã nas montanhas eram ecos reais e nem um pouco parecidos com os do nosso velho túnel na cidade. Naquele dia, Mamã e Papá nos acordaram antes do amanhecer e nos deram mingau, que eu odeio, e maçás cozidas, de que eu gosto, e pegamos longos bastões de caminhada de um cesto do lado de fora da casa e percorremos a trilha até o riacho e de lá lentamente de volta para outra montanha, e depois até a metade do caminho do outro lado da segunda montanha, até encontrarmos longas rochas planas, onde passamos um bocado de tempo deitados e depois sentados, o sol ficando mais alto e pesado acima de nossos chapéus. Tirei minha câmera da mochila e disse ao Papá que ficasse de pé, o que ele fez, e tirei uma foto dele com o chapéu e fumando do jeito que ele fuma quando está preocupado, a testa toda contorcida e os olhos fitando algum lugar como se estivessem olhando para alguma coisa feia, desejando saber mas não sabendo no que ele estava pensando ou com o que estava sempre preocupado. Mais tarde, dei a ele essa foto como presente, por isso não consegui ficar com ela para você ver e guardar, e sinto muito por isso.

Nós nos sentamos de novo e comemos sanduíches de pepino em pão amanteigado que a Má havia acondicionado em sua pequena sacola, e ela disse que podíamos tirar nossas pesadas botas enquanto comíamos. Por um momento, fiquei feliz sabendo que estávamos todos juntos assim. Mas então, enquanto comíamos, percebi que a Mamã e o Papá não estavam falando um com o outro, não diziam nada, mais uma vez não trocavam uma palavra, nem para dizer me passe a garrafa de água ou me dê outro sanduíche. Quando o Papá Cochise ficava mal-humorado, você e eu lhe dizíamos que fumasse um cigarro, e normalmente ele ia e fumava um. Ele ficava com um cheiro nojento depois, mas eu gostava do som dele soprando fumaça e do jeito com que estreitava os olhos quando fazia isso. A Má dizia que ele franzia a testa como se estivesse espremendo pensamentos para fora dos olhos, e que fazia isso com tanta frequência que um dia não haveria mais pensamentos lá dentro.

Agora eles nem sequer estavam olhando um para o outro nem nada enquanto comíamos, então pensei muito e decidi que deveria contar uma piada ou começar a falar mais alto porque, embora gostasse de alguns tipos de silêncio, eu odiava aquele tipo de silêncio. Mas eu não conseguia pensar em piadas ou palavras engraçadas, ou qualquer coisa estrondosa para dizer assim sem mais nem menos. Então tirei o chapéu e o coloquei no meu colo. Quebrei a cabeça pensando sobre o que dizer e como e quando. Depois, olhando para o meu chapéu no colo, tive uma ideia. Olhei em volta e me certifiquei de que ninguém estava olhando, e aí com uma das mãos joguei o chapéu bem alto, e ele voou para cima e depois para baixo, caindo e rolando pela encosta da montanha, batendo nas pedras, até por fim se enroscar em um arbusto. Respirei fundo e fiz uma careta e fingi estar preocupado quando gritei muito alto para o vento, gritei a palavra chapéu.

Foi quando aconteceu. Eu gritei a palavra chapéu, e vocês todos olharam para mim, e depois olharam para a montanha, porque todos nós de repente escutamos chapéu chapéu chapéu chapéu voltando para nós desde a montanha, minha voz ricocheteando em todas as pedras da montanha ao nosso redor, todas as rochas repetindo chapéu.

Foi como um feitiço, um feitiço bom, porque de súbito o silêncio entre nós estava cheio de sorrisos, e senti crescendo em meu estômago a mesma sensação que eu sei que todos nós sentíamos todas as vezes em que estávamos pedalando nossas bicicletas depressa demais descendo aquela rua íngreme em direção ao túnel em direção ao rio, e de repente o Papá gritou a palavra eco e a Má gritou eco e você gritou eco e ao nosso redor os ecos se multiplicaram, eco, eco, eco, e até mesmo eu gritei eco, e pela primeira vez ouvi meu próprio eco voltando, repercutindo para mim tão alto e cristalino.

O Papá pôs de lado o sanduíche e berrou, Gerônimo! E o eco disse ônimo, ônimo, ônimo.

A Mamá gritou, você me ouviu? E a montanha devolveu, viu, viu.

Então gritei, eu sou Pluma Veloz! E voltou eloz, eloz, eloz.

E você olhou ao redor meio confusa e disse com voz suave:

Mas onde eles estão?

Então nos levantamos um por um, todos nós descalços sobre a superfície da longa rocha plana, e tentamos palavras diferentes como Elvis, palavras como Memphis, como rodovia, e lua, e botas, olá, pai, longe, tenho dez anos, tenho cinco, odeio mingau, montanha, rio, vá se foder, você, vá se foder você também, bundinha, calafrio, peido, aviões, binóculos, alienígenas, adeus, eu te amo, eu também, também. E então eu gritei, auuuuu, e todos nós uivamos como uma alcateia de lobos e aí o Pá tentou bater as mãos na boca dele, dizendo: uuuuuuuu, e todos o imitamos como uma família ancestral, e depois a Má bateu palmas e as palmas voltaram para nós clap clap clap, ou talvez mais como tap tap tap. E quando acabou nosso estoque de coisas para dizer e ficamos sem fôlego, nos sentamos novamente, nós três, exceto você, que soltou um último grito.

Mas onde vocês estão, estão, estão?

E então você olhou de novo para nós e disse, agora sussurrando, eu não vejo eles, onde eles estão, eles estão se escondendo de nós? O Pá e a Má olharam para você meio confusos e depois de novo para mim como se quisessem uma tradução. Eu entendi perfeitamente a sua pergunta, então expliquei para eles. Sempre fui a pessoa entre você e eles, ou entre nós e eles. Eu disse, acho que ela pensa que há alguém do outro lado da montanha que está nos respondendo. Os dois assentiram e sorriram para você e depois para mim e em seguida até mesmo se entreolharam ainda sorrindo. Eu expliquei, Memphis, não tem ninguém lá, Memphis, são apenas nossas próprias vozes. Mentiroso, disse você. Você me chamou de mentiroso. Então eu disse, eu não estou mentindo, sua idiota. E a Mamá me repreendeu com os olhos, e disse a você, é apenas um eco, meu bem. É apenas um eco, disse também o Papá. Eles não sabiam, mas eu sabia que essa não era uma boa explicação para você, então eu disse, lembra, lembra das bolinhas perereca que a gente pegou naquela máquina redonda no restaurante onde você chorou depois? Sim, disse você, eu chorei porque você continuou pegando todas as bolas coloridas e eu, eu continuei pegando apenas insetos de plástico. Esse não é o ponto, Memphis, o ponto são as bolinhas, o ponto é, lembra que depois brincamos com elas do lado de fora do restaurante, jogando-as contra a parede e pegando-as de novo? Agora você estava ouvindo e disse, sim, eu me lembro daquele dia. Nossas vozes são como aquelas bolas saltitantes, mesmo que você não consiga vê-las pulando agora, falei. Nossas vozes são rebatidas para fora desta montanha quando as lançamos na direção dela, e isso é chamado de eco. Mentiroso, disse você de novo. Eu não estou mentindo, ele não está mentindo, é verdade, meu amor, isso é eco, é isso que é eco, ele não está mentindo, eu não estou mentindo, todos nós te dissemos.

Você é tão orgulhosa e tão arrogante às vezes que ainda assim não acreditou em nós. Você ficou em pé muito séria sobre a rocha plana e endireitou seu chapéu cor-de-rosa e depois sua camiseta como se estivesse prestes a jurar lealdade a uma bandeira. Você limpou a garganta e colocou as mãos em concha na boca. Olhou para as rochas da montanha como se estivesse dando uma ordem a alguém e respirou fundo. E então, então você finalmente gritou forte, você gritou, pessoas, gritou, olá, pessoas, gritou, estamos aqui, aqui em cima, aqui, aqui, Jesus Cristo do Caralho, Caralho.

AVES

De volta à casa naquela tarde, ajudei o Papá a cozinhar. Preparamos a grelha do lado de fora. O Papá jogou um pouco de carvão sobre a grelha e acendeu, e eu fui para a cozinha pegar a carne da geladeira, carne de búfalo, que é o meu tipo favorito. A minha ajuda consistiu em ficar segurando a bandeja com a carne. Um a um, ele espetava um naco de carne com um garfo e ajeitava cuidadosamente sobre a grelha. Fiquei ali parado e na minha cabeça ainda estava pensando em ecos, e tudo ao meu redor me fazia me lembrar dos ecos que tínhamos ouvido mais cedo na montanha, os movimentos de vaivém do Pá, de lá para cá, para a frente e para trás, o fogo sussurrando dentro da grelha, alguns pássaros grandes batendo suas asas acima de nós, e até mesmo a sua voz lá na cozinha dentro da casa, onde você estava ajudando a Má a embrulhar legumes em papel-alumínio, embrulhando batatas, cebolas, alho e também cogumelos, que eu odeio.

Perguntei ao Papá se os ecos que ouvimos mais cedo naquele dia eram como os do cânion do Eco sobre o qual ele havia nos contado.

Ele disse que sim, mas não. Nas montanhas Chiricahua, no cânion do Eco, disse ele, os ecos eram ainda mais fortes e mais bonitos. Os mais belos ecos que você jamais ouviu, disse ele, e alguns deles estão saltitando e rebatendo por lá há tanto tempo que, se você prestar muita atenção, consegue ouvir as vozes dos povos chiricahuas há muito extintos. E dos guerreiros-águias? perguntei a ele. Sim, dos guerreiros-águias também.

Fiquei imaginando por algum tempo como isso era possível, e depois pedi para a Má e o Pá me explicarem os ecos com mais clareza, mais profissionalismo, enquanto todos colocávamos a mesa, uma comprida mesa de madeira do lado de fora da casa, trazendo pratos, garfos, facas, xícaras, água, vinho, sal, pão. Eu compreendi o básico. Eles disseram que um eco é um atraso nas ondas sonoras. É uma onda sonora que chega depois que o som direto é produzido e refletido em uma superfície. Mas essa explicação não respondia a todas as minhas perguntas, então continuei insistindo, pedindo mais e mais, até que achei que ambos estavam um pouco irritados, e o Pá disse:

A comida está pronta!

Nós nos sentamos ao redor da mesa de madeira, e o Papá quis fazer um brinde, então ele deixou que você e eu experimentássemos algumas gotas de vinho em nossos copos, embora ele também tenha colocado um bocado de água, para deixar o sabor mais suave, disse. Ele disse que as crianças neste país geralmente não tinham permissão para beber vinho, disse que as papilas gustativas das crianças foram completamente arruinadas pelo puritanismo, tiras de frango empanado, ketchup e pasta de amendoim. Mas agora éramos crianças no território dos apaches chiricahuas, então tínhamos permissão para sentir um gostinho da vida. Ele ergueu o copo, disse que Arizona, Novo México, Sonora, Chihuahua eram todos belos nomes, mas também nomes para designar um passado de injustiça, genocídio, êxodo, guerra e sangue. Disse que queria que nos lembrássemos desta terra como uma terra de resiliência e perdão, também como uma terra onde a terra e o céu não conheciam divisão.

Ele não nos contou qual era o verdadeiro nome da terra, mas suponho que era Apacheria. Em seguida tomou um gole de seu copo, então todos nós bebericamos um gole dos nossos copos. Você cuspiu tudo no chão, disse que tinha odiado, aquele vinho de água. Eu disse que gostei, embora não tenha gostado muito.

TEMPO

Nós rapidamente terminamos de comer porque estávamos com muita fome, mas eu não queria que a noite chegasse ao fim, embora soubesse que ela acabaria, e o mesmo aconteceria com todas as nossas noites juntos, assim que a viagem terminasse. Isso eu não tinha como mudar, mas por aquela noite, pelo menos, poderia tentar tornar a noite mais longa, da maneira como Gerônimo tinha o poder de esticar o tempo durante uma noite de batalha.

PERGUNTAS & RESPOSTAS

Decidi fazer perguntas, boas, para que todos se esquecessem do tempo. Dessa forma eu poderia fazer o tempo se estender mais.

Primeiro perguntei a vocês três o que cada um mais desejava naquele momento. Você disse: Frutilúpis! O Pá disse: eu desejo clareza. A Má disse: eu gostaria que a Manuela encontrasse as suas duas filhas.

Em seguida perguntei ao Pá e à Má: como você era quando tinha a nossa idade e do que você se lembra? O Papá nos contou uma história triste de quando ele tinha a sua idade e o cachorro dele foi atropelado por um bonde e depois a avó dele enfiou o cachorro em um saco plástico preto e o jogou no lixo. Em seguida disse que, quando tinha a minha idade, as coisas melhoraram para ele, e se tornou o diretor do jornal infantil no prédio onde moravam. Ele estava encarregado de liderar uma expedição toda sexta-feira depois da aula até a papelaria, onde havia uma máquina chamada Xerox que fazia cópias de qualquer coisa que eles escrevessem ou desenhassem, mas sem que houvesse computadores ou coisa do tipo. Certa vez, por não terem escrito nada ou desenhado nada para o jornal, eles apenas colocaram na máquina as mãos, depois o rosto, então os pés, e a máquina imprimiu cópias disso, e quando ninguém estava olhando, um menino abaixou as calças, sentou-se em cima da máquina e fez uma cópia da própria bunda. Você e eu rimos tanto que o golinho de vinho de água que eu tinha acabado de tomar saiu todinho pelas minhas narinas e senti uma ferroada de dor.

Aí foi a vez da Mamá, e ela se lembrou de que, quando tinha cinco anos de idade como você, estava em uma sala de estar com a mãe e a amiga da mãe, e havia um enorme aquário com muitos peixes para o qual ela estava olhando. Em algum momento, ela se virou para o lado e sua mãe não estava mais lá, apenas a amiga de sua mãe, então ela perguntou, onde está minha mãe?, e a amiga disse, ela está ali dentro, olhe, ela virou um peixe. E no começo a Mamá estava realmente animada e tentando descobrir qual dos peixes era sua mãe, mas depois começou a ficar com medo, pensando: a minha mãe vai voltar e vai deixar de ser um peixe? E tanto tempo passou que ela começou a chorar para que sua mãe voltasse, e eu acho que enquanto ela contava essa história, ela quase começou a chorar de novo, e eu não queria isso, então lhe perguntei sobre quando ela tinha a minha idade, qual era o jogo favorito dela quando tinha dez anos.

Ela parou para pensar por um momento, e então disse que sua coisa favorita quando tinha dez anos era invadir e explorar casas que estavam abandonadas, porque o bairro onde ela morava estava repleto de casas abandonadas. E ela não disse mais nada, embora você tenha ficado curiosa para saber mais sobre aquelas casas abandonadas. Por exemplo, havia fantasmas nelas, e a Mamá já tinha sido flagrada por alguém, tipo a polícia ou os pais dela? Porém, em vez de nos contar mais, ela nos perguntou, e vocês dois, como vocês acham que vai ser quando tiverem a nossa idade e forem adultos?

Você levantou a mão para falar e por isso falou primeiro. Você disse, eu acho que vou saber ler e escrever. E depois você disse que teria um namorado ou uma namorada, mas que nunca se casaria com ninguém, para que não precisasse beijar de língua, o que eu achei inteligente. Em seguida, como você não disse mais nada, eu consegui falar. Eu disse que viajaria bastante, teria muitos filhos e assaria carne de búfalo para eles todos os dias. Como profissão, eu seria um astronauta. E como passatempo, documentaria as coisas. Eu disse que seria documentarianista, e disse a palavra tão rápido que acho que talvez o Pá tenha ouvido documentalista e a Má ouviu documentarista, e ninguém se importou.

MEDOS CRÍVEIS

Naquela noite, quando todos estavam dormindo e eu não conseguia dormir, saí de fininho do quarto, peguei as chaves do carro do alto da geladeira e fui para fora da casa. Atravessei a varanda, caminhei devagar até o carro, abri o porta-malas e no escuro procurei a caixa da Má. Eu queria ler o que acontecia em seguida na história das crianças perdidas, no livro vermelho, mas dessa vez eu queria ler em voz alta e gravar um pouco mais, como tinha feito com a Má no dia anterior. Eu não queria fazer bagunça nem barulho vasculhando a caixa à procura do gravador, então simplesmente levei a caixa inteira comigo. Eu estava prestes a voltar para dentro de casa quando me lembrei de que a Má guardava o gravador dela no porta-luvas a maior parte do tempo, e não na caixa. Então voltei para o carro, abri a porta do passageiro, coloquei a caixa no assento e olhei dentro do porta-luvas. Estava lá. O mapa grande da Má também estava lá. Peguei as duas coisas, o mapa e o gravador, abri a tampa da caixa apenas o suficiente para enfiá-las em silêncio dentro, depois fui na ponta dos pés até a casa, e percorri a casa até o nosso quarto, carregando tudo. Você estava dormindo e roncando como um velho, Memphis, e ocupando a maior parte do espaço. Pousei a caixa no chão por um momento, empurrei você para o seu lado, sendo muito gentil, e acendi só a pequena lâmpada do criado-mudo para não te acordar. Você parou de roncar, revirou-se, a barriga de frente para o teto. Então sua boca se abriu um pouco e você começou a roncar de novo. Subi no meu lado da cama e fiquei lá sentado, com a caixa da Mamá na minha frente.

Com muito cuidado, eu a abri. Peguei o mapa, o gravador e o livro vermelho com as minhas fotos entre as páginas, e coloquei as três coisas sobre a mesinha de cabeceira, embaixo da lâmpada. Eu estava prestes a fechar a caixa novamente e me preparar para ler quando me ocorreu algo que não consigo explicar. Tive a sensação de que precisava ver o que mais havia naquela caixa, olhar para todas as coisas que eu sabia que estavam sempre sob o livrinho vermelho, coisas que eu não tinha permissão para olhar e por isso nunca via. Mas ninguém estava me observando agora. Eu poderia fuçar e bisbilhotar o quanto quisesse as coisas na caixa. Contanto que colocasse tudo de volta em seu lugar depois, a Má nunca perceberia.

Uma por uma, comecei a tirar as coisas da caixa, devagar, certificando-me de deixar tudo em ordem sobre a cama, de modo que mais tarde eu pudesse recolocar tudo de novo exatamente da mesma maneira. A primeira coisa que tirei do topo da caixa eu pus no canto esquerdo da cama, que era o meu canto, a segunda coisa ao lado da primeira, depois a terceira, a quarta.

Eram mais coisas do que eu pensava. Havia muitos recortes e notas, e fotografias e algumas fitas. Havia pastas, certidões de nascimento e outras coisas oficiais, mapas e alguns livros. Coloquei cada uma das coisas em cima da cama, uma ao lado da outra. Em algum momento, tive que sair da cama e andar pelas bordas, para poder alcançar tudo melhor. Quando tirei a última coisa, eu já ocupava a maior parte do espaço na cama e, embora não quisesse colocar nada em cima de você, precaução para o caso de você se mover entre os lençóis e estragar tudo, acabei tendo que pôr alguns mapas e alguns livros em cima de você.

Passei um bom tempo olhando para todas as coisas da Mamá, todas organizadas, andando ao redor da cama, indo e voltando, até que minha cabeça começou a girar com sensações. Por fim, peguei uma pasta chamada "Relatórios de Mortalidade de Migrantes" e a abri. Estava abarrotada de pedaços de papel soltos com informações, e eu os examinei, tentei entender o que estavam dizendo mas não consegui, havia muitos números e abreviações, e era tão frustrante não entender. Decidi me concentrar nos mapas, porque pelo menos eu sabia que era bom em ler mapas. Peguei um que estava bem em cima de seus joelhos, ou talvez suas coxas, eu não saberia dizer, por causa do lençol. O mapa era estranho. Mostrava um espaço, como qualquer mapa, mas nesse espaço havia centenas de pequenos pontos vermelhos, que não eram cidades porque alguns deles se sobrepunham a outros. Quando olhei para a legenda do mapa, percebi que os pontinhos vermelhos representavam pessoas que haviam morrido ali, naquele ponto exato, e quis vomitar ou chorar e acordar a Má e o Pá e perguntar, mas é claro que não fiz isso. Só respirei fundo. Lembrei-me da Má e do Pá montando quebra-cabeças de quinhentas peças andando ao redor da mesa de jantar no nosso antigo apartamento, como eles pareciam sérios, preocupados, mas ao mesmo tempo no controle, e foi assim que decidi que deveria ficar na frente de todas aquelas coisas dispostas sobre a nossa cama.

Havia outro mapa semelhante a esse, que eu coloquei por cima da sua barriga. Ele também tinha muitos pontos vermelhos, e eu estava prestes a deixá-lo de lado porque ele me deixou enojado, mas então me dei conta de que era um mapa do exato local para onde iríamos na Apacheria. No mapa faltava a maioria dos nomes de lugares, mas consegui distinguir as montanhas dos Dragões da Cavalaria a oeste. Depois, no leste, as montanhas Chiricahua, onde ficava o cânion do Eco. E entre as duas cordilheiras, o grande vale seco onde havia um lago seco chamado Wilcox Playa, embora nesse mapa o nome não aparecesse. O Papá havia me mostrado outros mapas dessa mesma parte da Apacheria muitas vezes, apontando para lugares e me dizendo os nomes de cada um. Eu tinha que repeti-los depois dele, especialmente os nomes que eram importantes nas histórias dos apaches, a exemplo de Wilcox, San Simon, Bowie, picos Dos Cabezas e cânion do Esqueleto. Eu me senti orgulhoso disso agora, por conhecer muito bem os caminhos da Apacheria mesmo sem ter estado lá ainda. No mapa da Má, por exemplo, ainda que os nomes não tivessem sido escritos, acho que avistei a cidadezinha chamada Bowie, ao norte do grande vale seco, nos trilhos da estrada de ferro, que é onde Gerônimo e seu pessoal embarcaram em um trem depois de sua rendição final e derradeira. Vi também o cânion do Esqueleto, no sudeste das montanhas Chiricahua, que foi onde o Gerônimo e seu povo foram capturados antes de embarcar naquele trem em Bowie, e é claro, os picos Dos Cabezas, que é onde o fantasma do chefe Cochise ainda perambula.

Em seguida notei que nesse mapa, bem no centro do vale entre as montanhas dos Dragões da Cavalaria e Chiricahua, a Má havia marcado xx com uma caneta e depois feito um grande círculo em torno dos dois X. Era o único mapa em que ela havia feito alguma marca. Eu me perguntei o que isso significava. Pensei a respeito disso por um longo tempo, e de todas as possibilidades que formulei, acho que esta era a correta: a Mamá fez aquelas marcações porque tinha certeza de que algumas crianças perdidas estavam lá. Duas crianças: xx.

Então percebi outra coisa: talvez os dois xx fossem as duas meninas de quem a Mamá costumava falar sempre, as filhas de Manuela, que haviam desaparecido. A Mamá tinha bons instintos, afinal, ela era a Seta da Sorte. Então, se ela estava procurando por elas lá, provavelmente estavam lá, ou em algum lugar perto de lá. Aí tive uma ideia que causou uma sensação de explosão na minha cabeça, mas uma explosão boa. Se as meninas estivessem lá, talvez pudéssemos ajudar a Má a encontrá-las.

ELETRICIDADE

Então essa foi a minha decisão. Na manhã seguinte, antes de a Má e o Pá acordarem, você e eu partiríamos. Andaríamos o máximo que pudéssemos, assim como as crianças perdidas tinham andado, mesmo que nos perdêssemos. Encontraríamos um trem e embarcaríamos rumo à Apacheria. Entraríamos a pé no vale onde a Má tinha circulado aqueles dois X. Procuraríamos as duas meninas perdidas lá. Se tivéssemos sorte e as encontrássemos, iríamos todos para o cânion do Eco, onde o Pá sempre nos disse que poderíamos ser facilmente encontrados se nos perdêssemos, graças a todos os ecos. E se não encontrássemos as meninas, ainda assim iríamos até o cânion do Eco, que, de acordo com o mapa da Má, não ficava muito longe do lugar onde ela marcara xx. Eu sabia, é claro, que me meteria em uma baita encrenca por isso. A Má e o Pá ficariam zangadíssimos quando percebessem que tínhamos fugido. Mas, depois de algum tempo, ficariam mais preocupados do que zangados. A Má começaria a pensar em nós da mesma forma como pensava nelas, nas crianças perdidas. O tempo todo e com todo o seu coração. E o Pá se concentraria em encontrar nossos ecos, em vez de todos os outros ecos que ele estava perseguindo. E, aqui está a parte mais importante, se nós também fôssemos crianças perdidas, teríamos que ser encontradas novamente. A Má e o Pá teriam que nos encontrar. Eles nos encontrariam, eu sabia disso. Eu também desenharia um mapa da rota que você e eu provavelmente seguiríamos, para que eles dois pudessem nos encontrar no fim. E o fim era o cânion do Eco.

Foi tolice minha ter quebrado uma promessa e olhado dentro da caixa da Mamã. Mas eu também finalmente entendi algumas coisas importantes depois de olhar para todo aquele monte, eu compreendi com o meu coração, e não apenas com a minha cabeça. Embora a minha cabeça estivesse girando também. Mas eu enfim entendi, e é isso o que importa, porque agora posso contar a você também. Finalmente entendi por que a Mamã estava sempre pensando e falando sobre todas as crianças perdidas, e por que parecia que ela estava mais e mais longe de nós a cada dia. As crianças perdidas, todas elas, eram muito mais do que nós, Memphis, muito mais do que todas as crianças que conhecíamos. Elas eram como os guerreiros-águias do Pá, talvez até mais corajosas e mais inteligentes. Também finalmente entendi o que você e eu tínhamos que fazer para melhorar as coisas para todos nós.

ORDEM & CAOS

Fiquei tão entusiasmado com o meu plano que até julguei que deveria acordar todo mundo para compartilhar a ideia com a família, o que é claro que não fiz. Respirei fundo e devagar, tentando manter a calma. Coloquei todas as coisas da Má de volta na caixa, na ordem certa, ou quase, porque você se virou de lado e fez uma bagunça.

Antes de fechar a caixa, usando a tampa como apoio, desenhei o mapa da rota planejada. Baseei meu mapa em um dos mapas na caixa da Má, aquele em que ela fez o círculo em torno dos dois X. Primeiro tracei o mapa a lápis. Em seguida desenhei a rota que você e eu seguiríamos, em vermelho. Depois, em azul, desenhei o caminho que imaginei que as crianças perdidas no livro da Má poderiam percorrer. E as duas rotas, vermelha e azul, encontravam-se em um grande X, que fiz a lápis, e que era meio que no mesmo local em que a Má havia marcado XX no mapa dela.

Quando finalmente terminei, olhei para o mapa e senti um friozinho na barriga. Era realmente um mapa muito bom, o melhor que eu já tinha feito na vida. Deixei-o no topo da pilha de coisas dentro da caixa da Mã, bem por cima do mapa dela com os dois X. Eu sabia que ela o encontraria ali. Antes de fechar a caixa, pensei que talvez devesse também deixar um bilhete, para o caso de o meu mapa não ser claro o suficiente para eles, embora estivesse suficientemente claro para mim. Então tirei um dos papeizinhos adesivos em branco enfiado entre as páginas de um dos livros da caixa, um livro intitulado *Os portões do paraíso*, e escrevi um bilhete como os velhos telegramas nas histórias, dizendo, partimos, vamos procurar as meninas perdidas, encontramos vocês mais tarde no cânion do Eco.

Eu ainda tinha que levar a caixa de volta para o porta-malas e foi o que eu fiz. Saí furtivamente, abri o porta-malas e coloquei a caixa em seu lugar. E quando voltei para dentro da casa, tive a sensação de que eu enfim era quase um homem adulto.

CAIXA V

MAPA

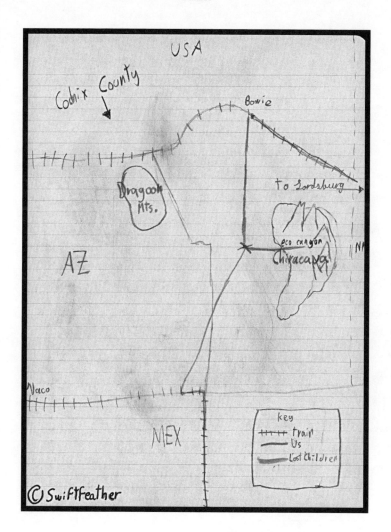

MAPA

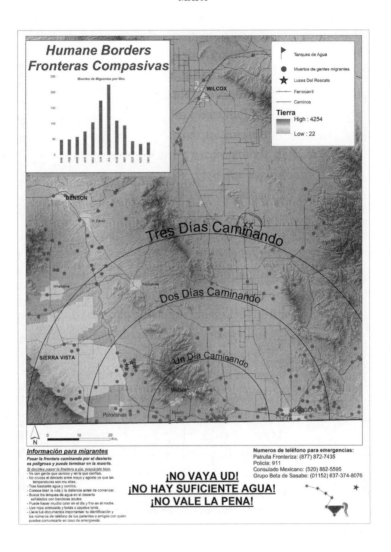

§ RELATÓRIO DE MORTALIDADE DE MIGRANTES

Nome: HUERTAS-FERNANDEZ, NURIA
Sexo: Feminino
Idade: 9 anos
Data do relatório: 09/07/2003
Gerenciamento de superfície: Privado
Localização: SMH
Precisão da localização: Descrição física com direções,
    distâncias e pontos de referência (precisão no raio
    de 1 milha/ 2 km)
Corredor: Douglas
Causa da morte: Exposição a intempéries
CDM determinada pelo consultório do médico-legista:
    COMPLICAÇÕES DE HIPERTERMIA COM RABDOMIÓLISE
    E DESIDRATAÇÃO
Estado: Arizona
Condado: Cochise
Latitude: 31,366050
Longitude: –09,559990

§ RELATÓRIO DE MORTALIDADE DE MIGRANTES

Nome: ARIZAGA, BEBEZINHO
Sexo: Masculino
Idade: 0
Data do relatório: 19/09/2005
Gerenciamento de superfície: Condado de Pima
Localização: ARIVACA RD MP19
Precisão da localização: Descrição física vaga (precisão no raio
   de 15 milhas/ 25 km)
Corredor: Nogales
Causa da morte: Inviável
CDM determinada pelo consultório do médico-legista: FETO
   MASCULINO INVIÁVEL NATIMORTO
Estado: Arizona
Condado: Pima
Latitude: 31,726220
Longitude: –111,126110

§ RELATÓRIO DE MORTALIDADE DE MIGRANTES

Nome: HERNANDEZ QUINTERO, JOSSELINE JANILETHA
Sexo: Feminino
Idade: 14 anos
Data do relatório: 20/02/2008
Gerenciamento de superfície: Serviço Florestal dos Estados
   Unidos
Localização: N 31' 34,53 W 111' 10,52
Precisão da localização: Coordenada de GPS (precisão no raio
   de 300 pés/ 100 m)
Corredor: Nogales
Causa da morte: Exposição a intempéries
CDM determinada pelo consultório do médico-legista:
   PROVÁVEL EXPOSIÇÃO A INTEMPÉRIES
Estado: Arizona
Condado: Pima
Latitude: 31,575500
Longitude: –111,175330

§ RELATÓRIO DE MORTALIDADE DE MIGRANTES

Nome: LÓPEZ DURAN, RUFINO
Sexo: Masculino
Idade: 15 anos
Data do relatório: 26/08/2013
Gerenciamento de superfície: Privado
Localização: INTERESTADUAL 10, MARCO QUILOMÉTRICO 550,5
Precisão da localização: Descrição física com direções,
    distâncias e pontos de referência (precisão no raio de
    1 milha/ 2 km)
Corredor: Douglas
Causa da morte: Traumatismo por força bruta
CDM determinada pelo consultório do médico-legista:
    MÚLTIPLOS TRAUMATISMOS POR FORÇA BRUTA
Estado: Arizona
Condado: Cochise
Latitude: 32,283693
Longitude: –109,826340

§ RELATÓRIO DE MORTALIDADE DE MIGRANTES

Nome: VILCHIS PUENTE, VICENTE
Sexo: Masculino
Idade: 8 anos
Data do relatório: 14/03/2007
Gerenciamento de superfície: Privado
Localização: 3,2 QUILÔMETROS A OESTE DA TURKEY CREEK
LESTE, 12166
Precisão da localização: Endereço (precisão no raio de cerca
de 1000 pés/ 300 metros)
Corredor: Douglas
Causa da morte: Indeterminado, restos mortais
CDM determinada pelo consultório do médico-legista:
INDETERMINADA (RESTOS MORTAIS)
Estado: Arizona
Condado: Cochise
Latitude: 31,881290
Longitude: −109,426741

§ RELATÓRIO DE MORTALIDADE DE MIGRANTES

Nome: BELTRAN GALICIA, SOFIA
Sexo: Feminino
Idade: 11 anos
Data do relatório: 06/04/2014
Gerenciamento de superfície: Privado
Localização: NECROTÉRIO DO CENTRO MÉDICO DA
UNIVERSIDADE (CMU)
Precisão da localização: Coordenada de GPS (precisão no raio
de cerca de 300 pés/ 100 metros)
Corredor: Douglas
Causa da morte: Exposição a intempéries
CDM determinada pelo consultório do médico-legista:
COMPLICAÇÕES DECORRENTES DE HIPERTERMIA
Estado: Arizona
Condado: Cochise
Latitude: 31,599972
Longitude: –109,728027

§ RECORTE DE JORNAL/ FOTOGRAFIA

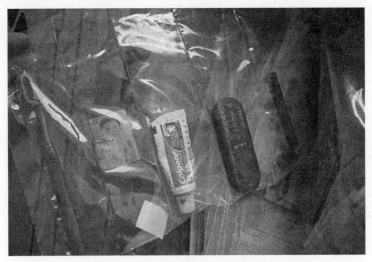

Objetos encontrados em trilhas de migrantes no deserto, Condado de Pima.

§ ANOTAÇÃO SOLTA

Um mapa é uma silhueta, um contorno que agrupa elementos diferentes, sejam eles quais forem. Mapear é incluir tanto quanto excluir. Mapear também é uma maneira de tornar visível o que normalmente não é visto.

§ LIVRO

Os portões do paraíso, de Jerzy Andrzejewski

§ RECORTE DE JORNAL/ CARTAZ

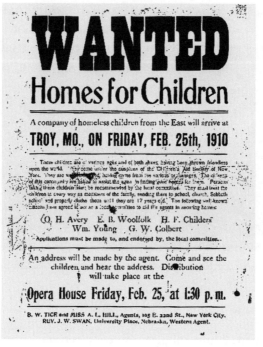

PROCURAM-SE: Casas para Crianças. Movimento dos Órfãos dos Trens, 1910.

§ ANOTAÇÃO

No ano de 1850, havia cerca de trinta mil crianças desabrigadas em Nova York.
Elas comiam o que encontravam em latas de lixo, vagavam pelas ruas em bandos.
Dormiam sob as sombras dos prédios ou nas grades de aquecimento das calçadas.
Juntaram-se em gangues de rua por proteção.
Em 1853, Charles Loring Brace criou a Sociedade de Auxílio Infantil, para lhes oferecer ajuda.
Mas não havia meios de propiciar assistência contínua.
Um ano depois, a Sociedade de Auxílio propôs uma solução.
Colocar as crianças a bordo de trens e despachá-las para o Oeste.

Para que fossem leiloadas e adotadas por famílias.
Entre 1854 e 1930, mais de duzentas mil crianças foram
    removidas de Nova York.
Algumas acabaram com boas famílias, que cuidaram delas.
Outras foram incorporadas como serviçais ou escravas,
    enfrentando condições de vida desumanas.
Às vezes, de maus-tratos indescritíveis.
A realocação em massa das crianças foi chamada de Programa
    de Colocação Familiar.
As crianças ficaram conhecidas como os Viajantes Órfãos dos
    Trens.

§ PASTA (DA BIBLIOGRAFIA DE TRABALHO DE
BRENT HAYES EDWARDS: "TEORIAS DE ARQUIVO")

"O que é passado é prólogo: Uma história das ideias
    arquivísticas desde 1898 e a futura mudança de
    paradigma", Terry Cook
"O fim da coleta: Rumo a um novo propósito para a avaliação
    arquivística", Richard J. Cox
"Reflexões de um arquivista", Sir Hilary Jenkinson
*Possuindo a memória: Como uma comunidade caribenha perdeu
    seus arquivos e encontrou sua história*, Jeannette Allis Bastian
*Residindo no arquivo: Mulheres escrevendo sobre casa, lar e
    história no fim da Índia Colonial*, Antoinette Burton
"O arquivo e o outro — do exílio à inclusão e à dignidade
    da herança: O caso da memória arquivística palestina",
    Beverley Butler
Vidas despossuídas: Mulheres escravizadas, violência e o arquivo,
    Marisa J. Fuentes
Perdidos nos arquivos, Rebecca Comay, org.
"Mal de arquivo: Uma impressão freudiana", Jacques Derrida
"Cinzas e 'o Arquivo': O incêndio de Londres de 1666,
    partidarismo e prova", Frances E. Dolan
"Arquivo e aspiração", Arjun Appadurai

§ RECORTE DE JORNAL/ FOTOGRAFIA

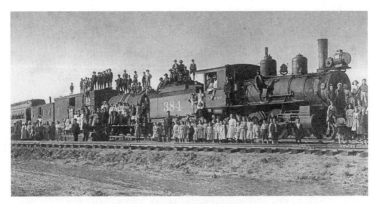

Trem dos Órfãos.

§ LIVRO

A cruzada das crianças, Marcel Schwob

§ ANOTAÇÃO SOLTA/ CITAÇÃO

"Até o século XVIII, a maior parte das companhias mercantis tinha pouco ou nenhum desejo de comprar crianças da costa da África, e estimulava os capitães de seus navios a não comprá-las [...]. Em meados do século XVIII, no entanto, fazendeiros economicamente dependentes do tráfico de escravos passaram a necessitar de crianças e jovens. À medida que o movimento abolicionista ameaçava cada vez mais seu suprimento de escravos, os latifundiários adotaram a estratégia de importar escravos mais jovens, que viveriam mais tempo. Como resultado, a juventude tornou-se um ativo atraente nos leilões dos mercados de escravos. Ironicamente, o sentimento abolicionista mudou as definições setecentistas de risco, investimento e lucro. Conforme a plantocracia adquiria mais mulheres reprodutoras e crianças a fim de salvaguardar seus interesses econômicos, os comerciantes de escravos modificaram suas ideias de lucro e risco, e as concepções do valor da criança mudaram em todo o mundo Atlântico."

COLLEEN A. VASCONCELLOS, "Crianças no tráfico de escravos", em *Crianças e jovens na história*

§ ANOTAÇÃO SOLTA/ CITAÇÃO

A LEI DOLBEN DE 1788:

"11. Dispõe-se que, sempre que houver, em qualquer uma das referidas naus ou embarcações, mais do que duas quintas partes dos escravos que sejam crianças, e que não excedam quatro pés e quatro polegadas de altura, então cada cinco dessas crianças (acima e abaixo da supracitada proporção de dois quintos) serão consideradas e tomadas como iguais a quatro dos ditos escravos, no âmbito do verdadeiro pro- pósito e significado do presente ato [...]."

ANOTAÇÃO: "A LEI DOLBEN DE 1788 FOI PROPOSTA PELO RENOMADO ABOLICIONISTA SIR WILLIAM DOLBEN PERANTE O PARLAMENTO INGLÊS. EMBORA TIVESSE O INTUITO DE RESTRINGIR O TRÁFICO DE ESCRAVOS, A BEM DA VERDADE TEVE EFEITO ADVERSO SOBRE AS CRIANÇAS".

ELIZABETH DONNAN, *Documentos ilustrativos do tráfico de escravos na América*, comentado por COLLEEN A. VASCONCELLOS, em *Crianças e jovens na história*

§ recorte de jornal/ fotografia

Gerônimo e companheiros prisioneiros a caminho da Flórida, 10 de setembro de 1886.

§ livro

O sabor do arquivo, Arlette Farge

§ anotação solta

Eufemismos escondem, apagam, encobrem.
Eufemismos nos levam a tolerar o inaceitável. E, eventualmente, esquecer.
Contra um eufemismo, a lembrança. A fim de não repetir.
Lembrar-se de termos e significados. Seu absurdo desconjuntamento.
Termo: *Nossa instituição peculiar*. Significado: escravidão. (Epítome de todos os eufemismos.)

Termo: *Remoção*. Significado: expulsão das pessoas e desapropriação de suas terras.

Termo: *Colocação familiar*. Significado: expulsão de crianças abandonadas da Costa Leste.

Termo: *Realocação*. Significado: confinar as pessoas nas reservas.

Termo: *Reserva*. Significado: uma terra devastada, uma condenação à pobreza perpétua.

Termo: *Remoção*. Significado: expulsão de pessoas à procura de refúgio.

Termo: *Sem documentos*. Significado: pessoas que serão removidas.

§ ANOTAÇÃO SOLTA/ CITAÇÃO

No sábado, 19 de novembro de 2002, sessenta pessoas encarceradas em um campo de imigrantes ilegais *costuraram seus lábios*. Sessenta pessoas com os lábios costurados perambulando pelo acampamento, fitando o céu. Pequenos vira-latas enlameados correm atrás delas, com ganidos estridentes. As autoridades continuam adiando a apreciação dos seus pedidos de residência permanente.

de *Belladonna*, de Daša Drndić

§ ANOTAÇÃO SOLTA

Palavras, palavras, palavras, onde você as coloca?
Êxodo
Diáspora
Genocídio
Limpeza étnica

§ LIVRO

Belladonna, de Daša Drndić

§ PEDAÇO DE PAPEL/ POEMA

VOCES/ VOZES

ANNE CARSON

O velho cardigã azul do pai

Agora está pendurado no espaldar da cadeira da cozinha
onde eu me sento sempre,
no espaldar da cadeira da cozinha, onde ele sempre se sentava.

Eu o visto toda vez que chego,
como ele fazia, batendo as botas
para tirar a neve.

Eu o visto e me sento no escuro.
Ele não teria feito isso.
É cortante o frio que desce do osso da lua no céu.

Suas leis eram um segredo.
Mas eu me lembro do momento em que eu soube
que ele estava enlouquecendo dentro de suas leis.

Ele estava parado na entrada da garagem quando cheguei.
Vestia o cardigã azul com os botões todos fechados até em cima.
Não só porque era uma tarde quente de julho

mas o olhar em seu rosto...
como uma criança pequena que alguma tia vestiu de manhã bem cedo
para uma longa viagem

em trens frios e plataformas ventosas
e vai se sentar muito ereto na borda do seu assento
enquanto as sombras como longos dedos

sobre os montes de feno que passam zunindo
continuam a impressioná-lo
porque ele está viajando de trás para a frente.

Divisória Continental

HISTÓRIAS

Do lado de fora da nossa janela, o céu tinha ficado vermelho, rosa e laranja do jeito que o céu no deserto sempre fica antes de o sol raiar, antes de subitamente azular, que é um fenômeno natural que você não entenderia agora mesmo que eu explicasse.

Saí da cama e em silêncio enfiei todas as minhas coisas úteis na mochila. Eu tinha um monte de coisas úteis que havia ganhado porque completei dez anos no dia em que começamos a viagem. Como presente de aniversário, você fez para mim um cartão que dizia: Hoje eu sempre vou amar você mais do que ontem. Embora eu mal tenha conseguido entender sua terrível caligrafia, que provavelmente era algo parecido com Ogi cenpri vo tiamá voc maiz qui ônti. Coloquei isso na minha mochila. O Pá me deu um canivete suíço, um binóculo, uma lanterna e uma pequena bússola, e a Má me deu minha câmera. Pus todas essas coisas na mochila. Aí percebi que o gravador de som da Má, o mapa grande e o livrinho vermelho dela ainda estavam sobre a mesinha de cabeceira, e eu tinha me esquecido de colocá-los de volta no carro na noite anterior. Então simplesmente os enfiei na mochila também.

Na ponta dos pés fui até a cozinha e peguei duas garrafas de água e muitos petiscos. Além disso, no último minuto, decidi levar um mapa pequeno que havia na casa e que eu tinha encontrado mais cedo em um cesto junto à porta. Esse mapa chamava-se Mapa da Trilha da Divisória Continental, e incluía as trilhas de caminhada na área das montanhas Burro, razão pela qual poderia ser útil. Finalmente, esvaziei a sua mochila no chão atrás da cama e pus de volta nela apenas *O livro sem figuras*. Não queria colocar qualquer outra coisa na sua mochila porque sabia que, se ficasse pesada demais, eu acabaria tendo que carregá-la para você.

Pela nossa janela, notei que o sol estava surgindo por trás das montanhas, e então corri para acordar você. Eu te acordei com delicadeza, Memphis. Você odiava ser acordada com muito estardalhaço ou muito rápido. Você sorriu, com os olhos sonolentos, depois disse que estava com sede. Aí eu rapidamente voltei na ponta dos pés até a cozinha, despejei leite em um copo e voltei correndo para o nosso quarto, segurando o copo um pouco longe de mim e tomando cuidado para não derramar. Você se sentou na cama e bebeu de um só gole todo o leite. Quando me devolveu o copo vazio, eu te disse, apresse-se, levante-se, vamos partir em uma aventura e tenho uma surpresa para você. Você se levantou, recusou-se a tirar a camisola e vestir-se adequadamente, mas pelo menos pôs uma calça jeans por baixo da camisola, e meias, e os seus tênis bons, e saímos do quarto, muito quietos, e de lá para a varanda.

A manhã estava quente e cheia de histórias, como as que o Pá nos contava. Nós caminhamos para a Trilha da Divisória Continental, descemos a colina íngreme da casa em direção ao riacho seco. E quando chegamos ao riacho, você parou a fim de olhar para a casa e perguntou se a Má e o Pá tinham nos dado permissão para andar até tão longe, sozinhos. Eu te contei uma mentira que eu já havia planejado. Eu te disse que sim, o Pá e a Má nos deram permissão para explorar o terreno por conta própria. Eu falei que eles me disseram que você e eu tínhamos que ir e encontrar mais ecos, até chegarmos ao cânion do Eco. Sério? disse você. E por um momento me preocupei por achar que você não acreditaria nessa história. Sim, eu te disse, a Má e o Pá disseram isso. E também disseram que nos encontrariam mais tarde no cânion do Eco.

Depois de pensar por um momento, você por fim disse, a Má e o Pá foram muito legais. E essa é a surpresa que você tinha pra mim, Pluma Veloz! Certo? Sim, exatamente, eu disse, e me senti aliviado por você ter aceitado o que eu falei, mas também me fez sentir um pouco culpado por você acreditar em qualquer coisa que eu dissesse.

Caminhamos em silêncio por um bocado de tempo, do jeito que cachorros de rua caminham juntos como se estivessem em uma missão, do jeito que todos os cachorros caminham em matilhas como se estivessem em uma missão. Não éramos uma matilha, éramos só você e eu, mas ainda assim a sensação era a mesma, e eu uivei como um lobo--cachorro, e você uivou de volta para mim, e eu sabia que íamos nos divertir sozinhos. Pensei então que, mesmo se nos perdêssemos para sempre e a Má e o Pá nunca nos encontrassem, pelo menos estaríamos juntos, o que era melhor do que estarmos separados um do outro.

HISTÓRIAS INVENTADAS

Não era nem meio-dia quando você disse que estava morrendo de fome e calor, porque o sol ainda não estava nem sequer em cima de nós. Mas eu não queria que você ficasse cansada demais rápido demais, então eu disse, hora de um piquenique. Escolhi um local coberto por uma sombra e colocamos nossas mochilas debaixo de uma pequena árvore. Percebi que eu tinha me esquecido de trazer um pano sobre o qual nos sentarmos. Mas eu te contei que as crianças apaches não precisavam de panos nem nada, sentavam-se diretamente no chão, e você concordou. Nós comemos alguns dos nossos petiscos e bebemos um pouco de água das nossas garrafas, três goles cada um.

Estudei meu mapa da Trilha da Divisória Continental como a Má estudava o mapa dela, e eu sabia que provavelmente estávamos perto de um lugar chamado Mud Springs sob a montanha Pão de Açúcar e que tínhamos que caminhar em direção ao cânion da Nascente e depois ao cânion do Pinheiro. Eu estava no controle da situação e orgulhoso de poder seguir um mapa tão bem como a Mamá fazia. Então perguntei se você queria que eu lesse um pouco da história das crianças perdidas, não porque eu realmente estivesse com vontade de ler para você, mas porque queria saber o que acontecia na história. Mas você disse que não, muito educadamente, talvez mais tarde.

COMEÇOS

Retomamos a caminhada, um atrás do outro como se fôssemos parte de uma fila, e andamos por muito tempo, conversando sobre como encontraríamos ecos. Você insistia nas suas ideias sobre como capturar ecos em armadilhas, e disse, se ao menos ainda tivéssemos aquele frasco de vidro vazio onde prendemos a libélula alguns dias atrás.

Não sei exatamente quando, mas de repente eu pensei, talvez agora estejamos perdidos de verdade, e eu te disse, Memphis, pode ser que a gente esteja perdido. E eu me sentia empolgado, mas também um pouco preocupado. Nós nos viramos para olhar, mas não conseguimos distinguir coisa alguma além das mesmas colinas rochosas e da mata desértica em toda parte, à frente e atrás de nós. Quando notei que você parecia preocupada, mas não preocupada demais, eu disse, tudo isso é parte do plano, confie em mim. E você fez que sim com a cabeça e pediu água, e nós bebemos muito, esvaziamos nossas duas garrafas.

A trilha de gado erguia-se e descia ao longo do riacho. Nós pará-vamos a fim de olhar para trás e olhar para a frente, tentando enxer-gar da forma como nossos pais olhavam para um caminho e sabiam quanto tempo e que distância restavam a percorrer. Você não parava de perguntar quanto ainda faltava, quantos quarteirões, o que eu acho que era a mesma coisa que você perguntaria para a Má e o Pá no carro a caminho daqui e os faria rir e me deixaria irritado. Dessa vez, porém, entendi por que era um pouco engraçada para uma pergunta séria, mas não gargalhei nem sorri, e levei você a sério e disse apenas, mais uma subida morro acima e mais uma descida ladeira abaixo e aí chegaremos lá, embora eu realmente não fizesse ideia, apesar de ter estudado o mapa com tanto afinco. De repente comecei a ficar preocupado de verdade, e achei que talvez devêssemos voltar.

ARCO NARRATIVO

Finalmente, quando o sol estava um pouco mais baixo, reparamos que no riacho que a trilha margeava havia um filete de água, e corre-mos para molhar nossa boca e bebemos a água, embora ela estivesse verde e viscosa em nossas línguas. Tiramos nossos sapatos também, e andamos sobre as pedras aquosas, sentindo o frescor e a escorregadura.

Vez por outra chamávamos a Má e o Pá, mas nossas vozes se afogavam no ar assim que gritávamos. Não havia eco nem nada. Foi quando realmente percebemos, dentro do nosso estômago, que estávamos perdidos. Gritávamos Mamá, Papá, cada vez mais alto, e não havia ecos, e tentávamos outras palavras como saguaro, Gerônimo, mas nada voltava.

Estávamos sozinhos, sozinhos completamente, muito mais sozinhos do que às vezes sentíamos que estávamos à noite, quando as luzes se apagavam e a porta se fechava. Comecei a ter pensamentos de muitas coisas ruins a cada passo que dávamos. E mais tarde eu não pensava em nada além de olhar em volta à procura de animais selvagens, achando que se os animais nos encontrassem, notariam que estávamos perdidos e nos atacariam. Nada ao nosso redor parecia familiar, e quando você perguntava o nome desta árvore, daquele pássaro, desse tipo de nuvem, eu apenas dizia, eu não sei, eu não sei, eu não sei.

Certa vez, quando ainda estávamos todos juntos no carro, dissemos sim quando a Má disse, se vocês se perderem, podem me prometer que vão saber como nos encontrar de novo? Eu prometi, sim, Mamá, claro. Mas a bem da verdade depois dessa pergunta eu nunca pensei em como manteria essa promessa — não até agora. E continuei pensando enquanto caminhávamos talvez de volta para eles, talvez para mais longe deles, como é que vou manter minha promessa e como vamos encontrá-los de novo? Mas era impossível me concentrar nesse problema porque nossas botas no cascalho ao longo da senda seca à margem do córrego faziam um ruído parecido com dentes triturando cereal, o que me distraía e também me deixava faminto. Agora o sol estava batendo em nossa testa através das pequenas árvores, e o vento branco soprava trazendo tantos sons do mundo que nos deixava assustados. Sons de mil palitos de dente caindo no chão, sons de velhas senhoras raspando suas bolsas em busca de coisas que elas jamais encontram, sons como alguém sibilando para nós de debaixo de uma cama. Aves negras estavam desenhando triângulos e depois linhas e depois novamente triângulos acima de nós no céu e eu pensei que talvez estivessem tentando fazer flechas e nos apontando para algum lugar, mas não, quem poderia confiar em pássaros? Apenas águias eram confiáveis. Ao lado de um rochedo, decidi que deveríamos parar e descansar um pouco.

ALEGORIA

Se eu me concentrasse, seria capaz de imaginar a coisa toda na minha cabeça, o cânion do Eco, uma extensa planície tremeluzindo em uma colina, e lá, nossos pais esperando por nós, provavelmente zangados, mas também felizes em nos ver de novo. Mas tudo que eu podia ver na distância longínqua eram muitas colinas e as subidas e descidas da trilha, e além dela, as altas montanhas acima da névoa cinzenta. Atrás de mim sempre o som dos seus pequenos passos moendo o cascalho e também o seu gemido, a sua preocupação, a sua sede e fome. Quando a noite começou a cair e eu estava me sentindo preocupado, lembrei-me daquela história sobre a menina da Sibéria e o cachorro dela, que a manteve em segurança e depois a resgatou. Eu te disse que queria que a gente tivesse um cachorro. E você falou, eca, não. E então, depois de um pequeno silêncio, você disse, bem, talvez sim.

Uma vez, ainda com o Pá e a Má, entramos em uma loja de artigos de segunda mão, que é algo que a Má adora fazer, mesmo que ela nunca compre nada, e vimos um cachorro velho cochilando, parecendo um tapete aconchegante esparramado pelo chão. Nós fomos fazer um carinho nele enquanto o Papá olhava as coisas e a Má conversava com a dona da loja, o que ela também adora fazer em lojinhas. E eu acariciei o cachorro e conversei com ele e você começou a fazer perguntas engraçadas para o cachorro, tipo, você preferiria ser mais alto, você preferiria ser alaranjado, você gostaria de ser uma girafa em vez de um cachorro, você gostaria de comer folhas, você preferiria viver na natureza selvagem na beira do rio? E eu podia prometer sob juramento que, toda vez que você fazia uma pergunta como essas, o cachorro assentia, dizendo sim, dizendo sim, sim para todas as perguntas. Daí, quando estávamos no rio andando sobre aquelas pedras verdes escorregadias, pensei no cachorro e pensei que se ele estivesse aqui conosco, talvez nunca sentíssemos medo algum. Mesmo mais tarde quando a noite caísse, estaria tudo bem, porque teríamos o cachorro para acarinhar, e você se enrolaria debaixo da pata dele e eu o abraçaria do outro lado, apenas mantendo minha boca fechada para que pelos não grudassem na minha língua, o que me faria engasgar. E se à noite ouvíssemos outros cães latindo em fazendas distantes no vale, ou se achássemos ter escutado lobos uivarem nas montanhas, ou serpentes deslizando no solo na nossa direção, não ficaríamos apavorados, não teríamos que rastejar sob cercas ou segurar pedras nas mãos enquanto dormíamos.

Peguei meu mapa da Trilha da Divisória Continental para estudá-lo mais uma vez e memorizar a rota. Tínhamos que chegar a um lugar chamado Rancho Jim Courten, depois passar pela Represa do Salgueiro, pela Represa Serena, e depois pela Represa Grande, e eu sabia que encontraríamos água nas represas, então eu não estava preocupado. Depois da última represa, não era longa a caminhada até a primeira cidade de verdade, que era Lordsburg, e teríamos que passar pelo Moinho de Vento Davis e depois pelo Moinho de Vento Myers, e contanto que passássemos por esses moinhos, eu saberia que não estávamos completamente perdidos. Depois que passássemos pelo último moinho, haveria um cemitério e, por fim, Lordsburg. Lá, encontraríamos uma estação ferroviária e pularíamos para dentro de um trem, embora essa parte eu não tivesse planejado muito bem ainda. Eu estava tentando explicar tudo isso a você, e você apenas balançou a cabeça e disse, tá legal, e depois perguntou se eu poderia ler um pouquinho para você enquanto ainda havia alguma luz e prometeu não dormir e me fazer companhia. Então abri minha mochila para pegar o livro vermelho da Má, dei uma sacudida nele dentro da mochila de modo que as fotos saíssem deslizando das páginas, e depois tirei o livro e li isto para você:

(A SÉTIMA ELEGIA)

O trem da montanha chegou a uma parada final em um grande pátio aberto, circundado por fábricas fumegantes, meio abandonadas, e bodegas vazias. Não havia ninguém nem nada dentro dos prédios ao redor do quintal, com exceção de algumas corujas e gatos e famílias de ratos que escarafunchavam à procura de restos de dias anteriores. As crianças receberam ordens de descer. Teriam que esperar lá pelo próximo trem, disse o homem no comando. Duas, talvez três noites, talvez quatro. Ele sabia, mas não disse a elas, aquilo já era a metade do caminho, elas já haviam chegado à metade. Se soubessem, elas teriam sentido algum alívio, talvez. A única coisa que o homem no comando lhes disse foi que a seguir viria o deserto, e que o trem seguinte não pararia, apenas diminuiria um pouco a velocidade para mudar de trilhos, então, enquanto esperavam, elas praticariam o salto do trem, memorizariam instruções, aprenderiam a pular a bordo de um trem em movimento, a menos que quisessem ser esmagadas sob suas rodas.

Durante os dias em que esperavam, sempre que o homem no comando partia ou dormia, um dos meninos pegava um mapa que lhe havia sido dado anteriormente ao longo do percurso. Ele o desdobrava, abria-o sobre o cascalho, e outro menino o iluminava, riscando fósforos. As outras crianças sentavam-se ao redor como se fosse uma fogueira. Elas estudavam o mapa, sorriam para os nomes sonoros, detinham-se diante de nomes improváveis, repetiam nomes estranhos ou bonitos, e finalmente um nome estrangeiro, bem do outro lado da grossa linha vermelha. Apertando o dedo indicador contra o papel amassado, o menino traçava uma linha daquele nome até as planícies e os vales do deserto entre duas montanhas, uma linha que terminava em uma cidadezinha, outro nome estranho. O menino dizia:

Aqui. Aqui é pra onde nós caminhamos, e aqui é onde nós saltamos no próximo trem.

E depois? perguntava outro menino.

E a seguir? perguntava uma menina.

Aí vamos ver o que acontece a seguir.

O céu noturno acima do pátio de trens, silencioso e negro, podia ser encoberto por muitas camadas de pensamentos: pensamentos de antes e especialmente pensamentos do futuro além. Fitando o escuro, um dos menores, o quarto menino, sussurrou esta pergunta no ouvido do mais velho:

Como você imagina que é, do outro lado do deserto, depois de cruzarmos, a cidade grande para onde eu vou?

O mais velho pensou por um segundo e disse a ele que haveria uma longa ponte de ferro sobre águas azuis que eram paradas e suaves. Ele não atravessaria esse rio em uma boia ou jangada, tampouco atravessaria essa ponte no teto de trens, mas em um bom carro. Tudo ao redor dele seriam carros bonitos, todos eles novos, cada um se movendo devagar e de modo ordenado através dessa ponte. Haveria imensos edifícios feitos de vidro erguendo-se para recebê-lo.

Quando o menino mais velho parou para respirar, o pequeno perguntou:

E depois?

E então ele tentou imaginar além, mas não conseguia conceber coisa alguma e só era capaz de pensar na podridão da selva, a bordo do teto azul da velha gôndola, seus pensamentos como um oceano recuando, acumulando destruição e medo em uma grande onda. Em sua mente, o futuro impecável, as águas evocadas, suaves e serenas, transbordou subitamente com a onda marrom de rios anteriores, e está inundado dos detritos de plantas rasteiras e trepadeiras rastejando sob túneis escuros, como aquelas entalhadas nas altas montanhas que ele avistou desde o teto da gôndola vermelho-tijolo.

Ele fez um esforço para reter o pensamento de prédios de vidro e carros reluzentes, mas viu apenas ruínas, imaginou apenas o som líquido de milhões de corações bombeando sangue nas veias, corações latejantes de homens e mulheres indômitos, todos palpitando ao mesmo tempo sob as ruínas da cidade. Ele quase podia ouvi-los, uma dúzia de corações pulsando, latejando, palpitando naquela cidade futura, de alguma forma idêntica à selva escura que eles haviam deixado para trás. Ele ergueu as mãos até a cabeça e pôs os dedos indicador e médio sobre as têmporas, localizando a batida do coração que impelia sangue para lá, sentindo as ondas de pensamentos implacáveis, e os medos se formando lentamente ali, colidindo contra algum lugar desconhecido e mais profundo.

PONTO DE VISTA

Quando terminei de ler, você estava dormindo e eu estava um pouco receoso de cair no sono, e me lembrei das frases que costumávamos repetir no carro: "Quando ele acordava na floresta no escuro e no frio da noite, estendia o braço para tocar a criança adormecida ao seu lado", e pela primeira vez entendi exatamente o que o autor quis dizer quando as escreveu.

Senti também que estávamos chegando cada vez mais e mais perto das crianças perdidas. Era como se, enquanto eu escutava a história e os planos delas, elas também ouvissem os nossos. Decidi ler em voz alta apenas mais um capítulo, que era muito curto, mesmo que você já estivesse dormindo.

(A OITAVA ELEGIA)

Os meninos aliviaram juntos a bexiga, fazendo um círculo em torno de um arbusto morto perto dos trilhos no pátio de trens. Antes de chegarem ao pátio de trens, isso era uma tarefa difícil, e agora eles quase haviam se esquecido de como era simples. A bordo dos trens, de manhã bem cedo, os meninos tinham permissão para aliviar a bexiga apenas uma vez. Postavam-se à beira do teto da gôndola, em pares ou sozinhos. Viam o arco amarelo de urina primeiro jorrando para a frente, depois borrifando de lado, quebrando-se em incontáveis gotículas. As meninas tinham que descer a escada lateral, pular para a pequena plataforma entre os vagões e, segurando-se nas barras, agachar-se no vazio, molhando ou sujando o cascalho abaixo delas. Elas fechavam os olhos, tentando não ver o chão em movimento. Às vezes olhavam para cima e viam o homem no comando de olho nelas, com um sorrisinho malicioso sob o boné azul. O olhar delas o ignorava e ia além, e às vezes elas avistavam águias altaneiras rasgando o céu mais azul acima, e se as águias passavam, as meninas sabiam que estavam sendo vigiadas e estavam a salvo.

SINTAXE

Eu me dei conta de que também tinha que fazer xixi. Eu costumava fazer xixi apenas em banheiros, mas aprendi a fazer isso a céu aberto, assim como os meninos perdidos faziam no teto da gôndola. E agora acho que só consigo fazer xixi ao ar livre. Aprendi a fazer isso um dia quando estávamos nos arredores do cemitério apache. Vocês todos entraram no carro para me esperar e lhes pedi que olhassem para o outro lado, e a Má e o Pá fizeram isso, mas você, Memphis, você cobriu o rosto com as mãos, mas não cobriu de verdade os olhos. Eu sabia que você estava espiando e olhando para a minha bunda e que achava meu bumbum feio, e talvez tenha rido de mim, mas não dei a mínima porque de qualquer maneira você costumava ver minha bunda quando tomávamos banho juntos, e você via até o meu pênis, que você chamava de ioiô, então às vezes eu também o chamo de ioiô, mas só no chuveiro, porque é o único lugar em que não sou tímido a respeito de palavras como essas, porque lá estamos sozinhos juntos.

Naquela ocasião no cemitério, expeli um jorro tão forte de xixi, eu estava explodindo. E foi tanto xixi saindo de mim que escrevi na poeira as minhas novas iniciais: P de Pluma e depois V de Veloz, e em seguida até sublinhei as duas.

Enquanto puxava para cima a minha calça, me lembrei de uma piada ou de um ditado que o Pá nos contou em que alguém diz, você pode mijar no meu rosto, só não me diga que está chovendo, e eu ia gargalhar ou pelo menos sorrir, mas aí me lembrei de que Gerônimo estava enterrado lá do outro lado do muro porque caiu do cavalo e morreu e agora estava enterrado no cemitério para os prisioneiros de guerra, e eu me senti orgulhoso de fazer xixi ali naquele muro estúpido que mantinha os prisioneiros de guerra trancados e removidos e desaparecidos do mapa, exatamente a mesma coisa que a Má costumava dizer a respeito das crianças perdidas, que tinham viajado sozinhas e depois foram deportadas e varridas do mapa como alienígenas. Mais tarde, porém, dentro do carro, olhando para o cemitério, eu simplesmente senti raiva, porque fazer xixi no muro não teria a menor importância para as pessoas que haviam construído o muro em torno dos prisioneiros mortos, e aí fiquei com raiva por Gerônimo e por todos os outros prisioneiros de guerra, cujos nomes ninguém jamais lembrava ou dizia em voz alta.

E desses nomes eu me lembrava toda vez que fazia xixi ao ar livre como um animal selvagem. Eu me lembrava dos seus nomes e imaginava que eles estavam saindo de mim, e tentava escrever na poeira suas iniciais, diferentes a cada vez, de modo a nunca esquecer seus nomes e para que a terra também se lembrasse deles:

CC de chefe Cochise

CL de chefe Loco

CN de chefe Nana

S da sacerdotisa chamada Saliva

MC de Mangas Coloradas

E um enorme G de Gerônimo.

RITMO

Abrimos os olhos novamente quando o sol estava alto, e ouvi um motor que, a princípio, ignorei porque achava que era barulho de sonho. Mas você também percebeu, então decidimos caminhar em direção a esse som. Por algum tempo nós o seguimos, descendo uma encosta pedregosa, até avistarmos um homem na outra ponta de uma estrada, um homem com um chapéu de palha branco sentado em seu trator amontoando feno em uma caprichada pilha. Minha estratégia era clara desde o começo. Quando nos aproximássemos dele, você teria que ficar quieta e deixar que eu falasse fingindo um sotaque e soando como se estivesse no controle da situação.

Então, a primeira coisa que eu disse quando finalmente chegamos a alguns passos dele foi, olá, senhor, e posso tirar uma foto sua, caro senhor, e qual é o seu nome, senhor, e ele pareceu um pouco surpreso mas disse o nome é Jim Courten, e com certeza, rapaz, e depois que eu tirei a foto, ele nos perguntou nossos nomes e para onde estávamos indo e onde estavam nossos pais nesta linda manhã. Quando ouvi que o nome dele era Jim Courten, quase gritei de alegria, porque isso significava que ele era o dono do Rancho Jim Courten que eu havia circulado no mapa da Trilha da Divisória Continental, então eu soube que estávamos no caminho certo. Mas não mostrei nenhum sentimento, e eu sabia que não podíamos demonstrar que estávamos perdidos porque eu ainda não tinha certeza se deveríamos confiar nele, então menti, disse a ele que nossos nomes eram Gaston e Isabelle e repeti a frase que eu já tinha inventado na minha cabeça antes mesmo que ele fizesse a pergunta: eu disse, ah, eles estão logo ali no rancho de trás, o Rancho do Ray, e estão ocupados com uma porção de coisas porque acabamos de nos mudar para cá. Nós nos mudamos de Paris para cá, porque somos franceses, falei, com um sotaque francês convincente. Ele ainda estava olhando para nós como se à espera de mais palavras, então eu disse, crianças francesas são muito independentes, o senhor sabe, e nosso pai e nossa mãe nos disseram para caminhar por aí e investigar o terreno para nos manter ocupados, o senhor sabe, e nos pediram para tirar fotos a fim de mandar para os nossos parentes franceses, e quando ele assentiu, eu disse, o senhor poderia nos dar uma carona até a Represa Grande para podermos tirar fotos dela? Além disso, dissemos que encontraríamos nosso pai e nossa mãe lá. Eu não tenho certeza se ele acreditou em nós, e acho que ele estava um pouco bêbado porque exalava um cheiro forte, quase de gasolina, mas ele era legal e nos levou até a represa, onde nos despedimos, fingindo que sabíamos o caminho e fingindo, especialmente, que não estávamos quase morrendo de sede.

Quando o homem se foi e o ruído do motor já soava como a lembrança de algo distante, você e eu nos entreolhamos e soubemos exatamente o que o outro estava pensando, que era água, e corremos rumo à água e deitamos de bruços à beira do rio corrente e primeiro tentamos pegar água com as mãos em copa, mas de nada adiantou, então fizemos um O com nossa boca como se fôssemos insetos e bebemos a água cinzenta que jorrava diretamente do rio como se nossos lábios fossem canudos. Eu podia ver seus dentinhos e sua língua aparecendo e sumindo enquanto você sugava a água.

CLÍMAX

De acordo com o mapa da Trilha da Divisória Continental, estávamos a apenas dezesseis quilômetros da cidade mais próxima, que era Lordsburg, onde havia uma estação ferroviária que, eu esperava, teria trens partindo para o oeste em direção às Chiricahua e ao cânion do Eco. Tentei explicar isso a você, empolgado e orgulhoso de como eu estava seguindo bem o mapa, mas na verdade você não estava lá muito interessada. Mais tarde, sentado à margem do rio, ainda com fome mas não com sede, pelo menos, eu estava tentando encontrar uma solução para as coisas, e tirei coisas de dentro da mochila, como alguns fósforos e meu livro e minha bússola e meu binóculo e também algumas das minhas fotos, tudo uma bagunça na mochila, e coloquei todas elas sobre a lama alinhadas uma ao lado da outra. Havia a fotografia que eu tinha acabado de tirar, do rancheiro no trator dele. Você disse que o rancheiro era parecido com Johnny Cash, o que eu achei realmente elevado para a sua idade, e eu te disse, você é tão inteligente.

Era uma fotografia razoável, exceto pelo fato de que o rancheiro parecia estar desbotando sob uma fonte de luz brilhante de cuja existência eu não me lembrava quando tirei a foto. E então me lembrei também de que tirei algumas fotos do Pá em que ele parecia estar esmaecendo sob excesso de luz. Em seguida vasculhei minhas coisas para encontrar essas fotos, e encontrei. Uma delas era de um dia quando nós percorremos muitas estradas e cruzamos o Texas e o Papá parou o carro no meio da rodovia, que de qualquer forma estava vazia, e nós dois descemos e tirei uma foto dele ao lado de uma placa que dizia Paris, Texas, e depois voltamos para o carro. E a outra era de um dia quando passamos pela cidadezinha chamada Gerônimo a caminho do cemitério apache e o Papá estacionou novamente ao lado de uma placa na qual se lia Gerônimo Limite de Município, e tirei uma foto.

Agora, deitados na lama na beira da represa, você e eu, percebi que essas três fotos eram muito parecidas entre si, como peças de um quebra-cabeça que eu tinha que montar, e eu estava olhando para elas, me concentrando, quando de repente você veio com a pista, que era boa e inteligente, mas também aterrorizante. Você disse: Olha, todo mundo nestas fotos está desaparecendo.

SÍMILES

A tarde terminava quando finalmente chegamos a Lordsburg, e tínhamos andado por muito tempo embora eu achasse que estivéssemos bem perto, e estávamos com sede de novo, porque não havia outros açudes naquela parte do caminho, apenas dois velhos moinhos de vento, que estavam abandonados, e também lojas fechadas ou abandonadas, como a Loja de Fogos de Artifício da Família, e uma enorme placa que dizia apenas Comida, da qual tirei uma foto, e depois o cemitério, e quando finalmente saímos da Trilha da Divisória Continental havia um hotel abandonado chamado Fim do Caminho, do qual eu também tirei uma foto. Quando chegamos à grande rodovia que nos levaria direto à Estação Lordsburg, havia também estranhas placas de trânsito indicando coisas como Cuidado: Podem Existir Tempestades de Poeira e outra dizendo Zero Visibilidade Possível, o que eu sabia que significava alguma coisa sobre condições climáticas ruins, mas sorri comigo mesmo pensando que era como um sinal de boa sorte para nós, porque teríamos que ser invisíveis agora que íamos entrar em uma cidade repleta de desconhecidos.

A estação ferroviária de Lordsburg parecia mais um pátio de trens do que uma estação. Havia um punhado de vagões antigos estacionados lá, mas não se tratava de uma estação de verdade com pessoas indo e vindo carregando malas e outras coisas que normalmente vemos nas estações de trem. Parecia um lugar onde todos tinham morrido ou simplesmente desaparecido, porque dava para sentir as pessoas e quase cheirar o hálito delas ao redor, mas não havia ninguém para ver. Nós caminhamos ao longo dos trilhos por muito tempo, em direção ao oeste, eu acho, porque o sol estava no nosso rosto, embora isso não nos incomodasse porque já estava baixo no céu. Caminhamos ao longo dos trilhos até que tivemos que contornar um trem estacionado, e enquanto o circundávamos, avistamos uma lanchonete aberta, e a lanchonete se chamava Maverick Room. Ficamos lá um bom tempo parados olhando para ela, de costas para o trem estacionado, matutando se deveríamos avançar e entrar. Estávamos a alguns passos dos trilhos, logo depois de uma faixa de cascalho. Eu estava com medo de entrar na lanchonete, mas não disse nada. Você queria muito entrar, porque estava com sede. Eu também estava, mas não disse nada a respeito.

Para distrair você, eu disse, ei, vou deixar você tirar uma foto do trem, e você mesma pode segurar a câmera. Claro que você concordou imediatamente. Demos alguns passos para longe do trem, paramos na metade do caminho entre o vagão e o Maverick Room. Da minha mochila tirei a câmera e o livro vermelho da Má, do jeito que eu sempre me preparava antes de uma foto. Então deixei você segurar a câmera, e você olhou pela ocular, e no exato instante em que eu estava dizendo para você ser paciente e ter certeza de que o foco estava bem ajustado, você apertou o obturador e a foto deslizou para fora. Eu a peguei bem na hora certa, e rapidamente a enfiei dentro do livro vermelho da Mamã para revelar, e joguei de novo a câmera e o livro na minha mochila.

Você perguntou, qual é o plano agora, Pluma Veloz? então eu te disse que o plano era esperar a foto revelar. Depois, de novo, você disse que precisava urgentemente de água, o que eu sabia, porque seus lábios estavam completamente rachados. E pude ver que você estava à beira de um chilique, então eu disse, tá legal, tá legal, vamos à lanchonete. E qual é o plano depois disso? perguntou você. Eu te falei que o plano era pular de volta naquele vagão de trem depois que arranjássemos algo para beber na lanchonete. Eu disse que dormiríamos no teto daquele trem, e que o trem provavelmente partiria na manhã seguinte, rumo ao oeste, que era a direção para o cânion do Eco. Eu não fazia ideia do que eu estava falando, claro, estava inventando tudo, mas você acreditou em mim porque confiava em mim, e isso sempre me fazia me sentir culpado.

Pensei: o plano, por ora, é que vamos entrar e pedir água no longo balcão e vamos fingir que nosso pai e nossa mãe vão chegar a qualquer momento, e depois de beber a água, vamos embora correndo. Não vai contar como roubo, porque de qualquer forma os copos de água são gratuitos. Mas não vou contar a Memphis essa parte, pensei. Não vou dizer a ela que teremos que fugir depois de beber a água, porque sei que isso vai assustá-la e ela não precisa ficar assustada.

REVERBERAÇÕES

O sol estava baixo no céu quando entramos na lanchonete. Assim que entramos, soube que não deveríamos ficar muito tempo lá dentro ou começaríamos a parecer suspeitos, como se estivéssemos sozinhos, sem pai nem mãe. Nós nos sentamos diante do longo balcão em altos tamboretes com espuma elástica. Tudo em torno de nós era brilhante, os porta-guardanapos, as grandes e barulhentas cafeteiras cujo cheiro é tão ácido, as colheres e os garfos, até mesmo o rosto da garçonete reluzia. Você, Memphis, pediu à garçonete giz de cera e papel, que ela trouxe, e eu pedi duas águas e disse que esperaríamos nosso pai e nossa mãe chegarem para pedir coisas de verdade. A garçonete sorriu e disse, sem problema, rapaz. A única outra pessoa, além de nós e da garçonete, era um velho de rosto redondo e rosado. Ele estava de pé a poucos metros de nós, vestido de azul. Bebia cerveja de um copo alto e estava comendo asinhas de frango e chupando a carne presa entre os dentes compridos. Pude ver que você também queria um pedaço de frango, porque seus olhos ficaram cheios de lágrimas e enlouquecidos como pássaros brigando por espaço nos galhos.

Mas não íamos arriscar. Eu disse, concentre-se no seu desenho, e então você desenhou uma figura feminina e escreveu Sir Fus Apaixonado, e depois disse que estava escrito Sara Apaixonada. Eu não quis corrigir sua ortografia porque realmente não importava muito, porque quem veria o desenho, além de nós, afinal?

O homem foi ao banheiro e deixou seu prato cheio de asinhas de frango ali mesmo. A garçonete estava na cozinha, e quando tive a certeza de que ninguém estava olhando, estendi a mão e peguei duas asinhas de frango do prato dele e te entreguei uma, que primeiro você segurou firme na mão e depois, quando viu que eu estava rapidamente comendo a minha, fez o mesmo. E assim que acabamos de comer até o último naco de carne, jogamos os ossos embaixo do balcão.

Em seguida vieram as águas, com muito gelo. Peguei saquinhos de açúcar e os esvaziei dentro de nossas águas e depois coloquei um punhado deles no meu bolso, para mais tarde. E as águas eram tão boas e doces, nós as bebemos tão depressa, tão depressa que de repente senti vergonha de ir embora. Minhas pernas ficaram pesadas e constrangidas, pelas águas e também pela evidência dos ossos das asinhas de frango embaixo do balcão. Ficamos ali sentados em silêncio por um bom tempo, e ajudei você com seu desenho e fiz um coração em torno de Sara Apaixonada, e ambos fizemos estrelas cadentes em volta dela e alguns planetas. Mas mesmo quando eu estava me concentrando em colorir os planetas, em minha mente eu sabia que não poderia continuar fingindo por muito mais tempo que ainda estávamos esperando nosso pai e nossa mãe chegarem.

Eu estava prestes a não saber o que fazer em seguida e estragar tudo quando aconteceu algo que foi uma sorte para nós. Acho que você nos trouxe a sorte. A Mamã sempre disse que você tinha uma boa estrela pairando acima de você. O homem ao nosso lado com o rosto redondo e rosado e dentes compridos levantou-se e foi até o jukebox no canto. Acho que ele estava bêbado, porque demorou um baita tempo fuçando na máquina, apertando botões, e o corpo dele se movia um pouco de um lado para outro.

Finalmente, uma música veio à tona — e essa foi a parte de sorte para nós. Era uma das nossas próprias canções, sua e minha, uma das músicas que conhecíamos de cor e que estávamos cantando no carro com nossos pais antes de nos perdermos ou de eles se perderem ou de todos se perderem. A canção se chamava "Space Oddity", sobre um astronauta que sai de sua cápsula e vagueia pelo espaço distanciando-se da Terra. Eu sabia que nós dois conhecíamos a canção, então começei um jogo para você me acompanhar bem ali. Olhei para você e disse, ouça, você é o Major Tom e eu sou o Controle de Solo. Então, lentamente, coloquei capacetes imaginários em nós dois, e nós dois estávamos segurando walkie-talkies espaciais de mentira. Controle de Solo para Major Tom, falei no walkie-talkie.

Você abriu um sorriso tão largo, eu soube que você entendeu meu jogo imediatamente porque também é o que em geral você costuma fazer. O restante das instruções veio da letra da canção, mas eu estava mexendo os lábios em sincronia com a música, olhando diretamente para você de modo que não se distraísse com alguma outra coisa, porque você está sempre distraída com pormenores e detalhes.

Take your protein pills, falei. *Put your helmet on*, disse a canção, e depois *ten, nine, eight, commence the countdown, turn the engines* *on*. Você estava me ouvindo, eu sabia. *Check ignition*, dissemos eu e a música.* E à medida que a contagem regressiva para o lançamento espacial foi avançando, sete, seis, eu escorreguei de fininho do banco e comecei a caminhar de costas na direção da porta ainda olhando para você e dublando a canção com um movimento dos lábios muito claro. Cinco, quatro, e aí você também saiu furtivamente escorregando do banco, segurando a imagem que você tinha desenhado com Sara Apaixonada, três, dois, e então chegou o um, e bem no um, nós dois estávamos no chão e você começou a me seguir, andando devagar na ponta dos pés e abrindo seus olhos como você faz quando está olhando para mim debaixo d'água. A expressão do seu rosto podia ser tão engraçada às vezes. Você estava fazendo o *moonwalk*, só que em vez de deslizar suavemente os pés para trás, estava indo para a frente, e com um sorriso muito largo.

Ninguém na lanchonete reparou em nós, nem o homem cor-de-rosa, nem a garçonete, que estavam conversando bem perto um do outro, ele quase roçando o nariz dela do outro lado do balcão. Já tínhamos chegado às portas de vaivém, exatamente no momento em que a canção fica mais alta, *This is Ground Control*, o astronauta grita no microfone na música. E eu sabia que tínhamos conseguido quando segurei a porta aberta para você e de repente estávamos passando por ela e estávamos do lado de fora, a salvo e livres do lado de fora, não tendo sido pegos pela garçonete, nem pelo homem que estava comendo aquelas asinhas de frango, nem por ninguém.

Nós éramos invisíveis, como dois astronautas no espaço, flutuando em direção à lua. E lá fora o sol estava se pondo, o céu rosa e laranja, e os trens de carga estacionados nos trilhos eram reluzentes e bonitos, e corri para ele tão rápido através do cascalho, e ao redor do trem em frente ao Maverick Room, e além dos trilhos do trem, e rindo tanto que minha bexiga quase explodiu de tanta água gelada que tínhamos bebido. E corri mais, atravessei a estrada grande e depois corri ao longo de ruas menores até chegar aos arbustos do deserto, onde não havia mais casas, ruas ou qualquer outra coisa, apenas arbustos e, aqui

---

* "Tome suas pílulas de proteína/ Coloque o seu capacete/ dez, nove, oito, comece a contagem regressiva, ligue os motores/ Verifique a ignição." (N. T.)

e ali, grama alta. Continuei correndo porque eu ainda podia ouvir a canção, mas apenas na minha cabeça, então cantei pedaços da letra em voz alta enquanto nós corríamos, como *I'm floating*, e tipo *the stars look different*, e também *my spaceship knows which way to go.**

Eu corri muito rápido por muito tempo. Eu ainda estava gritando, *can you hear me, Major Tom?* E eu me virei para olhar para trás, mas você não estava mais lá. Major Tom? Gritei muitas vezes ao meu redor. Você não estava lá de jeito nenhum. Devo ter corrido muito rápido para ela, pensei dentro da minha cabeça. Devo ter corrido rápido demais, rápido demais para as perninhas dela, achando que você estava me acompanhando, e você simplesmente não estava. Ela é tão inútil às vezes, pensei então, mas é claro que não acho isso de verdade. Você provavelmente se distraiu com algo pequeno e estúpido tipo uma pedra em um formato engraçado ou uma flor que era roxa.

Você não estava em parte alguma. Continuei procurando, gritando, Major Tom, e depois Memphis, por minutos ou horas, até que notei que havia sombras mais longas avolumando-se vagarosamente e fiquei furioso pensando que talvez você estivesse se escondendo, e depois tive medo e culpa pensando que você talvez tivesse caído e estava gritando meu nome em algum lugar e eu também não estava em lugar algum para você me ver.

Caminhei de volta até a lanchonete Maverick Room, onde tínhamos estado juntos pela última vez. Mas fiquei a alguns metros de distância, junto ao trem estacionado do lado de fora, porque a área do lado de fora da lanchonete estava apinhada de adultos, homens e mulheres, altos e estranhos e não confiáveis. Mais tarde, subi até o teto de um vagão de trem, o mesmo vagão do qual eu havia tirado uma foto mais cedo naquele dia. Escalei até o topo, usando uma das escadinhas laterais. Lá em cima no topo do trem, eu sabia, ninguém conseguiria me ver, não importava o quanto fossem humanamente altos.

Abri minha mochila e tirei algumas das minhas coisas para me fazer companhia. Peguei o binóculo, o canivete suíço e o mapa da Trilha da Divisória Continental, e esmurrei o mapa com o punho e

---

* "Estou flutuando/ as estrelas estão diferentes/ a minha nave sabe qual caminho percorrer." (N. T.)

cuspi nele, porque constatei que seguindo aquela trilha a única coisa que eu tinha conseguido fazer foi separar nós dois, e me senti tão estúpido, como se tivesse caído direto em uma armadilha, apesar de todos os alertas. Recoloquei tudo de volta na mochila. De nada adiantava ter minhas coisas lá, elas não eram companhia agora. Do teto do vagão do trem, o céu parecia quase preto. Algumas estrelas apareceram no céu. A canção sobre o astronauta continuava voltando para mim na minha cabeça. Com a diferença de que, agora, a parte sobre as estrelas que pareciam muito diferentes dava a sensação de ser uma praga com que o céu nos amaldiçoou.

Perdidos

VIGÍLIA

Onde você estava, Memphis? Você sabia que estávamos perdidos? Quando me dei conta de que estávamos perdidos, pensei que se o Pá e a Má nunca mais nos encontrassem, ainda estaríamos juntos, e isso era melhor do que nunca mais ficarmos juntos novamente. Então, durante todo o tempo enquanto íamos ficando cada vez mais perdidos, jamais me assustei. Eu estava até feliz em me perder. Mas agora eu tinha perdido você, então nada fazia mais sentido. Eu só queria ser encontrado. Mas primeiro tinha que encontrar você.

E onde você estava? Você estava com medo? Machucada?

Você era forte e poderosa, como o rio Mississippi que tínhamos visto em Memphis. Disso eu sabia com certeza. Foi por essa razão que você fez por merecer seu nome. Você se lembra de como ganhou seu nome? Estávamos em Graceland, Memphis, Tennessee, em um hotelzinho que tinha uma piscina na forma de uma guitarra racional, como o violão na música chamada "Graceland" que a Má e o Pá cantavam em voz alta juntos, eles sabiam a letra toda, embora cantassem desafinados. Estávamos todos deitados nas camas do hotel, com as luzes apagadas, quando o Pá começou a nos contar como os apaches recebiam seus nomes. Ele nos disse que os nomes eram dados quando as crianças ficavam mais maduras e se tornavam merecedoras dos nomes, que eram como um presente que se dava a elas. Os nomes não eram secretos, mas também não podiam ser usados assim sem mais nem menos por qualquer pessoa de fora da família, porque um nome tinha que ser respeitado, porque um nome era como a alma de uma pessoa, mas também o destino de uma pessoa, disse ele. O Papá me chamou de Pluma Veloz, de que eu gostava porque tinha uma sonoridade de águia e ao mesmo tempo de flecha, que eram duas coisas rápidas de que eu gostava. Quem deu o nome do Papá fui eu. Acho que era o melhor nome porque foi baseado em uma pessoa real. Era Papá Cochise, que ele ganhou porque era o único que conhecia apaches de verdade e sabia contar todas as histórias deles sempre que pedíamos e até quando não pedíamos. E ele deu à Má o nome de Seta da Sorte, e eu achei que combinava muito bem com ela, e ela não reclamou, então acho que ela também pensava a mesma coisa.

E você. Você, que queria ser chamada de Piscina de Guitarra, o que a gente não deixou, ou Graceland Memphis Tennessee, como na canção. Então você recebeu o nome Memphis, e é por isso que você é Memphis agora. A Má também te disse que Mênfis havia sido um dia a capital do antigo Egito, um lugar bonito e poderoso às margens do rio Nilo, protegido pelo deus Ptah, que criou o mundo inteiro apenas pensando nele ou imaginando-o.

Mas onde no mundo você estava agora, Memphis?

APAGADOS

Disto você tem que saber sobre si mesma. Em longas viagens de carro, você sempre conseguia dormir. Eu fechava meus olhos e fingia dormir, pensando que, se fingisse por tempo suficiente, eu pegaria no sono. A mesma coisa à noite, não importava onde ou o quê, você enterrava a cabeça em qualquer travesseiro e chupava o polegar e adormecia como se fosse a coisa mais fácil. Na maioria das noites eu não conseguia dormir, por mais que tentasse, e simplesmente ficava lá ouvindo o som das nossas vozes, a forma como ressoavam dentro do carro o dia todo, mas meio que quebradas ou distantes, feito ecos, mas não ecos bons.

Desde que eu era muito pequeno, nunca conseguia dormir. A Mamá tentou uma porção de coisas diferentes. Ela me mostrou como imaginar coisas. Por exemplo, eu tinha que imaginar meu coração batendo no espaço escuro do meu corpo. Ou, outras vezes, imaginar um túnel, que era escuro, mas de onde eu conseguia ver a luz do outro lado, e imaginar como meus braços se transformavam lentamente em asas, e minúsculas penas brotavam da minha pele, meus olhos sempre enfocados no túnel, e assim que eu o alcançasse, eu estaria dormindo, e era aí que eu seria capaz de voar até o outro lado. A Mamã tinha me mostrado todas essas técnicas, e mesmo nas piores noites, depois de algum tempo tentando, elas funcionavam.

Mas naquela noite, deitado em cima do vagão na frente daquela lachonete, pensando que talvez você estivesse lá com aquelas pessoas desconhecidas, ou talvez perdida no deserto, ficando mais longe de mim, era o oposto. Eu não queria dormir, embora meus olhos continuassem se fechando. O teto do vagão era um bom ponto de observação, e eu sabia que não deveria me mover de lá, porque é claro que eu sabia a regra: que quando duas pessoas se perdem, a melhor coisa é uma delas ficar no mesmo lugar e a outra sair à procura. Eu pensei que você estaria me procurando, porque você provavelmente não conhecia essa regra. Então, embora eu quisesse muito sair procurando você, fiquei lá, deitado de bruços, meu rosto virado para a lanchonete, os braços cruzados na borda da gôndola. Peguei o livro das crianças perdidas, sacudindo-o dentro da mochila para me certificar de que não havia fotos presas dentro dele, e, segurando minha lanterna, tentei ler um pouco.

Enquanto lia, me forcei a pensar, imaginar, lembrar. Eu tinha que entender onde nós tínhamos errado, onde a maldição da Divisória Continental nos havia condenado ao infortúnio e nos dividido. Tentei pensar do jeito que eu sei que você pensa. Pensei, o que eu faria se eu fosse Memphis e nos separássemos? Ela é inteligente, eu pensei, embora seja pequena, então ela vai elaborar um plano. Não teria voltado para a lanchonete, de jeito nenhum. Ela não teria chegado nem perto dos adultos lá. Mas onde estava você, Memphis? Tinha que ficar parado o resto da noite, olhando de vez em quando para as luzes de néon que soletravam Maverick Room. Eu tinha que ser paciente e não perder a esperança, e me concentrar em ler sobre as crianças perdidas, com a minha lanterna, até o sol voltar e meus pensamentos não estarem tão sombrios e confusos como estavam naquele momento.

(A NONA ELEGIA)

Antes que a primeira sirene soasse através do pátio de trens, como os clarins chamando o toque de alvorada nos acampamentos onde ele havia sido treinado, o homem no comando estava acordado e pronto. Antecipando-se à sirene, ele tinha acordado as sete crianças, uma por uma. Ele as perfilou da mais nova para a mais velha, a dez passos de distância uma da outra ao longo de um lado do trilho. O trem chegaria ao som da terceira sirene, lhes disse o homem, e quando ela soasse a todo volume, elas deveriam montar guarda e repetir em suas cabeças as instruções que ele lhes dera. O trem não pararia, disse ele. Apenas diminuiria um pouco a velocidade enquanto trocava de trilhos. Fiquem imóveis olhando na direção do trem que se aproxima, na direção do último vagão, disse ele. Não falem, respirem devagar. Somente vagões fechados e gôndolas tinham escadinhas laterais. Alguns vagões-tanque também tinham escadinhas laterais, mas estes deveriam ser evitados. Disso elas já sabiam. Certifiquem-se de que suas mãos não estejam suadas ou os braços frouxos. Primeiro esperem a pessoa no fim da fila pular a bordo. Em seguida, concentrem-se no vagão ou gôndola que se aproxima e localizem uma escadinha lateral. Mantenham seus olhos fixos na escadinha; mirem uma única barra quando o trem chegar bem perto. Estendam o braço, agarrem a barra com uma das mãos, corram junto com o trem, não pisem perto demais do trilho e das rodas do trem que cospem faíscas. Usem o ímpeto acumulado e a força das pernas para pegar impulso e sair do chão, pulem, agarrem uma barra inferior com a outra mão, balancem o corpo para dentro e puxem o peso do corpo em direção à escada lateral usando a força do braço.

A maioria das crianças havia esquecido todos esses detalhes. O homem lhes disse que estaria atrás de cada uma delas à medida que, uma a uma, elas agarrassem uma barra da escadinha lateral. Ele correria junto com cada uma delas e as empurraria por trás enquanto se erguiam do chão, começando com a primeira criança, a mais nova, e avançando em direção à sétima. Uma vez na escadinha, elas teriam que se segurar com firmeza e se manter imóveis. O homem seria o último e subiria até o topo de um vagão, e assim que o trem atingisse a velocidade máxima, iria de carro em carro para recolher cada criança de sua escadinha e as ajudaria e as levaria a uma gôndola. Se alguém hesitasse, se falhasse, se caísse, seria deixado para trás.

Então, ao som da terceira sirene, as crianças ficaram imóveis, sentindo o cascalho quente sob os pés, tentando não pensar, não lembrar, não rezar. Mas o tempo passou mais rápido do que suas mentes podiam ponderar ou desabar, e o trem também. A primeira, a segunda e a terceira criança estavam a bordo antes que a quarta pudesse avistar uma escadinha. Ela tinha deixado passar duas escadinhas e quase perdeu uma terceira, mas o homem no comando lhe deu um tapa na cabeça, e a criança finalmente reagiu. Saiu em disparada atrás da escadinha, ambos os braços estendidos "como uma bichinha brincando de pega-pega com uma motocicleta" — conforme mais tarde foi relatado aos outros pelo homem no comando. A quinta e a sexta crianças tinham conseguido e se saíram tão bem quanto as três primeiras, embora o homem no comando as tivesse empurrado com tanta força contra as barras da escadinha que elas quase quicaram e desabaram de volta no chão que passava acelerado abaixo delas.

E lá finalmente estava o sétimo menino. Ele era o mais velho e o único que sabia ler bem e lidar com números. Enquanto o homem no comando avançava ao longo da fila em sua direção, ele conferiu em sua mente o primeiro menino, o segundo menino, o terceiro menino, e também começou a ler as estranhas palavras escritas no comboio que passava diante dele: Carro Equipado, Peso Bruto, Limite do Contêiner, Fim, Avanço Gradual, Controle de Bitolas, Sapatas de Freio Fenólicas, Limite do Contêiner. Então, quando percebeu que o quarto menino estava com problemas e talvez não conseguisse subir a bordo, começou a ler as palavras em voz alta, desrespeitando abertamente as instruções dadas pelo homem no comando, Vagões Não Intercambiáveis, Registro de Equipamentos, Guias de Contêiner Obrigatória, Avanço Gradual, Sapatas de Freio, Levantar com Macaco Mecânico Aqui, Levantar com Macaco Mecânico Aqui, Alavanca de Frenagem Aplicável Somente no Trilho Final, Vagões Intercambiáveis. Ele os leu em voz cada vez mais alta enquanto o homem no comando se aproximava dele: Registro de Equipamentos, Chapa H, Peso Máximo de Contêineres, Chapa I. Aos ouvidos dele os nomes tinham a sonoridade das páginas de um livro estranho e bonito: Guia do Contêiner, Remover Todos os Detritos, Acoplar Aqui, Pequeno Avanço Gradual, Guia do Contêiner, Excede Chapa, Guia do Contêiner. E quando finalmente chegou a vez dele, ele avistou a escadinha lateral, iminente e ainda embaçada, que se aproximava, lendo Usar Sapatas, Extrair Carga de Liberação, Caminhões, Intercâmbio Controlado, Equipamento para Carros. Agora ele estava gritando as palavras e o homem no comando estava correndo atrás dele, perguntando qual era a porra do problema com ele, ao que ele só respondia com mais palavras-chave, Sensores de Frenagem Especiais, Ver Insígnia, Sensores de Frenagem Especiais, Ver Insígnia. Ele tinha certeza de que não conseguiria, mas de repente, como um pássaro abrindo suas asas novas, ele abriu os braços para fora, Chapas, Contêiner, Sensores de Frenagem Especiais, Rede Transportadora, Limite de Contêiner 6 Metros, e então agarrou e segurou uma barra, arremessou o corpo para mais perto, Sensores de Frenagem Especiais, Próxima Carga, sentiu um empurrão no osso da nádega direita, Qualquer Carga, Sensor de Frenagem, Guia do Contêiner, e impulsionou a si mesmo para dentro, pelejando contra um inesperado tipo de força centrífuga, pensando e agora já deixando de falar em voz alta as últimas palavras avistadas: Remover Todos.

A sirene estrondeou de novo, e o trem atingiu a velocidade máxima. Todas as sete crianças estavam agora penduradas em escadinhas em diferentes vagões do trem. Uma exaustão sombria se apoderou do sétimo menino, ainda agarrado a uma barra pela dobra interna dos cotovelos. O vento batia fresco em seu rosto, e por um momento ele se esqueceu de que havia outros de que precisava cuidar. Esqueceu-se de que havia outros seis que estavam segurando barras como ele estava, alguns fechando os olhos, alguns com um leve sorrisinho, as duas meninas uivando para o céu em uma onda de alívio e talvez alegria — porque tinham conseguido, todos tinham conseguido.

O sétimo menino de repente se lembrou do homem no comando, que estava correndo sem fôlego por trás do último vagão. Ele olhou para trás e o viu perseguindo o trem como um coelho aterrorizado. Ele teve certeza, por um segundo, de que o homem no comando não conseguiria, nunca mais voltaria para a gôndola deles, e teve tanta esperança que quase começou a rezar, mas se lembrou daquele estranho sábio no primeiro pátio de trens que havia lhes dito que nunca deveriam rezar para deus nenhum quando estivessem viajando de trem. Então ele apenas mordeu o lábio inferior e observou.

O homem no comando continuou correndo atrás do trem — pensando, enquanto corria: "Esteja sempre pronto"; e ouvindo, martelando em sua mente, os ecos longínquos do clangor do clarim na alvorada; dizendo a si mesmo: "Eu sempre fui o primeiro a acordar, sempre acordei antes de o dia raiar, filhos da puta", sabendo que não era capaz de soletrar ou ler as palavras clarim, clangor ou alvorada, mas podia correr atrás de trens como ninguém. E quando o homem no comando acelerou o máximo possível nos passos finais, prometeu a si mesmo que, uma vez no topo daquela gôndola, encontraria aquele rapaz espertalhão, o sétimo, o pequeno leitor de palavras, o filho da puta. E ah, com que vagar ele o estragaria, primeiro a mente dele, depois seu corpo. Ele arrancaria todas as palavras inteligentes da boca dele, depois lhe cortaria a língua; ele o forçaria a ver pesadelos com seus olhinhos penetrantes, que depois arrancaria de suas órbitas; com as próprias mãos, rearranjaria os ossos ágeis do menino e desarrumaria seu belo rosto até que não restasse nada reconhecível dele. Depois, já quase perto do fim, o homem no comando agarrou-se a uma alça de metal e se lançou para cima, enquanto o trem avançava por entre as terras estéreis em direção aos desertos do norte.

ITENS

Enterrei o rosto entre meus braços cruzados e fechei os olhos. Eu não queria ler a elegia seguinte, e não o fiz. Eu estava com muito medo de ler mais, com medo de que o homem no comando encontrasse o sétimo menino e o castigasse. O que faria com ele? Eu pensava, na minha cabeça, sobre o que eu faria se fosse aquele menino, e como tentaria escapar do homem no comando. Fiz planos de fuga, imaginei saídas e modos de me evadir, saltando do trem ou fingindo que já estava morto para que assim ele não me matasse novamente. Até que, acho, adormeci e comecei a ter sonhos semelhantes.

Tenho certeza de que estava sonhando porque havia um cachimbo na minha boca e, claro, eu não fumo, mesmo que tivesse cogitado isso antes. Havia um cachimbo na minha boca e você dormia ao meu lado e chupava seu polegar. Eu não tinha isqueiro nem fósforos, então na verdade eu não estava fumando, nem mesmo no sonho. Eu apenas estava com vontade de fumar. Não parecia exatamente um sonho, mas um pensamento ou sentimento que continuava voltando para mim, precisando ser resolvido, mas permanecendo sem resolução. O que eu teimava em pensar no sonho era: onde vou encontrar os fósforos ou o isqueiro? O Pá e a Má sempre tinham um ou outro, no bolso dele e na bolsa dela. Então revirei meus bolsos no meu sonho, mas havia apenas pedras, moedas, um elástico, migalhas, nada de fósforos. Depois olhei na minha mochila e, em vez de todas as minhas coisas, havia apenas *O livro sem figuras*. Na vida real, você costumava rir quando líamos para você. Então, no sonho, eu acordei e li para você. E quando li para você, mesmo que no sonho, você deu tantas gargalhadas que me acordou de verdade.

Quando acordei, o que eu pensava que estava lá não estava mais. Olhei ao redor para as luzes de néon em que se lia Maverick Room, mas nada disso estava lá. O sol estava nascendo. Demorei um momento, mas percebi que o vagão fechado do trem no qual eu vinha lendo e volta e meia cochilando, embora eu tentasse não fazê-lo, estava se mexendo. Senti o vento soprando contra o meu rosto, e então meu sangue correndo para as bochechas, e um buraco no meu estômago. Eu senti horror.

Eu me obriguei a voltar à minha mente. Eu me forcei a pensar de novo. A imaginar. A lembrar. A retroceder aquele trem que estava se movendo tão rápido, rebobiná-lo em minha mente, e compreender. Peguei na mochila a minha bússola, e a agulha mostrou que o trem rumava para o oeste, que era o caminho certo. Então me lembrei de que dissera a você, antes de entrarmos na lanchonete naquele dia em que fomos divididos, que o plano era subirmos no trem defronte à lanchonete e viajar nesse trem para o oeste, em direção à Má e ao Pá no cânion do Eco, e de repente eu soube. Soube que você tinha que estar lá também, em algum lugar, naquele mesmo trem, que estava se movendo de verdade. E embora eu não pudesse te ver, sabia que você estava bem porque eu ouvi você rir dentro do meu sonho. Sabia que teria que esperar o sol raiar primeiro, mas eu encontraria você.

LUZ

E quando o sol surgiu, mais alto que os picos das montanhas longínquas, eu sabia que tinha que começar a procurar.

Você não estaria em nenhum dos tetos das gôndolas, porque era muito difícil escalar as escadinhas de metal. Também, porque eu estava no teto de uma gôndola, podia avistar os tetos de todos os outros vagões, e tirei meu binóculo da mochila e olhei através dele, para confirmar e reconfirmar, e todos estavam vazios. Nada nas muitas gôndolas à minha frente, na direção do motor do trem, e nada nas três gôndolas atrás de mim, na direção do vagão de pessoal. Esse trem era diferente do trem das crianças perdidas, porque era desprovido de gente. Se era para você estar em qualquer lugar dele, seria ou em uma das plataformas de conexão ou do lado de dentro de uma das gôndolas. Mas você provavelmente teria muito medo de subir em uma gôndola, mesmo se tivesse encontrado uma que não estivesse trancada, porque quem sabe quem ou o que estava no interior desses espaços escuros. Então pensei que se fosse para você estar em algum lugar, teria que estar em uma plataforma de conexão entre duas gôndolas.

Eu tive que escolher entre caminhar na direção da parte de trás do trem, atravessando apenas um par de gôndolas, ou percorrer cerca de dez gôndolas em direção à frente do comboio.

A Má tinha uma superstição boba, que era que quando andávamos de trem ou metrô, ela nunca se sentava em um assento voltado para a parte de trás do trem. Ela achava que encarar o trem de trás para a frente dava azar. Eu sempre lhe disse que achava sua superstição ridícula e anticientífica, mas um dia comecei a fazer a mesma coisa, só por precaução. As superstições da Má eram assim, eram contagiosas. Você e eu, por exemplo, recolhíamos as moedas que encontrávamos na calçada e as enfiávamos dentro de nossos sapatos, como ela fazia. Nunca deixávamos passar um único centavo que fosse. Certa vez tive problemas na escola porque eu estava andando de um jeito esquisito, mancando pela sala de aula o dia todo, e a professora me fez tirar meu sapato, e encontrou uns quinze centavos dentro dele. Na hora da saída, quando ela contou para a Má o que havia acontecido, a Má disse que falaria comigo a respeito, mas depois, quando estávamos longe o suficiente quarteirão abaixo, ela me parabenizou e disse que em toda sua vida jamais havia conhecido um coletor de centavos mais sério e profissional.

Decidi rumar para a frente do trem e comecei a andar lentamente no teto da gôndola onde eu tinha dormido. O trem não estava se deslocando tão rápido, mas ainda era difícil andar lá, a verdade é que eu parecia estar andando em cima da coluna de uma enorme minhoca ou de um animal feroz. Eu não estava muito longe da extremidade da primeira gôndola, e quando cheguei, decidi não tentar pular para a outra gôndola, como as crianças perdidas faziam às vezes, o que pode ter sido uma covardia de minha parte, mas quem é que ia saber. Fiquei ali parado, olhando para o cascalho que se movia embaixo do trem como um filme acelerado, e tive de me sentar por um momento na borda para recuperar o fôlego, porque meu coração batia forte no peito, mas também dentro da minha garganta e cabeça, e talvez também no meu estômago. Depois de alguns minutos, eu ainda sentia meu coração em toda parte, mas respirei fundo uma última vez, e então avancei aos poucos arrastando a bunda no chão em direção à escadinha no canto direito do teto da gôndola, finquei meus pés no segundo degrau, virei meu corpo inteiro ao redor até sentir a aresta quente do teto pressionando o meu peito, deslizei um bocado mais para baixo, segurando firme nas laterais da escadinha, e finalmente comecei a descer, devagar, em direção à plataforma de conexão. A besta-fera inteira chacoalhava de um lado para outro à medida que avançava, e balançava especialmente forte nas plataformas de conexão.

As primeiras gôndolas foram muito difíceis. Eu caminhei de teto em teto, dando passos lentos e abrindo as pernas para me equilibrar, como se eu fosse uma bússola ambulante. Quando o trem sacudiu e perdi o equilíbrio, deixei-me cair de joelhos e rastejei pelo resto do caminho. Os sons que o trem fazia eram assustadores, como se o comboio estivesse prestes a se despedaçar. Quando cheguei à borda de uma gôndola e fiquei de joelhos ou de quatro e olhei para a plataforma de conexão, pude visualizar na minha mente o rosto do sétimo menino, e tive medo de ver o corpo dele passar zunindo por baixo de mim, mesmo sabendo que ele não estaria lá. Mas ao mesmo tempo, quando cheguei à beira de uma gôndola, fiquei esperançoso, depois olhei para a plataforma de conexão e estava vazia.

Eu não sei quantas gôndolas percorri, não sei por quanto tempo, estava tão quente e eu estava ficando desesperado, e me sentia extraordinariamente tonto, talvez nauseado por viajar de trem, porque tudo parecia borrado e inclinado, e tive ânsia de vômito, só que não havia nada para vomitar.

Eu não sei como explicar a você o que de repente senti quando cheguei à extremidade de uma das gôndolas e estava prestes a me sentar na borda e repetir o mesmo processo de olhar para baixo, avançar lentamente, girar, descer, mas então vi algo abaixo de mim, na plataforma de conexão, primeiro um amontoado de cores feito trapos enfeixados, mas depois me concentrei e distingui pés, pernas, corpo, cabeça, tudo enrolado em uma bola. Eu berrei tão alto: Memphis! Memphis!

Você não me ouviu, é claro, por causa do som do trem. Percebi então que era muito barulhento, muito mais alto que a minha voz, e também o vento soprava no meu rosto e arrancava minhas palavras direto da minha boca, e elas voavam para trás em direção ao último vagão. Mas eu tinha te encontrado, Memphis. Eu estava certo, e meu sonho estava certo! Você é muito esperta! Mais do que esperta, você é sábia e antiga, como os guerreiros-águias.

Eu tinha encontrado você, e estava tão doido e me sentia tão forte e destemido que esqueci completamente a tontura. Comecei a descer a escadinha na sua direção rápido demais e quase escorreguei, mas não. Desci até o fim e pisei no último degrau, depois firmei meus dois pés na plataforma de conexão e dei alguns passos para me ajoelhar ao seu lado. Você estava dormindo um sono profundo como se nada tivesse acontecido, como se sempre soubesse que tudo ia dar certo. Eu queria gritar no seu ouvido e te acordar, dizendo algo como Achei! Como se estivéssemos brincando de esconde-esconde o tempo todo. Mas decidi te acordar com delicadeza. Engatinhei ao seu redor e me sentei com a mochila encostada na parede de metal da gôndola.

A sua cabeça estava tocando minha perna. Aí eu lentamente levantei sua cabeça com minhas duas mãos e deslizei minha perna por baixo dela, e tive a sensação de que o mundo estava voltando.

Percebi que eu estava viajando de costas no trem agora, e sombras, montes de feno, cercas e arbustos continuavam passando por mim, abalando-me um pouco a cada vez, mas decidi não me importar com isso, porque eu tinha encontrado você, então de jeito nenhum viajar de costas poderia significar má sorte dessa vez, nesse momento. Eu cocei um pouco a sua cabeça, seus cachos emaranhados, até que você abriu os olhos e olhou para mim de lado. Você não sorriu, mas disse, oi, Pluma Veloz Controle de Solo. E eu disse olá, Major Tom Memphis.

ESPAÇO

Quando você finalmente se sentou, perguntou por onde eu tinha andado. Eu menti e disse que tinha ido apenas buscar comida e água. Seus olhos se arregalaram e você disse que queria um pouco também, então tive que dizer que ainda não havia encontrado nada. Em seguida você perguntou onde estávamos, quantas horas ou quarteirões mais ainda faltavam para o cânion do Eco, e eu disse que estávamos quase lá. Para distrair você por algum tempo, sugeri que poderíamos subir juntos até o teto da gôndola e brincar do jogo dos nomes, disse que se você conseguisse avistar algum saguaro, eu pagaria um centavo para cada um. Mas você disse, não, eu estou com sede, meu estômago está queimando, e depois desabou de novo feito um cachorro, com a cabeça sobre a minha perna. O trem seguiu em frente, e ficamos quietos por algum tempo, e eu esfreguei sua barriga, fazendo círculos com a mão, no sentido horário, do jeito que a Má fazia quando estávamos com dor de barriga.

Por fim, o trem parou. Você se sentou de novo e eu andei na ponta dos pés até a borda da plataforma de conexão. Segurando com firmeza a parede da gôndola, inclinei-me para verificar se eu conseguia enxergar alguma coisa, e consegui. Havia um banco e, atrás dele, uma barraquinha de sorvete, que estava fechada. Mas entre a barraquinha de sorvete e o banco havia uma placa, e dizia Bowie. Olhei de novo para você e disse, é aqui, Memphis, é aqui que a gente desce! Você não se mexeu, apenas olhou para mim com seus olhos negros e perguntou como é que eu sabia que tínhamos que sair do trem naquele lugar. Eu disse, eu apenas sei, esse é o plano, confie em mim. Mas você balançou a cabeça. Então eu disse, lembre-se, Memphis, Bowie é o autor da nossa canção favorita. Você balançou a cabeça de novo. Então eu te contei a única coisa que eu realmente sabia, que era que Bowie era o lugar onde Gerônimo e o bando dele foram forçados a embarcar em um trem que os deportou para algum lugar distante, e o Pá nos contou a respeito. Você não balançou a cabeça dessa vez, talvez porque também tenha se lembrado disso, mas você não se levantou tampouco se mexeu. Então tive que inventar o restante da explicação, disse que o Pá me contou que, para chegar ao cânion do Eco, nós primeiro tínhamos que saltar do trem em Bowie.

Ele disse isso? perguntou você. Eu fiz que sim com a cabeça. Você se levantou e caminhou até a borda da plataforma de conexão, arrastando sua mochila atrás de você. Eu saltei e te ajudei a descer, e te ajudei a pôr a mochila nas costas. O cascalho estava duro e quente sob nossos pés, e embora não estivéssemos mais nos movendo, parecia que ainda estávamos, como se ainda estivéssemos no trem. Caminhamos até o banco e nos sentamos, com nossas mochilas nas costas. Apenas alguns poucos segundos depois, o apito do trem soou e lentamente o comboio partiu de novo. Eu não tinha certeza se devíamos ficar contentes por termos descido a tempo ou se tínhamos feito besteira e estragado tudo, e antes de eu me decidir, você perguntou mais uma vez onde estava o cânion do Eco. Então tirei a mochila das costas e peguei o mapa grande da Má, e você perguntou, o que você está fazendo, e eu disse, psiu, espere, me deixe estudar o mapa por um momento.

Eu me concentrei intensamente, procurando nomes que eu reconhecia. Depois de algum tempo, encontrei o nome Bowie e os nomes montanhas Chiricahua e dos Dragões da Cavalaria, todos na mesma dobra no enorme mapa da Má, então eu sabia pelo menos que tínhamos que olhar para aquela dobra. A partir de Bowie, tracei com o dedo uma rota pelo sul, atravessando o grande vale seco, e depois para o leste até as Chiricahua, mas também percebi que a caminhada era mais longa do que eu imaginava.

Eu te disse, tá legal, temos que nos levantar e andar um pouco mais agora. Você olhou para mim como se eu tivesse dado um soco na sua barriga. Primeiro, seus olhos ficaram marejados, uma linha vermelha ao redor da borda inferior. Mas você conteve as lágrimas e olhou para mim com uma espécie de olhar louco, repleto de pensamentos enfurecidos. Eu sabia que isso aconteceria, e aconteceu. Você teve um colapso. Não, não, Pluma Veloz! gritou você, erguendo-se do banco. Sua voz estava tremendo, rugindo. E então você disse, Jesus Cristo do Caralho, e eu quase dei uma gargalhada, mas não ri porque pude ver que você estava falando muito sério e usando a expressão como um adulto, que você finalmente a tinha entendido, ou talvez tivesse entendido o tempo todo. Você me falou que eu era o mais terrível dos guias, e um irmão terrível, que você não sairia do lugar enquanto a Má e o Pá não viessem nos encontrar lá. Você me perguntou por que eu tinha levado a gente até lá. Respondi do jeito que a Má e o Pá costumavam fazer, dizendo algo como, quando você for mais velha, você vai entender. Isso deixou você ainda mais zangada. Você continuou berrando e chutando o cascalho ao redor. Até que eu me levantei também e te segurei pelos ombros e disse que você não tinha escolha, falei que eu era tudo que você tinha agora, então você poderia ou aceitar isso ou ficar sozinha. Você provavelmente estava certa, eu era um péssimo irmão e um guia pior ainda, não como a Má, Seta da Sorte, que era capaz de encontrar qualquer coisa e conseguia nunca se perder, e não como o Papá Cochise, que sempre nos levava para todos os lugares e nos mantinha a salvo, mas essa parte eu não disse. Eu apenas olhei em seus olhos, tentando parecer furioso e ao mesmo tempo afável, como eles às vezes olhavam para nós, até que no fim você limpou o rosto e disse, tudo bem, tá legal, eu confio em você, apesar de que por muito tempo depois disso você tenha se recusado a me olhar nos olhos.

LUZ

Caminhamos ao longo dos trilhos do trem por um tempo, eu com o mapa grande da Má debaixo do braço e agora também com a minha bússola na palma da mão. Passamos por um estranho curral onde homens empunhando espingardas e vestidos à moda antiga estavam prestes a se matar ou representar uma cena. Não ficamos para assistir, mas pensei em tirar uma foto deles. Quando enfiei a mão na mochila para pegar a câmera, percebi que tinha esquecido o livrinho vermelho no trem. Eu pensava que o tinha posto de volta, mas não. Pelo menos eu havia retirado minhas fotos de dentro dele; elas estavam todas bagunçadas na mochila. Ainda assim bati a foto, mas dessa vez eu a enfiei dentro das dobras do mapa da Má, depois joguei o mapa na mochila e fechei o zíper.

Andamos um pouco mais e enchemos nossas garrafas de água no banheiro de um posto de gasolina abandonado, e também fiz algumas gotas de xixi em um vaso sanitário com um assento quebrado, e aí notei que não havia telhado acima de nós. De lá, deixamos para trás os trilhos e fomos para o sul, pela planície do deserto, seguindo a bússola. Ao longe, vimos nuvens.

Você me deu sua mão e eu a segurei firme. Entramos no deserto imaginário, como o deserto das crianças perdidas, e sob o sol escaldante, você e eu, sobre os trilhos, e nos embrenhamos no coração da luz, como as crianças perdidas, andando sozinhas, mas você e eu de mãos dadas, porque eu nunca ia soltar sua mão agora.

PARTE III
Apacheria

Vales de poeira

Durante as horas que se seguiram ao desaparecimento de nossos filhos, meu marido e eu disparamos com o carro ao longo de estradas vicinais e através de vales: Animas, Nascente de Enxofre, San Simon. A luz é ofuscante nessas planícies desérticas. Sob o arco opressivo de seus céus imaculados, estreitos de terra estendem-se por muito tempo, seu solo rachado e salino. E quando o vento acelera por sobre os leitos secos dos lagos, desperta a poeira. Finas colunas de areia espiralam para cima e se movem superfície afora quase coreograficamente. Os moradores locais as chamam de demônios da poeira, mas se parecem mais com trapos dançando.

E quando passávamos de carro por eles, cada pano de poeira dava a impressão de ser capaz de fazer a menina e o menino voltarem a existir. No entanto, por mais que olhássemos intensamente por trás da rodopiante confusão de areia e poeira, não encontramos nossos filhos, mas apenas mais areia e poeira.

Percebi que não estavam no quarto pela manhã quando saí da cama para ir ao banheiro, e como costumava fazer no nosso antigo apartamento, onde tínhamos quartos separados, espiei o deles para verificar. A cama estava vazia, mas não dei muita importância a isso. Supus que estivessem do lado de fora da casa que alugamos, explorando a área, recolhendo pedras e gravetos, fazendo as coisas que normalmente fazem.

Voltei para a cama, mas não consegui dormir de novo. Senti uma espécie de vácuo elétrico no peito, e deveria ter dado ouvidos a esses primeiros sinais. Mas em muitas manhãs eu havia acordado com uma sensação semelhante, e interpretei essas correntes implícitas de dúvida e desassossego que percorriam meu íntimo como a ligeira variação de uma aflição mais antiga e profunda. Fiquei lendo na cama por algum tempo, como eu me ensinara a fazer desde cedo sempre que me sentia despreparada para encarar o mundo, e deixei a manhã amadurecer, até que o quarto foi inundado por um jorro de luz nova, e o ar ficou denso com a exalação de vapores corporais e o odor de lençóis mornos.

Em sua cama ao lado da minha, meu marido se mexeu e se revirou, sua respiração ficando cada vez mais curta até que finalmente acordou — com um sobressalto, como sempre faz —, arrancando-se violentamente da cama com um senso de urgência e prontidão que nunca entendi ou do qual jamais compartilhei. Ele saiu do quarto e voltou alguns minutos depois, perguntando onde estavam as crianças. Eu disse que provavelmente estavam do lado de fora em algum lugar.

Mas as crianças não estavam do lado de fora, nem em lugar nenhum no perímetro da cabana.

Esquadrinhamos a área ao redor da cabana estúpida e desajeitadamente, e ainda em uma espécie de incredulidade, como se estivéssemos à procura de um chaveiro ou uma carteira. Olhamos embaixo de arbustos, no alto de árvores, embaixo do carro, abrimos a geladeira mais de uma vez, ligamos o chuveiro, depois desligamos, e voltamos para fora, mais longe, vale e riacho adentro — qual é a nossa distância de resgate agora? pensei —, chamando o nome deles, nossas vozes se expandindo em ondas de horror, quebrando, colidindo, embatendo, nossos gritos cada vez mais parecidos com os chamados de macacos, guturais, intestinais, viscerais, desesperados.

E agora, onde?

Então tudo foi amontoado às pressas em uma alternância de decisões executivas e reviravoltas irracionais. Sapatos, chaves, carro, Twitter, telefonemas, irmã, rodovia 10, respirar, pensar, estrada 338, decidir, seguir os trilhos do trem, não seguir os trilhos do trem, pegar estradas vicinais. A sequência exata de eventos é um borrão na minha memória. O que eles sabiam e o que nós sabíamos? O que achamos que o menino faria nessa circunstância? Para onde ele iria, tão logo percebesse que ele e a irmã estavam perdidos? E a pergunta mais temida, que continuava voltando, paralisando meu corpo inteiro:

Se eles estão perdidos no deserto, vão sobreviver?

Depois de algumas horas dirigindo a esmo, rumamos para a delegacia de Lordsburg, onde um policial anotou nossas informações e nos pediu uma descrição das duas crianças.

Criança um. Idade: Cinco anos. Sexo: Feminino. Cor dos olhos: Castanho-escuros. Cor do cabelo: Castanho.

Criança dois. Idade: Dez anos. Sexo: Masculino. Cor dos olhos: Castanho-dourados. Cor do cabelo: Castanho.

Permanecemos na sala de espera da delegacia até que nos deram indicações para o hotel mais próximo, onde poderíamos descansar, esperar e continuar procurando no dia seguinte. Nós nos revezamos na cama, mas é claro que não dormimos. Para onde o menino decidiria ir assim que constatasse que estavam perdidos?

Passamos a manhã e a tarde seguintes percorrendo de carro a região de Lordsburg, retornando à delegacia de polícia a cada poucas horas. Mas nada parecia estar se movendo em direção nenhuma, então durante a segunda noite, nos revezando na cama do hotel ainda arrumada, e talvez dormindo em intervalos de dez ou vinte minutos, decidimos que assim que o sol raiasse no dia seguinte, enquanto a polícia continuava a vasculhar a área, dirigiríamos mais para o oeste. Ligamos para a delegacia para dizer aos policiais, e eles fizeram anotações, nos deram algumas instruções.

As crianças estavam desaparecidas havia quase quarenta horas quando entramos de novo no carro na manhã seguinte ao alvorecer. Como um reflexo, abri o porta-luvas para pegar o mapa, mas ele não estava em seu lugar, tampouco o meu gravador. Então saí do carro novamente, abri o porta-malas. Pensei em procurar o mapa na minha caixa. Tudo estava fora do lugar no porta-malas, uma bagunça. Chamei meu marido e ele veio até a parte de trás do carro para se juntar a mim. A minha caixa estava aberta. Meu mapa não estava lá. Em vez disso, em cima da caixa aberta havia um mapa, um mapa que o menino tinha desenhado à mão, e afixado a ele havia um papelzinho adesivo que dizia, "Partimos, vamos procurar as meninas perdidas, encontramos vocês mais tarde no cânion do Eco".

Nós dois ficamos parados diante do porta-malas aberto, olhando para o mapa e para o bilhete grudado, ambos segurando a folha de papel como se fosse um último bastião, mas também tentando decifrar o que significava. Meu marido disse:

Cânion do Eco.

O quê?

Eles vão para o cânion do Eco.

Por quê? Como você sabe?

Porque é isso que viemos dizendo a eles todo esse tempo, e é isso que o mapa mostra, e é isso o que o bilhete diz, é por isso.

Eu não estava convencida, apesar da clareza com que a mensagem do menino descrevia a coisa em minúcias para nós. Eu não estava totalmente tranquila, apesar da convicção do meu marido. Eu não estava aliviada, embora devesse estar. Havia, ao menos, algum lugar para o qual poderíamos rumar, mesmo que talvez fosse uma miragem, mesmo que estivéssemos seguindo um mapa desenhado por um menino de dez anos. Imediatamente voltamos ao carro, acelerando na direção das montanhas Chiricahua.

Por quê? Por que eles partiram? Por que eu não tinha visto os sinais antes? Por que não olhei no porta-malas mais cedo? Por que estávamos aqui? E onde estavam eles?

Saímos às pressas de Lordsburg, em direção ao sul, paralelamente à fronteira entre o Novo México e o Arizona, cruzando o vale Animas, passando por uma cidade fantasma chamada Shakespeare, passando por uma cidade chamada Portal. Por quê? Eu não conseguia parar de pensar.

Por que você não liga para a polícia de Lordsburg e diz que estamos a caminho das Chiricahua? disse meu marido.

Eu liguei e fui informada de que eles mandariam alguém.

Seguimos em silêncio ao longo de uma estradinha de terra até chegarmos a uma cidade chamada Paradise — algumas casas esparsas —, onde a estrada terminava abruptamente. Lá nós saímos do carro. Peguei o telefone e procurei sinal, mas não havia nenhum.

O sol ainda estava baixo quando começamos a subir a encosta leste das montanhas Chiricahua, procurando a trilha em direção ao cânion do Eco, os declives e penhascos irregulares do deserto multiplicando-se em torno de nós como uma pergunta impossível de responder.

Coração de luz

(*Últimas Elegias para as crianças perdidas*)

(A DÉCIMA PRIMEIRA ELEGIA)

O deserto se abre ao redor delas, largo e invariável, enquanto o trem avança em direção ao oeste, paralelo ao longo muro de ferro. O sol está nascendo bem longe ao leste, atrás de uma cordilheira, uma imensa massa de azul e roxo, seus contornos linhas grosseiras e irregulares, como pinceladas hesitantes. Estão em silêncio as seis crianças, mais quietas que o habitual. Trancadas em seus terrores, as seis.

Algumas se sentam na borda da gôndola do trem, de frente para o leste, pernas penduradas, cuspindo bolas de saliva só para ver quem consegue expelir mais longe, mas na maior parte do tempo fitam o chão que passa zunindo debaixo delas, branco, marrom, salpicado de espinheiros, lixo, pedras estranhas. Algumas se sentam de pernas cruzadas, olhando para a frente, mais sozinhas que as outras, deixando o vento roçar as bochechas e emaranhar os cabelos. E duas outras, as duas menores, permanecem deitadas de lado, as bochechas encostadas no teto da gôndola do trem. Com os olhos, seguem a monótona linha do horizonte, suas mentes encadeando pensamentos e imagens em uma longa frase sem sentido. O deserto é uma enorme e imóvel ampulheta: areia passando no tempo detido.

Então, o sexto menino, que agora é o mais velho do grupo, enfia a mão no bolso da jaqueta e sente as arestas frias e concisas de um telefone celular. Ele tinha encontrado o aparelho enfiado debaixo de um trilho no último pátio enquanto treinava salto do trem com os outros e o escondeu. Ele achara também um bom chapéu preto e agora o estava usando. O homem no comando não se opôs a que o menino usasse o chapéu que ele encontrou, mas o menino sabia que o homem no comando confiscaria o telefone caso o flagrasse com ele, mesmo que estivesse quebrado e não pudesse ser usado.

Ele se certifica de que o homem no comando ainda esteja dormindo, e está. O homem no comando parece estar em coma, distante, respirando profundamente, encolhido sob uma lona. Então o menino pega o telefone. A tela está estilhaçada como uma janela atingida por um pássaro ou um tiro, e a bateria está morta, mas ainda assim ele mostra o objeto para o restante das crianças como se estivesse mostrando um tesouro encontrado depois de um naufrágio. Todos respondem com gestos, silenciosos, mas admirados.

Então ele sugere um jogo, diz a todos que o observem e ouçam com cuidado. Primeiro ele entrega o telefone morto a uma das meninas, a mais velha, e diz: "Aqui, ligue para alguém, ligue para qualquer pessoa". Ela demora um momento para entender o que ele está sugerindo. Mas quando ele repete suas palavras, ela sorri, e assente, e olha em volta para todas as crianças, uma por uma, os cansados olhos dela de repente parecendo enormes e ardentes de empolgação. Ela encara de novo o telefone em sua mão, agarra a gola da blusa e a estica para fora, olhando para algo costurado em sua dobra interna. Em seguida, finge digitar um número longo e, depois, aperta o telefone contra o ouvido.

Sim? Alô? Estamos a caminho, Mamá, não se preocupe. Vamos chegar aí em breve. Sim, está tudo bem.

As outras crianças observam, cada uma compreendendo em seu próprio ritmo as regras desse novo jogo. A menina mais velha rapidamente passa o telefone para sua irmã mais nova e com um sussurro a instiga a acompanhar o jogo. A caçula obedece. Ela tecla um número — apenas três dígitos —, notando a constrangedora quantidade de areia e fuligem sob a unha de seu dedo indicador, sabendo que sua avó a teria repreendido se visse suas unhas. Ela segura o telefone junto ao ouvido.

O que a senhora comeu no jantar?

Outras crianças esperam que ela diga mais coisas, mas essa é a única frase que pronuncia. O menino sentado ao lado dela, um dos mais velhos, o menino número cinco, pega o telefone e também liga, mas coloca o aparelho na boca como se fosse um walkie-talkie.

Alô? Alô? Não estou conseguindo te ouvir. Alô?

Inibido, ele olha em volta, leva o telefone à boca e arrota nele. Depois ri com as ondas desajeitadas e irregulares da puberdade. Algumas das outras crianças riem junto e ele passa o telefone adiante.

Outro menino, o menino quatro, recebe o telefone agora. O aparelho treme em sua mão, e o menino não faz nada com isso. Ele o passa para o menino seguinte, o menino três, que finge que é uma barra de sabão e limpa seu corpo com ela, em silêncio.

Algumas crianças gargalham, outras se forçam a rir. Ao lado dele, o mais novo dos meninos, o menino três, sorri timidamente, sob seu polegar sugado. Devagar ele desconecta o polegar da boca. É sua vez de pegar o telefone, e ele faz isso. Olha para o aparelho, aninhado no bojo de suas mãos, e depois olha para o resto do grupo. Ele sabe pelos olhos dos outros, pelos olhos que o fitam, que ele tem que dizer alguma coisa, que não pode simplesmente ficar quieto como sempre fica quieto. Então ele respira fundo e, olhando para o telefone ainda abrigado em suas mãos, começa a sussurrar. Ele fala pela primeira vez, e fala mais do que jamais falou antes:

Mamãe, eu não estou chupando o meu dedo nem um pouco, Mamãe, a senhora ficaria tão orgulhosa, e orgulhosa de saber que a gente andou no lombo de uma porção de bestas-feras por muitos dias e semanas agora, não tenho certeza de quanto tempo, mas eu me tornei um homem, e muito tempo passou, mas ainda consigo me lembrar das pedras que a senhora costumava jogar no lago verde, quando estávamos lá, algumas delas escuras, algumas delas achatadas, outras pequenas e brilhantes, e eu tenho uma das pedras, a que eu não joguei, no meu bolso, e meus irmãos e irmãs de trem são boas pessoas, Mamãe, e todos eles são corajosos e fortes, e todos têm rostos diferentes, há um menino que está sempre zangado, fala em uma língua estranha enquanto dorme, e quando está acordado, ele fala nossa língua, mas ainda está zangado, e há outro menino que é quase sempre sério, embora algumas vezes faça coisas engraçadas, mas quando está sério, ele diz que estamos prontos para o deserto, Mamãe, e sei que ele está certo, e há duas meninas que são irmãs e quase idênticas, só que uma é maior e a outra é menor, e na menor estão faltando alguns dentes, como vai acontecer comigo em breve, porque eu posso sentir um ou dois já se mexendo na minha boca, as duas meninas nunca ficam assustadas, no entanto, nem mesmo a menor, elas são gentis e corajosas, nunca choram, e usam camisas que elas mantêm limpas, não importa o que aconteça, e nas golas das camisas a avó costurou o número de telefone da mãe delas, que está esperando por elas do outro lado do deserto, elas mostraram os números para mim uma vez e pareciam iguaizinhos ao número que a senhora também costurou na minha camisa para eu poder ligar para a minha tia quando eu chegar ao outro lado do deserto, eu prometo que vou ser forte quando tivermos que escalar o muro com o resto, e não vou ter medo de pular, não vou ter medo de qualquer bicho feroz também e não vou pedir uma pausa para descansar ou comer algo assim que a gente cruzar o muro, prometo que vou atravessar o deserto e chegar até a cidade grande, e vou atravessar a ponte em um carro novinho e lindo, vou atravessar a ponte para onde vai haver prédios feitos de vidro erguendo-se para me receber, que é o que o sétimo menino me contou, porque costumávamos ser sete, e o sétimo era o menino mais velho, ele era o único que não tinha medo do homem no comando, e nos mantinha a salvo dele, o homem no comando parecia ficar um pouco assustado quando o menino estava olhando para ele, com seus grandes olhos de cachorro, sempre cuidando de nós com olhos de cachorro, ainda agora ele está, eu sei, embora tenha ido embora agora, não está mais no trem com a gente.

Ele para de falar de repente e coloca o polegar de volta na boca, o telefone pousado agora em apenas uma de suas mãos. O sexto menino pega novamente o celular, sabe que restam a ele mais palavras para dizer.

Após alguns momentos, ele diz às demais crianças que o telefone também é uma câmera, e agora todas precisam se agrupar para um retrato, e elas fazem isso. Juntam-se, mas com muito cuidado, sem se levantar. O trem balança constantemente e às vezes se sacode um pouco, e elas aprenderam a ouvir os movimentos da máquina com seus corpos inteiros. Sabem quando podem se levantar e quando precisam se mover pela superfície sem ficar de pé. Finalmente reunidas, algumas inclinam a cabeça para um lado ou para o outro, outras fazem o sinal da paz ou chifrinhos, sorriem ou mostram a língua, contorcendo-se em caretas. O menino diz:

Quando eu contar até três, todos nós dizemos nossos nomes.

Ele finge ajustar o foco.

As crianças fitam diretamente o olho do telefone com um olhar estranho e poderoso. Atrás delas, o sol está subindo mais alto no céu. As cinco parecem sérias, poderosas. O menino ajeita seu chapéu preto, depois conta até três e, no três, todas, inclusive ele, gritam seus nomes:

Marcela!

Camila!

Janos!

Darío!

Nicanor!

Manu!

(A DÉCIMA SEGUNDA ELEGIA)

Um frêmito de murmúrios paira no ar taciturno e o trem permanece parado nos trilhos. Empertigando-se, o menino mais velho, o menino seis, olha em volta e percebe que o homem no comando está agora acordado, sentado de pernas cruzadas e olhando não para ele, não para o resto das crianças, mas para seu cachimbo vazio.

O menino passa os olhos pelos outros viajantes, em sua maioria adultos, em grupos de três e cinco ou seis, todos amontoados juntos, talvez agarrados uns aos outros com mais força que o habitual. O céu é azul-claro e o sol é leitoso por trás da tela de bruma no horizonte. A menina mais velha, sentada de pernas cruzadas, olha na direção do céu, trançando os cabelos. E o mais novo, o menino três, deitado de lado, chupa o polegar novamente, a face e a orelha direitas encostadas na superfície incrustada do vagão. Ao redor deles, terras áridas estendem-se sem sombras.

As seis crianças notam um homem subindo uma escadinha lateral e se postando com firmeza e de cabeça erguida junto à borda de sua gôndola. Ele não se parece com um padre. Talvez seja um soldado. Está se debruçando sobre um grupo de homens e mulheres. Elas veem uma mulher engalfinhando-se com o possível soldado pela disputa da sacola dela. Ouvem o lânguido e seco gemido da mulher quando o soldado arranca a sacola e joga algo fora. Ela solta um segundo berro. A voz dela eleva-se do peito até o esôfago, como o grito de um animal enjaulado. As crianças ouvem e todas se sentam com as costas retas agora, alertas. Uma descarga elétrica viaja de algum vago nervo dentro dos músculos do coração de cada uma, bombeando uma mensagem para dentro do seu peito e para sua espinha, e quando o medo se instala no bojo do ventre das crianças, seus braços e pernas tremem ligeiramente. Elas confirmam que o homem é, de fato, um soldado. Em um galho próximo, um trio de abutres monta guarda ou talvez simplesmente durma.

Entre o soldado e as crianças, homens e mulheres amontoaram-se e apertaram-se uns contra os outros ao longo dos murmúrios e sussurros da gôndola, mas as ondulações de suas palavras não alcançam as crianças, que aguardam uma deixa, esperam instruções do homem no comando, aguardam. Mesmo os meninos mais velhos do grupo ficam em silêncio e parecem assustados e não sabem o que dizer aos demais. O homem no comando fuça no seu cachimbo, alheio, remoto de alguma forma. À medida que o soldado se aproxima das crianças, suas botinas pesadas e lustrosas em preto sobre preto espancando o teto do vagão do trem, elas entendem que ele não vai pedir passaportes, nem dinheiro, nem explicações. O menino mais novo talvez não entenda, mas ele fecha os olhos e quer chupar o polegar de novo e está prestes a fazê-lo, mas em vez disso inclina-se sobre as pernas cruzadas e morde a alça da mochila.

Todos trouxeram consigo uma única mochila. O homem que os conduziria por entre florestas e planícies e agora através dos desertos havia dito aos pais e mães antes de partirem:

Nada de pertences desnecessários.

Então, as crianças tinham colocado apenas itens básicos. À noite, no topo do trem, usavam as mochilas como travesseiros. De dia, abraçavam as mochilas junto à barriga. O estômago delas vivia nauseado por causa do balanço e furioso de fome. Às vezes, quando o trem estava prestes a passar perto de um dos postos policiais ou militares que se proliferavam em silêncio ao longo do caminho, as crianças eram instruídas a saltar do trem, pulando da escadinha para o chão, arranhadas e machucadas por pedras e galhos, sempre segurando com firmeza a mochila. Elas andavam em fila indiana em meio a espinheiros e terra pedregosa, sempre em paralelo, mas longe o suficiente dos trilhos. Andavam em silêncio, às vezes assobiavam sozinhas, às vezes juntas, com as mochilas penduradas. Os meninos mais velhos as colocavam sobre um dos ombros, como quando caminhavam para a escola, e as crianças pequenas empurravam seu pequeno corpo para a frente de modo a equilibrar o pesado fardo de escovas de dentes, suéteres, pasta de dentes, Bíblias, sacos de nozes, pães recheados com manteiga, calendários de bolso, uns trocados e sapatos extras. Elas andavam assim até que o homem no comando sinalizasse que era a hora, e então elas cortavam atalho pelo mato, andando perpendicularmente e depois paralelamente aos trilhos, e alcançavam de novo o trem em movimento lento alguns quilômetros à frente.

Mas dessa vez elas não receberam nenhum aviso e dormiram durante uma parada em um posto militar, onde soldados haviam embarcado no trem.

Agora, no teto, a silhueta do soldado em contraste com o céu claro assoma diretamente acima das crianças. Ele estica um braço e bate com o punho duas vezes no crânio do menino que está mordendo a alça da mochila. O menino levanta a cabeça e abre os olhos, fixando-os nos bons coturnos do soldado enquanto entrega a mochila para ele. Lentamente, o soldado abre a mochila e retira seu conteúdo, estudando e nomeando cada objeto antes de jogá-lo por cima do ombro. Ele recolhe todas as mochilas, uma a uma, sem encontrar resistência desse grupo de seis. Nenhuma lamúria, nenhum grito de nenhuma criança, nenhuma luta enquanto ele vai pegando as mochilas e enfia a mão dentro de cada uma delas, vasculha, e arremessa as coisas para o alto, pontuando os nomes dos objetos com pontos de interrogação enquanto eles voam e se espatifam ou por vezes flutuam feito penas até cair no chão abaixo: Escova de dentes? Bolinhas de gude? Suéter? Pasta de dentes? Bíblia? Roupas íntimas? Um telefone quebrado?

Antes que ele possa seguir adiante para o próximo grupo de mochilas, o trem soa seu apito. Ele examina as crianças e meneia a cabeça para o homem no comando. Os homens trocam olhares de relance e algumas palavras e números que as crianças não conseguem entender, em seguida o soldado tira de dentro do casaco um envelope grande e dobrado e o entrega ao homem no comando. O trem estrondeia um segundo apito, e o soldado, como o resto dos soldados no topo da besta-fera, todos realizando uma operação semelhante em vagões contíguos, desce lentamente a escadinha lateral do trem e salta para o chão, espanando suas coxas e ombros enquanto anda tranquilamente de volta ao posto.

O apito ressoa pela terceira vez e a besta-fera dá um solavanco, e um espasmo, e então retoma sua trajetória para a frente, todos os parafusos e barras de engate guinchando de novo. Alguns viajantes olham da beira do teto para o chão apinhado de pertences pessoais espalhados, a areia do deserto como um oceano que flui para trás após um naufrágio. Outros preferem olhar mais ao longe para o horizonte norte ou para o céu, sem pensar em nada. O trem ganha velocidade nos trilhos, quase elevando-se um pouco, como um navio amarrando as velas e lançando-se ao mar. De sua guarita, um tenente observa o trem desaparecer no nevoeiro, pensando em nevoeiro, pensando no borrifo das ondas, pensando em navios singrando os dejetos de algas marinhas: os montes, o lixo, arruinado e belo, todas as cores de coisas agora reluzindo sob o sol.

(A DÉCIMA TERCEIRA ELEGIA)

Sob o céu do deserto, as crianças aguardam. O trem se move em perfeito paralelo com o longo muro de ferro, para a frente mas de alguma forma também em círculos, e elas não sabem que, na manhã seguinte, o trem chegará a uma parada final. Enredadas na repetição, presas no ritmo circular das rodas do trem, enfiadas sob o guarda--chuva do céu inalterável, nenhuma delas desconfia do que finalmente acontecerá no dia seguinte: elas chegarão a algum lugar e sairão do trem ao primeiro sinal do amanhecer.

Elas tinham ouvido histórias sobre isso por muito tempo. Durante meses ou anos, formaram imagens mentais de lugares e imaginaram todas as pessoas que finalmente veriam lá de novo: mães, pais, irmãos. Por muito tempo, a mente delas ficou cheia de poeira, fantasmas e perguntas:

Será que vamos atravessar em segurança?

Será que vamos encontrar alguém do outro lado?

O que vai acontecer no caminho?

E como tudo vai terminar?

Elas andaram, nadaram, esconderam-se e correram. Tinham embarcado em trens e passado noites insones no topo das gôndolas, olhando para o céu árido e sem deus. Os trens, como bestas, abriam caminho perfurando e arranhando selvas, atravessando cidades grandes, atravessando lugares difíceis de nomear. Depois, a bordo desse último trem, elas chegaram a esse deserto, onde a luz incandescente curvou o céu em um arco completo, e o tempo também se inclinou sobre si mesmo. O tempo, no deserto, era um contínuo tempo presente.

Elas acordam.

Elas observam.

Elas escutam.

Elas esperam.

E agora elas veem, acima delas, um avião voando pelo céu. Elas o seguem com olhares fixos, mas não suspeitam que o avião esteja cheio de meninos e meninas como elas, olhando para baixo na direção delas, embora nenhuma consiga se ver. Dentro do avião, um menininho espreita pela janela oval e acopla o polegar na boca. Bem abaixo dele, um trem avança em uma via férrea. Sentado ao lado dele está um menino mais velho, cujas bochechas adolescentes e salpicadas de cicatrizes de espinhas assemelham-se às paisagens industriais quase lunares que eles sobrevoarão. O polegar do menino, em sua boca, enfiado entre a língua e o palato, deixa a garganta menos faminta, a barriga menos vazia de angústia. Uma resiliência começará a se instalar nele, pensamentos diminuindo e se dissolvendo, os músculos do corpo cedendo, a respiração assentando uma camada de quietude por cima do pavor. O polegar do menino, conectado, chupado, bombeado, inchado, vai deslizar para fora quando ele afundar no sono, apagado de seu lugar em sua poltrona, neste avião, apagado do país fodido abaixo dele, removido. Por fim ele fecha os olhos, sonha com naves espaciais. O avião percorrerá vastas extensões de terra, cidades povoadas, acima das rochas e dos animais, por sobre rios sinuosos e cordilheiras cinza, deixando atrás de si uma longa e poeirenta linha branca, cicatrizando o céu.

(A DÉCIMA QUARTA ELEGIA)

Começa ao pôr do sol, quando nuvens de tempestade estão se acumulando acima e na frente. A besta urra no meio do deserto contínuo, sempre balançando e tremendo nos trilhos, ameaçando desmoronar, despedaçar-se, sugá-los para dentro de suas entranhas. O homem no comando bebeu até cair no sono de novo, segurando sobre o peito seminu uma garrafa de plástico de algo que recebeu em troca de uma das mochilas vazias dos meninos. Ele está tão mergulhado nas profundezas de seu sono, sem sonhos ou cheio de sonhos, ninguém sabe, que quando a mais nova das meninas enfia em seu nariz uma pena de pássaro que ela pegou dias antes, ele apenas resmunga, se revira e continua a respirar como se nada fosse. Ela ri, banguela aqui e ali, e olha para o céu.

De súbito, uma única gota, grossa e um tanto morna, cai sobre a superfície da gôndola. Depois, mais algumas gotas caem no teto. O sexto menino, sentado de pernas cruzadas, limpa o espaço à frente dele e bate com o punho no teto da gôndola. O baque ecoa dentro do espaço vazio abaixo. Outra gota de chuva cai e mais outra, espancando o teto metálico. O menino esmurra o telhado novamente com a mesma mão e depois com a outra — baque, baque — e de novo: baque, baque. Gotas caem agora mais ávidas, mais ritmicamente, no teto de zinco. A menina mais velha, agachada na superfície do teto, olha para o céu, e depois para o espaço em frente às suas pernas arqueadas de rá. Ela bate na gôndola com o punho uma vez, e de novo, duas vezes. Outros a imitam, acompanhando-a com palmas ou punhos, golpeando, socando, surrando. Um menino usa o fundo de uma garrafa de água meio vazia para desferir pancadas contra o teto do trem. Outro tira seus tênis e os usa para açoitar o teto. No começo ele tem dificuldade, mas depois consegue encontrar sua batida dentro da batida dos outros, todos golpeando a besta com toda a sua força acumulada, medo, ódio, vigor e esperança. E uma vez que encontra a batida e permanece nela, ele não consegue reprimir um som profundo, visceral e quase selvagem, que começa com um uivo, perpassa contagiosamente pelo grupo de crianças e termina com um rugido de gargalhadas. Eles batem, riem e uivam como os mamíferos de uma espécie mais livre. Eles mergulham os dedos na poeira convertida em súbitos jorros de lama na superfície do vagão e com ela pintam as maçãs do rosto. A bordo de outros vagões, alguns viajantes ouvem a batida e os uivos e se espantam. O trem transita através das cortinas de água, atravessa o deserto sedento, abrindo-se um pouco para receber a inesperada ducha.

Quando a chuva arrefece, as crianças, exaustas, molhadas, aliviadas, deitam-se de costas na gôndola, bocas abertas para pegar as últimas gotas. O homem no comando ainda dorme, molhado e alheio ao alvoroço. É a mais velha das seis crianças quem se senta direito e começa a falar, dizendo:

Os guerreiros tinham que conquistar seus nomes.

Ele diz aos outros que, nos velhos tempos, os nomes eram dados às crianças quando elas ficavam mais maduras.

Elas tinham que fazer jus ao nome, diz ele.

Ele continua explicando que os nomes eram como um presente dado às pessoas. Os nomes não eram secretos, mas também não podiam ser usados assim sem mais nem menos por qualquer pessoa fora da família, porque um nome tinha que ser respeitado, porque um nome era como a alma de uma pessoa, mas também o destino de uma pessoa. Depois, levantando-se, ele caminha devagar e com cuidado em volta de cada uma das outras crianças, e no ouvido de cada uma sussurra um nome de guerreiro. Abaixo delas as crianças sentem o trem balançando, ouvem suas rodas fatiando o ar pesado do deserto. O menino sussurra um nome e elas sorriem na escuridão, em gratidão por aquilo que lhes é dado. Sorriem talvez pela primeira vez em dias, recebendo como um presente a palavra sussurrada. O deserto é escuro sem lua. E lentamente elas adormecem, uma a uma, abraçando seus novos nomes. O trem se move devagar, em perfeito paralelo ao longo muro, avançando através do deserto.

(A DÉCIMA QUINTA ELEGIA)

Bocas abertas na noite, elas dormem. O trem avança lentamente pelos trilhos paralelos ao muro. Por detrás da aba de seu boné azul, o homem no comando faz a contagem — seis crianças; sete menos uma. Meninos, meninas: lábios rachados, bochechas lascadas. Ocupam todo o espaço ali, rígidos mas aquecidos, alinhados como cadáveres novos ao longo do teto de metal da gôndola do trem. Além, de ambos os lados do muro, o deserto se alastra, idêntico. Acima, a noite trigueira é silenciosa.

Mas a grande bola da Terra continua girando, sempre constante, sempre rodopiando, trazendo o leste em direção ao oeste, o oeste em direção ao leste, até alcançar o trem em movimento, e da última gôndola, os primeiros sinais do amanhecer são avistados por alguém, alguém incumbido de vigiar, e conforme as instruções, essa pessoa alerta a outra, e o alerta é passado adiante, entre homens e mulheres, de lábios para ouvidos, em sussurros, murmúrios, gritos, até chegar ao condutor no carro do motor, sentado em um banquinho capenga, enfiando um dedo na orelha para tirar uma crosta de cera, pensando em camas, mulheres e tigelas de sopa, e ele suspira, duas vezes, suspiros profundos, finalmente retira a incrustação do ouvido e puxa a alavanca de emergência, e um a um, numa reação em cadeia, os pistões de freio se empurram dentro de suas cavidades cilíndricas, comprimindo o ar, e o trem solta um sonoro suspiro, derrapando e guinchando até por fim parar.

Dez vagões atrás da locomotiva, o homem no comando precipita as seis crianças escadinha lateral abaixo, uma a uma, e as perfila contra o muro de ferro. Outros homens encarregados de outras crianças e outros adultos, em diferentes gôndolas e vagões, fazem o mesmo. Escadinhas de madeira, cordas, acessórios improvisados, orações e votos de felicidades são repassados, horizontalmente ao muro. E por cima do muro — rápidos, invisíveis —, corpos escalam e atravessam para o outro lado.

(A DÉCIMA SEXTA ELEGIA)

Deserto irreal. Sob a névoa marrom de uma aurora deserta, uma multidão jorra por cima do muro de ferro, muitos. Ninguém pensou que os trens traziam tantos. Corpos fluem escada acima e escorrem para o chão do deserto. Tudo acontece rápido demais depois disso.

As crianças ouvem vozes de homens dando instruções em voz alta em outra língua. Elas não entendem as palavras, mas veem as outras se alinhando ao longo do muro, testas pressionadas contra o ferro, então fazem o mesmo.

Longe, um som agudo e morto explode no vazio. Homens e mulheres, meninas e meninos, ouvem. O estrondo viaja de orelha em orelha, espalhando medo em seus ossos. E então, de novo, o mesmo som, agora se multiplicando em um alarido contínuo. As crianças ficam imóveis, exalam suspiros breves e infrequentes. Os olhos delas estão fixos nos próprios pés; seus fêmures travaram nas órbitas de seus quadris pesados.

O homem no comando de repente grita, corram, sigam-me. As crianças reconhecem a voz e começam a correr. Muitos outros correm também, todos em direções diferentes, dispersando-se, apesar dos berros ordenando que parem onde estão, que voltem para a formação enfileirada. Eles correm. Alguns dos que correm logo caem quando as balas perfuram seus fígados, intestinos, tendões. Seus poucos pertences sobreviverão aos cadáveres e serão encontrados mais tarde: uma Bíblia, uma escova de dentes, uma carta, uma foto.

O homem no comando grita novamente, corram, corram e não parem de correr, e agora permite que elas o ultrapassem, conduzindo as seis crianças por detrás, como um cão pastor, correndo atrás delas, gritando, sigam em frente, não parem! Um menino, o quinto, desaba, não morto, não ferido, mas exausto demais, lábios macios contra a poeira dura. O homem no comando berra, prossigam, prossigam, deixando-o para trás mas ainda protegendo a retaguarda da pequena matilha, que segue em frente correndo em uma horda compacta, cinco crianças, duas meninas e três meninos, e ele continua correndo atrás deles por mais alguns passos até que um pequeno projétil atinge sua coluna lombar, transpassa com facilidade uma fina camada de pele, depois penetra músculos mais grossos, e finalmente explode seu osso sacro em pequenos pedaços.

Mais uma vez ele grita, vão, vão, quando cai no chão, e as crianças continuam correndo, o mais rápido que conseguem por algum tempo, depois mais e mais devagar, e finalmente começam a andar quando já não há mais balas nem passos em seu encalço. Elas continuam em frente, sem interrupção, as cinco. À distância, avistam uma aglomeração de nuvens tempestuosas, e andam naquela direção. Para onde, agora, elas não sabem. Para longe da escuridão atrás delas. Ao norte para dentro do coração de luz elas caminham.

Cânion do Eco

E ao sul para dentro do coração da luz nós caminhamos, Memphis, eu e você, muito juntos e quietos, como as crianças perdidas caminharam para algum lugar, também, sob o mesmo sol talvez, embora eu continuasse sentindo o tempo todo que estávamos andando na superfície do sol e não debaixo dela, e eu te perguntei, você não tem a sensação de que estamos andando sobre o sol, mas você não disse nada em resposta, você não estava dizendo coisa alguma, absolutamente nada, o que me deixou preocupado porque parecia que você estava desaparecendo e eu a estava perdendo de novo, mesmo que você estivesse bem ali ao meu lado, como uma sombra, então perguntei se você estava cansada só para ouvir você dizer alguma coisa, mas você apenas fez que sim com a cabeça, sim, você estava cansada mas não disse nada, então eu te perguntei se estava com fome, e você não disse nada mas assentiu, sim você estava com fome, que eu sentia também, sentia a fome me rasgando por dentro, me dilacerando e me comendo de dentro para fora, porque eu não tinha nada com que alimentá-la, embora talvez não fosse isso, talvez não fosse fome, é disso que eu suspeitava às vezes, que não era fome, mas eu não te disse isso, não disse isso em voz alta porque você não entenderia, eu pensava que talvez não fosse fome, estava mais para uma tristeza ou um vazio, ou talvez alguma espécie de desesperança, o tipo de desesperança que parece que nunca vai ter conserto, aconteça o que acontecer, porque você fica preso em um círculo, e todos os círculos são infinitos, eles duram para sempre, rodando e rodando em volta desse deserto circular sem fim, sempre o mesmo, em um circuito, e eu te disse, sabe como a gente costumava dobrar pedaços de papel, eu e você, quando a gente fazia oráculos de origami, e você disse hummm, então eu disse este deserto é igualzinho aos nossos oráculos de origami, a diferença é que neste aqui, quando você abre a aba de papel no canto, a previsão que você lê é sempre deserto, todas as vezes, deserto, deserto, deserto, a mesma coisa, e quando você disse hummm de novo, percebi que o que eu estava dizendo não fazia o menor sentido, que meu cérebro estava simplesmente dando voltas e voltas, vazio e cheio de ar quente apenas, embora vez por outra quando o vento do deserto vinha, clareava meus pensamentos por um momento, mas na maior parte do tempo havia apenas ar quente, poeira, pedras, arbustos e luz, especialmente luz, tanta, tanta luz despejando do céu que era difícil pensar, difícil ver com clareza também, difícil ver até mesmo as coisas que conhecíamos pelo nome, de cor, nomes como saguaro, nomes como algarobeira, coisas como creosoto e arbustos de jojoba, impossível avistar as cabeças brancas dos cactos cholla urso de pelúcia bem diante de nossos olhos antes que eles esticassem as garras para nos arranhar e pinicar, impossível ver os contornos dos cactos tubo de órgão mais ao longe à distância até que estivessem bem na nossa frente, tudo invisível naquela luz, quase tão invisível como as coisas são à noite, então para que servia isso, toda aquela luz, para nada, porque se a luz tivesse sido útil, não teríamos nos perdido dentro dela, tão perdidos dentro da luz que tínhamos certeza de que o mundo ao nosso redor estava lentamente esmaecendo, tornando-se irreal, e por um momento desapareceu por completo, e tudo o que restava lá era o som de nossas bocas respirando ar rarefeito, dentro e fora, e o som de nossos pés, em frente e em frente sem parar, e o calor em nossas testas queimando nossos últimos bons pensamentos, até que o vento voltava de novo, um pouco mais forte do que antes, bafejava nosso rosto, roçava nossa testa, rodopiava para dentro de nosso ouvido, nos lembrava que o mundo ainda estava lá ao nosso redor, que ainda existia um mundo em algum lugar, com televisores, computadores, rodovias e aeroportos, e pessoas, e pais e mães, a brisa trazia de volta vozes, estava cheia de sussurros, trazia vozes de longe, então sabíamos de novo que havia pessoas em algum lugar, pessoas de verdade em um mundo de verdade, e o vento soprava um pouco mais e balançava os galhos de verdade em nosso entorno, os galhos de verdade chacoalhando feito cascavéis, que também eram de verdade, então na minha cabeça eu podia fazer uma lista de coisas reais que existiam ao nosso redor naquele deserto, as cascavéis, os escorpiões, coiotes, aranhas, creosoto, cactos cholla urso de pelúcia, jojobas, saguaros, e de repente você disse saguaro, como se tivesse lido minha mente, ou talvez eu estivesse dizendo essas palavras em voz alta e você me ouviu e repetiu uma, disse olha lá, olha, um saguaro, e é claro que não havia saguaro, mas havia um cacto urumbeba bem à nossa frente, um urumbeba onde tinham brotado seis gordas opúncias, cheias de doçura e água, a Mamá as chamava de atuns, e elas eram de verdade, nós as colhemos, enterramos nossas unhas nelas, descascamos a pele grossa em nacos, pouco importando se nossos dedos estavam sendo picados por mil minúsculos espinhos, elas eram de verdade, e as comemos como se fôssemos coiotes, o caldo explodindo e escorrendo através das aberturas entre nossos dentes, lambuzando nosso queixo, descendo ao longo do pescoço, e desaparecendo sob a minha camisa imunda e rasgada e sua camisola, percebi agora que estavam rasgadas e imundas, mal cobrindo nosso peito, mas quem se importaria, pelo menos nosso peito estava lá, e nossos pulmões finalmente respirando melhor, enchendo nossos corpos com ar melhor, nossas mentes com melhores pensamentos, nossos pensamentos com palavras melhores, palavras que você finalmente falou em voz alta, disse, Pluma Veloz, você poderia me contar mais sobre as crianças perdidas, onde elas estão agora, o que estão fazendo, nós as veremos, e enquanto caminhávamos, eu tentei imaginar coisas para te contar sobre as crianças perdidas de modo que você pudesse ouvi-las do jeito que eu ouvia em minha mente e também imaginá-las, eu disse sim, vou te contar mais a respeito delas, elas estão vindo nos encontrar e nós vamos conhecê-las lá, olha, e aí tirei meu binóculo da mochila e disse, aqui, segure firme e olhe através das lentes, olhe para lá, veja, concentre-se, olhe lá bem longe, na direção daquelas nuvens tempestuosas juntando-se acima do vale, você consegue vê-las, eu te perguntei, você está vendo aquelas nuvens, sim, você disse sim, você se concentrou, perguntei, e você disse sim, eu me concentrei e sim, eu consigo ver as nuvens e consigo ver os pássaros também, voando ao redor das nuvens, e você me perguntou se eu achava que aqueles pássaros eram águias, então eu olhei através do meu binóculo e depois disse, é claro que sim, são as águias, as mesmas águias que as crianças perdidas estão vendo agora enquanto caminham para o norte, pela planície desértica, esvoaçando asas musculosas, entrando e saindo de nuvens de tempestade, elas as veem com os olhos nus, as cinco, enquanto caminham para adiante, sob o sol, juntas e em silêncio, em uma horda compacta, entranhando-se mais e mais fundo no coração silencioso da luz, não dizendo nada e ouvindo quase nada, porque nada pode ser ouvido exceto o som monótono de seus próprios passos, adiante e adiante através destas terras mortas, nunca parando porque se pararem, elas vão morrer, disso elas sabem, disso elas foram informadas, se alguém para nas terras mortas, nunca sai, como aquele menino entre elas, o quinto, que não sobreviveu, e o homem no comando, que se foi, e também como o sexto menino, que tropeçou em uma raiz ou uma pedra ou uma vala, quando já estavam fora da vista dos homens que vigiavam o muro, ele havia tropeçado em uma raiz ou em uma rocha, ninguém viu exatamente o quê, mas ele desabou no chão, seus joelhos se destravando, suas mãos encontraram o chão duro, tão cansado, enquanto os demais continuavam andando ele engatinhava, um passo, dois passos, tão cansado, resistindo ao chão duro, lutando contra a onda de fadiga avolumando-se dentro dele, três passos, quatro, mas de nada adiantava agora, já era tarde demais, ele sabia que não deveria parar mas parou, mesmo que uma das duas meninas, a mais velha, tivesse dito levante-se, não pare, mesmo que ele tenha ouvido a voz dela dizendo levante-se agora, e sentido a mão dela puxando a manga de sua camisa, olhado para cima e visto o braço dela, o ombro dela, o pescoço dela, o rosto redondo dela que lhe disse não, não pare, levante-se imediatamente, estou te dizendo, ela o puxou pela manga, que se esticou até se rasgar um centímetro e pouco, e quando ele envolveu a palma da mão em torno do pequeno punho cerrado dela que puxava a manga dele, apertou a mão dela apenas um pouco para que ela soubesse que já era tarde demais agora, mas que estava tudo bem, e que ela precisava soltá-lo e continuar em frente com os outros, e ele quase sorriu para ela quando lhe deu o chapéu preto que ele estava usando, e ela o recebeu e, por fim, o soltou, e ela continuou andando, primeiro trotando um pouco para alcançar sua irmã mais nova, que ficara para trás também para esperá-la, e tão logo a alcançou, pegou a mão da irmã e continuou caminhando mais devagar, mancando um pouco, um pé meio enfiado em um tênis, o outro descalço, inchado e ensanguentado, cuja sola foi a última coisa que o menino viu antes de permitir que seus olhos se fechassem, que sua mente se voltasse para dentro, que seus pensamentos evocassem a imagem dos pés marrons e ossudos de seu avô, com suas veias túrgidas e unhas dos pés amarelas, depois um balde cheio de lagostas de garras cerradas, o alicate metálico que uma menina ergue diante dos pés dele, aliviando--o da dor que o atrelava a este corpo, a esta vida e depois aos intermináveis trilhos de trem desemaranhando-se atrás dele e esmaecendo em luz oca, tanta luz, até seus cotovelos cederem e se curvarem profundamente, tão cansado, e o peito estendido na areia, tão cansado, e seus lábios entreabertos tocarem a areia, tão cansado, até que a fadiga desvaneceu lentamente, um alívio, um derradeiro choramingo, como uma maré que enfim retrocede, ele poderia parar de resistir, lutar, tentar, por fim ele poderia apenas deitar-se lá, completamente imóvel, no mesmo lugar onde uma manhã, meses depois, dois homens que patrulham as regiões fronteiriças encontrarão os ossos que eram os ossos dele e os trapos que eram as roupas dele, cada item dele recolhido em sacos plásticos transparentes por um dos dois homens que o encontraram, ao passo que o outro homem pega uma caneta e um mapa, e marca um ponto no mapa com a caneta, mais um ponto entre alguns outros pontos no mapa em papel que será entregue mais tarde, na mesma tarde, às quatro ou quatro e meia, à velha senhora metódica que nasceu muitos anos atrás em uma casa à beira de um lago esfumaçado no vale do Annapurna, foi realocada na adolescência neste deserto, e agora se senta na frente de um computador em um pequeno escritório, todos os dias úteis, bebericando café gelado de um canudo reutilizável enquanto aguarda que o monitor inicialize, os olhos fixos na tela, que primeiro se ilumina em um azul genérico, depois lentamente pixeliza no plano de fundo personalizado da área de trabalho, a cordilheira Annapurna, encoberta por neve ao amanhecer e imaculada, e finalmente fica salpicada de ícones de arquivos, estalando e se espalhando em visibilidade sucessiva, enquanto a palma de sua mão envolve o mouse, apertando-o um pouco e agitando-o para despertá-lo até que a seta do cursor apareça em um canto da tela e seja arrastada por sobre a montanha nevada, passando por cima de ícones de arquivo azul-bebê nomeados Mortes no Vale Animas, Mortes no Vale San Simon, Mortes no Vale San Pedro, e finalmente se detém e clica duas vezes em cima de Mortes no Vale da Nascente de Enxofre, que se abre e se esparrama pela tela inteira, cobrindo a linda montanha nevada em sua tela, dispondo uma camada de areia marrom suja sobre a neve branca e clara, areia suja e pontinhos vermelhos de morte por cima de tudo, marcas da morte por cima da porra toda, a senhora murmura entre dentes, porque o mapa daquele vale do deserto, o vale da Nascente de Enxofre, que é exatamente o mesmo mas também não o mesmo vale desértico bem em frente a seu escritório pequeno, escuro mas com bom ar-condicionado, está salpicado de centenas de pontinhos vermelhos, todos eles adicionados manualmente, um a um, por ela, a senhora que nunca chega atrasada ao trabalho, e bebe de canudos reutilizáveis a fim de não poluir, e se senta ereta em frente ao monitor do computador enquanto escuta em seus fones de ouvido um romance lésbico levemente pornográfico mas rotundamente moralista escrito pela autora Lynne Cheney, intitulado *Irmãs*, de forma alguma alheia ao fato de que a autora do romance é a esposa do ex-vice-presidente Dick Cheney, que sob o governo do presidente George W. Bush dirigiu a "Operação Jump Start", durante a qual a Guarda Nacional foi mobilizada ao longo da fronteira e um muro de cimento de seis metros de altura foi erguido ao longo de uma parte do deserto, passando a apenas poucos quilômetros de seu escritório, que por sua vez não passa de um pequeno retângulo separado daquele deserto repugnante por uma parca parede de adobe e uma fina porta de alumínio de folha única, sob cuja fresta o vento quente e implacável arrasta as últimas notas de todos os sons do mundo disseminados através das terras áridas do lado de fora, sons de galhos se partindo, pássaros gritando, pedras se movendo, passos se arrastando, pessoas implorando, vozes suplicando por água antes de sumir no silêncio com um gemido final, depois sons mais sombrios, como cadáveres minguando em esqueletos, esqueletos desconjuntando-se em ossos, ossos se corroendo e desaparecendo na areia, e nada disso a senhora ouve, é claro, mas de alguma forma ela sente tudo isso, como se partículas sonoras estivessem presas às partículas de areia sopradas pelo vento do deserto na grama falsa de seu capacho de boas-vindas, de sorte que, todos os dias antes de entrar em seu escritório, ela tem que pegar seu capacho e batê-lo contra a parede de adobe externa do escritório, sacudir a poeira com três ou quatro batidas firmes contra a parede, até que todas aquelas enfadonhas partículas de areia sejam sopradas de volta para o ar do deserto, de volta aos riachos e correntes dos sons não filtrados do ar do deserto, carregados eternamente através de vales vazios, sons não registrados, não ouvidos, e finalmente perdidos, a menos que por acaso espiralem dentro das pequenas cavidades em forma de concha de ouvidos humanos, como as crianças perdidas, que agora os ouvem e tentam nomeá-los em sua mente mas não encontram palavras, nenhum significado a que se aferrar, e continuam a andar, o som do lento fluxo do baque pesado de passos ao lado delas, os olhos sempre fixos no chão abaixo delas e apenas vez por outra direcionados para o horizonte, onde veem algo acontecendo, embora não saibam dizer exatamente o quê, talvez uma tempestade, nuvens se juntando, lá bem longe, nuvens negras acumulando-se acima do vale, lá, olhe, você consegue enxergar, perguntam elas umas às outras, lá, aqueles pássaros, talvez águias, está vendo, e sim, um dos meninos diz, sim, diz outro, sim nós estamos vendo, e sim eu acho que são águias, você e eu as vimos, Memphis, aquelas águias, embora não pudéssemos ouvi-las, porque ao nosso redor ouvíamos muitos outros sons, sons estranhos, tão estranhos que eu não sabia se estavam em minha mente ou no ar, como os sinos de uma igreja, e muitos pássaros revoando, como animais se movendo ao nosso redor, rápidos mas invisíveis, e talvez o som de cavalos se aproximando, e eu me perguntava se estávamos ouvindo o som de todos os mortos no deserto, todos os ossos lá, e me lembrei daquela vez que o Papá leu para nós uma história sobre um corpo que algumas pessoas encontraram em um descampado e foi simplesmente deixado lá, e aquele corpo nessa história ficou preso a alguma parte do meu cérebro e continuou voltando para mim, porque as histórias conseguem fazer isso, ficam grudadas na sua cabeça, de modo que quando estávamos andando no deserto, eu continuava pensando sobre aquele corpo num descampado, e estava com medo de pensar que talvez fôssemos pisar em cima dos ossos de alguém enterrados debaixo de nós, mas ainda assim continuamos andando, em frente e sem parar, o calor sempre ficando mais pesado e o sol sobre nossa testa nos dando ferroadas como mil abelhas amarelas, embora estivesse um pouco mais baixo agora e fazendo pequenas sombras ao redor de tudo, pedras, arbustos, cactos, e seguíamos adiante sem parar, até que tropecei em uma raiz ou uma pedra ou uma vala e caí, e minhas mãos bateram no chão duro e minhas palmas ficaram cheias de minúsculas pedrinhas e poeira e talvez espinhos, e tive vontade de simplesmente ficar lá deitado e pousar minha bochecha no solo e adormecer, apenas um breve cochilo, talvez, mas você começou a me puxar pela camisa, agarrando minha manga, dizendo fique de pé agora, estou te dando uma ordem, Pluma Veloz, e embora você fosse mais jovem, de repente sua voz era a de alguém que tinha de ser obedecido, então me levantei e disse, sim, senhora, Major Tom Memphis, o que fez você primeiro rir, e aí você chorou, depois estava rindo de novo, girando e girando como em um círculo, todos os nossos sentimentos e corpos mudando como o vento, e naquele instante, ouvimos o céu rugindo, e olhamos para cima e vimos as nuvens de tempestade avolumando-se à nossa frente, elas ainda estavam longe, ainda que mais perto agora do que antes, e então vimos raios rachando o imenso céu como se fosse um ovo, e as águias, novamente, que agora podíamos ver a olho nu, embora ainda parecessem pequenos pontinhos, pareciam luvas perdidas no céu procurando seu par na terra, você disse, e então nós vimos outro raio, ainda mais brilhante agora do que o primeiro, as crianças perdidas o veem também enquanto continuam marchando no deserto, o radiante e repetitivo deserto, tentando escutar o som do trovão que deve se seguir a um raio mas ouvindo apenas o monótono baque de seus passos na areia, seguindo e seguindo sem parar enquanto continuam em frente, e embora o caminho através das planícies do deserto seja sempre reto, elas sentem que estão de alguma forma descendo, especialmente agora que deixaram o vento quente para trás e estão afundando em um calor sem ar, no ponto mais baixo do vale em formato de bacia, onde chegam a um vilarejo abandonado na hora em que o sol está baixo e as crianças normalmente saem para brincar, só que não há ninguém no vilarejo e nada se ouve, exceto seus próprios passos, ecoando contra as paredes manchadas de amarelo pelo sol gordo e baixo, nada além de velhas casas esquecidas, algumas das quais tendo paredes rachadas, e janelas quebradas através das quais elas podem ver quartos vazios, pedaços de mobília quebrada, alguns pertences abandonados, a sola de um sapato, uma garrafa estilhaçada, um garfo, e um dos meninos, o mais novo do grupo, vê um chapéu de caubói cor-de-rosa e o pega, ele não se importa que esteja sujo e surrado, e o coloca na cabeça enquanto as quatro crianças continuam a andar em meio a um espalhamento de blocos de adobe quebrados e cobertos com umas poucas ervas daninhas, algumas das quais elas arrancam com as mãos e colocam na boca, o gosto amargo fazendo-as cuspir e engasgar, e quando fazem isso, a menina mais nova começa a ouvir algo diferente, um som como o de vozes sussurrantes, ouve vozes ao redor de suas palavras sussurrantes, mas onde estão as bocas que as sussurram, e o outro menino, mais novo que ela, o que agora usa o chapéu cor-de-rosa, as ouve também, embora não diga nada e só pense consigo mesmo, ouça, ouça, coração, ouça como só os santos ouviram antes, e naquele silêncio murmurante, ambos, menina e menino, os mais novos dos quatro, ouvem os ecos mais profundos das coisas que outrora estiveram lá e já não estavam mais, o tilintar dos sinos de igrejas, mães aflitas de tanto pranto, avós dando instruções e broncas à mesa do café da manhã, melros espalhados por árvores altas em praças cheias de música, o ininterrupto murmúrio de outras crianças que morreram lá antes delas, onde uma voz diz aqui nós encontraremos as portas para o paraíso porque as portas para o paraíso existem apenas no deserto inanimado, aqui na terra chamuscada pelo sol onde nada mais cresce, e outra diz não, não encontraremos nada aqui, porque o deserto é uma sepultura e nada mais, o deserto é um túmulo para aqueles que precisam atravessá-lo, e vamos morrer debaixo deste sol, este calor, diz um murmúrio, isto não é nada, outro responde, esperem até chegarmos ao vale de San Simon, dizem que parece que fica nas portas do inferno, está quente aqui, diz a menina mais velha agora, e o som de sua voz é tão alto e cristalino, tão real, enquanto as quatro crianças passam pelos limites desse vilarejo abandonado e nada lhes resta para ouvir, nada além do triste som do vento bafejando à medida que elas continuam a caminhar juntas em uma horda compacta, aprofundando-se no vale, acima do qual o céu está se abarrotando de nuvens, nuvens espessas juntando--se rapidamente, com a redentora promessa de mudança, de água, de sombra, longe ainda mas não demasiado longe agora porque há outro relâmpago, dessa vez seguido pelo distante ribombar de trovão, e as quatro crianças erguem os olhos na direção da tempestade que virá quando elas chegarem ao próprio coração do vale, onde as águias agora voam traçando estranhos padrões como se escrevessem uma mensagem no céu em um alfabeto estrangeiro, e pela primeira vez, elas ouvem seus assobios e silvos, e chamados agudos, escute, disse você, escute, Pluma Veloz, você disse que conseguia ouvir vozes, boas vozes, talvez como em um playground ou em um parque em algum lugar próximo, vozes boas e reais, e tentei escutar, mas não consegui ouvir nada, exceto o sangue no meu coração bombeando, e pensei coração, escute, coração, cale a boca e tente escutar as vozes e tente segui-las, pare e escute, e quando nós dois paramos sob a sombra de uma rocha vermelha, eu ouvi o som do vento bafejando, e o som do espaço se deslocando, mas não ouvi nada que soasse como vozes humanas, apenas sons ocos, vazios, estava tão quente, é tão quente aqui, comentei, e você não está com calor, perguntei, mas você não disse nada, não respondeu nada, então eu não sabia se eu tinha pensado um pensamento ou falado palavras de verdade, e quando nos levantamos de novo e continuamos andando, tudo o que eu podia ouvir era o som dos seus pezinhos batendo pesados no chão, o som dos seus pés como uma sombra sonora perto de mim, e meus próprios pés, e depois, mais longe, o som de outros passos, movendo-se na frente ou atrás de nós, deserto afora, idênticos, deve ser difícil estar morto, você disse, e perguntei como assim, embora eu soubesse o que você queria dizer porque eu também tinha a sensação de estar morto e pensamentos ricocheteavam de todas as rochas, quicando de volta para mim, interrompidos apenas por trovões ameaçadores vez por outra, desde nuvens pesadas à nossa frente, que estavam ficando muito mais próximas de nós, ou nós mais perto delas, e mais perto também das águias, que podíamos finalmente ouvir, seus assobios e silvos agudos, sons que as crianças perdidas confundem com o som de risos e gritos, risadas de crianças e gritos de crianças, como em um parquinho onde muitas crianças se reúnem para brincar, só que não há parquinho nem brincadeiras, e na verdade nada se pode ouvir no chão onde elas andam exceto o som de pequenos passos arrastando-se, seus próprios passos perambulando pelo deserto inanimado, na areia chamuscada pelo sol, e talvez centenas ou milhares de outros passos perdidos, deve ser trabalhoso estar morto, um menino pensa, duro estar morto aqui, ele pensa, e se lembra de algo que sua mãe lhe disse um dia, ela disse que os anjos nunca sabem se estão vivos ou não, que os anjos esquecem se estão vivendo entre os vivos ou entre os mortos, mas as quatro crianças perdidas sabem que ainda estão vivas, embora caminhem entre os ecos de outras crianças, passadas e futuras, que se ajoelharam, se deitaram, se encolheram em posição fetal, se perderam, sem saber se estavam vivas ou mortas naquele vasto deserto voraz, onde apenas as quatro continuam andando em silêncio, sabendo que em breve também talvez estejam perdidas, pensando a quem podemos recorrer agora, ninguém, sabendo que não podem pedir auxílio a ninguém, nem homens, nem anjos, nem feras, especialmente as feras que, silenciosas mas ardilosas e astutas, notam que elas estão perdidas, e sabem que em breve elas serão carne, veem seus passos arrastados e desajeitados nesse deserto, nesse mundo não interpretado onde tudo é inominado para elas, os pássaros, as rochas, os arbustos e as raízes, um mundo completamente estrangeiro, que as engolirá em sua anonímia, assim como engoliu cada uma das outras crianças, mas as quatro continuam a andar, em silêncio, tentando ignorar esses pensamentos sombrios, até que a mais nova das duas meninas de repente diz olhem, olhem lá em cima, olhem aquelas águias flutuando bem acima de nós, olhem, e as outras três crianças olham para o céu e veem uma grossa manta de nuvens de chuva diante delas, não muito longe, e de fato, aquelas estranhas águias, voando em um bando compacto em vez de adejar sozinhas, que é como as águias geralmente voam, mas por quê, perguntou-me você, Memphis, por que aquelas águias voam desse jeito, Pluma Veloz, por que isso e por que aquilo, por quê, você vivia fazendo perguntas difíceis enquanto caminhávamos em direção às nuvens de tempestade, aproximando-nos cada vez mais e mais delas, por quê, onde, o quê, você perguntava, mas como, como eu poderia responder a todas as suas perguntas, Memphis, perguntas e mais perguntas, como são feitos os pântanos, qual é a finalidade dos espinhos, por que eu não dou risada quando faço cócegas em mim mesma, por que não consigo mais rir de jeito nenhum, por que o ar aqui tem cheiro de penas de galinha, e por quê, olha, por que todas aquelas águias estão voando juntas acima de nós agora, você acha que elas estão seguindo a gente, elas querem comer a gente ou estão nos protegendo, e por quê, eu não sei, eu não sei, eu não sei, Memphis, mas não, as águias não vão comer a gente, de jeito nenhum, afirmei, elas estão tomando conta da gente, você não se lembra dos guerreiros-águias sobre os quais o Pá sempre nos contou, perguntei, e você disse sim, você se lembrava, e depois disse vamos segui-las, vamos fingir que as águias são pipas e a gente tem que segui-las como quando a gente segue uma pipa, o que foi uma ideia brilhante, então fizemos exatamente isso, começamos a segui-las, segurando carretilhas invisíveis, atreladas a linhas invisíveis, e caminhamos por muito tempo assim, olhando quase sempre na direção do céu, nossos olhos cravados nas águias-pipas, dando passos lentos para a frente, até que de repente, muito repentinamente, um vagão abandonado surgiu à nossa frente, a uns cinquenta metros de nós, e percebemos que as águias pararam de avançar e começaram a apenas voar em círculos sobre o espaço vazio onde estava o vagão, e como ele tinha ido parar ali não fazíamos ideia, mas interrompemos nossa marcha e o encaramos. Tirei uma foto do vagão, e o fitamos um pouco mais, e depois levantamos os olhos para as nuvens espessas que se preparavam para explodir em chuva, e para as águias acima de nós, que agora sobrevoavam o trem em um círculo perfeito, sob aquelas nuvens, e as quatro crianças perdidas também as veem, girando baixo no céu, sob as nuvens de chuva, e decidem caminhar em linha reta em direção a elas, em frente, caminhando muito mais rapidamente agora que o sol está afundando no céu, caminhando até avistar uma gôndola abandonada, pequena mas ainda nítida à distância, e caminham direto para ela, parando bem debaixo de sua sombra, as quatro costas contra a lateral metálica enferrujada, sem ousar entrar, no entanto, embora as portas de correr estejam escancaradas, porque sempre que encostam as orelhas na morna parede de metal da gôndola, elas ouvem algo se arrastando lá dentro, uma pessoa ou um animal grande, talvez, e decidem que não vão arriscar, a menos que não tenham outra escolha mais tarde, nenhum outro lugar onde possam se abrigar da tempestade iminente, porque as pesadas e ameaçadoras nuvens de chuva estão agora acima delas, e é quase pôr do sol, era quase pôr do sol e as pesadas nuvens de chuva estavam bem acima de nós, e estávamos cansados, e também havia medo vindo nos atacar, Memphis, como durante todos os outros poentes, então caminhamos lentamente em direção ao vagão, imaginando se estava vazio e se era seguro, e na esperança de que talvez encontrássemos comida velha lá, armazenada em caixas, porque eu sabia que aqueles vagões todos transportavam caixas de comida de uma ponta do país para a outra extremidade do país, e então você parou a poucos passos do vagão e disse que eu tinha que olhar lá dentro antes que você desse outro passo, então eu fiz isso, caminhei devagar, e meus pés estavam fazendo mais ruído do que nunca contra o chão espinhento e cascalhento, em direção ao vagão, que era grande e tinha sido pintado de vermelho, mas a pintura estava descascada em algumas partes e havia ferrugem por baixo, e as portas de correr estavam escancaradas dos dois lados de modo que, quando parei em frente ao vagão, parecia uma janela através da qual eu estava olhando do nosso lado do deserto para o outro lado, que era exatamente igual ao nosso exceto pelas montanhas mais altas daquele outro lado no fim do trecho de deserto, e o sol estava se pondo atrás de nós no horizonte plano, e à nossa frente, através das portas do vagão do trem, estavam as altas montanhas Chiricahua, e eu peguei uma pedra do chão e a segurei firme na minha mão, notei que a minha palma estava suando, mas dei mais três passos, e balancei meu braço para trás e depois lentamente para a frente, e soltei a pedra de modo que sua trajetória traçasse um arco-íris no ar e caísse dentro do vagão, lenta e leve, como se eu estivesse arremessando uma bola para alguém da sua idade pegar, e a pedra atingiu a superfície de metal do chão do vagão, bateu com um baque seco, ecoou uma vez, foi seguida por uma vibração que ficou mais ruidosa e mais ruidosa, então eu soube que não era um eco mas um som de verdade, e depois nós vimos, enorme, suas imensas asas abertas, o bico curvado e a pequena cabeça emplumada, ela remou no ar, saiu do vagão céu adentro até se tornar um objeto menor lá em cima e se juntar ao círculo de águias pairando acima de nós, e estávamos olhando para elas lá no alto como que hipnotizados por seus círculos quando uma pedra veio de repente voando até nós, uma pedra que a menina mais velha tinha acabado de jogar detrás da parede enferrujada da gôndola e através de suas portas abertas, uma pedra de verdade que o menino e a irmã dele teriam confundido com um eco, confusos que estavam sobre causa e efeito como o vínculo normal entre os eventos, não fosse pelo fato de que a pedra arremessada contra eles atinge o menino no ombro, tão real, concreto e doloroso que seus nervos despertam, alertas, e sua voz irrompe em um zangado ei, ai, ai, quem está aí, quem está aí, falei, quem está aí, fala ele, e ouvindo o som da voz dele, as quatro crianças entreolham-se aliviadas, porque é uma voz de verdade, enfim, claramente não um eco perdido do deserto, tampouco uma miragem sonora como as que os vinham acompanhando ao longo do caminho, então elas sorriem umas para as outras, e primeiro a menina mais velha e depois a mais nova, e depois os dois meninos enfiam o rosto para espiar de um lado da porta aberta da gôndola, quatro rostos redondos estavam olhando diretamente para nós do outro lado do velho vagão, tão reais que eu não acreditava que fossem reais, pensei isso é verdade ou estou imaginando coisas, porque o deserto te engana, e nós dois sabíamos disso agora, e eu ainda não conseguia acreditar que elas eram reais, mesmo que as quatro estivessem bem ali na nossa frente, duas meninas com longas tranças, a mais velha usando um belo chapéu preto, e dois meninos, um deles usando um chapéu cor-de-rosa, nenhum deles parecia real até que você abriu a boca, Memphis, você disse Gerônimoooo, um passo atrás de mim, e aí ouvimos os quatro rostos repetirem para nós Gerônimoooo, Gerônimoooo, as duas crianças dizem para as quatro do outro lado da gôndola abandonada, um menino e uma menina, e levam alguns segundos para perceber que são todos reais, eles e nós, nós e eles, de verdade, mas quando percebem, eles todos, os quatro, os dois, os seis no total, entram na gôndola vazia e abandonada enquanto lentamente, do lado de fora, o som de trovões aglomerados se torna mais constante, reverberando como uma furiosa maré no mar, e relâmpagos, ao redor deles, começam a fustigar a areia seca, enviando grãos de areia em uma espiral de redemoinhos rodopiantes que faz as seis crianças se lembrarem dos mortos, os muitos mortos, fantasmas saltando do chão do deserto para assombrá-las, atormentá-las, e o céu estava ficando mais escuro, reparei, a noite estava chegando, por que não fazemos uma fogueira, sugeri a vocês cinco, *una fogata*, falei, e todos concordamos que era a coisa certa a fazer, então rapidamente recolhemos galhos e gravetos e pedaços de cactos secos dos arredores do vagão, e embora já estivessem molhados demais, começamos a fazer uma pilha com eles no centro do vagão, eles fazem uma pilha bem no meio da gôndola enquanto a menina mais velha anda até o imenso ninho que a águia fez no canto do vagão, em cima de duas tábuas de madeira paralelas, e cuidadosamente arranca dali alguns galhos secos e um tufo de grama, entregando-os para as outras crianças, que ainda estão separando galhos e pedaços de cacto para o fogo, dizendo coisas umas para as outras como aqui, pegue este, e tenha cuidado, este aqui tem espinhos, e este galho é maior e melhor, até que todos veem a menina mais velha subir em um barril de madeira, ela olha dentro do ninho da águia, pega algo lá de dentro, e depois olha para o resto das crianças, dizendo aqui, aqui está, com um grande sorriso, e na mão ela está segurando um ovo, ainda quente, ela o ergue bem acima da cabeça como um troféu e, em seguida, cuidadosamente, entrega-o para sua irmã, que o passa para a nova menina, que o dá a um dos meninos, que em seguida o passa para o outro menino, o que está usando o chapéu cor-de-rosa, eles passam o ovo de mão em mão como em uma cerimônia, sentindo aquela coisa quase viva palpitando em suas mãos, e então a menina retira outro ovo e mais um, três ovos no total, que três das crianças, as duas meninas mais novas e um dos meninos, seguram em suas palmas em concha, e no fim a menina mais velha pega o ninho inteiro em seus braços nus, carrega-o, descendo do barril, um ninho feito de gravetos e varetas entrelaçados com perfeição, que ela deposita no meio da gôndola vazia ao lado da pequena pilha de galhos e varetas que as crianças tinham conseguido juntar, e todas elas fitam o ninho, sem saber exatamente o que fazer em seguida, até que o novo menino tira uma caixa de fósforos de sua mochila, risca um fósforo e o joga dentro do ninho, onde o palito morre, depois risca um segundo fósforo, mas nada, e somente na terceira tentativa, quando ele se debruça sobre o ninho e encosta o fósforo aceso em um galho, é que consegue atear fogo à borda seca de um graveto, as demais crianças olhando atentamente como se estivessem desejando que a chama se alastre, e isso finalmente acontece, a língua de fogo se espalha para o resto do galho, que transporta a labareda para um galho mais grosso, e depois outro, até que o ninho inteiro está em chamas, e quando há uma fogueira decente ardendo diante delas, as duas meninas e o menino que está segurando os ovos deixam que eles rolem de suas mãos de volta para dentro do ninho chamejante, as chamas lambendo-os, chamuscando-os, fervendo-os, os ovos cozinhando no fogo até que, alguns minutos depois, usando uma vara suficientemente comprida que ela encontra no chão, a menina mais velha faz os ovos rolarem para a superfície do vagão, para fora do círculo de fogo, e ordena às demais crianças que soprem a superfície da casca dos três enormes ovos, e elas obedecem, até serem capazes de quebrar as cascas, arrancá-las e morder os ovos com seus dentes famintos, revezando-se, primeiro a menina mais nova, depois o menino com o chapéu cor--de-rosa, depois a nova menina, depois os outros meninos e por último a menina mais velha, que provavelmente tem a mesma idade do novo menino, ela tinha a minha idade mas era mais líder do que eu, com seu grande chapéu preto, e enquanto eu mordia minha parte do ovo mole e mastigava o exterior borrachento e depois o interior pulverulento, continuava me lembrando dos olhos da grande mãe-águia que me fitou diretamente no rosto antes de sair voando pela porta aberta do vagão logo depois que eu joguei a pedra lá dentro, e de repente você gritou, Memphis, e todos nós olhamos para você, e você cuspiu algo em sua mão, que depois você beliscou com os dedos da outra mão, e você nos mostrou um dente, você finalmente tinha perdido seu segundo dente, que me deu para guardar, para mais tarde, e depois que acabamos de comer, eu disse, por que todos nós não contamos histórias antes de irmos dormir, e foi o que fizemos, fizemos um esforço para ficar acordados, e por algum tempo, preenchemos o espaço do vagão com histórias que às vezes se tornavam gargalhadas desvairadas como o trovão retumbando e ribombando lá fora, mas estávamos todos cansados, com frio, e a tempestade ainda estava forte, chuva caindo quase dentro do vagão através das portas abertas e dos vazamentos no teto enferrujado, e nós ficamos sem coisas para contar e das quais gargalhar, então todos nós lentamente nos aquietamos, e aconchegando-se no meu colo, você puxou a manga da minha camisa e olhou dentro dos meus olhos como que dizendo alguma coisa, e então você de fato disse alguma coisa, em um fiapo de voz como se fosse um segredo, disse Pluma Veloz, e eu disse o quê, e você disse promete que vai me levar ao cânion do Eco amanhã, e eu disse sim, Memphis, eu prometo, e mais uma vez você disse Pluma Veloz, o que é, Memphis, nada, Pluma Veloz, eu gosto de estar com você e quero estar sempre com você, tá, aí eu disse sim, tudo bem, e as outras duas meninas estavam acordadas também, mas os meninos estavam dormindo, acho, porque tinham ficado em silêncio e respiravam devagar, e a menina mais velha perguntou a você e a mim se queríamos ouvir uma última história, e sim, sim, sim, nós todos dissemos, sim, por favor, então ela disse, vou contar uma história, mas depois que eu contar, vocês três terão que fechar seus olhos e pelo menos tentar dormir, e todos nós dissemos tudo bem, então ela contou esta história, disse apenas isto, e quando eles acordaram, a águia ainda estava lá, e esse foi o fim da história e você não pegou no sono, acho, mas fingiu, e a mesma coisa fez a menina mais nova, até que vocês finalmente adormeceram, mas eu não, nem a menina mais velha, nós ficamos acordados enquanto cutucávamos o fogo, que estava morrendo, e ela me perguntou por que estávamos lá, você e eu, então eu disse a ela que tínhamos fugido, e quando eu lhe disse o porquê, ela disse que era uma coisa tão idiota para se fazer, por que eu decidiria fugir se na verdade não precisávamos fugir de nada, e ela tinha razão, eu sabia, mas estava envergonhado demais para lhe dizer que eu sabia que ela estava certa, então em vez disso, eu disse a ela que, além de fugir, nós também estávamos procurando duas meninas que se perderam, duas meninas que eram filhas de uma das amigas de nossa mãe, elas se perderam onde, perguntou ela, elas se perderam neste deserto, falei, você as conhece, perguntou ela, as duas meninas que você está procurando, não, respondi, então como você vai encontrá-las, eu não sei, mas talvez eu encontre, falei, mas se você encontrá-las, como você vai saber se são elas se você não sabe nem sequer como é o rosto delas, então eu disse a ela que eu sabia que as meninas eram irmãs, sabia que estariam usando vestidos iguais e sabia que a avó havia costurado o número de telefone da mãe delas nas golas dos vestidos, isso é tão estúpido repetiu ela, e riu com uma risada que não era nem um pouco maldosa, parecia mais a gargalhada de uma mãe rindo de seus filhos, do que você está rindo, perguntei a ela, e ela me disse que muitas das crianças que tinham que atravessar este deserto usavam roupas com números de telefone costurados por avós ou tias ou primas nas golas ou dentro dos bolsos, ela disse que o menino mais novo que estava lá, dormindo ao seu lado, tinha um número de telefone costurado na gola, que até ela e a irmã tinham números em suas golas, e ela tirou o chapéu preto, inclinou-se um pouco para perto de mim por cima das cinzas e tentou me mostrar a parte debaixo da gola da blusa, está vendo, disse ela, sim eu vejo, falei, embora eu não tenha visto muito, apenas senti todo o meu sangue correndo em torrente para as minhas bochechas e testa, felizmente a noite estava escura, tudo estava escuro exceto por algumas cinzas ainda alaranjadas no lugar onde tínhamos feito o fogueira, bem, boa noite disse ela, e boa sorte, sim boa sorte, desejei, e boa noite, e a noite talvez não seja boa mas é silenciosa, as seis crianças enrodilhadas em posições de sono ao redor do fogo moribundo, pés tocando cabeça tocando pés, a maioria delas talvez sonhando, exceto o menino mais velho e a menina mais velha, que ainda estão vagarosamente deslizando para o sono quando ouvem com clareza por trás do derradeiro estalo de gravetos os distantes gritos de uma águia solitária, exigindo seus ovos, e o menino chora e chora, como jamais tinha chorado antes, talvez, e sussurra, eu sinto muito, águia, me desculpe, nós estávamos com tanta fome, e a menina não chora nem diz que sente muito mas pensa obrigada, águia, até que os dois finalmente caem no sono como os outros, e o menino sonha que é a jovem guerreira índia chamada Lozen, que, certa vez, quando tinha acabado de fazer dez anos, escalou uma das montanhas sagradas na Apacheria e ficou lá sozinha por quatro dias, até que, após o quarto dia, antes de voltar para se juntar de novo ao seu povo, a montanha lhe deu um poder, que era que a partir de então, olhando para as veias que se tornavam azul-escuras, depois que ela andava em um círculo levantando as mãos, ela sabia onde estava o inimigo e poderia afastar seu povo do perigo, e no sonho ele era ela, e ela era a líder livrando seu povo de um bando que poderia ter sido soldados ou paramilitares vestidos com tradicionais casacas-azuis do século xix mas empunhando armas selvagens, e amontoando-os todos em um vagão de trem abandonado, onde ele começa a ouvir, com a obsessão repetitiva dos pesadelos, uma fala proferida com histrionismo, quando ele acordava na floresta no escuro e no frio da noite, de novo e de novo sem parar, a mesma frase nunca completada, quando ele acordava na floresta no escuro e no frio da noite, até que o menino abre os olhos de súbito, levanta-se com um violento arranco, estende o braço para tocar a irmã adormecida ao seu lado, sentindo um profundo alívio em confirmar que ela está ali, ao lado dele, lá estava você, Memphis, seus cachos todos úmidos, eu lembrei que a Mamã costumava cheirar sua cabeça como se estivesse cheirando um ramo de flores, e eu nunca soube o porquê mas agora eu sabia por quê, eu me abaixei para cheirar você e você tinha cheiro de poeira quente e pretzel, salgado mas também doce ao mesmo tempo, então beijei seus cachos e, quando fiz isso, você disse algumas palavras como águia e lua, ou talvez águialua, e depois você estava chupando o seu polegar de novo, e parecia distante, enquanto eu olhava ao redor no escuro, ainda sem o nascer do sol, e sabia em meu coração, embora não na minha cabeça, que os guerreiros-águias estavam lá com a gente durante todo esse tempo, a tempestade quase acabando, e estávamos a salvo graças a eles, eu sabia, eles tinham nos protegido de tudo, então me encolhi de novo de lado, ouvindo as outras quatro crianças respirando, dormindo, e você chupando o polegar, e imaginei que os sons que você fazia eram baques de passos, dúzias, os guerreiros-águias, marchando ao nosso redor, o seu polegar sugado, baque, e o adejar de asas de águia, e pensamentos como águialua, trovões-raios intumescendo o céu, até que por fim fechei meus olhos de novo, pensei em águias, adormeci em sonhos-águia, e nada sonhei, dormi profundamente, enfim, um sono tão profundo que quando acordei estava claro lá fora, e eu estava sozinho no vagão abandonado, então eu levantei em pânico, e me inclinei para espiar pelas portas escancaradas do vagão, e notei que o sol já estava acima da montanha, e você estava lá, eu vi você, fiquei tão aliviado, você estava sentada no chão a alguns passos do vagão, dando leves batidinhas na lama, eu estou fazendo tortas de lama para o café da manhã você disse, e olha, eu tenho um arco e uma flecha para a gente poder caçar alguma coisa também, você disse, e levantou um arco e uma flecha de plástico do chão ao seu lado, onde você arranjou isso e onde estão as outras quatro crianças, perguntei, e você disse que elas tinham partido, tinham partido logo antes do amanhecer, e você disse que arranjou o arco e a flecha em uma troca, disse que você tinha trocado algumas coisas da minha mochila com a menina mais velha, e em troca ela te deu o arco e a flecha, o quê, perguntei a você, do que você está falando, repeti, olhando ao redor do vagão para a minha mochila e depois vasculhando as coisas para ver o que estava faltando, faltava o mapa grande da Mã, faltava a bússola, estavam faltando a lanterna, o binóculo, os fósforos e até o canivete suíço, então pulei do vagão com minha mochila leve no ombro, caminhei até você, assomei bem diante de você, por que você fez isso, gritei, porque nós vamos encontrar a Mã e o Pá hoje, então não precisamos mais daquelas coisas Pluma Gananciosa Veloz, disse você, falando com tanta calma, e eu estava com tanta raiva de você, Memphis, furioso, como você sabe que nós vamos encontrá-los hoje, te perguntei, e você disse que sabia porque o Pá havia te contado que o fim da viagem seria quando você perdesse seu segundo dente, e embora isso fosse uma tolice sem nenhum sentido, me fez sentir alguma esperança, talvez nós os encontrássemos hoje, mas eu ainda estava furioso, você tinha dado minhas coisas, pelo menos você não deu minha câmera e minhas fotos, falei, então você virou a cabeça para olhar para mim e disse, bom eu também troquei o meu livro sem imagens e a minha mochila, ah é, e pegou o que em troca, te perguntei, chapéus, disse você, um pra mim e um pra você, e você apontou o dedo para dois chapéus no chão a poucos metros de você, um cor-de-rosa e um preto, o cor-de-rosa é seu e o preto é meu, disse você, então respirei fundo tentando não ficar mais e mais zangado, e me sentei no chão ao seu lado, achei que você provavelmente estava certa, ou pelo menos esperava que estivesse certa, nós não precisávamos mais daquelas coisas se íamos encontrar a Mã e o Pá em breve, ou seríamos encontrados por eles, em algum momento mais cedo ou mais tarde, eu podia ver as montanhas Chiricahua bem perto no leste, e agora que a manhã tinha chegado elas pareciam menores e mais próximas e menos difíceis de escalar do que pareciam no dia anterior, sob a tempestade, provavelmente levaríamos apenas algumas horas para chegar ao ponto mais alto, onde estava o cânion do Eco, estreitei os olhos tentando decifrar qual era o pico mais alto, seguindo a linha irregular das montanhas, desejando que eu ainda tivesse meu binóculo, quando você disse quer ou não quer um pedaço de torta de lama de café da manhã, então eu sorri para você e disse sim, por favor, só uma fatia, e estendi a mão para pegar os chapéus pelos quais você havia trocado nossas coisas, te entreguei o cor-de-rosa, e não, disse você, o meu é o preto, então experimentamos os dois, alternando, e é verdade, o cor-de-rosa ficou bem na minha cabeça, e o seu bizarramente inclinado para a frente, quase cobrindo seus olhos, mas ficou bom, e você parecia séria enquanto cortava a torta de lama em fatias grandes, que depois fingimos comer com gravetos, para onde exatamente estavam indo as quatro crianças, pensei enquanto mastigava de mentira, será que elas conseguiriam, o mapa seria útil, eu esperava que fosse, se elas andassem em linha reta, conseguiriam chegar aos trilhos do trem antes do pôr do sol, eu tenho certeza de que conseguiriam, continuei dizendo a mim mesmo enquanto você e eu nos aprontávamos para ir, e quando começamos a caminhar em direção às montanhas à frente, tenho certeza de que elas conseguirão chegar aos trilhos em breve, nós também estávamos avançando mais rápido e com mais facilidade do que eu pensava porque o sol ainda estava baixo, o ar não estava quente ainda, e nós tínhamos comido e descansado, então não estávamos ficando cansados e sedentos como no dia anterior, em pouco tempo tínhamos chegado à encosta das montanhas e começamos a subir uma trilha íngreme, passando pelas altas colunas de pedra das Chiricahua que pareciam totens ou arranha-céus, e mais acima, rumo aos picos mais altos, subindo e subindo continuamos andando, até chegarmos ao alto vale, vermelho e amarelo ao sol, um vale alto que o Pá havia descrito para a gente uma vez, mas que era ainda mais bonito do que na descrição dele, e chegamos ao ponto mais alto que havia para se alcançar, de onde podíamos avistar o resto do vale, e lá encontramos uma pequena gruta rasa e decidimos descansar lá por um tempo, porque sabíamos que estávamos no caminho certo, porque o Pá também havia descrito esses tipos de gruta para nós, pequenas e não perigosas, sem ursos ou animais lá porque não eram suficientemente profundas para os animais grandes se esconderem, e depois de termos descansado um pouco, porque tínhamos os chapéus e também tínhamos o arco e a flecha, decidimos brincar de apache, como costumávamos brincar com o Pá, então me escondi atrás de uma rocha na gruta, e você se escondeu em outro lugar também, e você me procuraria, e eu procuraria você, e quem achasse o outro primeiro gritaria Gerônimo, e essa pessoa venceria, essas eram as regras, e eu ainda estava me escondendo quando você veio furtiva por trás de mim e gritou Gerônimo, tão orgulhosa por ganhar, berrou tão alto que sua voz rapidamente viajou e depois voltou para nós, cristalina e potente, erônimo, ônimo, ônimo, aí eu gritei Gerônimo de novo, para testar o eco, e ouvimos o som voltar ainda mais forte e mais longo, Gerônimo, erônimo, ônimo, ônimo, e nós dois ficamos tão enlouquecidos de alívio, alegria ou ambos, porque lá era o lugar, aquele era o coração do cânion do Eco, nós o tínhamos encontrado, e de repente ficamos tão inquietos com uma inquietude boa que em seguida nós dois gritamos nossos nomes ao mesmo tempo, então o que voltou foi algo confuso como plufis, plufis, ufis, psiu, chiu, falei, e fiz um sinal com o meu dedo indicador sobre os meus lábios para que você ficasse quieta por um segundo, porque era a minha vez agora, por quê, perguntou você, porque eu sou mais velho, respondi, e eu estava apenas puxando ar para poder gritar meu nome, Pluma Veloz, quando de repente, antes que eu pudesse dizer meu nome, nós dois ouvimos outra coisa, algo mais alto, nítido e conhecido, vindo de longe, mas direto para nós, e depois quicando em todas as pedras no vale, ochise, cochise, ochise, e então, logo em seguida ouvimos sorte, orte, orte, e foi difícil tirar a palavra seguinte do meu estômago porque de súbito ele estava cheio de sentimentos de trovão, meu estômago, e cheio de relâmpagos, a minha cabeça, cheia de alegria, eles tinham nos encontrado, finalmente, e senti que seria incapaz até mesmo de dizer qualquer coisa, mas eu disse, eu puxei o ar e berrei Pluma Veloz, e nós ouvimos o som quicando de volta, veloz, eloz, eloz, e nós os ouvimos dizer estamos chegando, ando, ando, e provavelmente algo como fiquem onde estão, ão, ão, e você ficou lá parada e demorou um momento, mas também inalou todo o ar no seu entorno, sua barriga inflando como um balão, e gritou seu lindo nome, e ele veio de volta potente e poderoso ao nosso redor, Memphis.

PARTE IV

Arquivo das crianças perdidas

CAIXA VI

§ ECOS DO ECO

Mém ém ém ém
Eloz eloz eloz
Ua ua ua ua ua ua
Ez ez ez ez ez
Olá á á á
Im im im im
Alho alho alho alho

§ ECOS DO CARRO

Vaca, cavalo, pena, flecha, echa, echa, nós brincando
Não não não, sim sim sim, nós brigando
Rrrrrr, chupe, chupe, srlssnnn, nós dormindo, eu chupando
    dedo, você roncando
Blá-blá-blá-blá, más notícias, o rádio, o rádio, mais rádio
Pare, vá, não, mais, menos, Jesus Cristo do Caralho, alho,
    alho, Mã e Pá conversando, discutindo, uuooooo, hhhhh,
    hhhhh, todos nós respirando, silêncio
He-he, ha-ha, heeee, todos vocês rindo de mentirinha
Quando ele acordava na floresta no escuro e no frio da noite...

§ ECOS DE INSETOS

Tituuu, tutuup, tuuup, duas formigas conversando
Bzzzzz, abelha zumbindo
Bzzzz, uachink, abelha picando (você)
Bzzzzzzzzz, até logo, abelha

§ ECOS DE COMIDA

Crunch croc, nós mastigando biscoitos
Tuc tic tuc tic, migalhas caindo no banco do carro
Suich, uuch, nós limpando a bagunça
Psiiiiiu, não diga nada

§ ECOS DE DESCONHECIDOS

Ovo frito com a gema molinha, com leite ou sem leite, mais
    gelo, gelo gelo, conversas em lanchonetes
Encha o tanque, encha o tanque, conversas em postos de
    gasolina
Duas camas de casal sim, sim, sim, conversas em hotéis
Carteira de habilitação, por favor, conversas com policiais
Pare, pare, pare, conversas em postos militares
Documentos, passaportes, de onde vocês são, por que estão
    aqui, qui, conversas com a Patrulha de Fronteira

§ ECOS DE FOLHAS

Uuch, uuch, folha caindo
Crrp, crrp, folha sendo esmagada

§ ECOS DE PEDRAS

(Silêncio)

§ ECOS DE RODOVIAS

Ffffffffffffffhhh, carros passando pelas rodovias
Fffhhhhhhhhhhhh, carros que ouvíamos de dentro dos hotéis
    de beira de estrada

§ ECOS DE TELEVISÃO

Sem permissão!

§ ECOS DE TRENS

Richktmmmmbbbbggggeeeeek, trem chegando à estação
Tractractracmmmmmchhhhhh, trem deixando a estação

§ ecos do deserto

Tac, tuc, tac, nossos passos no deserto
Uaaaaahhhh, nááááo, ahhhhhh, eu gritando
Wwwwwwzzzzzzzzzz, vento soprando sobre um lago seco
Chrrrrrr, sssssssss, hssssssss, sss, hhhhh, nuvens de poeira
   surgindo e sumindo
Uaaaaahhhh, nááááo, ahhhhhh, eu gritando
Tac, tuc, tac, shrrrrrr, sssssssss, caminhando por um lago seco,
   passos na poeira
Quiquiquiqui… cuc… cuc… cuh, águias voando
Slap, flap, blap, plap, asas adejando, batendo
Tssssss, fsssss, vento através dos saguaros
Cric, cruuc, cccccrrrr, vagáo de trem abandonado, rangidos do
   metal
Aaaeeee, aeeeeee, uuuuh, gritos e gemidos do vento
Uaaaaahhhh, nááááo, ahhhhhh, eu gritando

§ ecos de tempestades

Brrrrrrhhhh, krrrrrrrhhhh, trováo distante, tempestade
   chegando
Zlap, buuuum, rrrrtuuuum, trovóes por toda parte
Tictictictictictictictictic, temporal
Tictictic… tictictic… tictictic, menos chuva

§ ecos de dentes

Crrrakk, chmlpff, blurpm, meu dente quebrando e saindo aos
   poucos

Documentando

Aqui é o Controle de Solo. Chamando Major Tom.

Verificando o som. Um, dois, três.

Aqui é o Controle de Solo. Você consegue me ouvir, Major Tom?

Esta é a última gravação que estou fazendo para você, Memphis, então ouça atentamente. Você e a Mamã vão partir amanhã de manhã, assim que raiar o dia, da casa nas montanhas dos Dragões da Cavalaria, na Apacheria, e embarcarão em um avião de volta para casa. Esta gravação é apenas para você, Memphis. Se mais alguém estiver ouvindo, inclusive você, Mamã, não é para você. Mas você provavelmente já ouviu a maior parte dela, Má. Afinal, é o seu gravador. Talvez eu deva dizer agora, lamento por ter usado seu gravador sem permissão. E sinto muito por ter bagunçado a ordem na sua caixa. Foi um erro, um acidente. Além disso, peço desculpas por ter perdido seu mapa, Má, e por pegar seu livro sobre as crianças perdidas, e depois perdê-lo também. Eu o deixei no trem que nos levou de Lordsburg para Bowie. Talvez um dia alguém o encontre e o leia. E no fim das contas um trem talvez tenha sido o destino final mais adequado para o livro. Pelo menos eu registrei algumas partes dele nesta gravação, então nem tudo está perdido. Eu sei que você também gravou outros pedaços, então talvez tenhamos o livro quase inteiro em fita. Eu não estou tentando dar desculpas, eu realmente sinto muito, e além disso, não me importo se você escutar minha gravação, contanto que a mantenha a salvo para a Memphis. Contanto que a mantenha a salvo e deixe que ela a ouça um dia, quando ela estiver mais velha. Talvez quando ela fizer dez anos. Tá legal, combinado, sim? Certo.

Este é o último pedaço de fita que estou gravando para você, Memphis, porque é aqui que a história termina. Você sempre quer saber como todas as histórias terminam. Hoje é o dia em que ela termina, pelo menos por enquanto, por um longo tempo. Depois que a Má e o Pá nos encontraram no cânion do Eco, um grupo de guardas-florestais veio com cobertores de emergência para nos cobrir e eles trouxeram suco de maçã e barrinhas de granola, e nos carregaram de volta através do desfiladeiro até um pequeno escritório repleto de cartazes de ursos e árvores e alguns desenhos de apaches realmente péssimos. Alguém deu uma carona para o Pá até onde ele havia deixado o carro e, quando voltou, ele e a Má nos carregaram até o carro, embora não precisássemos ser carregados, e a Má subiu no banco de trás com a gente, nos abraçou com força, beijou nossa cabeça e afagou nossas costas enquanto o Pá dirigia devagar, muito devagar, para a casa nas montanhas. A casa é um retângulo feito de pedras, com dois quartos e uma sala de estar e uma cozinha aberta. Tem uma varanda na frente e uma varanda nos fundos, um telhado de zinco pintado de verde e janelas grandes com venezianas para impedir a entrada da luz e do calor do deserto.

Hoje, assim que o sol nascer, você e a Má vão acordar e partir. Esta última gravação tem que ser curta para que você não acorde antes de eu terminar. E eu tenho que colocar o gravador de volta na bolsa da Mamã antes de vocês partirem, para que ela possa levá-lo com ela. Ela vai levar esta gravação para casa com ela, e então, um dia, quando você for mais velha, Memphis, você a ouvirá. Você também vai olhar para todas as fotografias que eu coloquei muito bem organizadas dentro da minha caixa, rotulada Caixa VII, que a Má também vai levar com ela para casa porque eu deixei tudo em cima de todas as suas coisas, basicamente bolsas e mochilas, que ela enfileirou ao lado da porta da casa, prontas para quando vocês tiverem que ir. O Pá e eu ainda estaremos dormindo dentro da casa quando o táxi vier buscar vocês para levá-las ao aeroporto. O Pá vai estar no quarto dele e eu estarei no meu novo quarto.

Depois que nos perdemos, e em seguida fomos encontrados, acho que a Má e o Pá pensaram em ficar juntos, em não se separar. Acho que eles tentaram, talvez até tenham tentado de verdade. Assim que chegamos em casa depois de termos sido encontrados de novo, tentamos voltar ao normal mais uma vez. Todos nós pintamos paredes e ouvimos o rádio juntos; eu ajudei você a transcrever os ecos que tínhamos coletado em pedacinhos de papel que colocamos na sua caixa, a Caixa VI, que você queria que o Pá guardasse. Outro dia, ajudamos a Má a consertar uma janela e também uma luminária, fomos fazer compras com o Pá no supermercado e jantamos churrasco com ele, e até disputamos partidas de Risco, duas noites seguidas, você encarregada de jogar os dados, e eu e a Má brigando pela posse da Austrália.

Mas acho que, no fim, foi impossível para eles. Não porque não gostassem um do outro, mas porque os planos de cada um eram muito diferentes. Um era documentalista e a outra era documentarista, e nenhum dos dois queria desistir de ser quem era, e no final isso é uma coisa boa, disse-me a Má certa noite, e disse que algum dia ambos vamos entender melhor.

Lembra que eu te disse um dia, que meio que parece ter sido há muito tempo agora embora não seja, que eu não tinha certeza se seria documentalista ou documentarista, e que no começo eu não contei nem para a Má nem para o Pá a respeito porque eu não queria que eles achassem que eu estava tentando copiá-los ou não tinha minhas próprias ideias, mas também porque eu não queria ter que escolher se eu seria um documentalista ou documentarista? E depois eu pensei que talvez pudesse ser os dois? Eu continuei pensando sobre isso, sobre como ser os dois.

Pensei no seguinte, embora tenha sido um pouco confuso: talvez, com a minha câmera, eu possa ser um documentalista, e com este gravador em que eu estive gravando, que é da Mamã, eu possa ser um documentarista e documentar tudo o mais que minhas fotos não puderam. Pensei em escrever coisas em um caderno para você ler um dia, mas você ainda é uma leitora ruim, nível A ou B, ainda lê tudo de trás para a frente ou bagunçado, e eu não tenho ideia de quando você finalmente vai aprender a ler direito, ou se um dia vai aprender. Então, em vez disso eu decidi gravar o som. Além disso, a escrita é mais lenta e a leitura é mais lenta, mas, ao mesmo tempo, a audição é mais lenta do que o olhar, o que é uma contradição que não pode ser explicada. De uma forma ou de outra, decidi gravar, o que era mais rápido, embora eu não me importe com coisas lentas. As pessoas geralmente gostam de coisas rápidas. Não sei que tipo de pessoa você será no futuro, uma pessoa que gosta de coisas lentas ou que gosta de coisas rápidas. Eu meio que espero que você seja o tipo de pessoa que gosta de coisas lentas, mas não posso contar com isso. Então fiz esta gravação e tirei todas aquelas fotos.

Quando você olhar para todas as fotos e ouvir esta gravação, vai entender muitas coisas e, mais cedo ou mais tarde, talvez até entenda tudo. É também por isso que decidi ser documentalista e documentarista — para que assim você possa ter pelo menos duas versões de tudo e conhecer as coisas de maneiras diferentes, o que é sempre melhor do que apenas uma maneira. Você saberá tudo e começará a entender isso lentamente. Você vai saber sobre como era a nossa vida quando estávamos com a Mamá e o Papá, antes de partirmos nessa viagem de carro e sobre o período em que viajamos juntos em direção à Apacheria. Você vai saber a história de quando vimos pela primeira vez algumas crianças perdidas embarcando em um avião, e como isso nos despedaçou, principalmente porque a Mamá, durante toda a vida, esteve à procura de crianças perdidas. Ela ficou ainda mais dilacerada um dia, quando estávamos todos juntos de novo na casa nas montanhas dos Dragões da Cavalaria, porque ela recebeu um telefonema daquela amiga dela, Manuela, que vinha procurando as duas filhas que tinham se perdido no deserto, e a amiga disse a ela que as meninas haviam sido encontradas no deserto, mas não estavam mais vivas. Durante dias a fio a Má mal falava, não saía da cama, tomava banhos de chuveiro que duravam horas e, o tempo todo, eu queria dizer a ela que talvez as meninas que tinham sido encontradas não fossem as filhas da amiga dela, porque eu sabia como fato comprovado que muitas crianças usavam roupas com números de telefone costurados quando tinham que atravessar o deserto.

Eu sabia disso, e você também vai saber disso, porque eu e você também estivemos com as crianças perdidas, embora apenas por pouco tempo, e foi isso que elas nos contaram. Nós as conhecemos, e estivemos lá com elas, tentamos ser corajosos como elas, viajando sozinhos em trens, atravessando o deserto, dormindo no chão sob o imenso céu. Você tem que se lembrar sempre de como, por um tempo, eu perdi você e você me perdeu, mas nos encontramos novamente, e continuamos andando no deserto, até que achamos as crianças perdidas em um vagão abandonado, e pensamos que talvez elas fossem os guerreiros-águias sobre quem o Pá tinha nos contado, mas quem sabe. Você tem que saber tudo isso e se lembrar, Memphis.

Quando você ficar mais velha, como eu, ou até mais velha do que eu, e contar a outras pessoas a nossa história, elas vão dizer que não é verdade, vão dizer que é impossível, não vão acreditar em você. Não se preocupe com elas. Nossa história é verdadeira, e no fundo do seu coração selvagem e no turbilhão de seus cachos loucos, você vai saber. E você terá as fotos e também esta fita para provar. Não perca esta fita nem a caixa com as fotos. Está me ouvindo, Major Tom? Não perca nada, porque você vive perdendo tudo.

Aqui quem fala é o Controle de Solo. Você consegue me ouvir?

Coloque o seu capacete. E lembre-se de fazer a contagem: dez, nove, oito, começando a contagem regressiva, ligue os motores. Verifique a ignição. E sete, seis, cinco, quatro, três, e agora estamos caminhando na lua.

Aqui quem fala é o Controle de Solo. Você consegue me ouvir?

Você se lembra dessa canção? E do nosso jogo? Depois da caminhada na lua, vem a parte que mais amamos. Dois, um: e você é lançada ao espaço. Você está lá em cima no espaço, flutuando de uma maneira muito peculiar. Lá em cima, as estrelas parecem estar realmente diferentes. Mas não estão. Elas são as mesmas estrelas, sempre. Talvez um dia você se sinta perdida, mas precisa se lembrar de que não está, porque você e eu vamos encontrar um ao outro de novo.

CAIXA VII

§ POLAROIDE

§ POLAROIDE

§ POLAROIDE

§ POLAROIDE

§ POLAROIDE

§ POLAROIDE

§ POLAROIDE

§ POLAROIDE

§ POLAROIDE

§ POLAROIDE

§ POLAROIDE

§ POLAROIDE

§ POLAROIDE

§ POLAROIDE

§ POLAROIDE

§ POLAROIDE

§ POLAROIDE

§ POLAROIDE

§ POLAROIDE

§ POLAROIDE

§ POLAROIDE

§ POLAROIDE

§ POLAROIDE

§ POLAROIDE

Agradecimentos

Comecei a escrever este romance no verão de 2014. Com o tempo, um grande número de pessoas e instituições ajudou o livro a ganhar vida. Sou profundamente grata a todas, mas quero agradecer especialmente a estas:

A Akademie der Künste, em Berlim, que me ofereceu uma bolsa de pesquisa e uma residência no verão de 2015, e onde, depois de um ano fazendo anotações, finalmente comecei a digitar.

Shakespeare & Co., em Paris, e especialmente Sylvia Whitman, que no verão de 2016 generosamente me ofereceu um teto e uma cama acima da livraria, onde pude dedicar muitas horas ao manuscrito.

O programa Beyond Identity, no City College de Nova York, onde fui pesquisadora visitante entre o outono de 2017 e a primavera de 2018, e graças ao qual tive tempo de concluir e editar o manuscrito.

Philip Glass, que existe, e cuja *Metamorfose* eu ouvi aproximadamente 5 mil vezes enquanto escrevia este romance.

Minhas agentes e irmãs de armas, Nicole Aragi e Laurence Laluyaux, bem como seus maravilhosos assistentes, Grace Dietshe e Tristan Kendrick Lammar.

Meus brilhantes editores: Anna Kelly, da Fourth Estate; e Robin Desser, da Knopf, assim como Annie Bishai — a melhor assistente editorial com quem já trabalhei.

Meu editor e interlocutor de longa data na Coffee House Press, Chris Fischbach.

Meus amigos — generosos primeiros leitores durante diferentes estágios do manuscrito — N. M. Aidt, K. M. Alcott, H. Cleary, B. H. Edwards, J. Freeman, L. Gandolfi, T. Gower, N. Gowrinathan, R. Grande, R. Julien, C. MacSweeney, P. Malinowski, E. Rabasa, D. Rabasa, L. Ribaldi, S. Schweblin, Z. Smith, A. Thirlwell e J. Wray.

Miquel e Ana.

E meus pais, Marta e Cassio.

Obras citadas

(*Notas sobre fontes*)

Como minhas obras anteriores, *Arquivo das crianças perdidas* é em parte o resultado de um diálogo com muitos textos diferentes, bem como com outras fontes não textuais. O arquivo que dá sustentação a este romance é uma parte ao mesmo tempo inerente e visível da narrativa central. Em outras palavras, referências a fontes — textuais, musicais, visuais ou audiovisuais — não têm o propósito de servir como notas de rodapé ou ornamentos que decoram a história, mas funcionam como marcadores intralineares que apontam para as muitas vozes na conversa que o livro mantém com o passado.

As referências a fontes aparecem de diferentes maneiras ao longo do esquema narrativo do romance:

1. A "bibliografia" fundamental aparece dentro das caixas que viajam no carro com a família (Caixa i-Caixa v).

2. Nas partes narradas por uma narradora em primeira pessoa, todas as fontes usadas são mencionadas e citadas entre aspas ou parafraseadas e referenciadas.

3. Nas partes narradas em primeira pessoa pelo menino, as obras usadas anteriormente pela narradora em primeira pessoa são "ecoadas", ao passo que outras são citadas entre aspas ou parafraseadas e referenciadas.

4. Algumas referências a outras obras literárias estão espalhadas de forma quase invisível através de ambas as vozes narrativas, assim como as *Elegias para crianças perdidas* pretendem fazer as vezes de finos "fios" de alusão literária.

Um desses fios faz alusão a *Mrs. Dalloway*, de Virginia Woolf, em que, creio eu, a técnica de alterar pontos de vista narrativos por meio de um objeto em movimento no céu foi inventada. Reconfiguro a técnica de mudanças de ponto de vista que ocorrem quando os olhos de dois personagens "encontram-se" em um único ponto no céu, ao olhar para o mesmo objeto: avião, águias, nuvens tempestuosas ou raios.

5. Nas partes narradas por um narrador de terceira pessoa, *Elegias para crianças perdidas*, fontes são incorporadas e parafraseadas, mas não mencionadas ou citadas entre aspas. As *Elegias* são compostas por meio de uma série de alusões a obras literárias sobre viagens, jornadas, migração etc. As alusões não precisam ser evidentes. Não estou interessada na intertextualidade como um gesto exterior e performativo, mas como um método ou processo de composição.

As primeiras elegias aludem ao "Canto i" de Ezra Pound, que por sua vez é em si uma "alusão" ao Livro xi da *Odisseia* de Homero — o "Canto i" poundiano é uma tradução *livre* do latim, e não do grego, para o inglês, seguindo a métrica acentual anglo-saxônica, do Livro xi da *Odisseia*. Tanto o Livro xi da *Odisseia* de Homero quanto o "Canto i" de Pound tratam da jornada/descida às profundezas. Assim, nas primeiras *Elegias* sobre as crianças perdidas, eu me reaproprio de certas cadências rítmicas, bem como de imagens e do léxico de Homero/Pound, a fim de estabelecer uma analogia entre a migração e a descida às profundezas.

Fontes nas *Elegias* embutidas na narrativa da terceira pessoa seguem um esquema similar ao supracitado, e incluem as seguintes obras: *Coração das trevas*, de Joseph Conrad; *A terra devastada*, de T. S. Eliot; *A cruzada das crianças*, de Marcel Schwob; "O dinossauro", de Augusto Monterroso; "The Porcupine" [O porco-espinho], de Galway Kinnell; *Pedro Páramo*, de Juan Rulfo; *Elegias de Duíno*, de Rainer Maria Rilke; e *Os portões do paraíso*, de Jerzy Andrzejewski (traduzido por Sergio Pitol para o espanhol e traduzido por mim para o inglês).

A seguir, uma lista de versos, frases ou palavras exatos aludidos e suas respectivas obras, aproximadamente na ordem em que aparecem nas seções das *Elegias* no romance:

EZRA POUND, "Canto i"
- *And then went down to the ships* [E então lançou-se ao mar a nau]
- *Heavy with weeping, and winds from sternward* [No pranto o peito aflito, e ventos vindos da popa]
- *Swartest night stretched over wretched men there* [Noite, a mais negra, estendida sobre homens fúnebres lá]

JOSEPH CONRAD, *Coração das trevas*
- *lightless region of subtle horrors* [região tenebrosa de sutis horrores]

- *Going up that river… It looked at you with a vengeful aspect.* [Navegando rio acima […] o silêncio o encarava com uma aparência vingativa.]
- *There was no joy in the brilliance of sunshine.* [Não havia alegria alguma no fulgor da luz do sol.]

EZRA POUND, "Canto I" e "Canto II"
- *impetuous impotent dead,* [mortos impetuosos, impotentes]
- *unburied, cast on the wide earth* [insepulto, atirado em extensa terra]
- *thence outward and away* [ao largo e além]
- *wine-red glow in the shallows* [brilho vinho nos baixios]
- *loggy with vine-must* [mole de tanto mosto da uva]

EZRA POUND, "Canto III"
- *his heart out, set on a pike spike* [seu coração arrancado, transpassado numa lança]
- *Here stripped, here made to stand* [aqui desguarnecido, ali inquebrantável]
- *his eyes torn out, and all his goods sequestered* [seus olhos perfurados, e todos os seus bens sequestrados]

AUGUSTO MONTERROSO, "O dinossauro"
- *Cuando despertó, el dinosaurio todavía estaba allí.* [Quando ele acordou, o dinossauro ainda estava lá.]

GALWAY KINNELL, "The Dead Shall Be Raised Incorruptible" [os mortos serão ressuscitados incorruptíveis]
- *Lieutenant!/ This corpse will not stop burning!* [Tenente!/ Este cadáver não cessa de arder!]

T.S. ELIOT, *A terra devastada*
- *A heap of broken images where the sun beats* [um punhado de imagens partidas onde o sol reflete]

GALWAY KINNELL, "The Porcupine" [o porco-espinho]
- *puffed up on bast and phloem, ballooned/ on willow flowers, poplar catkins…* [inchado de fibra e floema, túmido/ de flores do salgueiro, amentilhos de álamo…]

T.S. ELIOT, *A terra devastada*
- *Looking into the heart of light, the silence* [Os olhos postos no coração da luz, o silêncio]
- *Unreal City,* [Cidade irreal,]
  Under the brown fog of a winter dawn, [Sob a névoa marrom de uma aurora invernal,]
  A crowd flowed over London Bridge, so many, [Uma multidão fluía pela ponte de Londres, tantos,]
  I had not thought death had undone so many. [Nunca pensei que a morte a tantos devastara.]
  Sighs, short and infrequent, were exhaled, [Breves e entrecortados, os suspiros exalavam,]
  And each man fixed his eyes before his feet. [E cada homem fincava o olhar adiante de seus pés.]

JUAN RULFO, *Pedro Páramo* (retraduzido por mim do original em espanhol)
- *Up and down the hill we went, but always descending. We had left behind hot wind and were sinking into pure, airless heat.* [Perambulamos pela colina, acima e abaixo, mas sempre descendo cada vez mais. Tínhamos deixado para trás a aragem quente e fomos nos afundando no puro calor sem ar.]
- *The hour of day when in every village children come out to play in the streets* [A hora do dia em que todas as crianças do vilarejo saem para brincar nas ruas]
- *Hollow footsteps, echoing against walls stained red by the setting sun* [Passos ocos, ecoando contra muros manchados de vermelho pelo sol poente]
- *Empty doorways overgrown with weeds* [Portas vazias, cobertas de ervas daninhas]

RILKE, *Elegias de Duíno* (livremente traduzidas a partir da tradução livre de Juan Rulfo das *Elegias de Duíno*)
- *knowing they cannot call upon anyone, not men, not angels, not beasts* [sabendo que ninguém nos poderia valer, nem anjos, nem homens nem feras]
- *astute beasts* [feras astutas]

- *this uninterpreted world* [este mundo carente de interpretação]
- *voices, voices, thinks listen heart, listen like only the saints have listened before* [vozes, vozes, pensa, ouve, coração, ouve como outrora apenas os santos ouviam]
- *how strange it feels to not be on earth anymore* [que estranha a sensação de não habitar mais a terra]
- *angels forget if they live among the living or among the dead* [os anjos muitas vezes não sabem se caminham entre vivos ou mortos]
- *toilsome to be dead* [é penoso estar morto]

JERZY ANDRZEJEWSKI, *Os portões do paraíso* (traduzido livremente a partir da versão para o espanhol feita por Pitol do original em polonês e retraduzido por mim para o inglês)
- *they walked without chants and without ringing of bells in a closed horde* [caminhavam sem cânticos e sem dobre de sinos em uma horda compacta]
- *nothing could be heard, except the monotonous sound of thousands of footsteps* [nada se podia ouvir, exceto o som monótono de milhares de passos]
- *a desert, inanimate and calcined by the sun* [um deserto, inanimado e calcinado pelo sol]
- *he touched the sand with his lips* [ele tocou a areia com os lábios]
- *the sky was stained with a violet silence* [o céu estava manchado com um silêncio violeta]
- *in a strange country, under a strange sky* [em um país estrangeiro, sob um céu estranho]
- *far away, as if in another world, thunder resonated heavily* [longe, como se em outro mundo, o trovão ressoou estridente]

Até onde a minha capacidade permitiu, da melhor maneira que pude, citei literalmente, mencionei e referenciei todas as obras usadas para este romance — além das caixas, incorporações, retraduções e reconfigurações das obras literárias no encadeamento narrativo em terceira pessoa do romance, que mencionei anteriormente.

Créditos das imagens

p. 264: Cortesia de Humane Borders

p. 271: © Felix Gaedtke

p. 272: por J. W. Swan (domínio público), via Wikimedia Commons

p. 274: Cortesia da Sociedade Histórica do Kansas

p. 276: *Gerônimo e companheiros prisioneiros apaches no trem a caminho da Flórida*. 1886. Arquivos Estaduais da Flórida, Memória da Flórida.

p. 278: Cortesia do periódico *Hofstra Hispanic Review*; poema © Anne Carson

ESTA OBRA FOI COMPOSTA PELA ABREU'S SYSTEM EM ADOBE GARAMOND
E IMPRESSA EM OFSETE PELA LIS GRÁFICA SOBRE PAPEL PÓLEN SOFT DA SUZANO
PAPEL E CELULOSE PARA A EDITORA SCHWARCZ EM MAIO DE 2019

MISTO
Papel produzido
a partir de
fontes responsáveis
FSC® C112738

A marca FSC® é a garantia de que a madeira utilizada na fabricação do papel deste livro provém de florestas que foram gerenciadas de maneira ambientalmente correta, socialmente justa e economicamente viável, além de outras fontes de origem controlada.